Du même auteur chez le même éditeur :

Le ruisseau de cristal, 2014.

Une illusion passagère, 2013.

Une seconde vie, 2012 (« Folio » n° 5594).

Toute la famille sur la jetée du Paradis, 2008 (« Folio » n° 5033).

Une suite au Finbar's Hotel (avec Maeve Binchy, Clare Boylan, Emma Donoghue, Anne Haverty), 2000.

Finbar's Hotel (avec Roddy Doyle, Anne Enright, Hugo Hamilton, Jennifer Johnston, Joseph O'Connor, Colm Tóibín), 1999.

Ensemble séparés

COLLECTION DIRIGÉE PAR JOËLLE LOSFELD

Ce livre a été publié avec l'aide du Literature Ireland.

LITERATURE IRELAND

Titre original : *Tanglewood.*

ISBN : 978-2-07-266912-5

www.facebook.com/editionsjoellelosfeld
www.joellelosfeld.fr

Dermot Bolger

Ensemble séparés

Roman

Traduit de l'anglais (Irlande)
par Marie-Hélène Dumas

ÉDITIONS JOËLLE LOSFELD

PREMIÈRE PARTIE

MARS 2007

Chapitre un

Mardi 13, une heure du matin

L'écho que renvoya le haut plafond voûté, après qu'il eut forcé au pied-de-biche la porte du bâtiment laissé à l'abandon non loin du front de mer, lui rappela un endroit plus proche de chez lui, un lieu où il prenait soin de ne jamais retourner, même dans ses rêves. L'atmosphère de renfermé le ramena en arrière ; le silence pesant, les murs moisis couverts de toiles où patrouillaient des araignées bouffies, l'impression d'être jugé par des fantômes qui l'observaient parmi la splendeur anéantie. Dehors, sur la route déserte, l'air de la nuit sentait le sel. Ses narines détectaient toujours cette imprégnation côtière que les gens du pays remarquaient rarement. Il avait déjà vingt-cinq ans lorsqu'il avait vu la mer pour la première fois. Il n'aimait pas ce parfum âcre : il évoquait un voyage qu'il avait décidé de laisser derrière lui. Mais lorsqu'il pénétra dans la maison inhabitée et referma discrètement la porte, l'odeur de salpêtre fit surgir des souvenirs auxquels il n'existait aucune échappatoire.

Ce bâtiment victorien était de ceux dans lesquels on pouvait parquer les gens. De vieux hommes en manteau long obligés de s'agenouiller dans un coin, quelques mères terrifiées serrant contre elles des enfants, des grands-mères fixant le vide, muettes, comme si rien ne pouvait arriver là qui égale d'anciens malheurs endurés des décennies plus tôt. Des villageois terrassés n'osant lever la tête que lorsque les voix brutales et les moqueries s'arrêtaient, quand les pas s'éloignaient, que le claquement sec d'un cadenas qui barricadait de l'extérieur la porte d'un vieux cinéma laissait place à un silence miséricordieux. Un moment de répit accordé par ceux qui les avaient blessés à coups de bottes ou de crosse de fusil, la suspension des menaces de viol ou de mutilation. Un silence que brisaient seulement le sanglot étouffé d'un enfant, les bruits de départ des camions qui avaient amené la milice dans ce village, un sifflement crépitant, d'abord si faible qu'on l'entendait à peine. Puis de plus en plus fort jusqu'à révéler le murmure d'un feu en train de prendre. Un son auquel s'entremêlèrent des cris provenant de l'intérieur du cinéma quand les gens enfermés comprirent qu'il était incendié.

Il savait que dans ce bâtiment de Dublin de tels hurlements n'avaient jamais retenti. En Irlande, ce genre d'atrocités n'arrivaient pas. Les Irlandais n'avaient pas le regard prudent qui laisse deviner des secrets trop cuisants pour être racontés. Ils souriaient trop facilement, bien que leurs sourires soient une tactique permettant de tenir à distance les étrangers. L'histoire de ce pays se résumait aux anciennes querelles sporadiques que de vieux barbus ressassaient dans les pubs, escarmouches engagées dans des bureaux de poste et tirs visant lâchement les crânes de policiers ne se doutant de rien, comme si ces minables assassinats avaient été des batailles devant l'intéresser. Les buveurs irlandais se délectaient à révéler ces pépites de leur récit national, semblables aux petits enfants qui montrent des crottes dans un pot de chambre, attendant pour leur prouesse des louanges excessives.

Mais l'homme d'affaires qui possédait ce bâtiment ne se souciait pas de l'Histoire. Paul Hugues n'avait jamais cherché à savoir comment il s'appelait vraiment ou bien d'où il venait. Paul Hugues et les autres employeurs pour qui il le faisait travailler ne voyaient rien d'autre en lui qu'une paire de bras sûrs acceptant d'accomplir à bas prix des tâches délicates. Eux appréciaient son silence et lui leur manque de curiosité, leur façon de ne s'impliquer que dans le présent. Ce temps où ils avaient un rôle à lui confier : creuser des fondations et enduire des murs afin que de nouveaux immeubles puissent s'élever. Occasionnellement, comme ce jour-là, ils avaient aussi besoin qu'il efface le passé.

Durant les derniers mois, Hugues avait traîné de vieux matelas à l'intérieur de ce bâtiment pour y inviter les squatteurs, mais l'homme doutait que quiconque ait jamais dormi là. Il allait cependant vérifier chaque pièce : il ne voulait pas avoir la mort d'un vagabond ou d'un junkie sur la conscience. Il n'y restait plus la moindre place pour de nouveaux tourments, et il était son propre chef ; ni jeune, ni effrayé, n'agissant plus pour obéir à des ordres et se laisser manipuler. Les matelas avaient aussi été déposés là parce qu'ils brûlent facilement. Des cartons remplis de paperasse étaient éparpillés un peu partout, registres de sociétés, carnets de factures, reçus – matières très inflammables, mais probablement aussi très sulfureuses. Rien de tout cela ne le regardait. Il n'y aurait pas eu de travail pour les étrangers comme lui si les Irlandais n'avaient pas possédé de secrets. Et il ne manquait pas de travail, car les Irlandais ne se salissaient pas les mains pour brûler leur passé. Chaque soir de la semaine qui venait de s'écouler, Hugues avait dû rester assis devant une fenêtre de son penthouse en espérant voir les flammes s'élever, mais il lui avait expliqué que le vent devait souffler exactement dans la bonne direction afin que personne ne puisse arrêter l'incendie. Il était important de montrer qu'il s'y connaissait et de prolonger l'attente afin que les clients sachent qu'il méritait l'argent versé.

Maintenant qu'il avait commencé, il voulait en finir le plus vite possible. Ouvrant chaque porte d'un coup de pied, il criait avant d'entrer. Si quelque vagabond dormait, le bruit le réveillerait. Les vivants ne lui faisaient pas peur : il avait le pied-de-biche glissé sous sa manche, un couteau dans sa veste. Tout en marchant, il répandait de l'essence ; le geste réveilla le souvenir de sa mère qui, lorsqu'il était enfant, avait rêvé qu'il entre dans les ordres. Le souvenir de cette époque où les siens devaient partager des toilettes avec six autres familles, et où il imaginait que l'eau du robinet dont il éclaboussait les murs puants des cabinets avait été bénite. Une époque où la religion était dangereuse. Une époque à laquelle il s'en voulut de penser tout en poussant du pied la dernière porte du palier.

Le lendemain la carcasse calcinée serait déclarée dangereuse et condamnée à disparaître, malgré les protestations des habitants du quartier, qui faisaient campagne pour qu'on sauve les vestiges du passé. Il ne comprenait pas les objections émises par ces gens qui vivaient dans des maisons parfaites – et sous-payaient femmes de ménage et nounous. Les travaux de démolition du bâtiment fourniraient des mois de salaire à des hommes comme lui, et la construction d'un immeuble sur son emplacement plusieurs autres ensuite. Depuis qu'il l'avait acheté, petit à petit, Hugues avait rendu le bâtiment inhabitable. Mais pendant plus d'un siècle une foule de gens différents y avaient été chez eux. Alors qu'il arrosait d'essence le dernier matelas, l'homme sentit leurs yeux sur lui. Les rideaux de la pièce avaient autrefois eu une couleur précise, mais quand il les ouvrit, il vit ses gants blancs se couvrir de poussière. Pour la première fois il hésita, craignant de se retourner face à ceux qui l'observaient. Il ne savait pas s'il s'agissait de fantômes irlandais qui hantaient la maison, ou de ceux qui avaient voyagé dans sa tête jusqu'ici et se réunissaient dès qu'il tenait devant lui une allumette en feu.

Le dos tourné, il frotta le grattoir et tendit le bras. Il suffisait que les fantômes le frôlent et la flamme lui échapperait. Il n'y aurait pas d'échappatoire possible : l'immeuble prendrait feu. Sa chair brûlerait comme celle de ces créatures entassées et piégées en un lieu où jamais il ne retournerait. Pourtant la flamme resta stable, aucun souffle défunt ne la dévia. Quand l'allumette eut brûlé presque jusqu'à ses doigts il l'éteignit, fit demi-tour, sortit lentement sur le palier. Ceux qui l'observaient n'avaient pas relevé le défi, mais il n'était pas seul : plus de fantômes que jamais se pressaient devant chaque porte. Il se sentit étrangement pur, de la même façon que lorsqu'il était enfant et qu'un prêtre l'écoutait dans le secret de la confession. À mi-chemin de l'escalier il s'arrêta pour allumer une cigarette. Il tira une bouffée, respira l'odeur de la nicotine, plus riche que celle de l'encens. Puis il lança la cigarette par-dessus son épaule, entendit le doux chuintement de l'essence qui prenait feu sur le palier. Ce n'était pas le moment de regarder en arrière : il devait vite rejoindre l'entrée et se glisser dehors. Il avait l'impression d'être épié, mais cette impression avait été infusée en lui vingt ans plus tôt, et se retourner pouvait sembler douteux. Aussi parcourut-il calmement la courte distance qui le séparait de la rue principale de Blackrock, où ceux qui buvaient encore à cette heure de la nuit ne se souviendraient pas des traits d'un étranger comme lui, de ses cheveux coupés court, de son visage qui ne souriait pas. Derrière, sur le palier, les fantômes brûlaient, leurs figures se tordaient et leurs horribles cris s'élevaient si aigus que même les chiens du quartier ne les entendaient pas. Il s'empêcha d'accélérer le pas, mais aussi de regarder en arrière, craignant que leurs âmes ne se soient illuminées en une incarnation chatoyante, craignant de découvrir s'ils étaient des fantômes irlandais ou ceux qui l'avaient tourmenté pendant le voyage accompli dans le container scellé, enfin ouvert sur le port de Rosslare, où les agents des douanes, dont les faisceaux de torche l'aveuglaient, l'avaient laissé se protéger les yeux et puis descendre. Ils l'avaient nourri en refusant poliment de croire les mensonges qu'il leur servait. Mais ils lui avaient accordé assez d'espace pour disparaître et s'inventer, en Irlande, une nouvelle identité.

Chapitre deux

Ronan

Dimanche 11, onze heures du matin

« Surveille le ciel la semaine prochaine, murmura Paul Hugues à Ronan quand ils se retrouvèrent sur la terrasse du Playwright Inn de Newtownpark Avenue. Un ciel rouge en pleine nuit ne sera certainement pas du goût de l'An Taisce. » Hugues cligna de l'œil. « Les vieilles amies de ma mère, pour rester jeunes, déposent des objections à tout changement en matière d'urbanisme. Peut-être ont-elles besoin d'entrevoir, ne serait-ce qu'une seule fois, la majesté d'une aurore boréale. »

Cela ressemblait bien à Hugues, fanfaron et sournois – quoique sérieux derrière le camouflage de plusieurs doubles vodka-tonics –, de lâcher ainsi un vague indice, alors que ces deux anciens camarades de classe de Blackrock College maintenant dans la force de l'âge étaient à l'écart des oreilles indiscrètes. Tous les hommes sont égaux quand ils pissent dans un urinoir ou qu'ils sont allongés sur une table d'autopsie. L'interdiction de fumer avait créé en Irlande une troisième sphère d'égalité : celle qui existait entre les clients des pubs rassemblés sous les auvents comme des pécheurs ostracisés, momentanément séparés de leur propre clique. Une terrasse fumeurs était une zone non alignée où un humble métreur tel que Ronan pouvait inhaler passivement la même fumée qu'un promoteur immobilier multimillionnaire tel que Hugues.

Le ton ironique qu'avait pris Hugues tout en tirant sur son petit cigare empêcha Ronan de décrypter les raisons de cet avertissement. An Taisce, organisation dédiée à la conservation du patrimoine culturel, dirigeait la campagne menée contre le projet qu'avait Hugues de démolir un bâtiment victorien proche du front de mer. Mais si un incendie involontaire le délabrait totalement, le combat prendrait fin. Des gens du voyage pourraient s'y installer, ou des junkies en faire une salle de shoot. Hugues devait avoir une bonne raison de lui dévoiler son plan. Quelque chose, là-dedans, devait concerner Ronan, peut-être devrait-il aider à établir une estimation destinée à l'assurance, ou à préparer une nouvelle demande de permis de construire. Derrière tout ce que faisait ou disait ce genre de magnat de l'immobilier, il y avait un motif.

« Tu es un sacré veinard, avait ajouté Hugues, désinvolte. Ta nouvelle épouse est l'une des plus belles créatures que j'aie jamais vues.

— Kim a beaucoup de personnalité. » Ronan était sur ses gardes, alors que de quelqu'un d'autre que Hugues, il aurait apprécié le compliment.

« Absolument. » Hugues fixa sereinement le vide. « Ses personnalités sont les deux premières choses que j'ai remarquées chez elle. »

Ronan eut envie de lui mettre une droite. Mais bon, cela faisait maintenant vingt ans qu'il en rêvait, depuis qu'il avait découvert que Hugues était sorti une fois avec sa première femme, Miriam, quand elle avait seize ans. Miriam en avait toujours ri, elle prétendait que rien ne s'était passé car le jeune Hugues était si nerveux qu'il aurait plus facilement désamorcé une bombe dans une voiture qu'enlevé une bretelle de soutien-gorge. Pourquoi Hugues l'avertissait-il maintenant d'un futur incendie ? Était-ce pour lui donner l'occasion de prévenir la police comme tout bon citoyen aurait dû le faire ou bien pour lui rappeler qu'il occupait un rôle si périphérique, à l'extrême limite des cercles interconnectés de l'argent qui dominaient Dublin, que quoi qu'il sache, cela ne changerait rien ?

Hugues semblait attendre que Ronan prenne la parole. Aussi, afin de changer de sujet, Ronan lui demanda des nouvelles de sa mère. Il y avait des années qu'il n'avait pas vu Mrs Hugues, mais il se souvenait d'avoir été, dans sa jeunesse, invité à jouer au tennis sur son court en gazon, près du verger qui occupait un quart d'hectare dans le vaste jardin entourant sa maison édouardienne derrière Newtownpark Avenue. Le promoteur se tourna vers lui, et Ronan comprit que Hugues l'avait volontairement suivi sur la terrasse.

« Ma mère se sent seule, dit Hugues. Ses jambes ne sont plus très sûres, mais elle est trop fière pour utiliser un monte-escalier, bien que je lui aie proposé de lui en installer un. Comme si ses troubles circulatoires n'étaient pas assez graves, à force d'errer dans cette vieille maison aux fenêtres pourries et dans la vaste jungle qui lui tient lieu de jardin, elle déprime. Je lui paye une auxiliaire de vie polonaise, mais elle est convaincue que cette fille la vole, bien que rien ne disparaisse. Elle perd tout le temps tout : ses clés de voiture, son porte-monnaie, ses cachets… Elle passe la moitié de la nuit à se traîner dans ces pièces glacées appuyée sur sa canne, et refuse de porter le médaillon de téléalarme que je lui ai procuré. Si elle tombe, je n'ai aucun moyen d'être prévenu. Ça me tuerait de la trouver un matin au pied de l'escalier. Quel dommage qu'elle ne puisse pas avoir une maison de ville de plain-pied à quelques minutes de marche du centre de Blackrock, de l'église et des cafés où retrouver ses vieilles amies.

— Il y a beaucoup d'appartements agréables », suggéra Ronan.

Hugues secoua la tête. « Laissons les appartements aux Polonais ou aux prolos. La plupart du temps, ce sont des investisseurs qui les achètent, du coup je ne saurai pas quelle racaille va se mettre à faire beugler du rap à côté d'elle. Nous devons lui trouver quelque chose de discret, un pavillon planqué tout au fond d'un jardin. »

Hugues regarda Ronan comme s'il attendait que la lumière se fasse.

« J'aime mon jardin, dit Ronan. Et de toute façon, j'ai tellement agrandi la maison que j'ai à peine assez d'espace pour une pergola.

— Tu n'as pas regardé Google Earth ? Ton voisin… comment s'appelle-t-il… le fonctionnaire qui était en classe avec nous… il en a, lui, de la place.

— Tu peux peut-être acheter sa maison, dit Ronan. Chris participe à une vente aux enchères mercredi prochain.

— C'est ce que m'a dit le commissaire-priseur. » Hugues se mit à rire. « Sans ton voisin en train de transpirer au premier rang, ce ne serait plus une vente aux enchères de Blackrock. Les agents immobiliers l'ont surnommé Monsieur J'enchéris plus bas. Mercredi, il leur donnera de nouveau raison.

— Tu veux dire qu'il n'a aucune chance d'avoir cette maison ?

— Peut-être un jour, mais pas mercredi. Si Chris se montre malin et accepte notre offre, alors peut-être dans quelques mois pourra-t-il en devenir propriétaire, mais seulement après qu'elle aura brièvement appartenu à quelqu'un d'autre. Je peux arranger ça, à condition que tu arrives à le persuader de me rendre un service. Tu l'aideras, tu m'aideras, et naturellement tu y gagneras aussi. » Hugues écrasa son cigare. « Personne ne doit jamais quitter la table le ventre vide. »

C'est ainsi que Ronan n'envoya pas son poing dans la figure de Hugues, malgré ses insinuations à propos des seins de Kim. Ils étaient des adultes, des hommes mûrs. En Irlande, seul le menu fretin acquérait une affaire en passant une annonce dans les Pages jaunes. Les choses sérieuses se déroulaient sur la terrasse des pubs haut de gamme, où ces messieurs avaient l'occasion de rester ensemble, faisant montre d'une patience stoïque tandis que leurs épouses essayaient des vêtements chez BT2 dans le centre commercial de Dundrum ou profitaient des services gratuits d'une conseillère en image avec qui elles avaient rendez-vous à Coast.

Après avoir écouté Hugues lui exposer son plan, Ronan lui expliqua les difficultés logistiques qu'il présentait. Mais Hugues était certain que Ronan trouverait le moyen de contourner ce genre de problèmes, il ne devait pas oublier qu'on respectait en lui l'homme qui faisait disparaître n'importe quelle difficulté. Ronan rendrait service à deux anciens camarades de classe, l'un qui voulait désespérément acheter une maison et l'autre qui n'arrivait pas à convaincre sa mère obstinément indépendante d'utiliser un monte-escalier et d'éviter une chute qui la rendrait infirme. Ils ne se serrèrent pas la main : de tels gestes étaient réservés aux marchands de bestiaux. Au lieu de cela, ils rapprochèrent leurs têtes pour partager une allumette afin de fumer encore. Ils regardaient droit devant eux, complices, réfléchissant aux mesures à prendre pour assumer chacun sa part du contrat.

Chapitre trois

Chris

Mardi 13, une heure trente du matin

Chris aperçut les flammes peu après être arrivé chez lui, alors qu'il s'était déshabillé pour se coucher, mais qu'au lieu de cela il s'était glissé dans l'ombre en haut des escaliers afin de se rapprocher d'Alice, tout en sachant qu'il n'était pas le bienvenu dans la chambre autrefois partagée. En de tels instants, il comprenait à quel point il avait encore besoin d'elle, malgré les mots blessants et les brusques silences explosifs. En vingt ans, il n'avait pas appris à éviter la latte de plancher qui grinçait au coude de l'escalier. Le bruit lui sembla fort, mais à cette heure de la nuit toutes les sensations étaient exacerbées, y compris l'envie que des bras se referment sur lui. Peut-être n'avait-il une telle soif de tendresse que parce qu'il ne se sentait plus désiré. En s'étant trop préoccupé d'Alice quand elle s'était retrouvée invalide à la suite d'un accident de voiture, il était passé à côté du boom irlandais, alors que ses voisins profitaient des avantages fiscaux pour investir dans des appartements à louer à Leitrim ou devenir propriétaires par procuration dans des pays qui n'existaient pas lorsque Alice et lui avaient acheté cette petite maison mitoyenne, peu avant la chute du mur de Berlin.

Chris atteignit le palier, coloré de sépia par un rayon de lune que la porte ouverte de la salle de bains laissait passer. Nimbé de cette sourde lumière argentée, le palier semblait figé dans le temps. C'était ce que Chris ressentait. En bas l'attendaient un canapé convertible ouvert, le tic-tac de l'horloge et une bouteille de vin à moitié entamée. Il ne voulait plus boire. Mais quand il aspirait à l'étreinte fugace qui laisserait sur son corps l'empreinte de la peau soyeuse d'Alice lorsqu'il retournerait dans le lit temporaire devenu depuis six mois un élément permanent de leur vie, le sommeil refusait de venir.

À cet instant la fenêtre de la salle de bains se mit à ressembler à un vitrail éclairé par une flamme vacillante. Des fils rouges de vers luisants voletèrent sur le carrelage. Un bâtiment devait brûler quelque part près du front de mer, non loin de là où Chris avait passé l'heure précédente, debout devant la maison victorienne au long jardin mise aux enchères le lendemain. Une partie de lui souhaita que le feu en provienne, car s'il n'en restait qu'une ruine fumante, il n'aurait pas de décision à prendre. Pour la huitième nuit de suite Chris s'était tenu immobile, regardant à l'intérieur par les fenêtres, se torturant à l'idée de ce qu'il devait faire.

Le vendeur laissait toujours les stores relevés devant les deux immenses fenêtres à guillotine afin de laisser voir les hauts plafonds imposants, tandis qu'une lampe jetait une lumière douce sur l'ancienne cheminée de marbre noir. Si, de l'extérieur, elle exhalait la paix et la stabilité, invitant Chris à enfin y commencer une nouvelle vie avec Alice, même alors, il n'était pas certain que cette maison leur conviendrait. L'étroit cul-de-sac n'avait jamais été conçu pour des voitures. Un arrêté de classement interdisait que les murs du jardin soient abattus, ce qui aurait permis de créer une voie privée. Ce serait un cauchemar de se garer en créneau dans cet espace exigu ou de se faire livrer. Leur expert avait établi une liste de travaux à prévoir concernant l'intérieur, mais Chris se demandait en fait surtout si Alice pouvait encore être heureuse avec lui, où que ce soit. Le lendemain, pourtant, après trois ans de tentatives d'enchères malheureuses dans Blackrock, la chance pouvait tourner. Ils s'étaient toujours remis de leurs déconvenues car ils pouvaient s'appuyer l'un sur l'autre, pourtant les choses changeaient. La confiance d'Alice s'évaporait ; il ne pouvait pas la décevoir encore.

Dans la lumière que créait le rougeoiement vacillant, Chris contempla la porte close d'Alice. Derrière cette porte, Sophie avait été conçue. Derrière elle, quand elle tenait le monde à l'écart pour les laisser habiter une secrète république d'amour où il était l'axe de l'univers d'Alice, de tendres murmures avaient résonné. Puis un soir de septembre, cette porte avait servi à l'exclure pour la première fois. Aucun mot de colère n'avait été prononcé, mais en rentrant il l'avait trouvée fermée de l'intérieur et il s'était soudain senti comme un intrus. L'éloignement progressif d'Alice ne provenait pas seulement de leur incapacité à acheter une maison. Des soucis dont elle était incapable de parler la rongeaient. Au niveau de ses hormones c'était le chaos, et la ménopause provoquait des sautes d'humeur. Elle semblait troublée à l'idée que Sophie projette de quitter le nid familial afin de poursuivre ses études à l'étranger pendant un an. Mais aucun de ces facteurs ne changeait le fait qu'en réalité chaque fois qu'il perdait une enchère, à ses yeux, Chris se dépréciait.

Le feu prenait de l'ampleur. Les langues minuscules s'accumulaient contre la fenêtre de la salle de bains, marbrures rouges comme des baisers s'évaporant. Sans faire le moindre bruit qui puisse la réveiller, Chris pressa son corps nu contre la porte fermée. Il ne savait pas ce qu'il voulait à cet instant ; il ne supportait simplement plus de se sentir seul à l'intérieur de sa vie de couple, comme le fantôme oublié d'une existence tronquée. Le sommeil d'Alice était précieux. Si on le troublait, elle ne pouvait plus se rendormir. Son besoin de silence la nuit avait donné à Chris l'impression d'être un gardien constamment en service, jusqu'au jour où il avait découvert qu'elle n'avait plus besoin qu'il s'en préoccupe. Elle avait émergé de la maladie transformée, une femme différente.

Chris aurait aimé dormir, mais il ne pouvait pas accepter de redescendre pour endurer une nouvelle nuit d'insomnie à additionner les chiffres, remboursements d'intérêts, allégement d'hypothèque, et à s'inquiéter de ce qui se passerait s'il tombait malade et ne pouvait plus subvenir aux besoins d'Alice et de Sophie. Il aurait aimé ouvrir la porte et s'allonger près d'elle, toucher ses seins, comme autrefois lorsqu'il sentait l'amour d'Alice les envelopper dans son champ de force. Il aurait voulu lui demander si elle était certaine que la maison de demain était celle qu'ils avaient espérée. Il aurait voulu ne pas se sentir tellement effrayé, tellement persuadé que quelle que soit la décision qu'il prendrait, ce serait la mauvaise.

Il restait immobile, les flammes rouges voletaient contre la fenêtre de la salle de bains et les sirènes des pompiers brisaient le silence. Son corps devint froid, ses paumes s'engourdirent. Il se sentait isolé et sexuellement frustré. Plein de ressentiment envers Alice qui semblait ne plus l'aimer comme avant. Il avait envie de la quitter, pourtant il savait qu'il ne pourrait jamais survivre seul. Il voulait avant tout enfin lui prouver qu'il était encore capable de gagner. Alors, il serait de nouveau l'homme qui montait l'escalier dans le noir pour ouvrir la porte d'une chambre où tout était éteint, l'homme à qui l'on ferait sentir qu'il était le bienvenu, le chasseur revenu d'une épique randonnée après avoir lutté pour retrouver son chemin.

Chapitre quatre

Alice

Mardi 13, une heure du matin

Alice s'éveilla. Elle ne savait pas ce qui avait troublé son sommeil ni si elle réussirait à se rendormir. Le côté lumineux de l'horloge était tourné vers le mur. Dans le passé cela l'aurait stressée de savoir quelle heure il était et de découvrir qu'elle avait dormi si peu de temps. Sa peur de devoir supporter une nouvelle nuit d'insomnie s'avérait alors invariablement une prophétie autoréalisatrice. Elle s'apprenait maintenant à ne pas paniquer lorsqu'elle se réveillait, à ne jamais regarder l'horloge, ni, surtout, s'agiter. Le secret était de vivre dans le présent, de ne pas ressasser perpétuellement le passé ou s'inquiéter du lendemain.

Si elle commençait à penser à la maison mise aux enchères, elle était condamnée à rester éveillée. Ce serait presque aussi pénible que si Chris était dans la chambre à la tourmenter à coups de chiffres, homme déchiré entre son désir de la satisfaire et son incapacité à prendre une décision. Quand il ferait monter les prix le lendemain, elle ne voulait pas qu'il le fasse pour son bien à elle mais pour le sien, pour se prouver à lui-même qu'il était capable de conclure un marché. Leur relation avait souffert de ce qu'ils ne puissent ni déménager ni renoncer à ce rêve. Une fois passée l'amertume ressentie chaque fois que quelqu'un avait surenchéri sur lui, Alice décidait de ne plus jamais chercher une autre maison, mais Chris se débrouillait toujours pour lui faire partager l'enthousiasme qu'il ressentait à l'idée d'une nouvelle occasion dont il parlait d'abord avec exaltation, avant d'invariablement lui trouver d'innombrables défauts.

Alice désirait ardemment échapper à l'espace exigu dans lequel ils vivaient et recommencer à zéro dans des pièces où ne planait pas le souvenir de la maladie mais, avant tout, elle désirait se rendormir. Pendant les années où Chris avait partagé ce lit, elle avait souvent passé de longues nuits allongée éveillée, devenant si envieuse de la facilité avec laquelle il dormait qu'elle succombait parfois à la folle impulsion de le bombarder de questions refoulées et irrationnelles sur la façon dont il réussissait toujours à s'endormir, comme si c'était un secret qu'il refusait de partager avec elle. Cela ne servait jamais à rien d'autre qu'à lui permettre d'exprimer son désespoir. À ce stade, Alice était au-delà de toute consolation. Mais Chris n'avait pas compris qu'elle n'attendait pas de lui qu'il résolve son problème de sommeil. Bien que sa litanie de questions ressemble à une supplique, elle ne la répétait que pour briser le silence continu de ces nuits où, si elle était obligée de rester plus longtemps allongée sans rien dire dans le noir, elle craignait de devenir folle.

Chaque fois qu'elle réveillait Chris, cela se terminait en dispute, son mari essayait d'abord de la calmer puis, confronté à un dilemme insoluble où tout ce qu'il disait ne faisait qu'empirer les choses, il se mettait en colère. Chris avait toujours semblé piégé dans ces moments où Alice le suppliait de la prendre dans ses bras puis lui reprochait amèrement de ne pas comprendre son angoisse. Personne n'avait pu expliquer l'épuisement qui s'était emparé d'elle pendant les trois ans qui avaient suivi l'accident ; ce que son corps malade ressentait après qu'elle s'était mise dans un état d'affolement, craignant de ne pas pouvoir encore affronter une journée sans sommeil. C'était parce qu'elle était trop liée à Chris qu'éclataient ces terribles disputes tard dans la nuit, parce qu'elle comptait sur lui pour résoudre tous les problèmes – une dépendance qu'un thérapeute qu'elle voyait avait qualifiée de malsaine.

Pendant ces années difficiles, Chris était le preux chevalier essayant de surmonter tous les obstacles, il s'occupait de Sophie et conduisait Alice chez des praticiens de médecine alternative, en qui elle plaçait tous ses espoirs de sortir un jour de cet effondrement dépressif où la mort lui aurait semblé la bienvenue. Dépendre de lui avait été un symptôme d'une maladie qui lui avait volé plusieurs années de sa vie. Maintenant enfin elle recouvrait ses forces, et son thérapeute lui conseillait toujours de relâcher les liens intenses qui l'attachaient à son mari afin d'apprécier Chris sous un jour différent, ce qui lui permettrait peut-être de prendre confiance en elle. Le thérapeute avait laissé entendre qu'elle avait besoin de dévaloriser son mari. Mais plus la saga de l'achat d'une nouvelle maison traînait, sur un marché où les prix s'envolaient follement, plus elle trouvait que Chris semblait se déprécier lui-même.

Alice était contente qu'il ne soit pas allongé auprès d'elle. Cela évitait toute possibilité de discorde. Elle se rappela le silence plein de ressentiment dans lequel ils restaient, incapables de dormir, après qu'elle l'avait réveillé avec ses questions. Le chagrin qui bouillonnait en eux couvait toute la journée du lendemain, jusqu'à ce qu'ils finissent par échanger un regard et rient de leur propre bêtise. Ils se réconciliaient souvent grâce au sexe, c'était encore l'époque où elle se sentait incomplète dès qu'existait le moindre éloignement d'avec l'homme qu'elle aimait. Ils ne se disputaient plus la nuit car il ne dormait plus dans cette chambre. Alice se demandait parfois s'il dormait un tant soit peu. Elle était troublée à l'idée qu'une part d'elle-même veuille simplement qu'il la laisse tranquille.

Pendant vingt ans, elle avait eu besoin qu'il la rassure constamment mais, récemment, la situation s'était inversée. Moins Alice avait besoin de Chris, plus il semblait avoir besoin d'elle. Alice avait l'impression d'être piégée par ce besoin croissant, surtout depuis le choc qu'elle avait ressenti en découvrant que peut-être elle ne pouvait plus avoir confiance en lui. Elle ne pensait pas pouvoir se remettre du sentiment dévastateur de trahison qui l'avait envahie en septembre, quand elle était tombée par hasard sur la preuve que Chris devait voir quelqu'un d'autre. Elle était en ce temps-là si naïve qu'elle n'aurait rien soupçonné si le comportement soudain furtif de Chris ne l'avait pas troublée. Elle s'accusait toujours d'être parano quand, comme poussée par son instinct, elle était allée fouiller dans la penderie les poches du costume noir de Chris, où elle avait trouvé une boîte de Viagra entamée. Même à ce moment-là, elle n'en aurait probablement pas tiré de conclusion, si leur voisin Ronan ne l'avait pas mise sur la voie, accidentellement ou bien volontairement. Ronan faisait rarement les choses sans plusieurs bonnes raisons.

Pendant les deux décennies qu'ils avaient passées ensemble, elle n'avait jamais vu Chris lever la main sur quelqu'un. Il était vraiment impossible d'imaginer cet homme, incapable de tuer une araignée, commettre le moindre acte de violence. Mais ce soir-là – quand elle était descendue après avoir fait cette découverte, et qu'elle s'appliquait à garder un ton décontracté pour lui demander où il allait –, la façon dont Chris lui avait menti si maladroitement lui avait fait plus mal qu'un coup de poing dans l'estomac. Alice se rappela avoir eu besoin de se retenir au comptoir de la cuisine en regardant par la fenêtre pour que Chris ne remarque pas son visage décomposé, tandis qu'il vérifiait nonchalamment ses clés de voiture et disparaissait pour aller retrouver quelqu'un dont il ne lui parlait pas. Elle n'avait éprouvé une souffrance aussi vive qu'une seule fois auparavant, lorsque son premier petit ami l'avait laissée tomber quelques jours après qu'elle avait renoncé à sa virginité. L'arrivée de Chris dans sa vie avait cicatrisé la blessure provoquée par ce rejet désinvolte qui avait ébranlé son peu de confiance en elle-même. Mais les mensonges proférés par Chris en septembre dernier avaient ravivé la douleur de cette première trahison qu'elle avait non sans étonnement retrouvée enfouie au fond d'elle après un quart de siècle. Cela lui avait permis de comprendre que toute sa vie elle avait été trop innocente, candide, confiante.

Les déceptions éprouvées dans les salles de vente, et même les années de solitude passées clouée au lit dans cette chambre après l'accident de voiture, semblaient insignifiantes à côté de la détresse qu'elle avait ressentie en écoutant s'éloigner la voiture de Chris. Le fait qu'il avait menti de façon éhontée démontrait certainement qu'il voyait une autre femme. Ou peut-être pas. Depuis que leur voisine Miriam était partie, il n'y avait personne en qui Alice pût se confier, personne pour l'apaiser devant une tasse de café, personne pour relativiser ses peurs quand l'anxiété la submergeait. Alice faisait remonter ses sentiments ambigus envers Chris à cette soirée, non seulement parce qu'il agissait de façon illicite derrière son dos, mais parce que en s'aventurant dans un monde étranger il renforçait la sensation d'isolement d'Alice. Elle avait compris ce soir-là qu'à moins de se bâtir elle aussi une vie cachée, avec de nouveaux amis, ou du moins des étrangers qui ne se rappelleraient pas instinctivement, dès qu'ils la verraient, les vieux articles de journaux sur l'accident de voiture, elle allait étouffer dans cette petite maison qu'ils semblaient incapables de quitter.

Chaque enchère perdue renforçait l'impression qu'elle avait d'y être piégée, sans prise sur sa propre existence. Mais l'infidélité de Chris, ou sa tentative d'infidélité, ou tout au moins sa détermination à mettre de côté un nouvel aspect de sa vie et à le tenir secret, lui avait fait prendre conscience qu'elle devait se saisir des pans de son destin qu'elle pouvait contrôler. Il fallait qu'elle surmonte sa solitude et restaure un peu de la confiance en elle-même que l'accident de voiture avait anéantie. L'attitude de Chris en septembre avait semé une graine, s'il se sentait autorisé à lui cacher des choses, alors, à condition que ses secrets ne blessent personne, elle aussi en avait le droit. Elle était devenue trop dépendante d'un homme apparemment dépassé par cette nouvelle Irlande qui s'emballait autour d'eux. Avant qu'il soit trop tard pour vivre ses propres expériences, elle devait se créer un espace privé où, pendant de brefs interludes, elle pourrait échapper à ces limbes et se dégager du passé, même si la femme qu'elle allait ainsi devenir lui était étrangère.

Elle avait été, au mois de septembre, trop blessée et choquée pour exprimer ses émotions confuses. Sophie était sortie avec des amis, mais Alice s'était quand même enfermée dans la salle de bains pour se recroqueviller sur le carrelage et pleurer en silence. Quand elle avait eu enfin fini de pleurer, elle avait laissé des draps et une couette sur le canapé qu'elle avait déplié dans le salon. Puis elle était restée allongée éveillée dans le noir, attendant que Chris rentre et monte l'escalier pour trouver fermée à clé la porte de la chambre. Le lendemain, lorsque Chris avait demandé ce qui se passait, Alice avait pris pour prétexte les bouffées de chaleur, sueurs nocturnes et migraines aveuglantes qui l'empêchaient désormais de dormir dans le même lit que lui. Elle avait, furieuse, inventé une dizaine d'excuses en espérant que Chris aurait suffisamment d'intuition pour deviner ce qui en réalité n'allait pas, comprendre combien ses mensonges l'avaient profondément blessée et que, malgré toute sa naïveté, elle refusait d'être prise pour une idiote.

Six mois avaient passé et apparemment la liaison de Chris, s'il en avait eu une, avait pris fin. Cependant lorsque dans un couple la confiance s'effrite, elle ne revient jamais. En y repensant, Alice savait qu'elle aurait dû au moins une fois mettre Chris en face de ses mensonges plutôt que d'inventer des excuses pour expliquer la porte fermée à clé. Mais Alice avait été élevée dans une famille où les traumatismes ne rencontraient jamais autre chose qu'un silence évasif. Bien qu'ayant passé la moitié de sa vie à essayer de se libérer de son enfance réprimée, elle n'avait pas su comment affronter Chris autrement qu'en lui lançant des piques dans l'espoir qu'il déchiffrerait les véritables intentions cachées derrière ses mots. Si Miriam, qui était une femme d'expérience, avait encore habité à côté, Alice aurait pu se confier à elle, mais elle avait perdu de vue le cercle de mamans qui étaient autrefois, lorsque Sophie allait à l'école primaire, ses meilleures amies. Et même si elle était restée en contact avec elles, elle n'aurait simplement pas su comment parler à qui que ce soit des angoisses qui l'obsédaient.

En dehors de ça, Alice était quelqu'un d'ouvert, trop ouvert et trop crédule, mais à peine commençait-elle à parler de ses sentiments qu'elle revoyait ses parents la regarder avec une désapprobation exaspérée, déconcertés à l'idée que leur fille risque de se rendre ridicule en s'écartant de l'illusion soigneusement construite selon laquelle tout dans sa vie était parfait. Ses rares accès de colère étaient autant dirigés vers elle-même, tant elle s'en voulait d'être toujours captive d'un tel quant-à-soi, que vers Chris. Sa confiance en elle était pulvérisée par l'idée que, même à quarante-huit ans, elle restait ce que ses parents avaient fait d'elle, incapable de se libérer de leur réserve glacée et de leur souci tout-puissant de ce que les autres pensaient. Ils l'avaient trop bien dressée quand elle était petite, étouffant son aptitude à la joie spontanée, comme si un bonheur non maîtrisé était une maladie contre laquelle elle devait être vaccinée.

Ces derniers temps, Chris sortait rarement, sauf pour visiter des maisons et se laisser ensuite torturer par l'indécision quant à d'éventuelles enchères. Sa mystérieuse maîtresse devait l'avoir laissé tomber un certain soir de novembre où il était rentré bien plus tôt que d'habitude, le visage livide, comme bouleversé. Mais peut-être n'avait-ce jamais été une véritable liaison. Et s'il avait vu en secret une prostituée, sans autre solution pour relâcher le stress dont il souffrait sûrement ? Et si, dans ce milieu sordide, il avait été menacé par un mac ? Tout ce qu'Alice savait de façon certaine était que, quand un instinct protecteur presque maternel l'avait éveillée à trois heures du matin cette nuit-là, elle était descendue et avait trouvé Chris assis, tremblant, un cognac à la main, refusant de parler de ce qui le mettait dans cet état. Cette nuit-là elle avait eu très envie de le prendre dans ses bras et que tout redevienne comme avant. Mais elle ne l'avait pas pu car Chris était tellement tendu que son corps ressemblait à un poing serré. Quelque chose dans son expression lui avait fait penser que s'il voyait une prostituée, il pouvait avoir découvert qu'il avait attrapé une maladie vénérienne. Elle n'avait aucune preuve, en dehors du silence pitoyable de Chris, de cette idée affreuse qui pourtant lui avait fait trop peur, ou l'avait trop dégoûtée pour qu'elle lui tende la main. Irritée par son silence, et par l'incapacité dans laquelle elle était de s'attaquer au gouffre qui les séparait, elle était remontée dans la chambre qu'elle n'avait plus besoin de fermer à clé pour l'exclure, le laissant mariner dans sa culpabilité et son cognac.

Sans doute s'était-elle totalement trompée avec cette histoire de maladie vénérienne, mais lorsqu'un époux refuse de se confier à sa femme, comment peut-elle savoir ? S'il avait été voir une prostituée pendant l'automne, cela aggravait-il sa trahison ? Devait-elle éprouver un certain réconfort à l'idée qu'il n'était pas involontairement tombé amoureux d'une de ses jeunes collègues du Service des emplois, entreprises et innovation, que sa trahison avait seulement impliqué une transaction financière lui permettant de profiter de quelques instants de pur plaisir clandestin ? Six mois plus tôt, Alice n'aurait jamais su comment répondre à une telle question : elle ne savait alors rien des mondes interlopes. Maintenant elle n'en savait que trop, pas par expérience personnelle, mais parce qu'elle était allée sur Internet regarder de l'autre côté du précipice qui la séparait de ces univers dont elle n'avait jusque-là même pas eu conscience. Elle avait alors compris que l'infidélité de Chris ne correspondait probablement ni à une passade amoureuse pour une collègue de travail, ni à une transaction financière furtive. Peut-être s'était-il simplement aventuré dans un monde virtuel qu'elle était à peine en train de découvrir, où des adultes répondaient en adultes à leurs désirs. Ils cherchaient sans complexes des plans cul réguliers et autres choses étranges dont Alice n'aurait toujours rien su si l'affolement que provoquait en elle l'idée d'une trahison ne l'avait pas poussée à chercher d'éventuelles traces laissées par Chris sur Internet. Quelle étrange ironie ! Elle n'aurait jamais déterré cet univers parallèle si elle n'avait pas essayé en vain d'y trouver son mari et de comprendre ce qui lui arrivait.

Ce dont elle avait besoin maintenant, c'était de se rendormir. Pendant vingt ans, son amour pour Chris avait été si primordial que pas une minute elle n'aurait imaginé ce sentiment de vide. Pourtant son désir de le tenir loin d'elle n'était qu'une seule parmi tant d'autres nouvelles et étranges sensations. Son oreiller était trempé de sueur, ses membres congestionnés. Jour après jour, son corps changeait de façon perturbante. Car ces transformations impliquaient qu'elle allait bientôt être vieille, et cependant, plus la ménopause la colonisait, plus elle avait l'impression d'intérieurement redevenir une jeune fille.

Alice ne souhaitait pas s'appesantir sur cette contradiction. Elle avait besoin de dormir. Quel bruit l'avait donc réveillée ? Cela ne pouvait pas venir de la maison mitoyenne – les derniers locataires polonais ou lettons étaient miraculeusement silencieux, bien qu'on ne sût jamais avec certitude combien de temps ils allaient rester, et quelle engeance tapageuse allait les remplacer. Elle écarta la folle idée que Chris puisse être debout derrière sa porte et que c'était le heurt à peine audible de ses ongles contre le bois qu'elle avait entendu. Mais elle savait qu'il était déjà venu au moins deux fois dans sa chambre au cours des derniers mois. Elle l'avait, une nuit, découvert près d'elle, son corps nu oscillant à quelques centimètres du sien, comme si elle avait été un champ magnétique auquel il ne pouvait pas résister. Quelque temps plus tard, elle l'avait trouvé allongé sur le parquet verni, enroulé dans une couverture à côté de son lit.

En se retournant, Alice remarqua une lumière de feu follet qui clignotait sur le bord des rideaux. Poussée par la curiosité, elle lança un coup d'œil dehors. Au loin, redoutablement vives et silencieuses, des flammes s'élevaient d'un bâtiment en feu. Ce spectacle lui parut d'une beauté glacée. Peut-être était-ce ce dont sa vie avait besoin, une énorme conflagration qui la ferait se sentir vraiment vivante. Les flammes avaient réveillé Ronan, leur voisin. Alice entrevit le sommet chauve de son crâne sous un velux de l'aile qu'il avait ajoutée à sa maison. Sa calvitie lui donnait l'apparencc d'un moine qui aurait, avec le plus grand sérieux, étudié des fichiers sur un ordinateur qu'elle ne pouvait pas voir. Alice s'en amusa. Ronan n'avait rien d'un moine et il aurait détesté savoir qu'elle observait sa raréfaction capillaire aussi ouvertement.

La nouvelle aile était immense. Trois ans plus tôt, Ronan avait fait abattre celle qui existait afin de construire cette monstruosité, qui comprenait au départ une véranda assez vaste pour ressembler à la serre d'un jardin botanique. L'année précédente, il avait décrété que cette pièce était trop froide en hiver pour la fleur exotique qu'était sa nouvelle épouse et l'avait subdivisée à l'aide d'une cloison puis couverte de panneaux solaires. C'était Ronan tout craché, perpétuellement agité, incapable d'arrêter de transformer cette propriété. Il testait tout le temps de nouvelles idées – le vaste îlot qui trônait au milieu de sa cuisine, ou une salle de réfrigération qui avait contenu les casiers à bouteilles de champagne de « Monsieur » et ceux de « Madame ». Ses innovations étaient souvent abandonnées aussi vite qu'elles avaient été adoptées, mais elles faisaient invariablement paraître minable la maison de Chris et Alice.

Que Ronan se montre incapable d'arrêter les rénovations était un des nombreux points qui mettaient en rage Miriam, sa première épouse. Pendant des années, elle avait supporté le chaos perpétuel, flattée à l'idée que Ronan tente de lui construire une maison de rêve. Puis un jour, elle avait compris, tout au moins c'est ce qu'elle avait dit à Alice avant de le quitter, qu'avec ces transformations constantes Ronan tentait de la reléguer à l'intérieur d'une prison de luxe. Ces travaux étaient sans fin. Ils lui fournissaient une excuse pour rester dehors, comme un enfant avec un jouet de bricolage trop grand pour lui, faisant à Miriam un signe de la main derrière les fenêtres à triple vitrage tandis qu'il fignolait les réajustements qui lui permettaient, quels qu'ils soient, de ne pas avoir à s'asseoir dans l'une des pièces réaménagées et à affronter ses problèmes de couple.

Alice n'avait jamais eu grand-chose en commun avec Miriam, pourtant, que cette dernière passe la voir pour rire avec elle de la dernière lubie de Ronan lui remontait le moral. Alice avait depuis longtemps des raisons de se méfier de lui, mais Ronan, lui, au moins, agissait. Chris était aux antipodes. Tergiversant et s'inquiétant mortellement devant toute décision. Sa prudence intrinsèque les avait empêchés de profiter de la prospérité dont jouissaient leurs voisins, qui avaient acheté une deuxième, puis une troisième maison, utilisant ces systèmes d'incitation fiscale dont les gens parlaient continuellement pendant les réceptions. Tout le monde à Blackrock semblait posséder au moins trois biens immobiliers, alors qu'Alice et Chris restaient coincés dans cette baraque où ils se sentaient maintenant trop à l'étroit.

Se sentaient-ils aussi trop à l'étroit l'un avec l'autre ? Alice ne voulait pas penser à ça. Elle avait besoin de dormir le poing glissé entre les jambes pour se réconforter. C'était de plus en plus sec, là en bas, une sensation désagréable quand elle mettait un jean. Les poussées de mycose la faisaient s'habiller différemment – un sujet de plus que Chris commentait. « Je ne sais pas pour qui tu achètes ces nouveaux sous-vêtements, mais en tout cas, ce n'est certainement pas pour moi. » Chris avait raison : si elle accumulait désormais la lingerie de façon compulsive, ce n'était pas pour qu'il la regarde, mais cela ne voulait pas dire qu'elle l'achetait pour que d'autres hommes le fassent. Grâce à ces tenues légères, elle pouvait s'examiner sous un jour nouveau dans l'intimité de sa chambre à coucher et enfin apprendre à se sentir bien dans son corps. Pour l'instant au moins, elle voulait qu'aucun homme ne la voie nue, sauf parfois quand elle fantasmait, mais c'était exceptionnel, pourtant elle aimait penser que, même avec la redoutable cinquantaine qui se profilait à l'horizon, d'autres auraient encore envie de la voir revêtue de ce genre de dessous, que pour une fois ils regarderaient son corps et non la cicatrice de sa joue droite – héritage de l'accident qu'elle avait eu quatre ans plus tôt.

Chris était trop lié aux souvenirs de cette mauvaise période où elle avait perdu toute estime d'elle-même. Non qu'elle en ait jamais eu beaucoup : critiquant constamment la personnalité d'Alice, ses parents s'en étaient assurés. Elle avait connu des instants de joie pure quand, enfant, elle sortait avec ses amies, mais toute son espièglerie disparaissait dès qu'elle rentrait chez elle, où la moindre expression de gaieté innocente la faisait paraître bizarre. Ce qu'il y avait eu de plus dur était de savoir qu'aux yeux de son père elle ne pouvait jamais rien faire de bien.

Alice savait que cette indifférence venait de la misère affective dans laquelle lui-même avait été élevé. Grâce à quelques rares allusions à son passé, Alice devinait que son père n'avait pratiquement jamais entendu une phrase tendre ou encourageante résonner dans la maison de Booterstown où il avait grandi, à deux cents mètres de l'endroit où le premier ministre de la Justice, Kevin O'Higgins, avait été tué en 1927 en allant à la messe.

Plutôt que d'évoquer de vieux souvenirs nostalgiques, il préférait rappeler cette proximité avec Higgins, comme s'il avait été fier que Booterstown ait été le lieu d'un assassinat d'une catégorie bien supérieure à ceux des autres banlieues. La maison des grands-parents d'Alice, sur Booterstown Avenue, semblait un mausolée où toute émotion incontrôlée était associée à la ferveur religieuse et où la seule chaleur provenait d'une ampoule rouge embrasée sur le reposoir du Sacré Cœur de Jésus accroché au mur.

D'après ce qu'avait entendu dire Alice, son grand-père semblait n'avoir pris goût à la vie qu'une seule fois, pendant les années trente, quand les circonstances lui avaient brièvement permis de défiler dans le quartier, habillé de l'uniforme quasiment fasciste des Chemises bleues et dénonçant le journal *The Irish Press* comme organe communiste plus communiste que Staline lui-même. Tout ce qu'Alice savait de sa grand-mère tenait dans la phrase que cette dernière avait prononcée au retour de sa fille, la tante d'Alice, Patricia, après que la jeune femme, s'apercevant qu'elle n'avait pas la vocation, s'était enfuie du couvent où elle venait d'accomplir deux ans de noviciat. Le père d'Alice aimait beaucoup raconter cette histoire, pas par cruauté, mais simplement sans réfléchir, inconscient de la douleur que sa sœur cadette avait certainement ressentie lorsque sa mère l'avait accueillie en disant : « Il aurait mieux valu pour toi revenir ici dans un cercueil que nous faire une telle honte. »

Alice savait peu de chose sur sa tante, même pas si elle vivait encore. Seulement qu'elle n'était restée dans la maison de Booterstown que quelques semaines, nonne ratée donc objet de pitié et d'ostracisme, jusqu'à ce qu'elle trouve une place de secrétaire au sein de l'administration. Le soir où elle avait reçu son premier salaire, Tante Patricia avait quitté Booterstown sans un mot pour ses parents ou son frère, et elle n'avait plus jamais fait entrer l'indignité chez eux. Parce que son père n'avait pas tenté de rester en contact avec sa sœur, Alice l'avait toujours fondamentalement considéré comme un enfant unique. Elle s'était consciencieusement occupée de lui jusqu'à sa mort. Mais maintenant, dans l'étrange réévaluation de sa vie que la ménopause provoquait, elle ne pouvait plus lui pardonner de ne pas avoir réussi, ne serait-ce qu'une seule fois, à la féliciter quand, petite fille, elle manquait tellement d'assurance et désirait désespérément que quelqu'un, qui que ce soit, l'approuve.

Quand Alice était en terminale à Mount Anville, la religieuse qui faisait office de conseillère d'orientation avait demandé à chaque fille de la classe ce qu'elle voulait devenir. Elle les avait discrètement exhortées à prendre en considération, comme l'infortunée Patricia l'avait fait, une éventuelle vocation. Des dossiers informatifs concernant les emplois auxquels les filles aspiraient généralement, infirmière, enseignante, hôtesse de l'air, avaient été préparés. La réponse catégorique d'Alice avait interloqué la nonne : elle ne désirait pas entrer dans l'administration ni profiter des notes excellentes qu'elle avait toujours en langues pour faire des études d'interprétariat. Elle ne souhaitait pas non plus entrer à l'université de Dublin, où elle pourrait rencontrer un gentil mari ayant grandi dans le quartier de Mount Merrion. Alice avait reconnu n'avoir qu'une ambition : devenir canadienne. Ce rêve d'immigration était lié à l'intense solitude qu'elle avait ressentie enfant quand, allongée dans son lit le soir, elle écoutait encore et encore et bien qu'il soit rayé l'album *Blue* de Joni Mitchell – un des rares disques qu'elle avait pu s'offrir. Alice se souvenait de l'émotion qui l'étreignait chaque fois que l'aiguille arrivait sur *A case of you*, où, sur le ton de la confidence, Joni Mitchell raconte ce qu'elle ressent quand, assise sur un tabouret de bar, elle dessine une carte du Canada sur un dessous-de-verre à bière et y superpose le visage de celui qu'elle aime. L'ambiance mystérieuse de cette salle faiblement éclairée lui semblait la plus éloignée, la plus magiquement distante de sa prison familiale d'Avoca Road qu'elle pourrait jamais atteindre. Alice ne s'était pas inquiétée de la carrière qu'elle pourrait mener au Canada ; elle avait seulement rêvé d'échapper aux mains baladeuses des fêtes du club de tennis et aux rosaires récités en famille, agenouillée sous un tableau de Jésus exhibant ses blessures fièrement, tel un présomptueux joueur de rugby de Blackrock College essayant pendant un bal d'impressionner les filles.

Sa brève mais insupportablement excitante première histoire d'amour, dans la frénésie des examens de fin d'études, avait failli faire échouer son plan. Mais la rupture brutale, après que son petit ami avait obtenu d'elle toutes les faveurs sexuelles qu'il voulait, avait redoublé sa détermination. Alice s'était sentie loin de ses parents, épuisée par les disputes qui démarraient dès qu'elle tentait d'arracher la moindre concession pour l'adulte qu'elle devenait. Et trois semaines après ses examens elle avait pris place à bord d'un avion à destination de Toronto avec l'argent économisé sur son travail à mi-temps. C'était la première fois qu'elle partait seule, sa première tentative d'évolution vers son soi non entravé. Pendant le voyage, elle avait été à la fois terrorisée et surexcitée, voyant chaque incident nouveau avec l'éclat du rêve, l'interrogatoire au guichet de contrôle des passeports, le taxi jusqu'en ville qui lui avait coûté une fortune quand elle avait bêtement raté le panneau de la correspondance ferroviaire. Elle était impressionnée par la taille de tout ce qui l'entourait, à l'exception de la chambre exiguë qu'elle avait louée au huitième étage d'un immeuble, juste au-dessus d'une intersection animée où les voitures roulaient aussi bruyamment à minuit qu'à midi.

Lors de cet hiver implacablement glacial, Alice avait failli devenir quelqu'un de nouveau. Parfois en rêve, elle se frayait encore un chemin dans la neige compacte pour traverser l'abyssale chaussée de Yonge Street et restait perdue au milieu de la foule grouillante d'Union Station, retrouvait l'émerveillement qu'elle avait ressenti en voyant le gratte-ciel de la Royal Bank of Canada étinceler dans le soleil qui recouvrait chacune de ses fenêtres d'une couche d'or vingt-quatre carats. Elle n'avait jamais connu un tel froid, mais en même temps une telle libération, dans une ville où personne ne savait quoi que ce soit sur elle. Elle espérait qu'elle se débarrasserait de l'image qu'à force de s'entendre critiquée par ses parents elle s'était faite d'elle-même. Cet hiver-là, alors que, serveuse, elle rentrait tard le soir vers le brouhaha d'accents étrangers qui passaient à travers les fines cloisons de la chambre et se couchait tout habillée car elle ne pouvait pas se permettre d'allumer le chauffage, Alice crut qu'elle n'aurait plus jamais chaud. Pourtant, malgré la morsure du vent, elle avait tout le temps eu envie d'être dehors, de marcher en s'imbibant d'images nouvelles, d'observer les Canadiens, qui semblaient ouverts mais cachaient souvent leurs véritables sentiments sous de larges sourires.

Tout était plus grand, là-bas, même les plongeurs qui arrivaient au travail en chemise de bûcheron et bottes Kodiak. Les autres serveuses, vêtues de polyester fluo, disaient toujours qu'elles avaient passé un week-end « trop cool ! ». Elles trouvaient tout « trop cool », y compris le fait que le premier jour Alice n'avait pas vu la margarine dans le frigidaire, car elle ne savait pas que la margarine canadienne était orange vif. Le thé avait un horrible goût de sciure, le chocolat était léger et sucré. N'ayant pas les moyens de s'offrir une télévision, elle ne pouvait pas se mêler aux conversations de ses collègues sur *Les feux de l'amour*. Mais chaque fois qu'elle passait devant la vitrine d'un magasin d'électronique remplie de télévisions, Alice s'arrêtait pour regarder leurs écrans afin de pouvoir au moins mettre un visage sur les personnages dont elles aimaient tellement parler.

Un soir, alors qu'elle était la seule âme qui vive à braver le froid dans une ruelle donnant sur Yonge Street, elle avait aperçu, dans la vitrine d'une quincaillerie en sous-sol, des plaques en bois portant des noms de maisons. Poussée par la solitude, elle avait descendu les marches couvertes de neige et était entrée dans la boutique, où un vieil homme avait relevé les yeux en entendant résonner la sonnerie de la porte. Elle avait su qu'il comprenait ce qui l'amenait et ne voyait pas d'objection à ce qu'elle n'ait pas l'intention de lui acheter quelque chose.

« Je voulais juste regarder vos plaques, avait-elle dit timidement. Elles sont magnifiques.

— Mon père m'a appris la gravure. Le travail du bois n'avait aucun secret pour lui.

— Ce nom m'enchante. » Elle avait montré du doigt une plaque en chêne où était inscrit « Le bois de l'Entrelacs ». « Cet endroit existe ?

— J'espère bien, ou je ne serai pas payé, dit-il en riant. Le bois de l'Entrelacs se trouve au bord de l'Ontario. Quand j'étais enfant, une bande de richards y avaient de belles demeures. Puis des immigrés polonais ont commencé à y construire des petites maisons en bois. Les Polonais étaient des gens honnêtes, travaillant dur, pourtant je ne suis pas certain que les rupins aient été très heureux de les avoir pour voisins. Il y a là-bas des arbres anciens et tout l'espace qu'on veut pour respirer. Il faut suivre le port jusqu'à Lake Shore Boulevard, dépasser Sunnyside et marcher presque jusqu'à Palace Pier Park. Mais par ce temps, quand tout est couvert de neige, ça ne vaut pas le coup. Attendez le printemps. Vous venez d'où ?

— D'Irlande.

— Vous pensez rester ici ? »

Alice avait rougi, craignant que ce qu'elle allait dire semble idiot. « Vous avez déjà eu un pressentiment et su qu'il allait se réaliser ? »

L'homme avait hoché la tête. « C'est ce que j'ai ressenti le jour où j'ai rencontré ma défunte femme. Nous n'avions que dix-sept ans, mais à cet instant, j'ai vu tout notre avenir.

— La seule chose que je sais du mien, avait avoué Alice sur un ton hésitant, c'est qu'un jour je redescendrai ces marches et commanderai une plaque comme celle-ci pour la maison que j'aurai dans le bois de l'Entrelacs. »

L'homme avait alors pris sa main dans la sienne, premier véritable contact humain qu'elle ait eu depuis son arrivée à Toronto. Elle avait apprécié qu'il ne rie pas mais réponde solennellement, comme s'il faisait un vœu. « Ce sera un privilège pour moi, mademoiselle. Je n'aurai pas oublié votre visage et nous rirons en nous rappelant ce jour glacial qui plongerait n'importe qui dans une profonde solitude. »

La sincérité qu'elle avait entendue dans sa voix l'avait réchauffée pendant des jours. Il y avait à Toronto des boîtes de nuit et des clubs, mais Alice savait qu'elle n'y trouverait pas l'âme sœur. Elle n'était pas prête à se laisser de nouveau utiliser par un garçon.

Lors de ces week-ends glacials, elle était souvent la seule passagère à bord du vieux ferry qui s'éloignait poussivement vers les petites îles blotties le long du littoral. Elle avait eu comme un avant-goût du printemps le dimanche où elle avait marché de Halan's Point jusqu'à la limite de Ward's Island devant des parcs d'attractions fermés et des restaurants aux stores baissés, jusqu'au moment où elle n'avait plus pu supporter un tel froid. Elle pouvait imaginer ces îles remplies de baigneurs quand le beau temps reviendrait. Tout rouvrirait alors, et elle aurait plus d'occasions de rencontrer des inconnus qui deviendraient peut-être des amis. Vivre à l'étranger était plus difficile qu'elle ne l'avait cru, mais lorsque le printemps arriverait dans ces îles, elle perdrait sa timidité, émergerait de sa chrysalide.

Quand le ferry, de retour en ville, avait accosté à Queen's Quay cet après-midi-là, un sens inébranlable du devoir filial l'avait fait s'arrêter devant une cabine téléphonique près de la gare maritime pour passer l'appel hebdomadaire rituel à ses parents, et ses doigts étaient si raides qu'elle avait à peine réussi à tenir le combiné. Elle rêvait du semblant de chaleur que dégageait le radiateur électrique de sa chambre. L'appareil à la main, elle avait observé les quelques passagers qui embarquaient sur le prochain ferry, n'écoutant tout d'abord son père qu'à moitié, car il faisait toujours une montagne du plus petit incident. Puis les mots avaient pris tout leur sens, et Alice avait regardé le ferry repartir vers les îles, la laissant prise au piège du monde de son enfance qu'elle avait voulu fuir. Anesthésiée par l'angoisse, elle avait quitté son travail, perdu la caution de son appartement et acheté avec ce qu'il restait de ses économies un billet de retour hors de prix. Elle n'avait pas voulu attendre un jour de plus, bien que les médecins qui avaient diagnostiqué le cancer de sa mère lui aient donné trois mois à vivre.

Après un hiver entier passé au loin, la maison d'Avoca Road lui avait semblé être un morne musée de cette enfance à laquelle elle avait désespérément essayé d'échapper. Elle avait préparé des questions qu'elle était décidée à poser à sa mère. Il y avait tant d'aspects de sa vie que cette femme ne lui avait jamais laissé connaître – et dont Alice ne s'était pas préoccupée lorsqu'elle avait fui l'oppression muette qui régnait dans leur foyer. Elle s'était imaginé revenir un jour en adulte accomplie, qu'alors sa mère et elle entameraient une relation d'égale à égale, mais dès qu'elle avait franchi le seuil, Alice s'était retrouvée à nouveau une enfant. Elle n'avait jamais posé de questions personnelles à sa mère. Les mots lui manquaient et elle savait que sa mère considérerait une telle intimité comme de l'impertinence. Elle n'avait donc rien dit d'important, était restée assise dans un silence artificiel, consciente de l'écoulement du temps. Quand elle pensait à la mort de sa mère, ce n'était pas de la terrible douleur que cette femme avait endurée alors que ses os pointaient à travers sa peau qu'elle se souvenait, mais de la troublante banalité de la conversation, des labyrinthes d'évitement où se perdaient les visiteurs. Elle avait cependant pris conscience de tout ce que ses parents s'apportaient sans sembler se dire quoi que ce soit d'important. À travers leur retenue, parce qu'elle était codifiée et complexe, ils exprimaient des émotions indicibles. Alice gardait de ses parents l'image ineffaçable d'une femme et d'un homme qui se tenaient la main, stoïques – elle allongée et lui assis –, attendant la mort aussi tranquillement qu'ils auraient attendu le bus 46A pour aller au Gaiety voir Maureen Potter.

Après l'enterrement, les voisins avaient qualifié de tragique la mort de sa mère et de profonde la douleur de son père, qui avait traîné d'hôpital psychiatrique en hôpital psychiatrique, où les médecins expérimentaient sur lui divers cocktails médicamenteux, voulant guérir un homme qui avait perdu sa raison de vivre. Personne n'avait compris la tragédie d'Alice, obligée de revenir dans un pays pour lequel elle n'éprouvait rien. Ses rêves d'une vie nouvelle au Canada avaient dû être ajournés. Comment une fille pouvait-elle abandonner un père réduit à ce personnage impuissant qui errait en robe de chambre dans les couloirs de l'hôpital ? Une fois seulement, Alice s'était autorisée à imaginer une possibilité de fuite. C'était le soir de la seule et unique visite qu'elle avait rendue à sa tante Patricia, dont elle avait fait la connaissance lors de sa brève apparition à l'enterrement de sa mère, et qui lui avait dit alors vivre à Dublin dans un deux-pièces des immeubles Mespil, non loin du grand canal.

En y repensant, Alice comprit combien il avait été maladroit de ne pas réfléchir à ce qu'impliquait pour sa tante ce qu'elle lui avait demandé. Désespérant de jamais pouvoir s'échapper à nouveau vers le Canada, elle s'était convaincue d'avance que Patricia accepterait sa proposition. Bien que surprise par la visite inattendue de sa nièce, Patricia l'avait chaleureusement accueillie. Pendant les quinze premières minutes de leur conversation, cette femme autonome et combative avait posé à Alice plus de questions sur ses ambitions que ses parents ne l'avaient fait depuis sa naissance. Alice avait trouvé cette discussion libératrice, et déconcertante. Patricia ne la traitait pas comme une nièce mais comme une autre célibataire, quoique de trente ans plus jeune qu'elle. C'était le genre d'échange entre égales qu'Alice avait rêvé d'avoir avec sa mère quand elle serait rentrée du Canada. Elle n'avait pu s'empêcher de constamment regarder autour d'elle dans le petit logement de sa tante, souhaitant se retrouver comme par magie dans celui, encore plus petit, qu'elle avait eu à Toronto. Mais l'ambiance s'était gâtée quand Alice avait révélé sa brillante idée : Patricia devait quitter cet appartement exigu et aller tenir compagnie à son frère, en échange de quoi elle serait logée gratuitement jusqu'à la fin de ses jours dans cette maison d'Avoca Road où la mort venait de frapper.

« Tu es folle ? avait demandé sa tante. Ou tu crois peut-être que c'est moi qui le suis assez pour renoncer à mon indépendance et faire la bonniche chez le premier venu.

— Ce n'est pas le premier venu, c'est votre frère », avait protesté Alice.

Patricia avait haussé les épaules d'un geste dédaigneux. « Quand je pense à William, je pense à mon ex-frère. Non, je mens. En fait je ne pense jamais à lui, ni à nos défunts parents. Je suis seulement tombée par hasard sur l'avis de décès de ta mère dans le journal et la curiosité m'a poussée à assister à son enterrement. Je voulais savoir s'ils s'étaient débrouillés pour faire de toi l'une d'eux.

— L'une d'eux ?

— Une vraie Prendeville, constipée de respectabilité.

— C'est la famille de mon père que vous attaquez », avait dit Alice sur la défensive, consciente de dissimuler sous son indignation la gêne qu'elle ressentait d'avoir concocté ce dénouement de conte de fées où un frère et une sœur devenus étrangers l'un à l'autre vivraient toujours heureux ensemble.

Sa tante avait poussé un soupir exaspéré. « La culpabilité familiale est un boulet émotionnel. Si tu ne pars pas maintenant, tu le traîneras toute ta vie derrière toi ; ses fers entameront ta peau. Si tu veux considérer ton père et sa clique de tantes vieilles filles comme ta famille, très bien, mais ne t'imagine pas que c'est aussi la mienne. Ma mère a déclaré qu'ils auraient préféré me voir morte le jour où j'ai quitté ce foutu couvent plein de nonnes querelleuses droguées au mépris réciproque comme aux neuvaines. On aurait dit que Jésus était un robuste fils de fermier qui les choisissait pour épouses selon le nombre d'hectares que leur père possédait. J'aurais dû avoir le cran d'en sortir plus tôt. J'ai su dès le premier jour que je ne serais jamais bonne sœur. Comme j'ai su aussi dans l'heure qui a suivi mon retour chez mes parents que je ne serais jamais une Prendeville. Lorsqu'ils m'ont tourné le dos, et que ton eunuque de père n'a pas prononcé un mot pour ma défense, ils m'ont libérée. À l'enterrement tu m'as dit vouloir retourner au Canada. Pourquoi n'es-tu pas dans l'avion ?

— Comment pourrais-je partir ? avait demandé Alice, bouleversée. Mon père est un homme brisé. Quelqu'un doit s'occuper de lui.

— Parce que autrement tes voisins penseront du mal de toi ?

— Parce qu'il est sans défense. Ce ne serait pas normal de ne pas s'inquiéter de ce qui peut lui arriver. »

Tante Patricia avait allumé une cigarette. Alice avait compris que la dureté de son regard résultait d'une blessure profonde. « Tu viens ici en jouant les Florence Nightingale, alors qu'en fait tu cherches à me refiler le bébé. William a cinquante-sept ans, et il a toujours occupé un emploi confortable, où il n'a jamais eu à prendre une décision difficile. S'il avait trouvé le courage de se tenir à mes côtés quand nos parents m'ont anéantie après l'épisode du couvent, il aurait peut-être pu grandir. C'est même un miracle qu'il t'ait conçue, car il n'a jamais eu de couilles.

— Je ne veux pas entendre ça.

— Il le faut. Si tu veux l'aider, oblige-le à devenir responsable de sa vie. Ta mère n'a eu aucune chance de le faire. C'était une jeune dactylo de Ringsend, éblouie par cette demande en mariage qui l'élevait sur l'échelle sociale et lui permettait de jouir de la respectabilité de Blackrock, où ses nouveaux voisins l'appelaient par-devant Mrs Prendeville et par-derrière la traînée de Ringsend. Elle a donné à mes parents un nouveau but, à la fin de leur vie : la refaçonner à coups de désapprobation jusqu'à ce qu'ils aient pompé toute spontanéité en elle et obtenu le clone de la fille qu'ils n'avaient jamais eue. Je suis désolée qu'elle soit morte et que William se sente abattu. Il en a tous les droits. Mais il n'est pas vraiment le seul. Nous avons tous nos moments de cafard. Moi, en tout cas, j'en ai.

— Comment en sortez-vous ?

— Chacun est différent. » Tante Patricia avait tiré sur sa cigarette. « Personnellement je n'ai jamais connu un niveau de déprime qui ne puisse pas être soigné par un week-end de beuverie et de sexe irresponsable, et ce trois ou quatre fois par an. » Elle semblait amusée de voir qu'elle choquait Alice. « Qu'est-ce que tu crois, mon enfant ? Que je n'ai pas de besoins sexuels ? Les femmes de mon âge atteignent à peine leur potentiel. Les hommes sont de pauvres créatures ; côté sexe, ils descendent la pente dès vingt ans. Je ne nie pas que parfois je me sens seule, pas tant par manque de contact physique que pour des choses toutes simples, comme partager un bol de soupe dans un silence complice après une dure journée. Mais grâce à Dieu je n'ai jamais vécu le genre de vie qui a été celui de ta mère, qui n'a connu le sexe qu'avec un seul homme. Il faut pouvoir faire des comparaisons afin de savoir si tu n'as pas été flouée.

— Maman était heureuse avec Papa, avait répondu Alice, perdue et blessée de la façon dont cette femme parlait de sa mère.

— Qu'est-ce que tu en sais ? Tu as parlé de sexe avec elle ?

— Non, mais au moins, elle, un homme a voulu l'épouser. »

Cette réplique cinglante et injuste avait permis à Alice de cacher sa gêne profonde, mais Tante Patricia ne sembla pas s'en offenser. Au lieu de cela elle avait ri, appréciant le courage dont Alice faisait preuve en s'opposant à elle.

« Qu'est-ce qui te fait croire que je n'ai jamais été demandée en mariage ? Ils ne se sont pas bousculés au portillon, mais il y en a quand même eu trois. Deux, dont un voyou, dont j'étais amoureuse. Le troisième était un type bien, mais ennuyeux.

— Et chaque fois vous leur avez dit non ?

— Ce n'était pas tant contre eux que pour préserver mon indépendance. À cette époque, une femme mariée n'avait pas le droit de travailler dans la fonction publique. Elle ne pouvait pas non plus se faire faire un passeport ou ouvrir un compte en banque sans l'autorisation écrite de son mari. Je ne dis pas que ta mère n'a pas été heureuse ou que William n'a pas été un gentil mari, mais être heureuse ou non ne change rien au fait que le jour où il lui a passé l'anneau au doigt, elle est devenue totalement dépendante de lui. L'amour ne dure pas toujours. J'ai décidé autrefois que je préférais être seule parfois que dépendante d'un homme quel qu'il soit, d'autant que son attitude à mon égard changerait probablement dès que je ne serais plus entre ses draps mais dans la cuisine, en train de laver les taches douteuses de ses caleçons.

— C'est dégoûtant.

— C'est la réalité. À mon âge, on a perdu ses illusions. Les hommes ne font peut-être pas la queue pour m'épouser, mais quand j'en ai envie, je peux toujours en trouver qui sont encore en forme et heureux à l'idée de passer un week-end dans mon lit. Je suis ce que les gens appellent une briseuse de ménages, quoique je ne connaisse pas beaucoup de types qui se précipitent pour quitter leurs épouses. De temps à autre il y en a un qui revient ici comme un chien blessé, mais il hurle sur le perron, c'est ce qu'il y a de bien quand tu vis à l'étage, si tu veux leur dire de se tirer, tu le dis dans l'interphone. Je les laisse profondément déconcertés, car je leur fais des trucs auxquels, après avoir lavé pendant un ou deux ans les taches douteuses de leurs caleçons, leurs épouses ont renoncé.

— Je n'aurais jamais dû venir ici. » Alice s'était levée, mortifiée, pressée de partir. « Je n'aurais jamais pensé que vous étiez comme ça. »

Tante Patricia avait tendu la main, l'avait refermée sur celle d'Alice.

« Et tu crois que maintenant tu sais comment je suis ? Au bout de dix minutes ? Tu es même trop jeune pour savoir qui tu es, mon enfant. Tu me trouves dure, mais je ne le suis que dans la mesure où mes parents m'ont rendue dure. Ils ne m'ont laissée revenir chez eux après mon départ du couvent que parce que, si j'avais porté atteinte à leur réputation en ne prononçant pas mes vœux, ils s'inquiétaient à l'idée que les voisins puissent les mépriser encore plus s'ils m'avaient repoussée. Mais ils ne m'ont pas accueillie à bras ouverts comme on accueille sa fille. Même si j'avais épousé un agent de change de Vico Road, je serais restée à leurs yeux une nonne ratée. Pauvre Patricia. Je parie que c'est comme ça que ton père m'appelle, un tic verbal hérité d'eux.

— Je n'ai jamais su grand-chose de vous, avait reconnu Alice.

— Ce n'est plus le cas. Je n'ai rien à cacher. Je ne suis pas une pauvre vieille fille qui voudrait à tout prix trouver une niche où ramper. J'aime mon petit appartement et mon boulot. Je me suis forgé le droit d'être heureuse il y a des années. Je n'appartiens plus à cette famille, et rien ne t'y oblige toi non plus. Oublie ce que les autres pensent de toi ou, si tu n'y prends pas garde, tu seras piégée par le chagrin de ton père qu'il te faudra consoler pendant encore trente ans. Personne ne t'en remerciera. William ne se rendra même pas compte d'un tel sacrifice, il pensera seulement que tu fais ton devoir de fille. » Elle s'était penchée en avant. Alice se sentait profondément mal à l'aise, comme si on lui avait demandé de prendre parti dans une dispute qui remontait à avant sa naissance. « Si tu crois que la culpabilité peut me forcer à m'occuper d'un homme qui n'a jamais eu besoin d'apprendre à se faire cuire un œuf, tu cours après la lune. Écoute-moi, de femme à femme. Tu n'as de devoirs qu'envers toi-même. J'ai nourri l'espoir secret qu'un jour toi et moi nous pourrions devenir quelque chose comme des amies, mais si tu ne repars pas au Canada, je serai déçue. Je ne te dis pas de le laisser pourrir à l'hôpital Saint John of God, mais de l'aider à enfin prendre sa vie en main. C'est le plus grand cadeau que tu puisses lui faire. Bon, comment t'en sors-tu financièrement ? »

Alice s'était rassise, choquée par la franchise de cette question. « Je ne suis pas venue chercher de l'argent.

— Je sais. Toi et moi, nous avons notre fierté. Même mourant de faim, tu ne viendrais pas quémander. Tu es ma plus proche parente encore vivante, ma famille, en quelque sorte… mais je te promets de ne jamais être un fardeau. La police ne te téléphonera pas dans trente ans pour te dire que je suis devenue folle et que je vis ici avec dix-sept chats sauvages. Mais je veux t'aider. J'ai des économies à la poste. Je fais moins la fête, maintenant, de plus en plus rarement ; regarder *Coronation Street* à la télé me convient parfaitement. Je parie que tu as dépensé jusqu'à ton dernier sou pour revenir le plus vite possible. Est-ce que William a parlé de te rembourser ce billet d'avion ?

— Il a trop de choses en tête », avait répondu Alice, sentant se raviver la douleur qu'elle avait ressentie quand il n'avait pas pensé à le lui proposer.

Tante Patricia avait levé les yeux au ciel et pris son sac. « Je mets mon manteau et nous allons prendre un café à l'Hôtel Royal Hibernian d'O'Connel Street. J'adore leur hall de réception. Ensuite je t'achèterai un billet d'avion pour le Canada au bureau des réservations d'Aer Lingus, un aller et retour ouvert sur un an. Ce qui veut dire que tu pourras partir dans quelques semaines, après avoir tout arrangé ici, et si ça ne marche pas à Toronto, tu pourras revenir quand tu voudras et sans avoir à payer. Je n'ai pas tellement joué mon rôle de tante, jusqu'ici, considère donc ça comme un premier, et très tardif, cadeau. »

Alice avait à peine de quoi se payer le bus pour rentrer à Blackrock. Son père était enlisé dans un tel chagrin qu'il était impossible de lui demander de quoi payer les factures courantes. Le soir, ne pouvant pas se permettre d'acheter un ticket, elle était la plupart du temps obligée de marcher jusqu'à Saint John of God. La proposition inattendue de Tante Patricia était si extraordinaire qu'Alice, aussi peu habituée à la générosité qu'aux éloges, n'avait pas su quoi lui répondre. Sa tante apportait une solution à ses problèmes financiers, mais pas à celui qui l'accablait : que faire d'un père hébété par les médicaments et que le chagrin avait rendu aussi faible qu'un enfant ?

Alice aurait-elle réellement pu l'abandonner, dans l'état où il était, comme sa tante l'avait suggéré ? Plus de vingt ans avaient passé depuis le soir où, assise dans l'appartement de Mespil Road, elle avait vu son avenir à la merci d'une décision à prendre. C'était pourtant la question à laquelle elle revenait toujours ces derniers mois quand elle se réveillait la nuit. Avait-elle choisi consciemment de rester ou avait-elle simplement été trop lâche pour retourner à Toronto, chercher un nouveau job, alors que soudain, grâce à Tante Patricia, son rêve pouvait devenir réalité ? Elle ne se rappelait pas combien de temps elle était restée là, tellement écrasée par le poids de cette décision que les mots semblaient ne plus pouvoir passer ses lèvres.

Puis Patricia s'était impatientée. « Qu'as-tu à perdre ? » avait-elle demandé.

Alice venait de perdre sa mère. Et à cet instant, elle avait eu l'impression que si elle reprenait l'avion pour le Canada, elle perdrait une certaine idée de son identité. Face à l'ultimatum de Tante Patricia, le vaste anonymat canadien lui avait soudain fait peur. Quelques mois auparavant elle avait adoré marcher dans les rues de Toronto où personne ne la connaissait, mais ce soir-là, à Mespil Road, elle se dit que si elle émigrait de nouveau, elle deviendrait vraiment une déracinée. Bien qu'elle se soit constamment querellée avec sa mère, elles avaient gardé une certaine intimité. Si elle devait s'exiler encore, cependant, il ne lui serait pas facile, au cas où elle se sentirait trop seule au Canada, de revenir vivre dans la maison de son père. Ce dernier ne la repousserait pas, non, mais comment ramasser les morceaux d'une relation qui existait à peine ? Alice commençait aussi à se demander si l'intérêt que lui portait soudain Tante Patricia n'était pas en fait un moyen de l'utiliser pour remporter la victoire sur son frère en persuadant sa fille de reprendre l'avion. Alice n'aimait pas son père, elle en avait conscience, mais comment aurait-elle pu l'abandonner dans l'état où il était ? C'est ainsi qu'elle avait brusquement quitté l'appartement de sa tante, pour ne jamais y revenir ni jamais reprendre contact avec cette femme.

Elle était décidée à s'échapper de nouveau au Canada un jour, mais seulement à ses propres conditions et avec son propre argent, après avoir aidé son père à retrouver la force de vivre une vie indépendante. Au lieu de cela, pendant les mois suivants, alors qu'elle broyait du noir, elle avait retrouvé Chris et, miraculeusement, l'amour de Chris l'avait empêchée de sombrer dans le désespoir. Elle avait, quand ils étaient au lycée, dansé avec lui dans des fêtes, elle l'aimait bien et elle sentait que c'était réciproque, mais à cette époque, elle avait eu besoin d'un garçon plus extraverti pour la sortir de sa timidité. Pourtant, dans le marasme qui avait suivi la mort de sa mère, alors que la dépression de son père menaçait de l'engloutir, elle avait trouvé en Chris son équilibre mental, son roc. Dès le début elle avait su qu'il n'y avait rien que Chris n'aurait pas fait pour elle. Au bout de six mois, son père était sorti de l'hôpital Saint John of God. Il avait passé les semaines suivantes chez lui, assis dans un fauteuil, fixant la fenêtre du salon comme si sa vitre avait renfermé une apparition de la Sainte Vierge. Il était suffisamment bien installé sur les plus hauts échelons de la fonction publique pour ne pas avoir besoin de continuer à travailler selon des horaires réguliers et se contenter de brèves apparitions attestant de son existence. Il s'était désintéressé de l'incroyable collection de disques de swing qu'il avait adoré écouter autrefois et des clubs de golf qu'il avait eu l'habitude de nettoyer avant chaque parcours. Il remerciait toujours Alice des repas qu'elle préparait, tout en déclarant que désormais la nourriture avait un goût de carton. En dehors de ça et à l'exception d'une remarque occasionnelle sur la pâleur de sa fille, il semblait ne même pas savoir qu'elle existait.

Entre-temps, Alice avait trouvé une place de dactylo intérimaire et travaillé pour plusieurs avocats. L'appartement de Chris à Belgrave Square, dans Monkstown, était devenu son sanctuaire et son refuge, la terre étrangère où elle avait immigré pour échapper à la tristesse insupportable de son père. Le soir où elle avait dit à Chris qu'elle était prête à perdre sa virginité, elle avait apporté une tarte aux pommes chaude enveloppée d'une serviette à thé dans le panier de sa bicyclette. Elle avait besoin que ce soit comme une première fois afin de ne pas penser à celle d'avant, où elle s'était laissé utiliser. Chris lui avait fait l'amour prudemment et lentement, sans ensuite poser de question sur l'absence de sang. Qu'elle ait déjà eu une dizaine d'amants ne l'aurait pas inquiété ; son seul souci était qu'elle n'ait pas mal. Mais pour Alice, c'était important. Elle voulait que cette nuit soit un nouveau départ. Une petite voix exaspérante – et aussi soupçonneuse que celle de Tante Patricia – lui disait qu'elle tenait cette habitude de ses parents – le fait de croire que lorsqu'on évite de parler de quelque chose de désagréable, on finit par avoir l'impression que ça n'a pas existé.

Elle s'était sentie réellement aimée, quand Chris était entré en elle, et réellement heureuse de lui donner un plaisir si évident. Mais elle avait aussi été surprise et déçue de ne pas, pour sa part, ressentir plus de plaisir, alors que le sexe provoquait une telle fascination générale. Chris ne l'avait pas entraînée dans l'extase presque alarmante dont sa première expérience lui avait laissé le souvenir bien que, son premier petit ami lui ayant offert à boire verre sur verre, peut-être que, dans son ivresse, Alice avait seulement imaginé l'extase. Chris lui apportait un immense sentiment de bien-être. Ses bras l'entouraient, protecteurs. Il semblait sage et pouvait la faire rire. Pour la première fois de sa vie, Alice se sentait importante, et réellement aimée.

Pendant les mois suivants, Chris était régulièrement venu à Avoca Road, tenant souvent à s'occuper lui-même du dîner qu'ils partageraient tous les trois. Une stratégie intelligente. Il savait que le père d'Alice se sentirait obligé en tant qu'hôte de quitter son fauteuil, quoique à contrecœur, pour tenir compagnie à leur invité et s'émerveiller de la facilité avec laquelle il cuisinait. Le félicitant de chaque plat, le père d'Alice, sans presque s'en rendre compte, s'était petit à petit associé à leur préparation. Il avait bientôt commencé à se vanter, avec un émerveillement enfantin, des repas simples qu'il réussissait seul. Une fois sorti de table, Chris passait souvent des heures assis à côté de lui, le tirant de son silence en discutant patiemment de sujets sans importance, jusqu'au jour où le père d'Alice annonça qu'il se sentait suffisamment bien pour reprendre le travail à plein temps.

Alice aurait pu, à ce moment-là, quitter l'Irlande, mais pendant tous ces mois où Chris et elle s'étaient promenés dans Dalkey et laissé bloquer par la marée sur la plage cachée de White Rock pour faire tranquillement l'amour en plein air, quand elle pensait à Toronto, elle ne se souvenait que du froid de son appartement. Chris s'était transformé en sa nouvelle terre promise. Ces dernières années, Alice avait découvert que, mentalement, elle n'avait jamais quitté les vastes espaces du Canada. Son séjour à Toronto, avec à peine assez d'argent pour se nourrir malgré de longues heures de travail, avait été rude. Elle s'y était sentie désespérément seule, mais, sans la maladie de sa mère, elle aurait surmonté sa solitude. Quel genre d'individu serait-elle devenue si elle avait eu l'opportunité de se forger une nouvelle identité au Canada, cela restait un mystère, sur lequel elle s'interrogeait de plus en plus souvent.

Alice savait qu'elle devait se rendormir. Souvent, allongée à demi éveillée, elle laissait son esprit fantasmer sur la vie qu'elle n'avait pas eue au Canada. Se berçant doucement, elle ferma les yeux pour regarder le petit ferry quitter Queen's Quay et retourner vers les îles en ce dimanche décisif où elle avait téléphoné chez elle. Elle voyait le combiné pendre dans la cabine vide alors que la voix perplexe de son père demandait si elle était encore là. Dans son monde imaginaire, elle ne l'écoutait pas lui donner de détails sur la maladie de sa mère ; sans même prendre le temps de raccrocher, elle courait pour passer la barrière avant que la passerelle se lève et que le ferry reparte. Les yeux clos, elle sentit la morsure du vent sur ses joues et le bateau se balancer sous elle. Elle savait que ce souvenir appartenait aussi à une autre Alice, qui s'endormait dans une maison en rondins de l'Ontario, cachée dans le bois de l'Entrelacs. L'autre Alice, celle qu'elle aurait voulu être. Celle plus courageuse qui avait réembarqué sur le ferry ce dimanche-là avant qu'il traverse la mer agitée de nouveau vers les îles. Ce ferry illusoire traçait son chemin. Elle sentit le bastingage osciller, rassurant, contre elle, ramenée vers ces lieux de plaisir aux galeries fermées jusqu'au printemps. Elle s'endormit enfin, les yeux fixés sur l'intrigante promesse de l'horizon lointain.

Chapitre cinq

Sophie

Mardi 13, une heure trente du matin

Je considère souvent cette nuit de mars, qui précédait une énième vente aux enchères à laquelle Papa devait participer, comme le point final de mon enfance. Non que je fusse encore une enfant. J'étais une femme de dix-neuf ans qui, en s'éveillant, aperçut une lueur rouge derrière sa fenêtre. Un bâtiment brûlait. J'ai ouvert mes rideaux. Les flammes semblaient lointaines. Tout semblait lointain cette nuit-là. Avant les autres enchères, j'avais toujours eu l'estomac noué d'angoisse et de culpabilité. Je ne voulais pas abandonner la maison de mon enfance, pourtant je désirais ardemment voir mes parents heureux. Depuis des semaines je gardais mes distances, essayant de me tenir dans un no man's land émotionnel au milieu du champ de force que créait la tension des futures enchères.

Debout à la fenêtre, je me sentis déconnectée de tout ce stress et fondamentalement adulte. Ce qui arriverait le lendemain ne changerait rien à mon avenir. Après avoir craint pendant des années que mes parents aillent vivre ailleurs, c'était moi qui allais le faire, et sans eux. Bien sûr je les aimais, mais j'en avais assez de jouer les intermédiaires en pensant que je devais essayer de les aider à retrouver la connivence qui les liait lorsque j'étais plus jeune.

Cette nuit-là, je sus que je ne pouvais plus porter ce fardeau, leur servir de rempart. Je me préparais alors à partir pour trouver un job d'été en Italie, où je devais passer un an en Erasmus à l'Università degli Studi di Urbino. Je quittais la sécurité de ma chambre d'enfant pour une cité médiévale fortifiée que ses églises romanes et gothiques avaient rendue célèbre. On ne devient jamais adulte tant qu'on n'a pas laissé derrière soi les gens et les chambres qu'on aime le plus. Ce que je préférais dans la mienne lorsque j'étais enfant, c'était la vue que j'avais de ma fenêtre. Pendant un séminaire, lors de ma première année de fac, un maître de conférences avait parlé d'un poète grec qui regardait toujours l'univers depuis un angle particulier. Cette phrase m'était restée. Elle m'avait fait comprendre que c'était ainsi que j'avais vécu jusque-là – en regardant tout ce qui existait à Blackrock depuis un angle particulier.

Cette divergence de vues m'est apparue à quatorze ans quand j'ai embrassé un garçon pour la première fois au Wes et ressenti une étrange sensation de vide. Ses mains n'avaient rien d'abrasif. Abrasif aurait suggéré une certaine brutalité. Mais quand il a caressé, hésitant, le bas de mon dos, c'était comme si un vendeur de sandwichs m'avait massée en gardant ses gants de latex après avoir rempli un *wrap*. Ce garçon n'a pas éveillé en moi la moindre émotion, jusqu'à ce que je me mette à l'envier en le voyant embrasser une autre fille qui portait une jupe très courte. C'était elle que je voulais embrasser, ses doigts à elle que j'avais envie de sentir sur la peau nue de ma chute de reins. Cette révélation ne m'a pas effrayée, je me reprochais seulement d'avoir mis si longtemps à reconnaître le point de vue sexuel d'où je contemplais le monde. À cet instant j'ai compris pourquoi j'avais, plus petite, adoré être gardée par Emer et Lauryn, les filles de Ronan, qui passaient la soirée à défiler à moitié à poil, en essayant, les lèvres serrées et poussées en avant, le gloss de leur mère, Miriam, jusqu'à ce que cette dernière s'éclipse, fuyant la trop grande demeure de son mari.

J'ai même aussi de naissance un point de vue particulier en ce qui concerne les plis subtils qui tracent, à l'encre visible et invisible, les complexes distinctions de classes à Blackrock. Nous vivions dans la dernière maison d'une rangée de logements sociaux datant des années vingt, tous dotés de jardins assez grands pour être partagés, construite à l'époque où Blackrock s'entêtait encore à garder son statut de municipalité indépendante. À l'époque, ma fenêtre donnait sur le mur d'enceinte éboulé d'une villa du XVIIIe siècle dont la propriétaire, alors très âgée, avait vu, quand elle était jeune mariée, ses jardins mis en pièces par la ligne de chemin de fer Dublin-Kingstown. Quarante ans plus tard, son cœur avait été à son tour mis en pièces par la mort de ses trois petits-fils pendant la Grande Guerre.

Mr Jennings – notre ancien voisin immédiat, un vieux célibataire qui roulait à travers la ville sur une antique bicyclette et entretenait encore les jardins des autres à quatre-vingts ans passés – avait dit un jour à Maman que soixante ans plus tôt on aurait à peine pu savoir si quelqu'un habitait encore cette villa. Les seuls signes de vie que l'on y détectait étaient la livraison hebdomadaire de produits alimentaires de la firme protestante Findlater's, et l'apparition dominicale de l'Austin Box Saloon de la vieille dame, qui allait, à la vitesse d'un escargot, assister au service religieux de l'Église d'Irlande de Booterstown. Mais une fois par an, lors du dimanche du souvenir, l'Union Flag battait contre son mur, défiant silencieusement un monde qui avait changé.

Lorsqu'on la trouva morte, dans les années soixante-dix, les promoteurs forcèrent, pendant un week-end de fête, les grilles de sa villa historique afin de la démolir en fraude, car elle faisait l'objet d'un arrêté de classement. Ils érigèrent à la place plusieurs maisons individuelles comprenant cinq chambres à coucher et construites dans un style architectural que l'on pourrait qualifier de faux Tudor, semi-géorgien et grotesque irlandais du

XXe siècle. Les espaces internes décloisonnés à la mode scandinave ajoutaient à cette confusion. Des maisons peu agréables à vivre mais qui auraient fait de parfaits décors pour les clips d'ABBA. Ronan, qui est allé à l'école avec Papa, acheta celle qui bordait notre propriété selon un angle aigu bizarre. Ce qui me permit de grandir en observant le quatuor belliqueux formé par Ronan, Miriam, Emer et Lauryn en train de se quereller dans leur jardin trapézoïdal dont l'extrémité donnait sur une ruelle à laquelle nous, nous n'avions pas accès.

Cela signifiait que nous n'étions pas riches, mais que nous y confinions, tout au moins d'un côté du terrain. Je n'enviais pas à nos voisins fortunés leurs cuisines rutilantes et vastes comme des silos à grains ukrainiens. Je préférais la nôtre, encombrée et accueillante, où Maman et Papa se cognaient continuellement l'un à l'autre en faisant à manger. Quand j'étais petite, cela leur servait d'excuse pour s'embrasser et rire. C'est ainsi que je revois mon enfance, Maman se plaignant gentiment de la petitesse de notre maison, mais déclarant qu'il en faudrait beaucoup pour l'arracher à ce douillet nid d'amour où Mr Jennings, notre voisin de gauche, nous offrait les légumes frais de son potager par-dessus le mur, jusqu'au soir où Papa l'aperçut paisiblement effondré sur la fourche dont il se servait au moment où il avait été silencieusement terrassé par une crise cardiaque. Après la mort de Mr Jennings, son fils, qui vivait en Amérique, laissa une agence immobilière installer les uns après les autres dans sa maison des locataires souvent bruyants, et plus rien ne relia notre rue au passé. Mais nous étions toujours près de tout – la bibliothèque, la gare, et les deux centres commerciaux de Blackrock, où j'observais en douce les adolescentes toutes en jambes ronronner de plaisir chaque fois qu'un garçon les regardait en douce.

Nous étions aussi à cinq minutes en voiture de la maison de Gran – la mère de Papa –, qui me laissait virevolter dans sa chambre parée d'écharpes de soie si anciennes qu'elles semblaient être des fanfreluches datant du retour des croisés. Nous étions à dix minutes de la maison de Grand-Père – le père de Maman – et à quinze de l'hôpital psychiatrique Saint John of God, où Grand-Père se faisait interner deux fois par an. Ou peut-être où Maman le faisait interner. Enfant, je ne comprenais pas ce qu'était cet endroit ni pourquoi Grand-Père y restait assis dans un fauteuil pendant des semaines, englouti dans un chagrin infini et tangible. À six ans, je croyais que Saint John of God était un château. À huit, j'imaginais qu'il s'agissait d'un hôtel de luxe. À neuf, je me vantais en classe que mon grand-père fréquentait un palace et je courais en pleurant derrière les grilles de l'école quand les plus grandes plaisantaient à propos de ce « dingue qui était chez les maboules ». Je ne savais pas si Maman était en colère contre moi ou contre elles quand elle me ramenait à la maison, passant distraitement d'une file à l'autre, les jointures blanches de rage, serrant le volant comme le cou de quelqu'un qu'elle aurait voulu étrangler.

Il était impossible de vouloir étrangler Grand-Père, qui avait accompli des dégâts irréparables sans posséder en lui la moindre malveillance. Il ressemblait à un trou noir qui dans l'espace aspire progressivement toute énergie vers ses profondeurs infinies sans que rien n'en ressorte. Il n'avait plus aucune famille en dehors de nous. Ou du moins ai-je oublié pendant des années qu'il en ait jamais eu, jusqu'au jour où, parmi les vœux qui déferlaient sur ma page Facebook pour mon dix-neuvième anniversaire, j'ai reçu une demande d'ami d'une certaine Patricia Prendeville. J'ai fini par comprendre qu'il devait s'agir de la sœur de Grand-Père, vieille dame qui, la seule fois où je l'avais rencontrée, ressemblait à une petite boule de fureur indigente. Lorsque j'en ai parlé à Papa, il m'a conseillé de l'effacer et de ne rien en dire à Maman, puis il m'a promis de faire en sorte qu'elle ne m'importune plus.

Quand j'étais petite, Grand-Père considérait le veuvage comme un état fossile, un terminus où il restait assis en costume cravate, attendant patiemment que Dieu se souvienne de venir le chercher. Je voyais en lui un personnage si solitaire qu'il m'était difficile d'imaginer qu'il avait été autre chose qu'un enfant unique. Il n'avait jamais beaucoup à dire, pourtant cela ne l'empêchait pas de le dire et de le répéter. Je voyais qu'il rendait Maman folle, alors qu'elle s'occupait constamment de sa santé.

Elle l'emmenait se faire faire un appareil auditif si coûteux qu'il refusait de le porter par peur de le perdre.

Elle allait le chercher chez lui car il devait passer des tests de mémoire et il avait oublié de se préparer.

Elle le corrigeait calmement quand il n'arrivait plus à se souvenir de mon prénom ou m'appelait Alice et prenait ma mère pour sa défunte épouse.

Maman se montrait profondément tolérante et attentive, mais parfois, très rarement, la frustration la submergeait. Elle s'impatientait, et ensuite s'en voulait de sa colère. Puis, un après-midi, je l'ai vue non pas furieuse, mais perdue. Nous étions comme d'habitude en retard pour un rendez-vous chez le médecin, et arrêtés à une intersection sur la route à quatre voies de Stillorgan. Lorsque le feu a changé, Maman n'a pas bougé. Elle fixait le pare-brise, exactement comme Grand-Père à côté d'elle regardait dans le vide. En les voyant tous les deux plongés dans leur rêverie, j'ai remarqué combien ils se ressemblaient, tout en sachant que si je le lui disais, Maman en serait agacée. J'avais l'habitude de ses sautes d'humeur, qui ne duraient jamais longtemps, et qu'elle faisait oublier par des baisers. Ce qui m'a effrayée à cet instant, c'est qu'elle ne semblait pas entendre ceux qui klaxonnaient derrière elle. Le feu est repassé au rouge, et Maman a continué de regarder devant elle. Ce n'est que quand ça a été de nouveau vert et que le brouhaha des klaxons est devenu tumultueux que j'ai trouvé le courage de me pencher et de la secouer par l'épaule. Elle m'a lancé un coup d'œil absent, a passé la première et avancé.

« Où étais-tu, Maman ? lui ai-je demandé, effrayée. Où étais-tu partie ? »

Maman a souri, pourtant je n'ai pas compris sa réponse. « Au Canada. »

Elle n'en a jamais reparlé, mais cette année-là, elle a acheté à Noël un calendrier illustré de photos de villes canadiennes : Saskatoon, Vancouver, Saint-Jean de Terre-Neuve. Elle ne me laissait jamais tourner la page avant le premier du mois, dosant ainsi sa contemplation afin que chaque nouvelle découverte nourrisse son imagination. J'avais alors atteint l'âge où j'ai commencé à m'interroger sur ce qu'elle faisait. Certaines de mes camarades de classe avaient des mères qui occupaient des emplois à plein temps, tandis que d'autres répétaient le mantra inculqué, « Maman travaille à la maison ». Aucune n'appelait sa mère une femme au foyer. On n'était plus à l'âge de pierre et de telles expressions, comme les mots « gens de couleur » ou « épaulettes », ne s'entendaient que dans les rediffusions de vieilles émissions de télé. Un soir, j'ai demandé à Maman ce qu'elle voulait faire quand elle était petite. La véhémence de sa réponse sommaire m'a bouleversée.

« Émigrer.

— Mais tu nous as, Papa et moi, maintenant. Tu ne veux plus émigrer, hein ? »

Maman a ri, et m'a bordée, après m'avoir lu à haute voix un passage du livre emprunté à la bibliothèque.

« Ne sois pas bête, a-t-elle dit. Vous êtes ma vie ; vous êtes tout pour moi. »

Une Polonaise, Monika, est arrivée en cours d'année dans notre classe de fin d'études primaires. Nos mères ont veillé à ce qu'elle se sente la bienvenue parmi nous et elles ont accueilli la sienne dans la part de leur vie qui échappait au domaine privé. Sur l'aire de jeux de Blackrock Park, tous les jours après l'école cet automne-là, les filles jouaient à chat pendant que le noyau dur des mères se rassemblait sur deux bancs contigus, chacune allant chercher à son tour les grands verres étroits de café latte qu'elles avaient commandés au *takeaway*. Je ne sais pas qui, de nous ou de nos mères – qui semblaient continuellement pliées en deux de rire –, prenait le plus de plaisir à cette heure volée. Maman, qui se sentait enfin entourée d'un cercle d'amies, adorait prendre part à ces longs bavardages cancaniers, au point que nous étions invariablement les dernières à partir.

Un après-midi, en équilibre au sommet du labyrinthe en bois, j'ai jeté un coup d'œil en arrière, et regardé la mère de Monika. Elle paraissait au centre de la réunion, et riait chaque fois que les autres riaient. Pourtant, de là où j'étais, j'ai vu que, tout en essayant de le cacher, elle restait extérieure au groupe, immigrante prétendant être à l'unisson de la camaraderie naturelle des autres femmes. Certaines de ces mères étaient amies intimes, d'autres ne s'aimaient pas, mais toutes étaient liées par leur classe sociale, leur âge et leur éducation. Cet après-midi-là, j'ai ensuite observé Maman, et ça a été comme si je la voyais pour la première fois. Bien qu'elle soit elle aussi assise au centre de leur petite bande, son visage trahissait la même inquiétude que celui de la mère de Monika, donnant l'impression qu'elle essayait de suivre l'avalanche de plaisanteries, mais avec toujours une seconde de retard. Cela n'avait aucun sens ; Maman était née à Blackrock ; c'était pourtant comme si elle avait joué un rôle, comme si cette vie n'avait pas vraiment été la sienne. Elle ressemblait à une immigrée qui aurait appartenu à un ailleurs, quoique sans en avoir conscience.

Quand j'étais petite, Maman ne travaillait pas en dehors de la maison. Elle trouvait que cela l'isolait du monde, mais n'aurait jamais laissé personne la voir quand elle avait le cafard ou sentait que les murs se refermaient sur elle. Elle vivait pour l'instant où Papa rentrait, ou pour ceux où Miriam passait se plaindre de Ronan. Maman était intelligente, pourtant elle manquait de confiance en elle. Elle prétendait n'avoir jamais été attentive à l'école, mais parlait encore français et italien. Ronan n'avait pas de vrais amis, en vertu de quoi il s'était débrouillé pour que mon père, qu'il le veuille ou non, devienne son acolyte, mais il avait de nombreuses relations d'affaires qui venaient de temps à autre demander à Maman de leur traduire des papiers officiels. Ronan avait proposé d'aider Maman à monter un petit bureau de traduction, pourtant, bien que n'étant qu'une enfant, je sentais qu'elle ne lui faisait jamais confiance.

C'est par Ronan qu'elle avait rencontré Vicky, une Française, dernière épouse d'un avocaillon de Glenageary qui, parce que incapable de refuser la moindre occasion de se faire prendre en photo, même dans la situation la plus grotesque, avait été qualifié dans les journaux de « défenseur de la célébrité ». Je préférais le diagnostic de ma mère qui voyait en lui le prototype de l'homme d'âge moyen aux implants capillaires onéreux et échangeant régulièrement son épouse contre un modèle plus récent. Or curieusement, Vicky était beaucoup plus âgée que lui. Il avait l'air abasourdi d'un chevrier qui trouve à son réveil une femme qui aurait ressemblé à une Marianne Faithfull sophistiquée en train de souffler vers lui des ronds de gauloise d'un air ironiquement résigné mais possessif. La seule fois qu'il est venu à la maison, il a longuement évoqué les trois premiers mariages ratés de Vicky, comme il se serait vanté d'avoir acheté une Rolls-Royce de collection qui serait passée entre les mains d'illustres propriétaires. Vicky ne parlait jamais de lui, elle avait seulement confié à Maman que, le matin de son arrivée à Glenageary, elle avait fait le tour de la maison afin de se débarrasser de tous ses caleçons. Elle les avait brûlés dans le jardin en disant aux voisins qui se plaignaient de la fumée que ce n'était pas un feu de joie, mais un exorcisme.

Vicky s'y connaissait en vêtements. Ancienne photographe de mode parisienne, elle avait gardé contact avec des grossistes désireux de fournir une petite boutique qui s'adresserait à la clientèle huppée de Blackrock. C'était peu après la mort de Gran, et Papa et ses sœurs avaient vendu la maison de brique rouge de Temple Road, juste avant le boom immobilier. L'héritage de Papa a permis d'acheter les quarante pour cent que Vicky offrait à Maman dans son affaire de Main Street. Papa n'a jamais considéré cela comme un investissement : il y voyait une planche de salut pour Maman, un moyen pour elle de se faire de nouveaux amis et de s'épanouir. Quant à Vicky, la boutique lui servait d'excuse pour aller assister à des défilés de mode sur le continent et y rencontrer de vieux amis et amants tout en se procurant de la marchandise à prix cassés. Vicky s'est révélée femme d'affaires jusqu'au bout des doigts, qu'elle avait aussi longs qu'une pianiste concertiste. Mais être copropriétaire et gérante d'une boutique offrait à Maman un autre rôle que celui de me materner et de s'occuper d'un père âgé en train de sombrer dans la démence.

Aucun adolescent n'est jamais parti passer son examen de fin d'études avec autant d'appréhension que Maman le premier jour où elle est allée ouvrir la boutique. Nous avons dû, Papa et moi, la rassurer, l'apaiser, lui redonner confiance. J'étais alors en deuxième année d'études secondaires. Après l'école, je me glissais parfois dans la queue de vieux retraités qui comparaient leurs revenus d'un air complice en attendant de toucher leur pension au guichet de la poste qui se trouvait en face. J'observais Maman en train de vivre sa nouvelle vie aux yeux de tous, derrière la vitrine et ses mannequins parfaitement bien habillés. J'arrivais même à entrevoir son discret sanctuaire caché, où des clientes en talons aiguilles se reposaient sur des chaises longues en buvant à petites gorgées le café qu'elle leur offrait.

J'adorais regarder Maman prendre le rôle principal de cette nouvelle version de son existence. Loin de me croire abandonnée dans la maison désertée lorsque je rentrais chez nous, j'étais soulagée, et j'ai alors compris que j'avais toujours senti dans la vie de Maman un vide que j'essayais de combler en lui manifestant mon amour. C'est pourquoi, quand je passais subrepticement devant la boutique, une véritable fierté maternelle m'envahissait. Même à l'âge que j'avais alors, j'avais souvent l'impression d'être la seule adulte du trio familial, celle qui essayait de maintenir un certain équilibre dans la relation explosive de leur couple. Mon père n'en faisait jamais assez pour ma mère, et Maman était immensément reconnaissante devant le plus petit geste. Mais chaque petit geste semblait toujours à ses yeux légèrement raté. C'était presque parfait, et elle savait que Papa voulait vraiment que ce soit parfait, pourtant, malgré la gratitude qu'elle exprimait, il sentait sa déception et le prenait personnellement. Il n'a jamais compris que son désappointement n'avait rien à voir avec lui ou ce qu'il lui offrait, mais avec ce qu'elle vivait. Comment aurait-il pu acheter le cadeau parfait à quelqu'un qui était perpétuellement présent mais en même temps absent de notre existence ? Même quand elle faisait quelque chose avec nous, Maman était généralement ailleurs, en proie à des peurs irrationnelles qui prenaient des proportions énormes du fait de son incapacité à se confier à qui que ce soit.

Mais pendant l'année où elle a dirigé la boutique, Maman a été absolument présente dans sa vie quotidienne. Vicky la mettait en rage par ses exigences constantes, pourtant elle lui a donné confiance en elle en répétant qu'elle pourrait facilement résoudre leurs divers problèmes avec les créanciers et fournisseurs, que Vicky fuyait presque toujours. N'ayant pas le choix, Maman a découvert qu'effectivement elle le pouvait. Au début, les mères de mon ancienne école primaire sont venues la voir, profitant de l'occasion pour tenir entre leurs doigts ces vêtements hors de prix. L'une d'elles a déclaré en riant que si elle avait une aventure avec l'Aga Khan, ce serait là et pas ailleurs qu'elle viendrait acheter ses culottes de soie. Parce qu'elle fréquentait de nouveaux cercles, Maman a petit à petit perdu contact avec ce groupe de femmes chaleureuses qui avaient été ses amies.

Ses clientes, qui habitaient des villas sans numéro de rue mais avec des plaques à leurs noms accrochées aux piliers du portail électronique, étaient attirées dans la boutique par la curiosité, espérant apercevoir Vicky, dont le nom apparaissait régulièrement à côté de celui de son mari dans les rubriques people. De bonnes choses sont arrivées à Maman cette année-là, mais aussi de mauvaises. Elle était naïve, innocente et facilement influençable. Elle a rencontré des femmes dont la version de ce qui constituait une vie « normale » était différente de la sienne. Elles l'impressionnaient ou l'écrasaient, la mettaient en rage ou l'amusaient, la flattaient ou la traitaient avec condescendance, lui donnaient une nouvelle et fragile assurance mais aussi une honte nouvelle. Le matin où elle est partie à la boutique pour la première fois, elle considérait encore notre petite maison comme son nid d'amour, puis elle a commencé à la voir à travers les yeux de ses clientes, une maison mitoyenne au charme désuet dans laquelle, surtout avec le tapage que faisaient si souvent les locataires d'à côté, aucun individu normal ne pouvait vivre, tout au moins aucun individu normal dans le contexte de ce qui passait pour la normalité parmi sa clientèle à talons hauts.

Vicky la poussait à accepter les invitations aux soirées que donnait ce beau monde. Une soirée étant essentiellement une fête sans saucisses cocktail. Maman avait peur d'y aller seule, aussi suis-je devenue son chaperon. Mais nos rôles se sont inversés un jour à Leopardstown, peu après que ce garçon m'avait embrassée au Wes avec sa langue de poisson froid. Mes yeux avaient dû traîner trop ouvertement sur les jambes nues d'une adolescente allongée sur un banc de fer forgé dans le jardin plein de monde. Quand je rentrai à l'intérieur, les deux toilettes du rez-de-chaussée étaient occupées. Je me suis glissée à l'étage pour en utiliser d'autres, et je me suis retrouvée coincée dans l'escalier par une fille de seize ans à la jupe courte. Elle m'a dévisagée d'un regard languide et amusé.

« Elle est trop jeune pour toi, a-t-elle dit, alors arrête de mater ma petite sœur.

— Moi ? »

Brusquement elle m'a embrassée, ses lèvres avaient le goût du champagne.

« Menteuse, menteuse, tu mouilles. Ou ça va bientôt venir. Moi, je ne suis pas trop jeune pour toi, et tu as exactement l'âge qui me convient. »

Quand j'ai essayé de m'écarter, elle m'a retenue par la main.

« Je sais ce que tu es. Et tu le sais aussi, même si tu prétends le contraire. » Sa voix était vaguement condescendante. « Tu devrais venir regarder la vue que j'ai de ma chambre. Et quand on tire les rideaux, c'est encore mieux. »

Elle ne les a jamais tirés. Peut-être aimait-elle le risque, ou peut-être savait-elle que personne dans le jardin ne pouvait voir aussi loin à l'intérieur de cette immense pièce. Si je n'avais pas déjà su que j'étais lesbienne, je ne pouvais plus en douter après les vingt minutes que nous avons passées là, pendant qu'en bas, dehors, Maman tentait maladroitement de se mêler aux autres invités autour de la tente. La fille est venue trois fois sous mes doigts inexpérimentés, orgasmes nonchalants et silencieux. Quand j'ai joui, pour la première fois sous le toucher d'une autre, j'ai paniqué en sentant qu'elle pressait un oreiller sur mon visage, puis j'ai compris qu'elle voulait éviter qu'on entende mes cris.

« Essaye de pas ameuter la population la prochaine fois que tu jouis. » Elle m'a caressée puis a sauté du lit. « Demande à ta mère d'investir dans tes nichons, ils pourraient être refaits. Mais ne laisse aucun chirurgien intervenir sur ton capuchon : tu as un clito à mourir. »

Je me suis rhabillée et je suis allée à la fenêtre. J'avais encore le goût de sa langue en moi. Mon téton gauche était contusionné. Je n'avais pas imaginé qu'avec une fille le sexe puisse être brutal, mais j'étais si jeune, en fait trop jeune, que je ne savais pas à quoi m'attendre. Je me suis sentie adulte et étrangement seule. Et aussi coupable, pas à cause des actes que je venais de commettre, mais parce que j'ai aperçu la silhouette isolée de ma mère dans le jardin, perdue parmi ces femmes riches. Elle effaçait des messages sur son téléphone pour donner l'impression d'être occupée. Elle semblait avoir besoin d'aide. Il devait y avoir plusieurs appels affolés sur mon portable. Je me suis retournée vers la fille, qui s'était remise au lit.

« Tu as peut-être une grande maison, ai-je dit, mais moi je suis une fille bien, mieux que toi. »

Elle a ri, et repoussé les draps, exhibant son corps nu. « Régale-toi les yeux. Qu'est-ce qu'il y a de mieux en toi ?

— Je suis juste quelqu'un de mieux. Et ma mère a plus de classe que vous toutes. »

J'ai couru dans le jardin, mais Maman était trop occupée pour me demander où j'étais passée. Grand-Père était à l'autre bout du fil, se plaignant de ce que personne ne soit allé le voir depuis des jours.

Grand-Père, avec qui Maman et moi étions restées une heure avant de venir à cette soirée.

Grand-Père, que l'aide-soignante devait venir aider à se coucher à huit heures et demie.

Grand-Père, qui se sentait désespérément abandonné ces dernières semaines, depuis qu'un minuscule plomb avait sauté dans son cerveau, lui faisant perdre le fil du temps.

S'occuper de lui avait rapproché Maman et Papa, pourtant sa disparition allait lancer le processus qui les a éloignés l'un de l'autre. Ce qui s'est passé le soir de sa mort a été comme une minuscule fissure dans une banquise, qui s'est élargie jusqu'à la nuit de l'incendie, en mars, quand, entendant un bruit léger sur le palier, j'ai entrouvert ma porte. C'était la première fois que je voyais mon père nu. Aucun homme n'aurait pu paraître plus nu que lui à cet instant, les yeux clos et le front désespérément pressé contre l'entrée fermée de la chambre autrefois partagée.

Chapitre six

Ronan

Mardi 13, une heure quinze du matin

Il était tard. Ronan aurait dû aller se coucher. Pourquoi alors restait-il figé devant la fenêtre de la nouvelle aile de sa maison, contemplant son fantôme qui l'observait en retour ? Bien que les lampes soient éteintes, son reflet lui bloquait encore toute vue sur le monde extérieur, l'obligeant à scruter les traits de son visage dans le triple vitrage.

Il regardait le ciel comme Paul Hugues le lui avait suggéré, pourtant l'incendiaire de Hugues aurait pu brûler la moitié de Blackrock qu'il s'en serait moqué. Le feu n'arriverait jamais ici. Cette villa était plus petite quand Miriam et lui s'y étaient installés, au début de leur vie commune. Elle avait été construite dans un étroit jardin au cours des années soixante-dix, à l'époque où les architectes prenaient des drogues quand ils allaient en Scandinavie suivre des séminaires. En ce temps-là, ils ne pouvaient pas se permettre d'acheter une telle maison, pourtant parfois on ne peut pas se permettre de passer à côté de ce qu'on ne peut pas se permettre d'acheter, une réalité que Chris, son voisin, semblait incapable de saisir. Ronan avait passé plusieurs décennies à en corriger les défauts initiaux, à refaire chaque pièce, et à son image. Il avait doublé la surface habitable, avec un art jésuitique de l'utilisation des permis de construire rétroactifs. Il ne regardait jamais à la dépense, et la seule présence extérieure autorisée était celle de la lumière. Ronan tirait un plaisir particulier à penser non seulement que feu son père aurait détesté cette maison, mais qu'il aurait été incapable de comprendre son somptueux minimalisme.

Il avait besoin de dormir, pourtant il ne le pouvait pas, pas encore. Il se demandait comment il s'y prendrait pour mettre en œuvre le plan de Hugues si Chris perdait les enchères du lendemain. Mais penser à Hugues n'était qu'un prétexte pour se rappeler Miriam à seize ans, même si cela voulait dire l'imaginer avec un autre. Miriam était partie, après des années de récriminations incessantes, laissant Ronan libre de tout recommencer en pleine force de l'âge. Et c'est ce qu'il avait fait, judicieusement, reconstruisant sa vie avec la même attention aux détails que lorsqu'il avait restructuré la maison. Il était envié par ses congénères, toujours embourbés dans des relations conflictuelles. Il s'était arrangé pour que ses problèmes disparaissent. Alors pourquoi n'arrivait-il pas à se focaliser sur le bonheur qu'il possédait, le miracle que représentait la présence sous son toit de la plus belle créature avec qui il ait jamais couché ?

Kim était montée depuis longtemps. Elle se mettait toujours au lit avant lui. Il n'avait jamais vu personne se déshabiller avec la tranquillité dont faisait preuve sa seconde épouse, qui pouvait se laver le visage, brosser ses longs cheveux et enfiler une chemise de nuit en soie sans bruit ou presque, plongée dans ses pensées. Ronan ne savait pas à quoi pensait son épouse philippine, pas plus qu'il ne savait ce qu'elle pensait de lui. Il savait ce que les autres couples pensaient d'eux, par les coups d'œil en biais que les hommes de son âge lançaient à Kim, suivis de ceux, acerbes, de leurs femmes. Il savait qu'entrer dans une pièce au bras de sa jeune compagne changeait ce qu'il était aux yeux des autres ; il n'arrivait simplement pas à concevoir ce qu'il était aux yeux de Kim. Après huit mois de vie commune, il en savait moins sur elle que le jour de leur mariage.

Au début, il avait été submergé par un afflux de sensations ; la réactivité absolue de ses tétons, la douceur de ses petits seins, sa générosité sexuelle, sa docilité. Ce mot semblait étrange, pourtant il correspondait à ce que Ronan voulait dire. Il ne s'agissait en aucun cas de contrainte ; cela signifiait plutôt qu'elle était infiniment malléable, anticipant ses désirs sans même qu'il ose le lui demander. Elle aimait le plaisir avec une franche candeur. Elle adorait ce que la langue persévérante de Ronan accomplissait. Il aurait été heureux de rester entre ses jambes toute une éternité, excitant son clitoris jusqu'à ce qu'elle jouisse. Sa langue possédait une patience infinie, car cela faisait peser moins de pression sur d'autres parties de son anatomie que les performances d'étalon recherchées autrefois. Quand Kim jouissait enfin, c'était d'une façon qui l'excitait vraiment. Elle jouissait avec tout son corps, les jambes secouées de tremblements irrépressibles, les bras relevés sur ses yeux fermés serrés, les hanches se dérobant tellement qu'il devait l'agripper à deux mains pour permettre à sa langue de rester en orbite autour du clitoris vivement enflammé.

Le plaisir de Kim était absolument total, et il excluait absolument et totalement Ronan. Il lui avait fallu du temps pour en prendre conscience. Au début, il n'y avait eu que l'émerveillement de posséder une seconde épouse. Il avait survécu à la terrible rupture avec Miriam en se réinventant lui-même. Il était amoureux d'une femme plus jeune, qui semblait amoureuse de lui ; quelqu'un qui lui donnait un plaisir plus profond, plus souvent et plus longtemps qu'il ne l'avait cru possible depuis quelques années. Pourtant pendant ses accès de plaisir, il avait commencé à voir comment elle se retranchait en elle-même, loin de lui. Non seulement ses yeux restaient clos, mais son être même se scellait. Son corps nu s'exhibait, pourtant pendant ces quelques secondes où elle jouissait dans un orgasme silencieusement replié sur lui-même, elle se retirait dans une sphère privée. Enfermé dehors,

Ronan ne savait jamais vraiment ce qu'elle ressentait, ni à qui elle pensait en de tels instants.

Ces dix dernières nuits, ils n'avaient pas fait l'amour. Non que Kim ait montré de la réticence. C'était dans l'esprit de Ronan qu'existaient les incertitudes. Quand il s'écarta de la fenêtre pour aller dans son bureau et s'asseoir devant son ordinateur, il entendit les ressorts du lit grincer au-dessus de lui. Il imagina Kim en train de se retourner endormie. Il lui aurait suffi de monter, d'enlever ses vêtements et de se blottir contre elle. Dès qu'il glisserait la main sous sa chemise de nuit, elle se tournerait vers lui, automatiquement. C'était ça le problème, *automatiquement*. Pas pour lui obéir. L'obéissance impliquait un genre de relation différent, lié au pouvoir, à la domination. Pas non plus de façon passionnée, comme Miriam, qui lui laissait des suçons plein le cou pendant l'abandon de l'amour, tandis que leurs corps se collaient l'un à l'autre dans l'univers de leur lit double. *Automatiquement* insinuait une réponse plus sourde, l'acceptation. Cela signifiait qu'ils feraient l'amour si Ronan se risquait à monter, et qu'ils ne le feraient pas s'il restait là en bas. Cela voulait dire que quoi que décide Ronan, Kim ne se sentirait ni mieux ni moins bien. Ce qui donnait à Ronan une impression d'obscure tromperie.

Il avait joué, arrivé à la force de l'âge, et gagné, pourquoi alors avait-il l'impression grandissante qu'à un niveau insondable il avait perdu ? Quand Miriam avait cessé de l'aimer, leur situation était devenue impossible. Mais il avait affronté le problème de la séparation et de la solitude comme il s'attaquait à tous les défis que la vie lui lançait. Il avait refusé de tomber dans le silence glacial qui avait régné dans la maison de son enfance, où ses parents avaient passé les dernières décennies de leur vie à communiquer selon des codes tacites de désapprobation, son père ne parlant de sa mère que comme de « cette femme ». Le compromis marital acrimonieux de ses parents ne différait pas de centaines d'autres unions supportées à une époque où la respectabilité passait avant le bonheur, où maintenir une apparence d'harmonie était tout ce qui comptait, tout ce à quoi il fallait consacrer ses efforts. Ronan ne pouvait pas plus imaginer sa mère quitter son père qu'il ne pouvait l'imaginer arriver à l'orgasme. Le Blackrock dans lequel elle avait été malheureusement obligée de se fondre était un petit royaume fossilisé, d'une respectabilité démodée et possédant une conscience aiguë d'être une niche dans la stratosphère, ni banlieue de Dublin ni ville indépendante. Une Tchécoslovaquie annexée, une zone tampon contrôlée par les contribuables du comté de Dun Laoghaire désireux de se tenir à l'écart de la populace envahissante de Dublin qui avait des codes postaux, une mauvaise hygiène dentaire et ne se lavait jamais derrière le prépuce.

Ses parents n'auraient pas reconnu le Blackrock d'aujourd'hui, ses jeunes qui s'attroupaient au Wicked Woolf Pub pour y dépenser en un soir plus d'argent que ses grands-parents n'en auraient économisé en un an. Main Street vibrait, excitée par le parfum aphrodisiaque de la prospérité, établi et sans racines, séduisant et insatiable, libidineux et étrangement adolescent. Files de Mercedes-Benz classe A et lignes de cocaïne. Petites amies trophées aux longues jambes buvant des bières exotiques dans des bouteilles au long col, ayant une idée de l'habillement aussi désinhibée que si leurs amoureux et elles avaient possédé le monde. Ils avaient une telle confiance en eux-mêmes que, transportés par magie dans n'importe quel bar de la planète, ils ne se seraient pas sentis perdus pendant les quelques instants qu'il leur aurait fallu pour découvrir un vieux camarade de classe qui connaissait une fille qui avait autrefois couché avec un garçon qui avait autrefois fréquenté la même école Montessori qu'eux.

Ronan avait eu le cran de ne pas se laisser distancer par la machine infernale de l'Irlande contemporaine. Il avait refusé que sa vie soit gâchée parce que le mariage peut être une fête où le dessert est servi en premier. Il s'était accroché à cette villa en la réhypothéquant lourdement pour pouvoir acheter à Miriam la petite maison édouardienne qu'elle rêvait d'avoir dans la partie de Sandymount que Ringsend n'avait pas encore contaminée. Il avait accepté de laisser l'avocat de son ex-femme lui tondre la laine sur le dos, puis il avait eu la faiblesse de se soûler lamentablement pendant un mois avant de recommencer sa vie, comme son père l'avait fait quand son affaire de Dublin avait été mise en faillite alors que Ronan était enfant.

Son père était reparti de zéro dans les années soixante en allant en Angleterre creuser des fossés et trimer sans honte pour des sous-traitants tout en calculant comment les battre sur leur propre terrain. Ronan, lui, avait rebondi en allant sur Internet et en postant son profil sur des sites de rencontres. Ainsi que son père l'avait fait avant lui, il comprit vite les règles. La solitude était un produit contrôlé par l'offre et la demande, comme n'importe quel autre produit. Il apprit à ne pas être trop aimable avec celles qu'il retrouvait, vaguement embarrassé, devant un café, car la gentillesse passait pour de l'insistance ; à ne pas toujours payer le restaurant ; et à ne pas complimenter une belle femme sur son physique, car elle avait déjà entendu cette rengaine dans la bouche de tous ceux qui avaient tenté le coup avant lui. Il apprit à se méfier des Russes dont les photos étaient trop parfaites, et à éviter les Irlandaises de son âge car elles traînaient derrière elles de lourdes valises émotionnelles et lui rappelaient son ex-femme.

Les faire rire menait au succès, mais avec Kim, il avait tout de suite senti que c'était différent. Il n'avait pas besoin d'être drôle ni charmeur pour l'éblouir. Après la gêne initiale du premier dîner, tout malaise disparut. Il entrevit dans le calme réservé de Kim la volonté qu'elle avait de l'accepter tel qu'il était. Raffiné et capable de clowneries, imparfait et impulsif, affectueux et exaspérant. Le miracle était là, une femme plus jeune que lui comprenait que c'était grâce à ses innombrables contradictions que Ronan avançait. Kim était d'une beauté si subtile qu'au milieu de leur premier dîner il avait abandonné tout espoir de se retrouver au lit avec elle. Au lieu de cela, il avait éprouvé un intérêt sincère pour elle, de la colère contre son propriétaire qui avait installé illégalement un compteur électrique dans son studio, de l'inquiétude à propos du parcours peu sûr qu'elle devait emprunter pour rentrer chez elle de l'hôpital où elle travaillait comme aide-soignante. Il retrouvait l'instinct de protection qui l'avait animé pendant l'enfance de ses filles, jusqu'à ce que Lauryn et Emer déménagent, n'en pouvant plus d'assister aux disputes de leurs parents. Il se sentit si paternel, quand il l'accompagna à son arrêt de bus après le repas et attendit avec elle car il se méfiait des jeunes qui traînaient dans le coin, qu'il ne lui vint pas à l'idée de l'embrasser. Kim dut se retourner sur le marchepied pour le faire et lui dire dans un murmure qu'elle espérait qu'il la rappellerait.

Kim l'avait accepté tel qu'il était. Moins de six mois plus tard, ils étaient mariés. Elle n'était en fait pas aussi jeune qu'elle paraissait, ou qu'elle le lui avait d'abord dit, quoique suffisamment sa cadette pour qu'il ait parfois l'impression de commettre un péché à demi incestueux, comme s'il avait couché avec une amie de ses filles. Sa beauté le plaçait dans une position qui ne pouvait être qu'un fantasme pour la plupart des hommes de son âge. Peut-être était-ce le problème ; la réalisation tangible de vos rêves vous privait du droit de fantasmer. Certains soirs, quand Kim dormait, Ronan écartait la couette, s'agenouillait et la contemplait, suprêmement belle et suprêmement étrangère, un corps extraordinairement parfait, de la porcelaine faite chair. Aucun désir sexuel ne naissait en lui quand il la regardait comme ça. Comment convoiter ce que l'on possède déjà ? Au lieu de cela, il ressentait une curieuse douleur. C'était comme si

Kim s'était matérialisée après qu'il l'avait imaginée – l'impression pour un artiste que la sensualité est malencontreusement devenue un être de chair et de sang. Et si l'obtention du paradis vous enlevait ce qui vous pousse à lutter en direction d'un horizon inatteignable ? Devant son corps endormi, il se sentait obscurément trompé par la réalité, dépouillé de tout désir de toucher ses seins tant ils étaient immédiatement disponibles.

Des nababs tels que Paul Hugues avaient-ils eux aussi l'impression de s'être fait avoir quand ils s'apercevaient que tous leurs rêves étaient devenus réalité ? Derrière les conversations trépidantes que provoquait le boom immobilier au Playwright Inn, Ronan apercevait parfois une certaine perplexité dans le regard de celui qui parlait, soudain perturbé par un malaise qu'il ne pouvait pas exprimer. Enfants, lors de leurs entraînements de rugby, on leur avait appris à ne pas avoir peur des coups qu'ils pouvaient prendre en luttant dans les mêlées pour trouver l'interstice par où bondir sur le terrain, ou en résistant aux plaquages, portés en avant par un élan qui était comme le déferlement du plaisir sexuel. Personne ne pouvait les empêcher d'atteindre la ligne de but, même s'ils devaient mourir pour aller triomphalement poser le ballon derrière elle. Mais qu'arrive-t-il lorsque vous avez tout gagné et que vous n'avez pas l'impression d'avoir accompli une prouesse en brandissant trop facilement un nouveau trophée d'argent ?

Le monde réel ne ressemblait de toute façon pas au rugby. Il n'avait pas de juges de touche équitables ni de liens de camaraderie avec des coéquipiers dont vous imaginiez qu'ils resteraient vos amis toute la vie. On était seul. Les clients vous imposaient des objectifs écrasants. Vous aidiez vos collègues dans la mesure du possible mais, pour avancer, vous leur marchiez dessus. Il n'y avait ni applaudissements ni bons perdants, vous appreniez seulement à faire ce qu'il fallait pour construire un nid à ceux que vous aimiez. Telle était la brutale réalité que vivait un adulte entouré d'êtres aimés et dépendants de lui. Il y avait eu Miriam et les filles ; maintenant il y avait Kim. Mais s'il fallait parfois se salir les mains, vous deviez à ceux que vous aimiez de ne jamais laisser les répugnantes vérités pénétrer dans le sanctuaire que vous aviez créé pour eux, ne jamais les laisser voir le sang, la merde ou la boue sous vos ongles soigneusement nettoyés après que vous aviez fait ce qu'il fallait pour les protéger et subvenir à leurs besoins et que vous aviez réintégré leur vie sans jamais vous autoriser le moindre tressaillement, la moindre grimace pouvant trahir l'épreuve traversée.

Ronan aurait mieux fait d'aller se coucher plutôt que de ruminer ainsi. Il lui suffisait de monter et, en tournant son corps vers le sien, Kim le ferait se sentir de nouveau jeune. Mais c'était un mensonge. En vérité, Kim le faisait se sentir vieux. Ses anciens coéquipiers de rugby vieillissaient, sa génération ayant réussi au-delà de ses rêves les plus fous. Bien sûr, tous n'étaient pas riches. Il y avait ces éternels babas cool en veste de cuir qui, pendant des années, avaient régulièrement réapparu dans des bars de Blackrock tels que le Halley's Comet, traînant derrière eux les histoires de leur soi-disant succès en Australie ou à New York ; des types du genre artiste ayant prétendu qu'il n'y avait rien pour eux dans ce que Bob Geldof appelait une « république bananière ». Ronan se rappela que Geldof, de quelques années plus âgé que lui, avait été renvoyé de la fac parce que c'était un con aux idées très arrêtées. Mais Geldof avait du cran, et l'esprit d'entreprise de ses ancêtres flamands, ce qui valait mieux pour lui, vu qu'il chantait comme une casserole.

Ceux de la génération de Ronan qui étaient restés pendant les mornes années quatre-vingt et quatre-vingt-dix avaient pris des risques, acheté des maisons victoriennes décrépites autour de Stradbrook Road pour cent mille livres irlandaises et avaient vu leur valeur s'envoler jusqu'à trois ou quatre millions d'euros, des types farcis d'hypothèques et qui sentaient le vomi de bébé, obligés de supporter les sarcasmes d'aspirants Geldof aux attitudes et à la mise tape-à-l'œil qui, rentrés de New York à la fin de cette période, dissertaient à propos de futurs films qui ne voyaient jamais le jour. Ceux qui étaient restés en Irlande avaient refaçonné la république bananière de Geldof, fait pression pour obtenir des subventions européennes et des emplois dans des compagnies basées aux États-Unis, transformé le système d'imposition des entreprises afin de satisfaire les majors américaines et de contrarier l'administration d'outre-Atlantique, permis aux multinationales de discrètement abriter leurs profits dans une capitale européenne soudain très à la mode. Sa génération avait refusé de s'aplatir devant Boston ou Berlin, mais en jouant les USA contre l'Europe, ils étaient devenus plus riches que leurs parents n'avaient jamais rêvé de l'être. C'étaient ses anciens camarades émigrés qui avaient maintenant l'air idiots, revenant au pays non pas pour étaler leur richesse mais pour s'émerveiller de ce qu'ils avaient raté. Ils n'évoquaient plus que rarement leurs films irréalisés et se plaignaient de ce que tous les barmans de Blackrock viennent de Pologne.

Dans la parade du jackpot irlandais, Ronan était un second couteau, car son divorce l'avait presque ruiné. Mais il avait réhypothéqué et gardé sa maison, et le lendemain, quand Chris aurait foiré les enchères, il serait prêt à le persuader de participer au projet dont Paul Hugues avait parlé sur la terrasse du Playwright. Il allait aider ses voisins, et aider Hugues, qui, prêt à lui renvoyer l'ascenseur, lui avait laissé entrevoir de nouvelles miraculeuses possibilités d'investissement. Il placerait sa part des profits dans un contrat d'assurance-vie au seul nom de Kim, un bas de laine considérable qui lui donnerait la liberté de s'en aller si elle trouvait impossible de vivre avec un homme avec qui Miriam avait toujours dit qu'aucune femme ne pourrait jamais vivre.

Ronan sortit de son bureau et retourna devant la fenêtre de

la nouvelle aile. La lointaine lueur des flammes était enfin là. Le bâtiment de Hugues brûlait – un sale boulot, mais c'était ainsi que le monde réel fonctionnait. Pourtant la vue du feu l'effraya, car quel que soit l'angle dans lequel il se tenait, il se retrouvait toujours en face de son propre reflet dans la vitre, et maintenant le halo rouge de l'incendie donnait l'impression que son cœur s'embrasait comme le Sacré-Cœur de son enfance. Une image surnaturelle exprimant une solitude indescriptible. Il aurait voulu que de l'autre côté de la vitre Miriam l'appelle, lui dise de reprendre ses esprits et d'aller se coucher.

Il recula, conscient de son ivresse. Miriam était partie. Il avait envie de se glisser dans la chambre du haut, d'écarter la couette et de regarder émerveillé le corps de Kim. Il voulait embrasser si doucement son téton exposé que son geste d'amour ne la réveillerait pas. Puis l'envie lui vint de la recouvrir et de la dénuder encore, lentement, afin que comme par magie il aperçoive l'espace de quelques secondes Miriam endormie dans le pyjama informe, ample et pas sexy qu'elle portait toujours. Maintenant que Miriam était irrévocablement hors de sa portée, il désirait plus que tout se blottir contre elle ne serait-ce qu'un instant, en sachant que si elle se réveillait elle ne ferait pas l'effort de se tourner, enregistrant à peine la confortable familiarité de sa présence.

Ronan retourna dans le sanctuaire de la partie fermée de la nouvelle aile dont il avait fait son bureau, ou, comme il préférait le dire, son cabinet de travail. Assis devant son ordinateur, il cliqua pour fermer la feuille de calcul – les comptes du projet de Hugues, coûts et profits à redistribuer. Il écouta, mais n'entendit pas Kim sortir du lit comme Miriam en avait l'habitude, afin de descendre voir s'il ne travaillait pas plus tard qu'il aurait dû ou ne buvait pas trop. Il cliqua sur le moteur de recherche de Google, dont l'historique allait bientôt être aussi blanchi qu'une âme après confesse. Ronan ne s'intéressait ni aux acteurs de porno ni au SM, et il abhorrait ce qui mettait en scène des enfants, mais on ne savait jamais ce qui allait apparaître dans ce cyberespace en expansion continue, c'était le risque à courir. Vous cliquiez quelque part et votre ordinateur était redirigé de façon aléatoire vers une banque d'images que vous n'aviez pas cherchées et qui étaient trop nombreuses pour que l'on puisse capter tout ce qui se passait. Un autre clic sur une vignette vous envoyait valser à travers d'autres vastes galaxies de visages inattendus et de bribes de vidéos personnelles tournées avec des téléphones, limbes essaimantes où vous ne saviez jamais ce qui était réel et ce qui était mis en scène.

À l'époque de sa jeunesse où de tels magazines étaient interdits en Irlande, Ronan avait bien aimé les *Playboy* introduits dans le pays en contrebande. Il avait ressenti une certaine supériorité intellectuelle dans l'excitation que provoquait en lui la découverte de l'érotisme expérimental parisien de Henry Miller ou bien d'Anaïs Nin. Mais les romans de Nin étaient narratifs ; une évasion permettant de s'évader. Internet ressemblait à un kaléidoscope sans début ni fin, un réseau d'interconnexions fait pour vous attirer par ses signaux érotiques. Dans cette sphère où vos problèmes extérieurs étaient ajournés, un instant de curiosité pouvait se transformer en quatre heures d'abdication devant le virtuel, quatre heures pendant lesquelles l'extase de l'excitation et du dégoût de vous-même vous rendait insensible aux soucis quotidiens. C'était un monde où Ronan se sentait pris comme une mouche sur du papier tue-mouches, brisant continuellement sa promesse de ne télécharger qu'un autre rapide aperçu de vies de gens qu'il ne connaissait pas.

Il ne s'était pas intéressé à la pornographie du Net avant l'année qui précéda le départ de Miriam, où ils se disputaient si constamment que leurs filles leur criaient de se réconcilier ou de se séparer. Il lui semblait alors émotionnellement justifié d'allumer son ordinateur, afin de se donner du répit, loin de la réalité, une libération qui ne demandait rien en retour. Mais quelle excuse aurait-il eue maintenant, quand Kim l'attendait dans la chambre du haut ? Que pourrait-il chercher qui vaille la réalité palpable de Kim ? Ronan n'essayait pas de trouver, mais de perdre passagèrement quelque chose : lui-même. N'ayant plus l'excuse d'un mariage qui se disloquait, il devait reconnaître ces heures passées devant l'ordinateur pour ce qu'elles étaient. Ces sites lui permettaient de traîner dans une zone de confort, addict dont la conscience et son agaçante boussole morale étaient éteintes. Ces images relevaient d'une intimité poignante et elles étaient pourtant totalement impersonnelles. Les banques de vidéos amateurs permettaient d'entrevoir des vies banalement bizarres, un réseau de solitude, où tout était révélé et rien n'était ressenti, le jugement suspendu et la capacité d'émotion engourdie par les manifestations publiques d'une intimité que les couples avaient besoin d'exhiber.

Leur ardeur ostentatoire lui rappelait, de façon contournée, la respectabilité extérieure de ses parents. Ces deux mondes étaient complètement différents, pourtant on y ressentait à un certain niveau la même impression que tout était fait pour la représentation, ne laisser voir qu'une façade ne trahissant aucun nuage à leur bonheur. Dans l'anonymat du cyberespace, le monde entier se transformait en voisin indiscret. À la place des photos encadrées de pèlerinage diocésain à Lourdes, des orgasmes surjoués et des scènes filmées au ralenti d'éjaculation sur un angélique visage de femme tentaient de vous convaincre que tout était harmonieux dans la vie de ceux qui les postaient. L'illégalité potentielle de ces sites et la douleur que Kim éprouverait si elle savait lui donnaient l'impression artificielle de vivre dangereusement. Ce second mariage ne l'avait pas guéri de son obsession perverse. Il avait prouvé au monde qu'il était un gagnant, pourquoi donc était-il submergé par cette sensation de profonde imposture, des soirs comme celui-ci, où il restait jusqu'à l'aube assis là, enlisé ?

Peut-être était-il deux personnes différentes. Parmi d'autres hommes, son instinct de compétition prenait le dessus. Il se révélait un adversaire capable de lancer un pari à chaque trou du golf, celui qui aurait vendu son âme pour gagner une compétition « plus près du drapeau ». Les gens croyaient le connaître, même s'ils ne l'aimaient pas toujours. Dans le monde public, vous gagniez ou perdiez, et c'était clair et net, mais seul devant son ordinateur il était dépouillé des masques qu'il portait à l'extérieur. Il n'y avait aucune logique derrière laquelle se cacher lorsque vous étiez bombardé par ce maelström d'images, ce n'était que curiosité et irresponsabilité. Plus besoin de penser. Il pouvait se laisser sombrer tout au fond de lui-même jusqu'à la roche mère, où tout se résumait aux désirs les plus élémentaires, les plus fondamentaux. Ni responsabilités ni simulacre de vertu. Tout était exhibé, et pourtant tout pouvait disparaître en un clic. Dans cette zone les discriminations cessaient. Le temps était absent des boucles vides des vidéos amateurs tournées en Alaska, dans des hôtels d'Espagne, des bidonvilles d'Asie. En un clic il pouvait regarder les pipes que des adolescents s'étaient amusés à filmer avec leur téléphone et voir ensuite des souvenirs de lune de miel tournés des dizaines d'années plus tôt par des gens probablement morts depuis. Toute image personnelle avait échappé à son orbite naturelle et était destinée à errer pour l'éternité, telle une particule de la camelote intergalactique.

Ronan se détestait de se laisser piéger dans cette zone. Il détestait son besoin d'oubli, dont seule Miriam avait été capable de le guérir. Il aurait voulu que Dieu le frappe à mort, mais il n'y avait pas de Dieu, il n'y avait que des crises cardiaques. Quel que soit son épuisement, la fatale douleur dans la poitrine ne venait jamais. Ronan ne savait pas combien de temps il resterait prisonnier là avant de se forcer à effacer l'historique de sa navigation. Il en deviendrait impuissant. Rongé par le dégoût de lui-même, il se promettrait d'avoir la force de se débarrasser de cette mauvaise habitude dès le lendemain soir. L'aube serait peut-être déjà là quand il se blottirait près de sa jeune épouse, tous deux enfin réunis, ce qui ne l'empêcherait pas de se sentir totalement seul. Même alors, il serait incapable de dormir, piégé entre deux mondes.

Chapitre sept

Chris

Mardi 13, quatorze heures

Le moment était venu. Chris ne pouvait pas le repousser plus longtemps. Il avait payé une expertise, son conseil juridique avait épluché les actes et discuté du financement avec leur directeur de banque. Il ne s'agissait là que de stratagèmes permettant de remettre à plus tard sa décision, mais maintenant il y était, encore une fois assis avec Alice dans une vente aux enchères. Chris se demandait si quelqu'un, parmi ceux qui se trouvaient à côté d'eux, était là pour faire monter les prix. Il n'était pas certain de vouloir enchérir. Un boxeur sonné, voilà ce qu'il était devenu, et c'était la tragédie de sa vie. Le stress provoqué par les tentatives qu'il faisait pour acheter une maison alors que le marché s'emballait l'avait mentalement épuisé. Il s'était fait battre lors de sept enchères publiques en trois ans. À cinq occasions, il avait perdu lors d'enchères au rabais, quand ils avaient dû présenter leur dernière offre sous enveloppe scellée.

Il ne se souvenait même plus du nombre de fois où il avait été vaincu lors d'enchères privées. Elles équivalaient à de véritables tortures. Certains agents immobiliers mettaient des jours à réagir, tandis que d'autres rappelaient dans l'instant qui suivait la dernière offre de Chris pour annoncer qu'ils avaient des acheteurs prêts à payer plus cher. Il était impossible de savoir si ces enchérisseurs existaient vraiment ou si on cherchait seulement à le faire payer encore plus. Alice et Chris se tordaient d'angoisse chaque fois que le téléphone sonnait, se demandant si cet appel provoquerait le désespoir ou l'allégresse, si l'agent allait les féliciter de ce que leur offre était acceptée ou leur annoncer qu'ils devaient trouver deux mille euros supplémentaires pour rester dans la course.

Le marché immobilier était un monde de fumée et de miroirs où personne ne disait toute la vérité. Même dans l'apparente transparence de cette salle des ventes, des amis du vendeur pouvaient être là pour lancer les enchères. Il avait déjà vu ça, des mains rivales qui poussaient les prix jusqu'à un niveau gardé secret pour ne plus se manifester ensuite, ayant semé la panique parmi les vrais enchérisseurs qui se déchaînaient alors.

Sophie était restée chez eux, elle avait du travail. La plupart du temps, elle ne jetait qu'un rapide coup d'œil aux offres qui les intéressaient. Elle était la seule à encore aimer leur petite maison. Chaque fois qu'ils devaient participer à une vente, Sophie se taisait, elle se réfugiait dans sa chambre avec ses livres et sa musique, ne supportant pas de voir ses parents se chamailler en attendant que le couperet tombe, que Chris capitule alors que le prix disparaissait loin dans la stratosphère. Un jour, quand leur expert avait découvert tout un tas de défauts de construction à la maison qu'ils pouvaient enfin acheter, Chris avait trouvé Sophie en train de pleurer silencieusement. Elle avait seize ans, à l'époque. Il lui avait caressé les cheveux, lui avait assuré qu'elle apprendrait vite à aimer l'endroit où ils s'installeraient, et elle avait levé la tête en murmurant : « Toi non plus tu ne veux pas vraiment partir d'ici. Sois honnête, tu désires seulement faire plaisir à Maman. » Ce qu'il voulait, c'était regagner le respect d'Alice.

Chris regarda autour de lui, déchiré. Quoi qu'il fasse maintenant, il rendrait ou sa femme ou sa fille profondément malheureuse. Trois propriétés devaient passer aux enchères. Des voisins y assistaient souvent, en purs spectateurs, curieux des prix que leur propre maison pouvait atteindre. Les vendeurs étaient parfois dans la salle, mais le plus souvent ils attendaient dans une pièce voisine. Chris compta treize individus ou couples pouvant être de potentiels acquéreurs. Il s'étonna de voir Paul Hugues dans la rangée du fond, à côté d'un homme d'affaires qui faisait d'un air las le sudoku de l'*Irish Times*. Hugues croisa son regard, hocha la tête, un ancien de Blackrock College en saluant un autre, puis se remit à répondre aux messages qu'affichait son iPhone à coque de cuir. Chris était certain que Hugues n'enchérirait pas sur lui. Hugues avait débuté en acquérant un portefeuille de biens locatifs, avant de se spécialiser dans les ensembles résidentiels comprenant quelques commerces. Grâce au labyrinthe de sociétés derrière lesquelles il cachait ses actifs, personne ne savait ce qu'il possédait, mais si ce que disaient les journaux était vrai, à savoir que l'immeuble du front de mer qui avait brûlé la veille était à lui, il affichait devant cette perte une sérénité très zen.

Dans la première rangée, deux couples se cramponnaient aux brochures d'une propriété de Rathmines, si intensément conscients l'un de l'autre que Chris les soupçonna de s'être affrontés lors d'enchères précédentes. Les deux jeunes assis derrière eux étaient probablement là pour l'atelier d'Harold's Cross, comme ce garçon d'une vingtaine d'années en jean et tee-shirt pourri. Pourtant Chris s'était souvent trompé sur ce genre de types. Ses bottes pleines de boue suggéraient qu'il sortait d'un chantier. Il avait l'air de quelqu'un qui vit dans un meublé mais possédait peut-être déjà un portefeuille de biens tels que la maison qui avait été mise en location à côté de la leur, avait des locataires roumains et remboursait plusieurs crédits. Les Irlandais investissaient dans l'immobilier si jeunes et avec une telle intrépidité que ce type, même à son âge, pouvait aussi bien être multimillionnaire.

Assise à côté de Chris, Alice ne disait rien, pourtant il sentait sa tension. Ce serait à Chris d'enchérir, car, comme disait Alice, il avait étudié les différentes possibilités de crédit et savait ce qu'ils pouvaient se permettre. Il n'en finissait pas de se torturer à propos d'un problème ou d'un autre. La rue était si étroite qu'il fallait faire marche arrière pour se garer et encore en avait-on à peine la place. Ils se retrouveraient à plus d'un kilomètre des commerces alors que dans leur maison actuelle ils n'en étaient qu'à cinq minutes de marche. À l'avenir, acheter un litre de lait signifierait prendre la voiture sans être certain de retrouver sa place à moins de poser devant chez eux ces cônes antistationnement qui ne facilitaient pas les relations de bon voisinage.

Le commissaire-priseur commença la lecture des documents officiels qui concernaient la vente. Chris sentit l'angoisse le ronger. Avec les frais de mutation de neuf pour cent à payer, ils ne seraient peut-être jamais capables de revendre, à moins que les prix ne continuent de monter. Ils suivaient alors une hausse annuelle de vingt pour cent, mais un jour, cette folie devrait s'arrêter. La peur irrationnelle qu'il avait de voir la valeur de son nouveau bien tomber en dessous du capital restant dû à la banque l'avait jusque-là retenu, tandis que sous ses yeux les propriétés immobilières changeaient de mains pour ce qui semblait des fortunes. Avec le recul, il savait qu'il s'en serait mis plein les poches avec n'importe laquelle de ces maisons, si seulement il avait fait étalage d'assez de testostérone. Celle-là était-elle celle pour laquelle il fallait tout risquer ? Et s'il tombait malade, pourrait-il rembourser un crédit aussi énorme ?

Il aurait mieux fait de penser à ses qualités ; le vitrail de la salle de bains ; la vaste cuisine aux spots encastrés et double four intégré dans des éléments de cuisine en bois au design dépouillé ; la possibilité, quand du jardin, le soir, il regarderait à l'intérieur par les grandes fenêtres à guillotine la lumière douce de la lampe, d'envisager une vie différente, où Alice et lui seraient de nouveau bien ensemble.

Les premières tentatives d'ouverture des enchères rencontrèrent le silence. Le commissaire-priseur baissa le prix, vanta les qualités du bien, chercha à persuader un acheteur de se lancer. Chris ne serait pas le premier. Il avait, dans le passé, levé la main trop tôt. C'était pour une fois au commissaire de mouiller sa chemise. Si personne d'autre n'était intéressé, Chris obtiendrait peut-être un prix bradé. Il avait la gorge sèche, son corps était tendu. Alice serra sa main si fort qu'il comprit son angoisse. La peur qu'ils partageaient les rapprochait. Le commissaire conjura la foule jusqu'à ce qu'une femme d'une trentaine d'années qui était assise seule lève la main. Son offre était à quatre-vingt-dix mille euros en dessous du chiffre annoncé par le catalogue, qui était probablement à cinquante mille en dessous du prix de réserve. Ce n'est que lorsqu'ils auraient atteint ce seuil mystérieux, que seuls le vendeur et le commissaire connaissaient, que les enchères prendraient un caractère formellement contraignant.

S'il devait se battre contre cette femme, Chris pensait pouvoir gagner. Elle tremblait déjà. Il attendit un peu avant de surenchérir de cinq mille. Elle sembla déçue mais proposa cinq mille de plus. Il en fit autant. Comme il s'y était attendu, ils étaient les seuls dans la course, et poussèrent lentement le prix à trente mille au-dessus de celui du catalogue. Chaque fois qu'il enchérissait, Chris sentait un cocktail d'adrénaline et de terreur l'envahir, et quand elle surenchérissait, un mélange de déception et de soulagement secret. Il ne pouvait pas affronter une telle pression, pourtant il ne voulait plus jamais faire subir cette torture à Alice. Il pensa aux problèmes que son expert avait notés. Et si des défauts de construction lui avaient échappé ?

Lorsque la femme renchérit encore, le commissaire annonça que la maison était officiellement en vente. À partir de maintenant, les vendeurs devaient accepter l'offre la plus haute. Chris ou la femme, l'un des deux finirait par craquer, alors le marteau descendrait trois fois, et la maison serait vendue. Alice ne disait pas un mot, mais ses doigts agrippaient férocement la main de Chris. La femme ne montait plus que de mille euros à la fois, à bout de souffle et d'argent. La maison était à lui, mais elle lui coûterait soixante mille euros de plus que le prix du catalogue. Ils avaient déjà dépassé le plafond absolu qu'Alice et lui s'étaient fixé. Peut-être une surenchère de mille euros aurait-elle été suffisante, mais, comme un matador portant l'estocade, afin de décourager son adversaire et de prouver à Alice qu'il était décidé à aller jusqu'au bout, il offrit d'une voix forte cinq mille euros de plus.

Il perçut la tension qui envahissait la salle. L'assistance entière était subjuguée par cette escalade guerrière. Les yeux se tournèrent tous vers lui sauf ceux de la femme qui regardait droit devant elle, livide. Chris savait qu'elle était vaincue. Il ressentit une panique soudaine, le désir de la voir renchérir une dernière fois, éloignant de lui ce calice de dettes, pourtant la femme baissa la tête et ne bougea plus. Les ongles d'Alice s'enfoncèrent dans la paume de Chris, mais elle pouvait le blesser jusqu'au sang, il s'en fichait. Il avait été mis à l'épreuve et ne l'avait pas déçue. Il avait droit à un nouveau départ.

L'exaltation déferla dans la salle tandis que le commissaire faisait retomber le marteau, une fois, puis deux. Alors l'homme d'affaires assis dans la dernière rangée à côté de Paul Hugues reposa son *Irish Times* et parla pour la première fois, augmentant calmement de dix mille euros la mise. Chris se retourna. L'homme semblait détendu, comme si le duel qui avait opposé Chris à cette femme n'avait été qu'un amusant prélude aux enchères réelles. Chris avait besoin de réfléchir, mais il était nerveusement épuisé. Si Alice et lui se privaient de vacances pendant plusieurs années et s'il ne tenait pas compte de l'urgence qu'il y avait, selon son expert, à réparer le mur fissuré, Chris pouvait renchérir juste au-dessus de la dernière offre, mais il se sentait vidé. Il était déjà allé trop loin. La salle entière attendait sa décision, à l'exception de la jeune femme qui pleurait en silence. Ils s'étaient violemment affrontés et maintenant tous deux se retrouvaient exclus. Il regarda Alice et murmura : « Je suis désolé. »

Le commissaire laissa retomber le marteau et tout le monde applaudit. Les vendeurs apparurent sur le pas de la porte, étourdis de plaisir. Les yeux de Paul Hugues croisèrent ceux de Chris. Il lui tapa sur l'épaule en passant. « Ne te décourage pas, murmura-t-il d'un ton chaleureux, l'histoire peut encore connaître certains rebondissements. » Tandis que l'agent immobilier le conduisait dans une pièce adjacente, l'homme d'affaires ne jeta pas un regard à Chris. Le bruit entêtant des conversations reprit. Chris aurait voulu exprimer sa sympathie à la femme contre qui il s'était battu, mais elle était partie. Des gens qu'il ne connaissait pas lui adressaient des paroles de consolation, comme à un enterrement. À ses côtés, Alice gardait le silence.

Puis le commissaire donna un coup de marteau afin de reprendre la séance. Il lut à haute voix les caractéristiques du bien qu'il allait maintenant mettre aux enchères, et Chris et Alice furent oubliés. Ils sortirent sans rien dire, émergèrent au milieu des badauds qui faisaient leurs courses de l'après-midi sur Stephen's Green, Alice un pas en avant de lui. Il la rattrapa et la prit par le bras.

« J'ai le cœur brisé, lui dit-elle doucement, mais je parie qu'au fond de toi tu es soulagé.

— Je suis allé au-delà de ce que nous pouvions nous permettre.

— Je ne referai plus jamais ça, je ne le peux pas. »

Chris aurait voulu répondre, mais il n'y avait rien à ajouter. Alice le connaissait trop bien, et elle s'était remise en marche.

Chapitre huit
Sophie

Un jour, j'ai rêvé de Maman, elle était installée dans les Territoires du Nord-Ouest du Canada qu'on appelait autrefois le Yukon. La neige tombait abondamment sur une immense étendue entièrement gelée. J'attendais que ma mère vienne me chercher, tandis que des familles inuits passaient sur des traîneaux en bois et en os, tirés par des huskies aux langues tendues vers les flocons. Quand Maman est apparue, ce n'était pas dans un tel attelage ; pieds nus, elle frissonnait dans sa chemise de nuit. Ce qui me faisait le plus peur, ce n'était pas qu'elle eût la chair de poule, mais la détermination sauvage avec laquelle elle se penchait, les épaules déchirées par les sangles de cuir brut attachées à l'énorme bloc de glace qu'elle tirait derrière elle. Une fois réveillée j'ai compris que Papa et moi faisions partie de ce bloc de glace, de ses angoisses inexprimées. Mais que son fardeau le plus lourd venait des responsabilités qu'elle avait à assumer en tant que fille unique d'un père trop émotionnellement déficient pour la faire jamais se sentir contente d'elle.

L'âge d'or de Maman, l'année où elle s'est trouvé une nouvelle identité en tant que gérante de boutique, timide mais accueillante, a aussi été l'époque où le devoir filial lui a le plus pesé. Vicky téléphonait de Vienne à propos de stock et de trésorerie, Grand-Père l'appelait à trois heures du matin pour se plaindre de ce qu'il était assis dans le froid depuis des heures à attendre qu'on vienne lui préparer son petit-déjeuner, elle réceptionnait les arrivages de robes de cocktail venant de Rome, lavait tous les jours des draps trempés d'urine dans notre machine Bosch avec séchoir, recevait des rappels de factures postés de France et d'Italie, organisait le roulement des aides à domicile chargées de donner ses médicaments à Grand-Père. Découvrait à son grand désarroi que Vicky vendait sans le lui dire leurs meilleurs articles à des amies qui la payaient en liquide, en conséquence de quoi équilibrer les comptes s'avérait impossible. Devait lutter avec Grand-Père pour le moindre chèque à remplir car il prétendait que les travailleurs sociaux le volaient. N'a jamais réussi à faire signer une procuration à Grand-Père. Ni à obtenir des réponses claires de Vicky.

Maman voulait que Grand-Père garde son indépendance et reste chez lui aussi longtemps que possible, mais seul, il n'était plus en sécurité. Bien qu'elle l'ait inscrit sur les listes d'attente d'innombrables maisons de retraite, seule une place s'est libérée un jour. Et non pas dans un de ces établissements modernes qui se construisaient alors, constituant des investissements exonérés d'impôts, aussi resplendissants que des hôtels de luxe, mais dans une lugubre maison édouardienne de Dun Laoghaire avec vue sur le port obstruée. Ils ont téléphoné pour nous annoncer qu'une chambre était disponible, et que nous avions jusqu'à cinq heures de l'après-midi pour prendre une décision. Il était inutile d'y aller avec Grand-Père, qui n'avait aucune intention de partir où que ce soit. On nous a dirigées vers le second étage en nous disant que le directeur nous rejoindrait là-haut. Nous étions si occupées à examiner l'ameublement spartiate et les rideaux délavés qui avaient été tirés qu'il a fallu que Maman s'arrête près du lit et que nous baissions les yeux pour voir le cadavre de l'ancienne occupante, paupières fermées, mains jointes autour d'un rosaire, attendant que le croque-mort vienne la chercher. Nous nous sommes enfuies sans parler au directeur.

Il fallait que quelque chose arrive. J'en ai été la cause, sans le vouloir. Si Maman a fini par détester notre petite maison c'est, entre autres, pour ce qui s'est passé pendant les quinze jours où elle a fait venir Grand-Père, car le laisser chez lui devenait intenable. Elle le réveillait à huit heures (mais il prétendait qu'il était minuit), elle le levait, elle l'habillait et elle le nourrissait ; mettait en route une nouvelle machine à laver pleine de draps mouillés et l'installait confortablement dans un fauteuil avant de courir ouvrir la boutique. Fermait tôt, à l'heure du déjeuner, pour revenir en hâte, sans savoir s'il serait encore là ou bien assis sur les marches de sa propre maison ; il retrouvait souvent son chemin pour y aller attendre sous la pluie. À la voir si stressée, Papa suppliait Maman de s'allonger un moment. Et quand il essayait de mettre Grand-Père au lit, le vieil homme s'émerveillait bruyamment du merveilleux gendre qu'il avait, alors que « cette pauvre petite Alice » n'arrivait jamais à faire correctement les choses.

Ces deux semaines ont été un cauchemar. Un après-midi après l'école, en passant devant la boutique j'ai aperçu Maman derrière la vitrine de sa vie publique. Trois clientes étaient avec elle, dont aucune n'avait l'intention d'acheter quoi que ce soit. Des amies de Vicky qui bavardaient joyeusement sur les chaises longues en buvant, à petites gorgées, l'excellent café que Maman leur offrait, sans lui accorder plus d'attention qu'à une serveuse. Toutes les quelques secondes, Maman se lavait distraitement les mains au distributeur de savon parfumé. J'étudiais alors *Macbeth*, mais Maman n'essayait pas d'effacer d'invisibles taches de sang. Dans la douce lumière des lampes et des bougies vacillantes, elle tentait désespérément de se débarrasser de l'odeur d'urine et des miettes de porridge qu'elle avait essuyées sur le menton de Grand-Père après lui avoir fait manger son petit-déjeuner.

Un jour, quand je suis arrivée à la maison, j'ai trouvé Maman dans l'entrée en train de se disputer furieusement avec une femme âgée au visage sévère qui sentait à la fois l'odeur douceâtre du talc et la fumée de cigarette. Grand-Père s'était de nouveau enfui et cette dame, qui passait par hasard devant chez lui, l'avait surpris assis sur le perron glacé, stupéfait que sa défunte épouse ne soit pas là pour lui ouvrir la porte. D'une voix stridente, l'étrangère reprochait à Maman la cruauté dont elle faisait preuve en ne confiant pas Grand-Père aux bons soins d'une maison de retraite. Maman tremblait, prise d'une furie presque primitive, hurlait qu'elle n'accepterait pas qu'on lui fasse la leçon à propos de son père : elle s'occupait de lui depuis vingt ans sans l'aide de personne. Les deux femmes étaient si énervées, si absorbées par leur querelle qu'il leur a fallu plusieurs secondes pour prendre conscience de ma présence. Elles se sont tues. L'étrangère m'a dévisagée avec un regard de médecin légiste qui m'a déconcertée.

« Ainsi voilà Sophie, a-t-elle dit.

— Restez hors de ma vie, a répondu ma mère d'un ton sec. Et de la sienne. C'est un peu tard pour arriver avec vos larmes de crocodile, alors que vous ne cherchez qu'à semer le trouble. Pourquoi ne nous proposez-vous pas de nous payer à tous un billet d'avion et de laisser votre frère seul, assis en plein froid dans son pantalon mouillé sur le pas de sa porte d'Avoca Road ! »

Grand-Père était tranquillement retourné dans son fauteuil, indifférent aux éclats de voix. L'étrangère est partie et Maman s'est recroquevillée contre le mur, secouée par de tels sanglots que, lorsque je lui ai demandé qui était l'intruse, elle n'a pas pu répondre. Puis elle a levé la tête.

« C'était ma tante Patricia. Il n'y a qu'elle pour passer devant la maison de son frère à un moment pareil. Ça fait des années qu'elle n'a pas manifesté le moindre intérêt pour lui.

— J'avais oublié son existence, ai-je répondu. Tu ne parles jamais d'elle.

— Je n'ai jamais eu de tante, a-t-elle dit amèrement. C'est comme si elle était morte. Après la mort de ma mère, alors que j'étais à peine plus âgée que toi, je lui ai demandé de l'aide, une fois, une seule, et elle s'est défilée. Et si elle croit qu'elle a le droit de débouler comme ça et de jouer le moindre rôle au sein notre famille, elle peut aller au diable. Je ne veux rien avoir à faire avec elle, et ni toi ni ton père ne le devez. »

Je ne lui ai pas posé d'autres questions, Grand-Père était trempé jusqu'à la moelle des os, car il était parti sans même mettre un chapeau. Il fallait avant tout le sécher et l'empêcher de tomber malade. Pas une seule nuit ne s'est écoulée sans incident au cours de cette tentative désespérée pour le garder auprès de nous. Le détecteur de fumée se déclenchait à l'aube quand il décidait de mettre des pommes de terre à bouillir pour le dîner sans eau dans la casserole. Il s'énervait de plus en plus contre Maman – bien que n'étant plus très sûr de son identité. Mais quelle qu'elle soit – épouse, fille ou mère –, il était convaincu qu'elle lui jouait des tours, qu'elle s'amusait à déplacer les aiguilles de toutes les montres, réveils ou horloges. Cet homme profondément placide était en proie à une rage furieuse, une terreur instinctive devant la réalité qui lui échappait. Maman et Papa faisaient leur possible pour me protéger, mais je me réveillais constamment, trouvant le silence aussi effrayant que n'importe quelle tonitruante télévision. Je ne savais jamais à quoi m'attendre lorsque j'ouvrais la porte de ma chambre. Une nuit, je me suis glissée en bas, attirée par un bruit si léger que je savais n'être pas censée l'entendre. Devant la porte des toilettes, j'ai compris que c'était ma mère qui pleurait. J'ai tapé. Dans un murmure elle m'a dit de m'en aller. Je suis entrée. Maman était à genoux, en larmes. À moitié assis sur la cuvette, Grand-Père s'agrippait à la poignée de sécurité que Papa avait installée pour lui, mais il ne pouvait ni se relever ni lâcher la barre sans tomber en arrière. Le bas de son corps était nu.

« Il a encore eu un accident. » Maman arrivait à peine à parler plus haut que dans un souffle épuisé. « Il n'y peut rien. Et je ne peux rien pour lui non plus. Je n'ai plus d'énergie. Il a besoin d'une assistance professionnelle, mais il reste dans le déni. » Elle a relevé les yeux. « Va te coucher, Sophie. Tu es trop jeune pour voir ça.

— Je voudrais t'aider, ai-je dit.

— Alors promets-moi une chose. Si je deviens un jour comme ça, trouve le moyen de mettre fin à mon malheur et que ça ait l'air d'être un suicide. Je ne serai peut-être plus capable de te le dire, mais c'est ce que je veux. Je perds la raison à le voir perdre la sienne. Je ne supporterai pas que tu subisses cette torture.

— Viens, on va le mettre au lit, Maman, ai-je dit doucement en humidifiant une serviette qui finirait tout droit à la poubelle. Ensuite tu iras te coucher, il faut que tu dormes. »

Après avoir harcelé l'hôpital, Maman a réussi à faire avancer le rendez-vous qu'elle avait pris pour Grand-Père dans le service de gériatrie de Saint Vincent. Elle l'a habillé ce matin-là comme pour une simple visite médicale, mais nous savions – et même Grand-Père le savait malgré sa confusion mentale – que ça n'en était pas une. Papa avait pris sa journée pour y aller avec Maman. En classe, je n'arrivais à me concentrer sur rien. Papa a dit plus tard que c'était la chose la plus difficile qu'il ait jamais faite, un acte nécessaire et urgent, mais qu'il avait ressenti comme une suprême trahison. Maman refusait d'en parler. Devant le médecin, Grand-Père a accusé Maman de l'avoir trompé. Il s'est ressaisi, comme toujours devant ceux qui représentaient l'autorité, mais Maman a insisté pour que le médecin répète ses questions jusqu'à ce qu'il devienne clair, derrière son dernier malheureux coup de bluff, que Grand-Père ne savait pratiquement même plus comment il s'appelait.

La secrétaire du médecin a pris contact avec le bureau des

admissions. Grand-Père était maintenant officiellement entré dans le système, ou le serait dès qu'on lui aurait trouvé une place. Il allait devenir un bloqueur de lit dont l'hôpital ne pourrait se débarrasser que le jour où on lui trouverait une chambre dans une maison de retraite. Un cauchemar prenait fin, mais Maman savait qu'un autre commençait. Des mois de visites quotidiennes et de discussions avec les travailleurs sociaux de l'hôpital sur qui leurs supérieurs feraient constamment pression pour qu'ils persuadent Maman de le reprendre chez elle. Pourtant, si malheureux que soit Grand-Père de se retrouver dans ce service, quelle que soit la colère qu'exprimeraient ses regards alors qu'il n'attendrait Maman que pour exiger d'elle qu'elle le ramène chez lui où sa femme l'attendait, il serait pris en charge. Ou il le serait dès que la magie de l'administration libérerait ce lit grâce auquel il deviendrait officiellement un patient.

Ce jour-là, ce n'est pas arrivé. À six heures du soir, il ne restait plus que Maman, Grand-Père et Papa dans la salle d'attente qui, avant, avait été bondée. Des techniciens de surface payés par des sous-traitants nettoyaient le sol autour d'eux. Grand-Père demandait sans arrêt pourquoi il était encore là, disait qu'il en avait assez et qu'il mourait de faim. Vicky appelait Maman toutes les cinq minutes à propos d'une livraison de robes que Maman avait cachées, sachant que dès que Vicky les trouverait elles disparaîtraient, vendues en douce contre de l'argent liquide que Vicky empocherait, indifférente à l'hostilité croissante de leur propriétaire devant le loyer impayé.

La secrétaire a éteint les lumières. Mes parents n'avaient plus qu'une chose à faire, emmener Grand-Père au milieu des junkies et des ivrognes qui attendaient aux urgences. Ils ont poussé jusqu'à cet enfer, le long de couloirs interminables, le vieil homme hébété, maintenant assis dans un fauteuil roulant fourni par l'hôpital. La responsable du triage des malades leur a expliqué qu'il était inscrit sur la liste d'attente des admissions, mais que s'il quittait l'hôpital, il perdrait son tour. Aucun médecin ne le verrait. Aucune infirmière ne s'occuperait de lui, sauf pour aider à l'emmener aux toilettes. Ils allaient faire de leur mieux pour pouvoir l'installer sur un brancard dans la soirée, mais il n'aurait pas de lit avant le lendemain, quand le bureau des admissions rouvrirait, et encore ce n'était pas certain.

Papa a persuadé Maman, non sans mal, de rentrer à la maison et de le laisser avec Grand-Père. Quand elle s'est levée de sa chaise, Grand-Père a crié qu'elle ne pouvait quand même pas l'abandonner comme ça. Elle a à peine touché à ce que j'avais préparé à manger, à peine parlé. Je l'ai forcée à aller s'allonger, mais n'ai pas réussi à la faire se glisser sous les draps. Papa m'envoyait texto sur texto, me demandant comment elle allait. Une heure plus tard, je suis montée la voir. Elle avait éteint la lumière mais elle était restée habillée sur le lit. Ses yeux étaient ouverts. Je lui ai pris la main.

« Quelle sorte de fille ai-je été ? a-t-elle murmuré.

— Une fille formidable, ai-je dit. Et une mère formidable.

— Je n'ai jamais rien fait comme il fallait.

— Ne sois pas ridicule. Qui t'a dit ça ?

— Mes parents. Toute mon enfance.

— Comment était ta mère ?

— Elle accumulait les doléances comme elle aurait mis des pulls les uns sur les autres pour se réchauffer. Je n'étais pas une enfant facile, toujours la tête dans les nuages. Elle m'aimait, je l'aimais, et nous nous disputions comme chien et chat.

— Tu as toujours été pleine de bonté envers Grand-Père.

— Quoi que je fasse je me sens coupable de ne pas l'aimer. Je me sens responsable de lui, mais rien de plus.

— Tu es épuisée, Maman. Il faut que tu dormes.

— Pas longtemps, autrement ton père devra rester là-bas jusqu'à l'aube. Mettre Grand-Père à l'hôpital me semble être la chose la plus cruelle que j'aie jamais faite.

— C'est ce qu'il y a de mieux pour lui. Tu n'as pas le choix, tu le sais. »

Maman a serré ma main.

« Ton grand-père, lui, ne le sait pas. Quelle folie que la vie, Sophie. Regarde, à l'âge que j'ai, je désire encore désespérément qu'il m'approuve, qu'une fois seulement, avant que son esprit s'éteigne, il me dise quelque chose de gentil.

— Je te trouve merveilleuse. Je t'aime, et Papa t'aime aussi. »

Elle m'a serrée plus fort. « Parfois, j'en veux à ton père.

— Pourquoi ?

— Tout le monde le prend pour Monsieur Parfait. Il fait tellement d'efforts pour l'être que souvent, lorsqu'il rentre à la maison, il ne lui reste rien à me donner. J'aimerais qu'un jour il fasse quelque chose d'idiot, pour qu'il s'abaisse à mon niveau, car je ne peux pas rivaliser avec un homme si bon, un homme qui se met continuellement en quatre pour faire plaisir à la terre entière. Il est capable de rester assis toute la nuit dans cette salle d'attente, heureux de me savoir endormie dans ce lit. Mais comment pourrais-je dormir sachant qu'il met la barre si haut ? Je ne suis pas parfaite.

— Nous t'aimons telle que tu es.

— Je déteste ce que je suis. Va te coucher. Je retournerai là-bas à minuit et je renverrai ton père ici. Demain, il travaille.

— Et la boutique ?

— Vicky peut aller au diable, ou plutôt elle peut aller travailler, pour une fois. J'ai cru que je serais son associée, elle avait juste besoin d'une bonniche. »

J'ai embrassé Maman sur le front. J'ai fermé la porte de sa chambre plongée dans l'ombre et je suis restée un moment sur le palier. Quelque chose de spécial venait de se passer. Dans son angoisse, Maman m'avait pour une fois laissée apercevoir son monde intérieur. Je me suis mise au lit, mais impossible de dormir. À minuit, Maman est partie. Une heure plus tard j'ai entendu Papa rentrer. Il avait dû essayer de renvoyer Maman à la maison, mais elle l'avait eu à l'usure. Il s'est assis en bas, je savais qu'il buvait du cognac. Enfin il est monté. J'ai ouvert ma porte. Je ne l'avais jamais vu si fatigué, il avait passé des heures à écouter les plaintes terrifiées de Grand-Père. Il m'a regardée et il a essayé de me dire « Retourne te coucher », mais il était trop épuisé pour proférer le moindre son.

Une fois dans leur chambre, il a refermé derrière lui. Il allait s'endormir en quelques secondes et ne pas entendre sa fille de quinze ans se glisser dans le jardin. À côté, une lampe était encore allumée dans le bureau de Ronan. J'ai poussé mon vélo vers la ruelle et je suis partie. J'ai pris Rock Road, la rue était calme, j'ai longé le marais de Booterstown. Au feu rouge, devant l'Hôtel Merrion, un motard m'a regardée, étonné de me voir rouler seule. Maman serait furieuse, mais je voulais être là-bas, pour elle et pour Grand-Père, si atrocement perdu.

J'ai trouvé l'entrée des urgences grâce aux éclats de voix qui en provenaient. Une jeune mère berçait dans ses bras sa fille de six ans. Sous l'implacable lumière des néons, la peau de l'enfant semblait marbrée, son corps léthargique. Sa maman venait d'essuyer des taches de vomi sur son manteau. L'agent de sécurité lui expliquait qu'à Saint Vincent, on ne soignait pas les enfants et qu'elle devait la conduire à l'hôpital pédiatrique Our Lady de Crumlin, mais elle ne parlait qu'un anglais approximatif et elle était incapable, dans sa détresse, de comprendre ce qu'il disait. Peut-être n'arrivait-elle pas à envisager le difficile trajet qu'elle aurait à faire de nuit à travers une ville inconnue alors que son enfant avait besoin qu'on la surveille attentivement. Son accent était proche de celui de la mère de Monika, ma camarade polonaise de l'école primaire. J'ai tenté le coup, je l'ai saluée comme Monika me l'avait appris.

« *Cześć.* »

Elle a regardé autour d'elle et s'est lancée dans une tirade désespérée. J'ai secoué la tête, consciente d'être au centre de l'attention. Incapable de lui répondre, je me suis tournée vers l'agent de sécurité.

« L'enfant devrait au moins être examinée par une infirmière.

— Vous avez raison, ce serait plus prudent. » Il semblait troublé par mon intervention. « Et ensuite, on lui imprimera un itinéraire de Google. Une enfant n'a rien à faire dans ce capharnaüm. Il y a plus de drogués derrière cette porte que dans le Tour de France. »

Il hésitait à me laisser entrer dans la zone qui servait d'enclos provisoire aux cas les moins graves, mais quelque chose dans mon attitude l'a fait céder. J'ai aperçu Grand-Père dans son fauteuil roulant. Maman était assise à côté de lui. Grand-Père ne lui demandait plus de le ramener à la maison. Il paraissait dormir les yeux ouverts. Peut-être cette attente l'avait-elle fait basculer de l'autre côté. Il paraissait totalement détraqué ; Maman avait simplement l'air d'une folle. Grand-Père semblait avoir disparu au-delà de la sphère sensible, laissant ma mère éprouver seule l'horreur intense de ce qu'ils vivaient ensemble.

Une fille en jupe incroyablement courte hurlait dans son portable juste devant Grand-Père. Son petit ami s'était écorché le crâne dans une bagarre à la sortie du Tribe, une boîte de Stillorgan. Il devait passer une radio mais, son cas n'étant pas prioritaire, cela pouvait prendre des heures. La fille suppliait celui ou celle qu'elle appelait de venir la chercher, sans quoi elle allait rater les derniers verres au Tribe. Grand-Père contemplait ses jambes nues et la jupe qui révélait les courbes de ses fesses chaque fois qu'elle se penchait en avant, exaspérée. Mais je ne crois pas qu'il ait pensé que quiconque soit réel parmi tous ceux qui l'entouraient. Maman regardait une autre fille effondrée sur le sol, corps inconscient que les gens enjambaient. Je me suis assise sur une chaise en plastique à côté d'elle. Elle m'a lancé un coup d'œil, trop fatiguée pour se fâcher.

« Tu ne devrais pas être là, a-t-elle dit.

— Aucun de nous ne le devrait. »

La jeune Polonaise avait négocié son passage dans la salle d'attente. La responsable du triage a cherché un endroit avec suffisamment de place pour examiner l'enfant – qui semblait moins apathique quoique encore hébétée –, ensuite elle lui a demandé de relever la tête et de regarder les lumières. Pendant que l'infirmière posait des questions à la mère, la petite fille a regardé autour d'elle, apeurée, puis elle m'a vue. Je lui ai fait signe. Après un instant d'hésitation, elle m'a répondu, avec un sourire incertain.

« Elle est trop jeune pour être là, a dit Maman quand elle l'a vue.

— Et Grand-Père trop vieux. »

L'enfant a de nouveau agité la main vers nous. Cette fois Maman lui a répondu, et elle a soutenu son regard jusqu'à ce qu'un magnifique sourire la récompense. Elles semblaient s'être plongées dans un jeu puéril, oublier un moment l'horreur de ce qui les entourait. Puis un jeune médecin est passé. Maman a effleuré sa blouse et il s'est arrêté. L'épuisement se lisait à nouveau sur le visage de Maman. Elle a montré du doigt la jeune femme allongée sur le sol.

« Cette fille ne devrait pas être là, a-t-elle dit.

— C'est là que ses amis la laissent toujours. C'est plus sûr pour elle ; elle ne risque pas de tomber sur quelque chose.

— Quel chaos ! »

Il a secoué la tête. « Croyez-moi, ça ne le devient vraiment que lorsqu'elle se réveille.

— On nous a promis un brancard pour mon père.

— La situation change tout le temps. Nous ne savons jamais qui va arriver. Malheureusement pour vous, votre père n'est pas prioritaire.

— Et n'importe quel ivrogne passe avant lui ?

— Nous soignons leurs blessures et nous les renvoyons dehors. Avec un peu de chance, vous aurez de quoi l'allonger avant l'aube.

— Il faut absolument qu'il se repose. Il n'aura peut-être pas de vrai lit avant dix heures du matin.

— Vous êtes optimiste. » Le médecin vérifia son bipeur.

« Ils m'ont assuré qu'une fois que le bureau des admissions serait ouvert il passerait en premier.

— C'est vrai. » Le médecin semblait épuisé. « Nous ne savons simplement pas quelles autres priorités se présenteront. Je mentirais si je vous promettais quoi que ce soit. Je ne suis même pas certain qu'il ne sera pas encore assis là demain soir quand je reprendrai ma garde.

— Il est trempé ; et je l'ai déjà changé une fois. Si on ne s'occupe pas de lui, laissez-moi l'emmener se reposer quelques heures à la maison et lui mettre des vêtements propres. Il sera de retour dans ce fauteuil avant que le bureau ouvre. »

Il a secoué la tête. « Si vous partez, il perd sa place. Je n'ai pas inventé ce système, et je flinguerais avec plaisir celui qui l'a fait, mais je suis forcé de m'y plier. » Son bipeur s'éteignit. « Je reviendrai quand ce sera plus calme. Nous lui trouverons quelque part où s'allonger, enfin peut-être. »

Le médecin s'éloigna. La fille en jupe courte était partie. J'ai pris la main de Maman. « Rentre à la maison quelques heures, ai-je dit. Je peux rester avec Grand-Père. »

Grand-Père est sorti de son hébétement et il a regardé dans le vide, là où le médecin avait disparu. « Qu'a dit le chauffeur ? a-t-il demandé. Est-ce que ce bus va enfin arriver à Blackrock ? » Il a dévisagé Maman et a continué d'une voix sincèrement préoccupée : « Tu as l'air trop fatiguée pour une fille de ton âge. Ta mère sera furieuse contre moi de ne pas t'avoir ramenée plus tôt. » Puis, dans la lumière fluorescente, il a plissé les yeux et s'est tourné vers moi. « Est-ce que ton amie est tombée dans la neige ? Il faudra appeler ses parents quand on sera rentrés. Ils doivent s'inquiéter. »

Je lui ai tapoté le genou. « Tu me reconnais, Grand-Père ? C'est moi, Sophie.

— Toi aussi ils t'ont prise en otage, Sophie ?

— Tu n'as pas été kidnappé, Grand-Père.

— Est-ce que je suis mort ? En tout cas mort de fatigue et trempé. Qui aurait pensé qu'on pisse dans son pantalon une fois au purgatoire ? »

J'ai détourné les yeux : je ne voulais pas que Maman voie mes larmes. Il fallait que je sois forte pour elle dans cet enfer au personnel harassé, empli de gens qui s'insultaient ou gémissaient de douleur. La jeune Polonaise semblait avoir été rassurée par l'infirmière. Quand elle s'est dirigée vers la sortie, portant sa fille dans ses bras et étudiant en même temps l'itinéraire qu'elle devait suivre pour se rendre à l'hôpital pédiatrique, l'enfant a agité la main en direction de Maman. Maman les a regardées partir, puis elle s'est levée.

« Suis-les, Sophie. Sors avec elles, discrètement.

— Je ne te laisse pas ici seule avec lui.

— On va l'emmener. »

Je l'ai regardée. « Il va perdre sa place sur la liste d'attente.

— Non. » Maman a refermé les doigts sur les poignées du fauteuil roulant. « Personne, dans ce pays de merde, ne remarquera qu'il est parti. On va à la maison lui donner un repas chaud et le laisser dormir quelques heures, et ensuite on le ramène l'air de rien, comme s'il revenait des toilettes. Je t'assure que personne ne s'en apercevra.

— Mais c'est contraire au règlement.

— Leur règlement, ils peuvent se le foutre au cul. »

Je n'avais encore jamais entendu Maman jurer. Ces mots résonnaient dans sa bouche avec une force particulière. Elle s'est faufilée entre les bancs pleins à craquer et je l'ai suivie, effrayée de la voir si nerveuse. Ce n'était pas la peine de discuter, je le savais ; une détermination inflexible se lisait sur son visage. L'agent de sécurité l'a laissée passer, croyant qu'elle conduisait Grand-Père aux toilettes. Nous nous sommes retrouvées dehors, marchant sous le clair de lune vers le parking. Maman s'était garée au deuxième niveau, mais le bâtiment de béton était maintenant vide. J'ai essayé de pousser le fauteuil roulant dans la pente avec elle, elle a refusé. Elle dégageait une énergie frénétique, comme si elle avait été entraînée au-delà de ses limites.

Nous sommes arrivés à la voiture. Cette fois elle m'a demandé de l'aider à installer Grand-Père sur le siège du passager, à l'avant. Il n'avait pas dit un mot depuis que nous étions sortis de l'hôpital, mais il a commencé à s'agiter dès que nous l'avons mis debout.

« Qui me kidnappe, maintenant ? a-t-il demandé.

— On te ramène à la maison, a dit Maman d'un ton exaspéré. Laisse-moi te mettre la ceinture de sécurité.

— Allez au diable, qui que vous soyez. Vous ne m'attacherez pas. »

Maman a enclenché la ceinture de Grand-Père, deux fois, et les deux fois il l'a défaite. Elle a renoncé. Après m'avoir fait signe de monter à l'arrière, elle a démarré. Elle s'est avancée vers la descente qui menait au rez-de-chaussée, tout en fouillant dans son sac à la recherche du ticket de parking. Nous ne courions aucun danger, jusqu'à ce que Grand-Père regarde Maman, stupéfait.

« Mais qu'est-ce que tu fais, Alice ? a-t-il demandé. Tu n'as pas l'âge de conduire. Attends, je vais te montrer. »

Il a attrapé le volant juste au moment où nous arrivions en bas. Affolée, Maman lui a crié d'arrêter. L'entrée du parking semblait déserte, puis j'ai vu la jeune Polonaise, tentant encore de déchiffrer le plan qu'on lui avait donné, debout à côté d'une Fiat Punto. La portière arrière était ouverte et la mère allait attacher l'enfant assise sur son rehausseur, quand la petite fille est redescendue. Maman et Grand-Père hurlaient tous les deux. En pleine confusion, le pied de Maman a glissé. Le moteur a rugi, la voiture a bondi, zigzaguant follement tandis que leurs mains luttaient pour s'emparer du volant.

J'ai vu la Polonaise lever les yeux, affolée par le bruit. L'enfant aurait dû elle aussi avoir peur. Peut-être s'est-elle mise à courir dans la mauvaise direction sous l'effet de la panique, ou peut-être tout cela semblait-il si étrange qu'elle n'a pas saisi le danger et s'est précipitée vers nous comme dans un rêve. Je ne peux pas dire ce qui s'est passé : une violente secousse m'a rejetée en arrière. Ce qui m'a évité d'être grièvement blessée. J'étais tombée sur la banquette et quand la voiture a foncé dans le béton, je n'ai été que projetée contre les sièges avant.

Pendant l'enquête, Papa a voulu me protéger : il éteignait la radio et s'assurait qu'aucun journal publiant une photo de Maman n'entrait dans la maison, ce qui fait que je ne sais pas sur combien de mètres le corps de l'enfant a été traîné avant que la voiture heurte le mur. Je sais que c'est du côté du passager que le choc fut le plus violent, et que même s'il avait eu sa ceinture, Grand-Père n'aurait peut-être pas survécu, ou qu'il se serait retrouvé comme un légume, les organes détériorés. J'ai été projetée en avant avec une telle force que je suis restée ensuite un moment allongée le souffle coupé sur la banquette arrière. Et quand j'ai réussi à me relever, j'ai su immédiatement que Grand-Père avait le cou brisé. Il me regardait, la tête tournée selon un angle totalement impossible.

L'airbag a probablement sauvé ma mère, sans lui éviter d'être blessée. Elle était inconsciente mais vivante, du sang coulait sur sa joue. J'aurais voulu lui demander comment elle allait. Lui dire que je l'aimais, mais même consciente elle ne m'aurait pas entendue, tant était assourdissant le bruit du klaxon coincé qui a alerté les agents de sécurité, arrivés au pas de course en parlant dans leurs talkies-walkies. Pendant un instant – que dure un instant quand le temps est altéré ? – je n'ai pas compris que la petite fille avait été écrasée sous le capot tordu de la voiture. J'avais l'impression de me trouver entre deux mondes : le mien, dans le véhicule accidenté, et celui de l'extérieur, où la jeune Polonaise serrait contre elle son enfant morte en murmurant des paroles rassurantes dans une langue que je ne comprenais pas. Je n'étais qu'à quelques mètres d'elle, pourtant c'était comme si nous n'avions pas existé l'une pour l'autre. Nos mondes se sont percutés lorsque les secours ont forcé la portière. Le bruit du klaxon s'est amplifié, mais les pleurs de la femme me sont devenus audibles. Quand j'ai voulu passer le bras autour du cou de Maman, d'autres bras se sont tendus pour m'emporter loin du carnage que l'accident avait fait à l'intérieur de la voiture et me rapprocher du cauchemar qui se déroulait dehors. Les ambulanciers m'ont allongée doucement. Je ne me prenais plus pour une adulte. J'étais une petite fille qui sanglotait, entourée d'hommes qui ne savaient pas quoi faire, qui auraient voulu me consoler mais que les courbes de mon corps empêchaient de me prendre dans leurs bras.

C'était il y a quatre ans. Maman s'est petit à petit remise de ses blessures physiques, pourtant elle a si profondément sombré sous l'effet du traumatisme que Papa et moi nous nous demandions si un jour elle sourirait de nouveau ou sortirait de son lit sans que nous l'y aidions. Au début, j'étais terrifiée à l'idée qu'elle puisse rester paralysée. Elle avait de nombreuses fractures et des problèmes sanguins, qui provoquaient un épuisement inexplicable. Pourtant ce dont elle souffrait n'était pas seulement d'ordre physique. Elle était exténuée, à cause de l'accident, mais aussi de la tension à laquelle elle avait été soumise quand elle s'était s'occupée de son père. Maintenant qu'il était mort, et qu'elle avait du temps pour elle – trop de temps –, les répercussions de ces années d'angoisse constante se faisaient ressentir. Le procès qui devait avoir lieu et l'attention médiatique qu'il provoquait lui firent perdre toute confiance en elle. Les médecins nous promettaient qu'elle récupérerait ses forces et ne garderait qu'une légère cicatrice sur le visage ; oui mais voilà, ils ne savaient pas quand. Presque chaque soir, je m'asseyais sur son lit, l'aidais à choisir une carte commémorative pour Grand-Père ou à répondre aux lettres de ses voisins et collègues de travail. Mais elle préférait rédiger seule les brouillons de la lettre qu'elle voulait envoyer à la mère polonaise, brouillons que je trouvais froissés dans la corbeille à papiers et lisais en pleurant sans le lui dire. Je ne sais pas si elle est arrivée un jour à finir et à envoyer cette lettre ; l'accident est devenu un tabou dont nous ne parlions jamais.

Maman était persuadée que tout le monde la croyait coupable de ce qui était arrivé. À cause de ses blessures, elle ne pouvait pas continuer à s'occuper de la boutique, bien que les fournisseurs non payés n'aient cessé de la harceler après que Vicky avait échangé son avocat mondain contre un mari plus riche. La plus grande partie de l'argent qu'a rapporté la vente de la maison d'Avoca Road est allée aux missionnaires de Mill Hill. Papa a utilisé la petite somme qu'il restait à Maman sur l'héritage de Grand-Père pour payer les arriérés de loyer et autres dettes que Vicky avait contractées au nom de la société. Il était utopique d'imaginer que Maman serait jamais capable de reprendre seule une telle affaire, mais Papa pensait qu'elle avait besoin, dans la lutte qu'elle menait pour se rétablir, d'un but tangible vers lequel se tourner. Quand je rentrais de l'école, je la trouvais devant la fenêtre de sa chambre, dans le vacarme de la musique pop venant de la maison voisine où de nouveaux locataires s'étaient installés – quatre étudiants qui ne semblaient jamais dormir. La nuit, Maman restait allongée en essayant de ne pas faire attention au bruit qui ne s'arrêtait que lorsque Papa appelait pour se plaindre, à une ou deux heures du matin, alors seulement réussissait-elle à se reposer sans plus s'inquiéter de l'enquête. Quand elle a été convoquée, la mère de Brygida – nous avons alors appris que l'enfant s'appelait ainsi – a regardé Maman sans lui adresser un mot. Pendant les mois suivants, je passais mes soirées sur le lit à côté de Maman, dévorant des livres sur l'architecture italienne que je prenais à la bibliothèque et rêvant de jeunes Italiennes. Miriam venait, elle apportait du café et des douceurs. Puis un jour elle nous a annoncé qu'elle avait trouvé grâce à Vicky un avocat parfait pour son divorce, sur le ton qu'elle aurait employé pour dire qu'elle venait de s'acheter la robe de ses rêves.

Après le départ de Miriam, Maman s'est retrouvée seule. Mais de toute façon, elle se sentait aussi douloureusement seule quand nous lui tenions la main et lui disions que nous l'aimions. Je rêvais de voir la chapelle Sixtine. Maman rêvait de réussir à marcher au moins jusqu'à sa boutique maintenant fermée. Le repos forcé lui a fait détester sa chambre, prison derrière le mur de laquelle des étrangers riaient, se disputaient ou faisaient l'amour bruyamment. Papa promettait que, pour échapper à ces mauvais souvenirs, nous déménagerions dès que Maman irait mieux, mais pendant les années qu'a duré sa lente guérison, l'Irlande est devenue le miracle économique de l'Europe. Tout ce que les Irlandais touchaient brillait comme de l'or, et l'immobilier était la pépite la plus étincelante de toutes. Voilà pourquoi Papa a perdu, lors de cette fameuse vente aux enchères du mois de mars, pendant que j'attendais impatiemment leur retour. Mais, allongée sur mon lit, je pensais surtout à Florence et à toutes les villes italiennes que les livres de la bibliothèque m'avaient donné envie de connaître et que je verrais bientôt. Je ne savais pas que Maman allait quant à elle avoir bientôt de la fenêtre de sa chambre une vue différente. J'ai regardé dehors et me suis étonnée de la façon attentive dont Ronan, debout dans son jardin, examinait le nôtre. Notre voisin était arrivé au bout de toutes les possibilités d'exploitation de sa propre mine d'or. Il se tournait maintenant vers notre propriété avec le projet d'en mettre à profit le moindre centimètre carré.

Chapitre neuf

Chris

Mardi 13, quatorze heures quarante-cinq

Ni l'un ni l'autre ne le savaient, mais leur avenir se décida l'après-midi où ils perdirent une fois de plus aux enchères. Sur le chemin du retour, avant de sombrer dans le silence, Alice déclara, bouleversée : « C'est la dernière vente à laquelle je participe. Je ne supporterai plus de voir mes espoirs déçus. Si cette maison a atteint une telle somme, c'est que les prix sont simplement au-delà de nos possibilités. Peut-être avions-nous une chance il y a deux ans, quand rien de ce qu'on nous proposait ne te paraissait assez bien, mais nous l'avons laissée passer, et maintenant nous sommes la risée de tous. Les commissaires-priseurs arrivent à peine à cacher leur sourire méprisant quand ils nous voient venir pour une visite. Tu ne comprends pas ? C'est fini. »

Chris n'osa pas demander ce qui était fini, pourtant il avait du mal à dissimuler le soulagement honteux qu'il ressentait à l'idée de ne pas avoir été propulsé dans une inconcevable stratosphère de dettes. La voix épuisée d'Alice ne ressemblait en rien à celle de la femme ouverte, affectueuse et chaleureuse qu'elle était encore il n'y avait pas si longtemps. Elle fixait le pare-brise, et Chris était content de ne pas pouvoir voir l'horrible désespoir qu'il aurait lu dans ses yeux. Il aurait préféré qu'elle se mette en colère. La colère d'Alice était toujours passagère. Elle avait une sensibilité à fleur de peau, et il était habitué à ses accès de rage ou ses silences de glace. Autrefois, ces derniers ne duraient pas, car Alice détestait laisser le désaccord s'installer entre eux deux. Ce qui maintenant effrayait Chris, c'était que son silence semblait traduire une indifférence inébranlable. Il aurait voulu lui prendre la main, mais un champ de force impénétrable les séparait. Quand ils furent arrivés au coin de leur rue, Chris tenta une dernière fois de renouer le dialogue.

« J'ai fait de mon mieux. J'ai failli avoir une attaque en poussant le prix si haut. » Ses mains tremblaient. Ce n'était qu'une fois les enchères finies qu'il comprenait à quel point elles étaient épuisantes, physiquement et moralement.

« Je ne dis pas que tu n'as pas essayé, Chris, mais tu n'as pas ce qu'il faut en toi.

— Ne dis pas ça, je t'en prie.

— Ce n'est pas une critique, une simple constatation de ce que tu es vraiment, répondit Alice en regardant droit devant elle. Par ailleurs tu assumes tes responsabilités, et tu es un bon père pour Sophie.

— Et un bon mari ? » osa-t-il demander.

Alice mit longtemps à répondre, et il pensa qu'elle le faisait peut-être volontairement, comme si elle ne l'avait pas entendu. « Je n'ai jamais dit le contraire, finit-elle par déclarer d'une voix neutre.

— Mais tu ne me dis plus jamais que je le suis.

— Tu es un homme bien, Chris, mais tu manques de courage.

— Je manque surtout d'argent. Les prix de l'immobilier me paraissent insensés.

— Comment se fait-il qu'ils ne le sont pas pour les autres, qui enchérissent à qui mieux mieux, prêts à accepter cette folie, parce qu'en Irlande maintenant c'est comme ça ? Personne n'a plus besoin d'argent pour acheter une maison ; les banques accordent tous les crédits qu'on veut, si énormes qu'ils soient. Peut-être cette maison était-elle aujourd'hui hors de notre portée, mais ce sont toutes les autres, moins chères, que je n'arrive pas à oublier. Combien de fois ne t'es-tu pas emballé pour mieux ensuite t'inquiéter de problèmes éventuels qui te paralysaient avant même que tu entres dans la salle des enchères ? Depuis deux ans tu es comme un oiseau coincé au bord d'une saillie, trop effrayé pour s'envoler… ou trop préoccupé.

— Préoccupé par quoi ?

— Comment saurais-je ce qui se passe dans ta vie ? » Elle le regarda. « Il fut un temps où nous n'avions pas de secrets l'un pour l'autre.

— Que crois-tu que je te cache ? » demanda-t-il stupéfait, bien qu'en même temps sur ses gardes.

Alice retomba dans un silence tendu. Il savait combien elle trouvait difficile de parler de ce qui se passait vraiment en elle. Et dans ces moments-là, il se sentait toujours exclu, et essayait frénétiquement de deviner ce qui la troublait. Chris s'engagea dans leur allée et laissa le moteur tourner. Bientôt il allait devoir annoncer la nouvelle à Sophie. Alice monterait se coucher tout de suite, rideaux tirés, lumière éteinte.

« Quand tu étais malade, tu m'appelais ton sauveur. Et maintenant je serais incapable de dire ce que tu ressens pour moi. »

Alice le regarda. « Après ce qui s'était passé, j'avais désespérément besoin d'un sauveur qui me redonne espoir. Mais une telle dépendance n'était bonne ni pour toi ni pour moi. J'ai perdu des années de ma vie du fait de cet accident.

— Et quel genre de vie crois-tu que j'avais, demanda Chris, quand je t'emmenais voir un médecin après l'autre et que je faisais tout ce que je pouvais pour m'occuper de Sophie ?

— Nous l'avons élevée ensemble.

— Et nous pouvons rattraper les années perdues ensemble.

— Peut-être as-tu déjà commencé, seul de ton côté. »

Alice se détourna, Chris sentit l'angoisse l'étreindre. « Que veux-tu dire ?

— Peux-tu imaginer à quel point je me sentais impuissante, allongée dans ce lit toute la journée ? Une femme qu'on laisse seule peut se faire des idées très bizarres.

— Quel genre d'idées ? »

Alice referma les doigts sur la poignée de la portière, impatiente de mettre fin à cette conversation. « Des pensées que j'ai toujours écartées, jusqu'à il y a six mois.

— Qu'est-ce qui s'est passé, il y a six mois ?

— Peut-être essayais-tu de briser la routine. Je ne sais pas. J'ai, certains jours, l'impression de ne pratiquement plus savoir qui tu es, car par moments, je sais à peine qui je suis devenue. »

Sa voix trahissait une vulnérabilité si douloureuse que Chris se risqua à lui prendre la main.

« Il y aura une autre maison, promit-il. Nous résoudrons ce problème. »

Elle referma ses doigts sur les siens. « On ne peut pas résoudre tous les problèmes, Chris. C'est pour ça que je ne te parle pas de ce que je ressens devant la façon dont mon corps est en train de changer. Je ne sais plus où j'en suis, et ça me fait peur. J'ai à certains moments l'impression de ne plus être raisonnable, et à d'autres, je me dis, mais qu'est-ce qu'on s'en fout, d'être raisonnable. J'ai toujours assumé mes responsabilités et accompli mon devoir, pensant qu'après la mort de mon père ma vie commencerait enfin. Mais si on fait le bilan, à force d'être raisonnable, je me retrouve coincée dans ce cycle infernal d'espoirs déçus et d'enchères perdues.

— La prochaine fois que nous entrerons dans une salle de vente, nous en sortirons gagnants, dit Chris. Je te le promets. »

Elle le regarda en secouant la tête. « Je ne te demande pas de promesses. Vu le niveau actuel des prix, nous devons simplement accepter que nous avons raté le coche. Ce que je ne supporte pas, c'est que tu ne puisses pas renoncer à ce rêve. À partir de maintenant, si tu veux encore visiter des maisons, tu le fais seul. Je n'ai plus la force de sentir l'espoir renaître puis mourir à nouveau.

— Nous aurons une autre maison, je te le promets, s'obstina-t-il, et je tiendrai ma promesse.

— Comment ? En te recroquevillant le visage crispé au-dessus de chiffres qui ne s'équilibrent jamais, au bord de la crise de nerfs, prêt à éclater dès que nous refusons de croire en toi ? Je suis ravie que Sophie s'en aille un an et réalise le rêve qu'elle avait de connaître l'Italie, mais en même temps je suis jalouse d'elle. J'aurais tellement voulu découvrir le monde, à son âge. Je vieillis, et j'ai l'impression d'être toujours en train d'attendre que ma vie commence. J'ai peur de finalement me retrouver comme ma mère, alitée en attendant la mort, ayant si peu vécu que je ne saurais même pas que je me suis fait avoir.

— Tu n'es pas vieille.

— Alors pourquoi est-ce qu'en changeant mon corps me trahit ? Voilà ce que je ne peux pas pardonner : la trahison. » Alice desserra les doigts et retira sa main.

« Qui t'a trahie ?

— Vicky, par exemple, après m'avoir promis, quand elle est venue me voir à l'hôpital, qu'elle s'occuperait de la boutique jusqu'à ce que je sois remise. La seule chose dont elle s'est occupée c'est de mettre à mon nom de nouveaux impayés.

— J'ai réglé ce problème.

— Tu as tout pris en main. Et tu ne t'es pas privé de me le faire savoir et de me traiter au passage d'idiote, parce que j'avais signé sans les lire les papiers que Vicky m'apportait à l'hôpital.

— Je ne t'ai jamais traitée d'idiote.

— Non mais c'est ce que tu te disais, chaque fois que tu étais contrarié. Tu n'as peut-être jamais prononcé ces mots mais je te connais assez pour t'entendre penser.

— Vicky a aussi plumé son ex-mari, malgré sa brillante

renommée de juriste. Peut-être sommes-nous toi et moi simplement trop confiants.

— Peut-être l'es-tu encore, mais pas moi. J'ai ouvert les yeux.

— Que veux-tu dire par là ? » demanda-t-il d'une voix inquiète.

Alice pianota nerveusement sur le tableau de bord. Il aurait voulu lui reprendre la main, mais il savait qu'elle le repousserait, horripilée par sa propre incapacité à exprimer ce qui la troublait vraiment.

« Je rentre, dit-elle. Tout le monde peut nous voir.

— Ce n'est qu'un contretemps, dit doucement Chris. D'autres couples nous sont passés devant sur le marché de l'immobilier pendant que tu étais malade. Mais en jouant serré nous les rattraperons.

— Je ne joue plus à rien, répondit-elle, sauf peut-être au tennis. Je vais m'inscrire dans un club où je pourrai me faire de nouveaux amis, loin d'ici.

— Dis-moi où et je leur donnerai nos noms. »

Alice le regarda fixement. « Tu crois que je ne suis même pas capable de faire ça toute seule ? Tu ne peux pas me ficher la paix, non ?

— C'est ce que tu veux, Alice ? demanda-t-il d'un ton neutre, s'efforçant de ne pas trahir sa tristesse. Je ne sais même plus ce que tu penses, désormais. Tu veux que je m'en aille ? C'est ça ?

— Je veux pouvoir respirer. Je veux être moi-même, et visiblement je n'y arrive plus quand tu es dans les parages. »

Alice respira profondément, puis elle baissa de ton. La gratitude indifférente qu'il entendit dans sa voix le déchira.

« J'apprécie tout ce que tu as fait pour moi, Chris, mais peut-être ai-je besoin d'apprendre à me débrouiller toute seule. »

Chris aurait eu tant de choses à répondre, tant d'amour à exprimer, et tant de douleur. Il aurait voulu lui expliquer combien passer ses nuits seul dans le lit d'appoint l'abattait. Il aurait voulu lui parler de sa frustration sexuelle, lui dire que si parfois il criait presque, c'était parce que cela semblait la seule façon de l'atteindre quand il rêvait qu'elle le prenne dans ses bras. Mais il se tut, car Alice regardait Ronan, debout sur le pas de sa porte.

« Qu'est-ce qu'il fait là ? murmura-t-elle.

— Il a le droit de sortir de chez lui, Alice.

— Il jubile et veut nous le montrer. Occupe-toi de lui. Je suis incapable de parler à qui que ce soit. »

Chris avança la voiture et s'arrêta assez près de leur entrée pour qu'Alice puisse se glisser à l'intérieur sans paraître ouvertement grossière. Ce qu'il ne pouvait pas faire. Il aurait voulu parler à Sophie – ils se sentaient souvent complices – mais il devait aller dans le jardin, où Ronan l'attendait.

« J'ai mis le champagne au frais, dit Ronan, malheureusement le comportement d'Alice me laisse deviner que ce n'est pas le moment de le sortir. »

Chris essaya de sourire. « Tu n'es pas encore débarrassé de nous. »

Ronan hocha la tête d'un air amical. « J'aurais pu te dire ce qui allait se passer avant même que vous soyez partis à cette vente.

— Ne commence pas, Ronan. Alice est désespérée.

— À ce qu'il paraît, tu as fait de ton mieux. Donne-lui le temps de le comprendre.

— Je n'arrête pas de lui dire que ces prix sont insensés.

— Qu'est-ce qu'elle répond ?

— Que chaque fois que je perds une enchère, sa confiance diminue. Aujourd'hui, j'ai vraiment pensé gagner.

— Et qu'est-ce que tu ressentais ?

— J'étais terrifié à l'idée du crédit monumental que je me mettais sur le dos, mais au moins je me suis prouvé que je n'étais pas un lâche et que je pouvais me battre. »

Ronan passa au-dessus du mur avec un sourire complice. « Tu

n'as rien à prouver à personne, encore moins à toi-même. Cette fois, tu n'avais aucune chance au monde de gagner.

— Qu'est-ce que tu veux dire ? »

Ronan lança un coup d'œil vers sa porte d'entrée. « Les deuxièmes femmes peuvent se montrer aussi difficiles que les premières. Deux écoliers en faute, voilà à quoi nous ressemblons. J'ai trop envie d'une cigarette, et Kim déteste que je fume. Je lui ai promis d'arrêter. Je peux aller m'en griller une discrètement dans ta cabane de jardin ? »

Chris pensa à Alice, allongée dans l'obscurité de sa chambre, rongée de désespoir. Même s'il rentrait, il n'y avait rien qu'il puisse lui dire. Avec Ronan, fumer une cigarette en cachette pouvait signifier bavarder pendant une heure, mais il lui fit signe de le suivre de l'autre côté de la grille et jusqu'en bas de leur long jardin, vers la cabane qui aurait dû être rénovée depuis des lustres. Elle était pleine à craquer, des objets qui avaient trop de valeur pour être jetés, mais qui ne resserviraient jamais. Chris ouvrit la porte et contempla les débris de son existence. Ronan entra derrière lui. Il s'assit sur une vieille caisse et lui offrit une cigarette. Chris le remercia d'un geste, puis il retourna sur le seuil d'où il aperçut Sophie à sa fenêtre. Elle leva la main pour le saluer discrètement et il inclina la tête tout aussi discrètement. Sophie s'écarta, comme si elle n'avait pas voulu sembler les espionner. Il se demanda si elle allait essayer de consoler sa mère.

Les yeux levés vers leur maison, il se souvint d'un soir où, comme tous les samedis, ils avaient fait garder Sophie. Rentrés plus tôt que prévu, ils s'étaient garés en haut de la rue puis, comme deux ados cherchant un coin tranquille, ils étaient descendus jusqu'ici. Il se rappelait que les rideaux de la salle à manger étaient ouverts, et que la silhouette de la baby-sitter assise sur le canapé se découpait dans la lumière de la télévision. Si la jeune fille s'était approchée de la baie vitrée, elle les aurait probablement surpris en train de s'embrasser sur le seuil ; le chemisier ouvert pour qu'il puisse toucher ses seins, à la fois mutine et grave, Alice l'avait fait jouir avec sa main. Une parodie d'adolescence, et un moment d'amour volé. Il se voyait encore repasser la grille du jardin avec Alice pour entrer par la porte principale en essayant de retenir leur rire et en craignant que des feuilles de lierre se soient accrochées à leurs vêtements. Telle était la complicité qui les avait liés quinze ans, ou même quinze mois plus tôt. Pourraient-ils la retrouver un jour ?

Ronan l'avait rejoint, il regardait le bassin d'ornement entouré de pierres irrégulières au bout de son terrain en forme de long triangle.

« Les enchères d'aujourd'hui ont atteint un niveau ridicule, mais le type qui a enchéri sur toi aurait pu payer deux fois plus cher et quand même y gagner une fortune. Il attend ça depuis deux ans. C'est un promoteur, la propriété d'à côté lui appartient, ainsi que deux autres dans la rue adjacente, dont les jardins donnent sur celui qui t'a échappé.

— Comment le sais-tu ? demanda Chris.

— Paul Hugues m'a mis dans le secret. Tu te souviens de Paul, il était toujours assis en classe derrière nous, avec ses lunettes de chouette ?

— Un vrai petit con, oui je me rappelle. » Chris ne réussit pas à cacher la pointe de jalousie qu'il éprouvait à l'idée de ce que, selon la rumeur, Hugues pesait maintenant. Hugues était assis à côté du promoteur qui avait emporté les enchères. Il avait dû annoncer par texto à Ronan le dernier prix que Chris avait offert.

« Un petit con avec qui personne ne voulait jamais danser quand on allait au Wes. » Ronan savoura la fumée avant de l'exhaler. « Et maintenant, quand il fait sauter les bouchons de Krug grande cuvée dans le carré VIP du Krystle, de jeunes mannequins ambitieuses qui rêvent de voir leur nom dans les rubriques mondaines font inutilement tout ce qu'elles peuvent pour qu'il les invite. C'est fou ce que ton sex-appeal gagne avec des trucs aussi simples que la chirurgie oculaire au laser, les implants capillaires hors de prix, une ex-femme qui s'est inventé une carrière de journaliste dans le courrier du cœur parce que tu l'as laissée tomber, et le fait de posséder une dizaine de chantiers.

— Une des maisons de Hugues a brûlé la nuit dernière. J'ai vu le feu. »

Ronan fit un clin d'œil. « Je soupçonne Paul de l'avoir vu aussi.

— Que veux-tu dire ?

— Paul est au courant de tout ce qui se passe en ville, avant même que ça arrive. Il sait que la maison qui t'est passée sous le nez aujourd'hui sera de nouveau sur le marché dans six mois – amputée de la moitié de son jardin. Ainsi que celles d'à côté, avec leurs jardins similairement tronqués. Les plans d'une dizaine de maisons de ville dans le nouvel espace bientôt libéré par le promoteur sont déjà déposés.

— Les gens du quartier vont s'y opposer.

— Quelques charmantes vieilles dames éclateront sans aucun doute d'une indignation orgasmique devant leurs tasses à thé en porcelaine chinoise, pourtant le gouvernement a terriblement besoin des droits d'enregistrement que ces constructions rapporteront. C'est grâce aux promoteurs que l'Irlande continue d'être solvable et de pouvoir payer professeurs et infirmières. Les voisins protestent toujours, et les conseillers municipaux se démènent en leur nom, mais dans leur hâte de ramasser leur part du butin fiscal, ces mêmes conseillers s'agenouillent devant les promoteurs. La région ramasse des fortunes avec les taxes foncières. »

Ronan tira encore sur sa cigarette, savourant ce petit plaisir défendu comme il se délectait de tout plaisir. Il fit tomber sa cendre contre le montant de la porte et se tourna vers Chris. « C'est contre ça que tu luttais aujourd'hui ; contre des petits malins qui réfléchissent hors des sentiers battus afin de tirer profit du moindre bout de terrain. Si tu veux acheter une maison à Alice, tu dois en faire autant. »

Chris aurait voulu rentrer chez lui pour expliquer à Alice que le type qui avait renchéri sur eux était un promoteur. Cette nouvelle lui apporterait peut-être un certain réconfort. « Qu'est-ce que tu veux dire par là, Ronan ?

— Les petits malins ne se contentent pas du plan cadastral, ils voient d'autres possibilités. Prends ton jardin, par exemple.

— Qu'est-ce qu'il a mon jardin ? » Chris regarda sa pelouse, qu'il aurait fallu tondre.

« Ces longues bandes de terre étaient prévues pour que chacun plante ses légumes. Mais plus personne, aujourd'hui, n'a besoin d'autant de place. C'est pour ça que les propriétaires qui ont un autre accès à la rue construisent derrière chez eux une maison indépendante.

— Un accès que je n'ai pas, Ronan. Tu me conseilles de faire construire un immeuble et de demander à ceux qui achèteront ces appartements de passer discrètement chez moi par la porte de derrière pour aller se coucher ? »

Ronan posa la main sur l'épaule de Chris. « Ce que je te conseille, c'est d'abattre cette cabane et de la remplacer par une belle villa de plain-pied. Je te céderai un petit bout de mon terrain, disons deux mètres entre mon bassin et le mur du bas, que nous abattrons. Ce qui laissera juste assez de place pour une allée pavée donnant sur la ruelle. La nouvelle maison pourra être cachée derrière un joli mur de pierres sèches qui coupera ton jardin en deux. Comme ça, Alice et Kim ne la verront pas, pas plus que les allées et venues de la vieille dame.

— Quelle vieille dame ? demanda Chris.

— La prochaine fois que tu entreras dans une salle de vente tu auras deux cent cinquante mille euros de plus dans la poche, de quoi rabattre le caquet de ces gros cons branchés. Alice et toi, vous serez le couple pour qui les agents immobiliers ouvriront le champagne en vous suppliant d'apposer vos signatures sur les contrats.

— Je t'ai demandé quelle vieille dame ?

— La mère de Paul Hugues, répondit Ronan, comme donnant le *coup de grâce*[1]. Elle ne peut plus vivre toute seule dans sa vétuste demeure victorienne de Newtownpark Avenue, c'est devenu trop dangereux, et elle est trop fière pour laisser Paul lui installer un monte-escalier. Ce qui lui faut, c'est une chouette villa de plain-pied à deux pas du centre de Blackrock. Paul et moi avons tout arrangé vendredi soir. Il a même demandé à son meilleur architecte de m'envoyer les premiers plans par mail. »

Chris se retourna, furieux. « Vous avez tracé des plans qui concernent ma propriété ?

— Un vague aperçu, rien de plus. Et souviens-toi, cela concerne non seulement ton jardin, mais le mien aussi. Évidemment, c'est à toi de décider ; je ne suis que l'intermédiaire. Mrs Hugues adore ce côté de Blackrock, et pour lui faire plaisir, Paul est prêt à payer deux fois le prix que ça vaut. Il peut se le permettre. Il a obtenu l'autorisation préalable dont il avait besoin pour diviser la vieille maison en six appartements et bâtir un immeuble de deux étages sur l'ancien verger et le vieux court de tennis. Mais pour qu'il puisse le faire, il lui faut tout d'abord reloger sa mère dans un endroit qu'elle aime. Tu le tiens à la gorge, Chris. Tu es assis sur les derniers centimètres carrés du centre de Blackrock que personne n'a encore exploités. C'est comme ça que les affaires se font ; j'essaye de vous aider, Alice et toi.

— En m'achetant la moitié de mon jardin ? »

Ronan secoua la tête. « Si nous mettons cette nouvelle maison à mon nom, les avocats de Miriam pourront revenir à l'attaque et

1. En français dans le texte. *(Note de la traductrice.)*

me piquer la moitié de ce qui me reviendra. Je voudrais constituer un petit bas de laine discret que Kim mettrait de côté à son nom ; quelque chose qui lui permette de se retourner si je meurs et que quelqu'un conteste mon testament. Je ne suis plus si jeune, et, pour être honnête, mais ne le répète pas à Alice, Kim a des appétits sexuels que j'aurais eu du mal à satisfaire lorsque j'avais vingt ans. Certains soirs j'ai l'impression que je vais mourir au lit d'une crise cardiaque, et mourir heureux, mais je serais encore plus heureux si je savais que Kim a un petit capital dont Miriam ne sait rien. »

Ronan se détourna, et Chris eut une révélation. *Il ne bande plus.* Il en était convaincu car il se souvenait de Ronan jeune, enchaînant les conquêtes sans s'en vanter ni émettre le moindre commentaire indiscret à propos d'une fille avec qui il couchait. Sa discrétion contrastait à ce point avec sa libido que Chris le soupçonnait d'avoir eu, en plus de celles qu'il lui connaissait, une dizaine d'autres petites amies. Par cette fanfaronnade inattendue Ronan semblait avouer une souffrance, ce que Chris ne l'avait jamais entendu faire. Son divorce avait été assez moche, pourtant il en avait parlé crânement, proclamant qu'il se lançait dans de nouvelles aventures. Il y avait une certaine ironie à ce qu'ils soient là ce soir, deux vieux amis dont la fortune avait suivi des directions opposées, et qui pourtant, comme ils l'auraient crûment dit autrefois, ne s'envoyaient jamais en l'air. Qu'y avait-il d'autre dans la vie de Ronan qui relève du mirage et du bluff ?

« Tu veux que ce soit moi qui fasse construire cette maison ? demanda Chris incrédule. Je n'y connais rien et prendre ce genre de risques n'est vraiment pas mon truc.

— Il n'y a aucun risque. » Ronan le fixa d'un regard intense. Était-ce le signe qu'il reconnaissait avoir menti à propos de sa vie sexuelle ? Avait-il lâché cette information pour faire croire à Chris qu'ils étaient dans le même bateau ? Ronan avait toujours plusieurs longueurs d'avance, il était incapable de laisser sa main droite savoir ce que la gauche faisait. « Nous avons un acheteur sûr, prêt à payer plus cher que le prix du marché. Tout ce qu'Alice et toi avez à faire, c'est signer cette demande de permis. »

Ronan sortit une enveloppe de sa poche. « Je l'avais préparée, au cas où, ainsi que l'acte par lequel je te cède l'extrémité de mon jardin pour une somme symbolique.

— Tu disais n'avoir qu'un plan provisoire. »

Ronan haussa les épaules d'un geste désolé. « Le temps joue contre moi. Nous pouvons abattre cette cabane et creuser les fondations avant même d'avoir obtenu le permis de construire. Je serai ton commanditaire et ton chef de chantier. Je paye les matériaux – je peux trouver ce que je veux à prix juste – ainsi que les ouvriers, en liquide. Nous embaucherons un type qui s'appelle Jiri, un Roumain que Hugues nous a recommandé. Jiri n'est en Irlande que depuis deux ans, mais il a déjà un réseau d'ouvriers qu'il fait travailler au noir. Ils peuvent quitter leur chantier officiel à quatre heures et demie et commencer ici à cinq heures et demie. En été, ils te montent une maison en moins de temps qu'il n'en faut pour le dire. Tu ne prends aucun risque : c'est moi qui paye tout.

— Et qu'est-ce que tu gagnes ? »

Ronan tapota doucement l'enveloppe, excitant la curiosité de Chris.

« Est-ce que je ressemble à Mère Teresa ? Une fois que Hugues aura acheté la maison, je récupère ma mise. Et nous partageons le bénéfice restant en deux, cinquante-cinquante. C'est équitable, non ?

— Tu touches cinquante pour cent sur la vente d'une maison construite dans mon jardin ?

— Un jardin qui ne vaut rien, tant que je ne donne pas d'accès à la ruelle. Ma part de profit correspond au terrain que je te cède, et à l'utilisation de mes contacts, de mon argent, de mon expertise et des couilles qu'il faut pour monter cette affaire.

— Alice ne sera jamais d'accord pour qu'on fraude le fisc. » Devant le tour que les événements prenaient, Chris avait peur. Après l'humiliation subie lors des enchères, il lui fallait du temps pour lécher ses blessures. Alice avait raison, il était incapable de prendre une décision, et il ne tenait pas du tout à ce qu'on l'oblige à le faire maintenant.

« Tout ce qui te concerne est strictement dans les règles. Mais une fois que tu auras payé l'impôt sur la plus-value, si tu décides de me donner, en liquide, la moitié de ce qu'il te reste parce que c'est moi qui t'ai apporté l'affaire, si je ne le déclare pas, tu n'en es pas responsable. Il n'y aura entre nous qu'un accord tacite. Officiellement tout sera à ton nom, de nous deux, je suis celui qui fait confiance à l'autre.

— Les voisins déposeront des objections. » Chris cherchait toutes les excuses possibles.

Ronan lui lança le regard canaille qu'il avait déjà quand, enfants, ils s'apprêtaient à braver l'interdit.

« Qu'ils aillent se faire foutre. Tu ne connais même pas le nom des locataires de la maison attenante à la tienne. Et quand tu auras touché la petite fortune que cette affaire va te rapporter, tu ne resteras pas longtemps ici. Il y a un précédent dans le quartier, deux voisins ont construit une maison à cheval sur leurs jardins. Pour le service de l'urbanisme, créer un précédent, c'est comme perdre sa virginité : ils n'en sont pas toujours ravis, mais ils ne peuvent pas revenir en arrière. À toi de décider, est-ce que tu as vraiment envie de traîner Alice d'enchères en enchères et de voir ses espoirs s'écrouler à chaque fois ? Tu es assis sur un tas d'or dont tu ne soupçonnais rien. Pour l'amour d'Alice, le moment est venu d'en tirer un profit. »

Dans le monde masculin de cette cabane, la proposition de Ronan semblait sensée, mais dans la chambre d'Alice, tous les points faibles du projet seraient soulignés, en particulier le fait que Chris soit assez stupide pour faire confiance à Ronan.

« Je suis nul dans ce genre de trucs, plaida Chris. En plus, Alice ne marchera pas. »

Appuyé contre le montant de la porte, Ronan haussa les épaules d'un air complice. « Ça en dit long, n'est-ce pas ? » Son ton méprisant exaspéra Chris.

« Pour une fois, dis ce que tu penses. »

Ronan haussa de nouveau les épaules. « Tu le sais très bien, non ?

— J'ai eu une dure journée, Ronan. Je n'ai pas besoin de tes sarcasmes. »

Ronan alluma une autre cigarette et exhala lentement la fumée. « Moi aussi, j'ai peur de ma femme. Je m'arrête sur les bandes d'arrêt d'urgence des autoroutes, au risque de prendre une contravention, et je descends fumer dehors, pour que ça ne sente pas dans la voiture. Et quand j'ai fini ma clope, je vide un paquet de chewing-gums à la menthe avant de rentrer. » Il eut un geste d'excuse. « Je n'étais pas sarcastique ; j'essaye seulement de t'aider à prendre une décision. Ce n'est pas avec moi que tu dois discuter de ça.

— Ne te mêle pas de ma vie, Ronan.

— Nous sommes de vieux amis : un vieil ami peut dire des choses qu'on n'a pas envie d'entendre. Alice te respecterait peut-être plus si tu agissais vraiment. »

Après la conversation qu'il avait eue avec Alice dans la voiture, Chris s'était posé des questions. Il hésitait à en parler maintenant, pourtant il avait besoin de savoir.

« Tu te souviens de cette femme que j'ai vue une ou deux fois l'automne dernier ? »

Ronan se retourna et hocha la tête, sur ses gardes. « Eh bien quoi ?

— Tu en as parlé avec Alice ?

— J'ai confirmé ce que tu lui avais dit, que tu étais allé t'entraîner au golf, comme tu me l'avais demandé.

— Rien d'autre ? »

Ronan haussa les épaules. « Ce ne sont pas mes oignons. Tu crois qu'Alice te tuerait, si elle savait ?

— Je voulais le lui dire. Seulement c'est compliqué. Ça ne s'est pas terminé comme je le souhaitais.

— Ça s'est très bien fini pour Sophie.

— Sophie n'est pas au courant de cette affaire, tout au moins pas encore, et Alice non plus.

— Tu crois qu'elle s'en doute ?

— Elle soupçonne quelque chose, mais je me demande quoi.

— Elle ne s'imagine sûrement pas que c'est une histoire de fesses. Elle te connaît trop bien pour ça. D'autre part je n'ai eu besoin de te couvrir que trois fois, et ta troisième visite s'est finie de façon plutôt abrupte, si je me souviens bien.

— Je n'aurais jamais dû cacher ça à Alice. L'appât du gain… pas pour moi, mais pour Sophie. C'était de l'argent facile… mais l'argent facile n'existe pas, hein ?

— Maintenant, tu pourrais le lui dire. Je donnerais ma main à couper qu'elle sera ravie pour Sophie.

— Mais furieuse que j'aie agi derrière son dos. Ce n'est pas terrible entre nous en ce moment. J'avais l'intention de lui en parler aujourd'hui, si nous avions gagné. Elle aurait été tellement euphorique qu'elle m'aurait pardonné n'importe quoi.

— Tu veux un conseil ?

— Non. » Chris secoua la tête. « Je veux juste savoir que tu ne lui as rien dit qui puisse éveiller ses soupçons.

— Pour qui tu me prends ? J'ai été ton ami bien avant que nous ne devenions voisins. » Ronan écrasa sa cigarette et jeta un coup d'œil à l'intérieur de la cabane. « Si tu ne fais pas construire cette maison, au moins loue une benne. Tu pourras la garer de mon côté et faire passer toutes ces saletés par mon jardin. Il y a là des boîtes de peinture qui remontent à la dernière épidémie de choléra de Blackrock. »

Ronan s'avança dans la lumière du jour pour aller escalader le mur.

« Écoute, je suis vidé, ne le prends pas mal », s'excusa Chris.

Ronan se retourna et le regarda. « Tu n'as pas besoin d'avoir peur que je dise quoi que ce soit à Alice. Nous avons à peine échangé quelques mots depuis le départ de Miriam. Alice ne s'est jamais intéressée à Kim. Les divorces foutent le bordel. J'en connais les signes avant-coureurs, et la solitude qu'ils entraînent. »

Il tendit l'enveloppe contenant la demande de permis de construire.

« Je ne te dis pas de signer ce papier ; je te propose seulement de le lire attentivement. Tu rendrais service à Hugues. Par les temps qui courent à Dublin, un service rendu en vaut un autre. Le promoteur qui a gagné les enchères aujourd'hui est redevable envers Hugues. Une fois qu'il aura annexé les jardins qui l'entourent, il a l'intention de se débarrasser de la maison qu'il a achetée aujourd'hui. Hugues fera discrètement en sorte que ce soit toi qui en profites. Elle aura peut-être perdu la moitié de son jardin, mais elle te sera cédée à un prix abordable. Imagine la surprise d'Alice quand tu lui tendras les clés sans qu'elle se soit même doutée que cette maison était remise en vente. Tu lui avoueras alors ce que tu voudras, elle te pardonnera tout. Ce pourrait être le nouveau départ que vous attendez tous les deux. »

À regret, presque contre sa volonté, Chris prit l'enveloppe que Ronan lui tendait. Son voisin hocha la tête.

« Je ne veux pas simplement t'aider à réaliser un projet immobilier, Chris, mais à sauver ton couple. »

Ronan attrapa le haut du mur avec une agilité surprenante, puis se rétablit et disparut, laissant Chris seul devant la décision à prendre.

Chapitre dix

Sophie

Mardi 13, quinze heures trente

Maman n'a pas dit grand-chose quand je suis allée la voir, mais j'avais l'habitude de ses silences et nous n'avions pas vraiment besoin de mots. Je savais qu'ils avaient perdu les enchères et qu'elle était au creux de la vague, peut-être pas d'une vague aussi haute que pendant les années difficiles, mais qu'elle ressentait certainement comme telle, car Maman vivait intensément ses émotions. Quand elle était heureuse, elle ne concevait pas qu'on puisse ne pas l'être ; et lorsqu'elle était triste, c'était comme si le monde entier était devenu un champ de désespoir.

J'ai enlevé mes chaussures et je me suis allongée à côté d'elle sans rien dire. Elle s'est crispée, comme si je la dérangeais. Puis sa main est venue prendre la mienne et je me suis pelotonnée contre elle, comme quand j'étais enfant. Ces derniers temps, nous nous disputions constamment, mais nous savions toutes les deux que lorsque nous n'étions pas furieuses l'une contre l'autre, nous l'étions l'une pour l'autre. Je ne sais pas exactement combien de temps nous sommes restées comme ça, main dans la main, sans nous parler. Dans la chambre de ma mère, le temps ne voulait rien dire. Je n'avais aucune idée de la somme qui leur avait manqué pour les enchères, mais si j'avais eu le moindre argent, j'aurais donné jusqu'à mon dernier centime pour que Papa nous rejoigne dans l'obscurité de cette pièce, que nous soyons encore une fois blottis tous les trois les uns contre les autres, comme quand j'étais petite et que ce lit était le sanctuaire le plus protégé de la terre.

Enfin Maman s'est retournée, m'a embrassée sur le front. C'était sa façon de me dire qu'elle m'aimait et qu'elle voulait que maintenant je la laisse seule. J'ai refermé la porte doucement et je suis repartie vers ma chambre. La porte était entrouverte. Papa était là, assis sur mon lit. Il ne m'a pas entendue arriver et il semblait si préoccupé qu'il ne m'a même pas vue. Les yeux baissés vers une enveloppe marron fermée qu'il retournait dans ses mains, comme une âme perdue, il paraissait totalement seul au monde.

DEUXIÈME PARTIE

AOÛT 2007

Chapitre onze

Chris

Dimanche 5, quatorze heures

Dans le jardin, les ouvriers criaient et tapaient à coups de marteau. C'était ainsi, se dit Chris, qu'Alice et lui communiquaient depuis des semaines – au-dessus du bruit incessant du martèlement et des hurlements de scies électriques. La bétonnière ne tournait pas, c'était déjà ça – concession symbolique à la tranquillité supposée d'un dimanche après-midi de long week-end du mois d'août. Soudain les coups cessèrent. Très bien. Cela voulait dire qu'il entendrait Alice, si jamais elle montait pendant qu'il ouvrait la porte de la penderie pour sortir l'enveloppe de la poche de son sévère costume noir.

Il ne le portait que pour les enterrements et les réunions interministérielles, Alice n'y touchait jamais, elle préférait son costume de tweed. C'était donc, avec le temps, devenu le dépôt de tout ce qui pouvait se révéler gênant. Sa poche contenait les restes d'une boîte de Viagra achetée en août dernier. Pour être efficaces, ces cachets devaient être avalés une heure avant le début du rapport sexuel, mais faire l'amour avec Alice – à l'époque où cela arrivait encore – ne pouvait être qu'un acte spontané, entraîné par un geste fortuit provoquant une étreinte passionnée, souvent tandis que Sophie n'était que de l'autre côté de la cloison. La rareté croissante de leurs échanges amoureux laissait le corps de Chris dans l'embarras, car il ne savait jamais quand il allait devoir se révéler performant alors que leurs coïts précipités pouvaient finir aussi brusquement qu'ils avaient commencé. Il avait remarqué, l'année précédente, que sous l'effet de l'angoisse il était de plus en plus souvent pris de trac pendant leurs ébats imprévus. À trois reprises, dans les semaines qui avaient suivi l'achat de ces comprimés bleus hors de prix qu'il avait demandé, très gêné, à son médecin de lui prescrire, Chris, pensant que le moment était bien choisi, était monté en catimini pour en avaler un. Chaque fois l'atmosphère de la soirée avait changé, le laissant frustré et ridicule, sans rien pouvoir avouer à Alice, car il ne voulait surtout pas lui laisser croire qu'elle ne l'attirait plus.

Il vérifia discrètement que la boîte, où il ne restait plus qu'un comprimé, était toujours là, puis il ouvrit l'enveloppe et compta les trente mille euros qu'il avait retirés vendredi dans leur société de crédit immobilier. Il détestait avoir des secrets pour Alice, mais lui dire qu'il prêtait leurs économies à Ronan déclencherait une algarade impitoyable. Ce n'était même pas la première avance qu'il lui accordait : trois semaines plus tôt, Chris avait déjà remis à contrecœur une somme identique à son voisin. Mais il n'y en aurait pas de troisième. Leur épargne avait fondu. Il ne restait que ce qu'il avait mis de côté pour Sophie, une opération dont personne n'était au courant, même pas Sophie. Les coups de marteau reprirent. Chris cacha l'épaisse enveloppe dans la veste en cuir qu'il portait et il redescendit.

Avant même d'ouvrir la porte de la cuisine, il sut que la présence des ouvriers un dimanche contrariait Alice. Depuis que le chantier avait démarré, il s'inquiétait constamment de l'état d'esprit dans lequel sa femme pouvait être et cette angoisse était devenue une prophétie autoréalisatrise : même si Alice chantait joyeusement devant l'évier, l'appréhension qu'elle lisait sur le visage de Chris la mettait invariablement de mauvaise humeur. Elle ne se détourna pas de la fenêtre quand il entra. La remarque anodine qu'il avait préparée afin de briser la glace mourut sur ses lèvres quand il aperçut derrière la vitre le chaos qui régnait dans le jardin. Un magma de matériaux de construction rouillés, de sacs de ciment entassés les uns sur les autres et de tas de sable couverts de bâches en plastique. La cohorte d'ouvriers interchangeables qu'employait Jiri triait des planches dépareillées et des parpaings, torse nu, criant en différentes langues étrangères.

« L'équipe est au complet, murmura Alice sur un ton d'exaspération résignée.

— Je serai aussi content que toi le jour où nous ne verrons plus Jiri, répondit Chris.

— Je peux accepter de les voir escalader le mur de Ronan comme des pirates prêts au pillage à six heures tous les soirs de la semaine, est-ce trop demander que de vouloir être tranquille le dimanche ? » Elle se retourna vers Chris, abandonnant un oignon à moitié haché sur la planche à découper. « Les autres couples profitent de ce long week-end pour aller à la plage.

— Je serai ravi de t'y emmener cet après-midi, répondit Chris.

— Tu détestes la plage.

— Je peux quand même t'y emmener. »

Elle recommença à hacher l'oignon. « Je n'ai pas besoin qu'on m'y emmène. Si je décide de sortir tout à l'heure, je sortirai. »

C'était, remarqua Chris, sa première allusion de la journée à son intention de passer la soirée dehors. Elle en avait maintenant pris l'habitude et ne supportait pas qu'il lui demande où elle allait.

« Les hommes de Jiri seront bientôt partis, dit-il. Ils nettoient tout avant que le plâtrier vienne tout à l'heure enduire le dernier pan de mur. Ronan veut que les échafaudages aient disparu du chantier dès demain.

— Ce n'est pas un chantier, c'est notre jardin. »

Par la fenêtre, Chris vit Jiri sortir du bâtiment en construction. Son acolyte, Ezal, marchait derrière lui, comme un fidèle cadet, bien que Ronan prétende qu'ils ne venaient pas du même pays.

« Regarde tout le travail qu'ils ont accompli en seulement six semaines, dit Chris. Ils te dérangent vraiment ?

— Ils vont le faire, répondit Alice, quand Ezal frappera à la porte de derrière pour te supplier de lui prêter quelque chose. C'est tout juste si les hommes de Jiri ont à eux tous un jeu complet d'outils.

— Les vrais maçons coûtent une fortune et ils appliquent la TVA. Leur planning est bouclé pour les trois ans à venir et lorsqu'ils disparaissent sur un autre chantier, il y en a pour six mois. Paul Hugues ne s'est pas trompé quand il a promis à Ronan que ces types seraient là tous les soirs.

— Et tous les soirs je vais dans le jardin pour qu'ils se sentent bien accueillis, dit Alice. Je leur propose à manger, mais ils n'acceptent même pas une tasse de thé.

— Peut-être qu'ils considèrent ça comme de la charité, répondit Chris.

— Ça n'en est pas, je veux simplement me montrer courtoise et hospitalière envers ces gens qui passent du temps dans mon jardin. Ils sont forcément affamés et épuisés, après avoir travaillé toute la journée ailleurs, et je déteste l'idée de ne rien pouvoir leur donner d'autre qu'un verre d'eau. C'est comme si, à leurs yeux, je n'existais pas vraiment, comme s'ils étaient chez Ronan, car c'est lui qui les paye.

— Ce sont de bons ouvriers, soupira Chris.

— Je ne dis pas le contraire. Je n'ai jamais vu personne travailler aussi dur, trimer à la lumière d'une lampe torche jusqu'à minuit, tandis que tu les supplies de faire le moins de bruit possible, comme si cela allait changer quelque chose au fait que les voisins nous détestent. Ils ont l'air sympathiques, et je n'ai rien contre eux, mais j'aimerais seulement pouvoir pour une fois préparer un repas sans que des types à moitié nus me regardent faire. »

Chris s'aventura à poser une main sur l'épaule d'Alice.

« Une autre que toi se régalerait de ce spectacle digne des Chippendales », plaisanta-t-il.

Alice ignora la main posée sur son épaule.

« Je ne suis pas d'humeur à plaisanter.

— J'ai du mal, ces temps-ci, à savoir si tu l'es ou non.

— Qu'est-ce que tu veux dire ? »

Il retira sa main, vint près d'elle. Il espérait qu'elle relèverait la tête, mais elle continua de fixer la planche à découper.

« Il fut un temps où tu partageais tes pensées avec moi, Alice. »

Quelque chose de plaintif dans la voix de Chris la fit se retourner.

« Les gens changent », dit-elle d'une voix douce, comme elle aurait consolé un enfant. L'espace d'un instant elle était redevenue l'Alice qu'il avait épousée. Puis elle baissa de nouveau les yeux vers les légumes qu'elle préparait. « Il faut que je finisse ça avant qu'ils débarquent.

— Arrête de me tenir hors de ta vie, Alice. » Elle ne répondit pas, même quand il répéta tendrement son nom. Il s'écarta, exaspéré. « Amuse-toi bien avec tes Chippendales, puisque me voir me déshabiller ne semble plus t'intéresser du tout.

— Je ne sais pas qui sont ces hommes, mais eux au moins ne font pas les choses en douce », dit Alice calmement tandis qu'il se dirigeait vers la porte de derrière.

Il retint sa colère, se souvenant non sans culpabilité de l'enveloppe qui était dans sa poche. Deux mois s'étaient écoulés depuis que Sophie était partie pour Urbino, où elle comptait trouver un job d'été et perfectionner son italien avant que ses cours commencent. Son absence laissait un vide dans la maison, et Chris savait qu'elle leur manquait à tous les deux. Il revint prendre Alice dans ses bras.

« Tout le monde nous voit, dit-elle doucement.

— Je ne peux même plus te serrer contre moi ? »

Il sentit en elle une rancœur si profonde qu'elle en était au bord des larmes.

« Pas quand la moitié de l'Europe de l'Est nous regarde. Et quand ils seront partis, avec ce bungalow de parc d'attractions dans mon jardin, je serai toujours exposée aux regards.

— C'est une maison de ville, dit-il. Une fois le mur construit, nous ne verrons pas Mrs Hugues, et elle ne nous verra pas.

— Je me souviens d'elle dans sa splendide vieille demeure. Elle nous laissait cueillir des pommes dans son verger, quand j'étais petite. Une vraie dame, disait toujours ma mère. Comment une telle femme réussira-t-elle à vivre dans cette bicoque ?

— Les gens vieillissent, dit Chris, gêné d'avoir à défendre quelque chose qui le mettait lui aussi mal à l'aise. Elle n'est plus en sécurité dans sa maison. Paul Hugues l'a laissée y rester aussi longtemps que possible.

— Juste le temps d'obtenir les permis de construire dont il avait besoin pour son nouveau projet immobilier.

— Je ne le défends pas. Je ne le connais même pas.

— J'ai dansé avec lui quand on faisait la fête après les matchs de rugby, dit Alice. Les autres garçons attendaient au moins que la musique commence pour essayer de te peloter, mais Hugues était toujours archipressé, et ne s'occupait que de lui.

— On ne peut pas juger les gens d'après les hormones sur pattes qu'ils ont été à dix-sept ans.

— On dit qu'il est endetté jusqu'au cou, qu'il a du mal à ne pas plonger, que seul l'énorme profit qu'il tirera de la propriété de sa mère pourra le sauver. Je n'aime pas l'idée que nous aidions à parquer une vieille dame désorientée au fond de notre jardin. Ça ne me fait pas me sentir fière de moi.

— Ce ne sera plus notre jardin, dit Chris. Grâce à notre part des bénéfices, nous serons bientôt partis, je te le promets. »

Alice regarda par la fenêtre, Ronan sortit de chez lui et se lança dans une vive discussion avec Jiri. « Je te respecterais plus si tu arrêtais de promettre des choses qui n'arrivent jamais. »

Chris la lâcha et recula, blessé. La vue de Ronan le mit mal à l'aise. Son voisin attendait l'argent, un prêt qui allait entraîner Chris beaucoup plus loin que la transaction prévue.

« Tu pourrais croire en moi. »

La voix d'Alice s'adoucit. « Il n'y a rien que je désire plus. J'ai été une jeune fille si solitaire que je n'aurais jamais pensé rencontrer quelqu'un que j'aimerais autant que toi.

— Qu'y a-t-il de changé ? »

Alice se tut un instant. « Je ne sais pas. » Elle se retourna vers lui, elle semblait aussi vulnérable que le jour où ils s'étaient rencontrés. « C'est une question de confiance. Pourquoi est-ce que je n'arrive pas à me débarrasser de l'idée qu'il t'arrive de me mentir ? »

L'enveloppe sembla peser soudain très lourd, la poche de sa veste se bomber affreusement. Comment s'était-il laissé manœuvrer au point de se retrouver dans cette situation ? Il vit Ronan jeter un coup d'œil impatient vers la fenêtre et paniqua, leur voisin avait-il parlé à Alice ? Non, cela n'avait pas de sens, Ronan n'était pas aussi machiavélique qu'Alice aimait à le dire. Cette histoire restait entre eux.

« Qu'est-ce qui te fait penser ça ?

— Eh bien réponds-moi, dit Alice calmement. Est-ce que tu m'as déjà menti ? »

Il lui fit une réponse de jésuite – autrement dit, une réponse de lâche. Il ne lui mentait pas à propos de cet argent, car elle ne lui demandait pas ce qu'il avait dans sa poche. Si elle l'avait fait, là et maintenant, il lui aurait dit la vérité, et il en aurait assumé les conséquences. Mais Ronan l'avait si étroitement immiscé dans cette affaire, dont l'issue était proche, qu'il ne pouvait faire autrement que continuer à la financer avec leurs économies, ou il risquait de tout perdre. Quand la maison serait vendue à Hugues et qu'il annoncerait à Alice ce que cela leur rapporterait, alors il lui avouerait tout, jusqu'au moindre détail. Après la vente aux enchères du mois de mars, elle avait dit qu'il manquait du courage dont les autres hommes faisaient preuve en affaires.

Même si cela exigeait de lui une certaine duplicité, cette fois il allait lui montrer de quoi il était capable.

« Je ne t'ai jamais menti », répondit-il doucement.

Elle le regarda en silence, puis détourna les yeux vers Ronan et les ouvriers.

« Qu'est-ce qui ne va pas ? » demanda-t-il au bout de quelques instants.

Alice secoua la tête. « Je ne sais pas, répondit-elle d'une voix qui trahissait une blessure silencieuse. Depuis quelque temps, j'ai l'impression qu'il y a quelque chose de cassé en moi. J'aimais tellement le fond du jardin, la façon dont le soleil l'éclairait en fin de journée.

— Tu aimais tant de choses. Et tu m'aimais. »

Alice parla comme dans un souffle. « Je t'aime encore ; peut-être ne suis-je simplement plus *amoureuse* de toi.

— Ce qui veut dire ? »

Elle se retourna bouleversée, les larmes aux yeux. « Qu'il y a des moments où je n'arrive pas à respirer si tu es près de moi. Je me sens étouffée par notre intimité. Peut-être avons-nous été trop proches trop longtemps, et que ça n'a pas été bénéfique. Tu fais peser trop de pression sur toi et je déteste ça. Parfois j'ai l'impression de te regarder tomber en pièces.

— Je ne suis peut-être pas le seul à blâmer. C'est toi qui avais terriblement envie de partir d'ici.

— Mais je suis aussi prête à accepter que ça n'arrivera jamais. Tu es incapable de renoncer à ce rêve. Ce n'est plus une simple histoire de maison, tu as quelque chose à prouver. Mais je ne te demande pas une action d'éclat… j'attends autre chose de toi que ces briques et ce mortier. Je tiens encore à toi. Peut-être est-ce que je n'arrive plus à le montrer, mais je m'inquiète de te voir te fixer des objectifs que tu ne réaliseras pas.

— Regarde par la fenêtre, tu trouves vraiment que je n'arrive jamais à rien ? » répondit Chris, blessé.

Alice tourna les yeux vers l'agitation frénétique du chantier. « J'étais si enthousiaste le jour où tu es venu dans ma chambre pour me parler de ce projet de construction. Ce n'était pas pour moi, ni pour l'argent qu'on allait peut-être gagner, mais pour toi, parce que tu allais entreprendre quelque chose qui te redonnerait confiance en toi, qui te montrerait ce que tu pouvais faire. Je te suivais à cent pour cent, tu te souviens ?

— Alors pourquoi as-tu si vite changé d'avis ?

— Parce que j'ai compris que rien de tout cela ne venait de toi dès que tu m'as dit avec qui tu t'associais officieusement. Tout au fond de moi, j'ai compris que tu n'agissais pas pour nous, mais parce que tu n'as jamais été capable de résister à Ronan. Quel que soit le plan foireux que Ronan a concocté, il trouvera le moyen de profiter de ta faiblesse et de t'abattre.

— Si c'est une si mauvaise idée, pourquoi as-tu cosigné la demande de permis ? »

Elle secoua la tête. « Je n'avais simplement pas envie que nous nous disputions encore… c'est tout ce que nous semblons capables de faire en ce moment. Peut-être ai-je pensé que quoi qu'il arrive, ça ne pouvait pas être pire que ce que nous vivons maintenant. Si cela avait été ton idée, Chris, je serais dehors en train de mélanger le ciment. Mais je me méfie de Ronan. Un vrai serpent, je te l'ai dit dès le début. »

Chris regarda dans le jardin les intrus qui envahissaient leur vie. Le drame domestique qui se jouait dans cette cuisine, quoi qu'ils puissent en entendre, ne semblait pas intéresser les ouvriers. Alice s'écarta.

« D'après la façon dont il regarde vers notre fenêtre, Ronan s'impatiente. Plus vite tu iras lui parler, plus vite il sortira de chez moi. Miriam aurait dû le quitter il y a des années.

— Il en a épousé une autre.

— Oui, une jeune Philippine, ce n'est pas la même chose qu'une vraie femme, capable de s'opposer à lui.

— Kim me semble être une vraie femme.

— Quand Miriam habitait là, j'avais une amie dans cette rue. Maintenant je suis seule. Je n'aurais pas pensé que Sophie me manquerait autant.

— Tu as des tas d'amis dans le quartier.

— Pas depuis que nous avons commencé à construire cette maison. C'est à cause de ça qu'il m'a fallu aller jusqu'à Cabinteely pour trouver un club de tennis dont aucun membre n'avait déposé d'objection à notre demande de permis.

— C'est là que tu vas, ce soir ? » demanda Chris, sur un ton qu'il voulut désinvolte.

Alice se crispa. « Je ne sais pas encore si je sortirai ou non. Je n'ai rien décidé, mais je vais peut-être aller prendre un verre avec des amis.

— Quels amis ? »

Alice se remit à couper les oignons, mettant fin à la conversation. « J'ai le droit de passer du temps avec des gens que tu ne connais pas, des étrangers qui ne me voient pas immédiatement comme la femme impliquée dans ce fameux accident. Et maintenant débarrasse-moi de Ronan. C'est déjà assez difficile de faire la cuisine devant des hommes affamés sans avoir en plus à supporter son sourire ironique. »

Chapitre douze

Ronan

Dimanche 5, quatorze heures trente

Quand elles ont négocié leurs traités d'indépendance, les jeunes nations africaines ont discuté moins longtemps que ne le firent Chris et Alice dans leur cuisine pendant que Ronan attendait dans le jardin, essayant de gagner du temps face à Jiri et son acolyte Ezal, qui préféraient ne pas parler plutôt que parler pour ne rien dire.

Avec Jiri, Ronan savait à qui il avait affaire. Jiri lui rappelait son père : un homme avare de mots, mais capable d'arpenter un terrain vide et d'évaluer intuitivement le coût de n'importe quels travaux sans avoir recours à un métreur ou à quoi que ce soit d'autre qu'un crayon et une enveloppe. Quand Ronan avait obtenu son diplôme de métreur, son père l'avait pris comme une insulte. Mais là encore, depuis qu'il s'était bêtement laissé persuader, à l'âge de soixante-six ans, d'accepter d'une société rivale une généreuse offre de rachat de son entreprise en bâtiment, avec une clause lui interdisant de remonter toute affaire concurrente pendant dix ans, il prenait tout ce qui lui arrivait comme une insulte.

Le père de Ronan avait été banni dans la salle d'attente de Dieu – l'allée du Golf Club de Killiney – où il avait supporté le purgatoire de cette retraite forcée en fusillant du regard les membres de la gent féminine ou tout joueur qui se rendait coupable du péché véniel de lenteur. Il s'était battu contre un cancer des intestins pendant trois ans, moins par amour manifeste de la vie que pour survivre à la péremption de la fameuse clause. S'il ne pouvait pas tromper la mort, il rêvait de berner ses rivaux en montant une nouvelle affaire, car à quoi se réduisait l'existence d'un homme s'il ne construisait pas ou ne démolissait pas quelque chose ?

Ronan avait été écœuré de voir son père vendre son affaire peu après qu'il avait obtenu son diplôme, et du jour au lendemain. C'était une façon, pour le *généralissime*, de déclarer publiquement que son fils n'avait pas l'étoffe qu'il fallait pour que la firme s'appelle un jour J. J. Cox & Son Construction Ltd. L'école privée payante où sa mère avait voulu qu'il aille – en partie pour qu'il réussisse, mais aussi pour pouvoir traiter d'égale à égale, la tête haute, avec les autres mères de Frascati Park – avait, aux yeux de son père, ramolli Ronan. Peut-être qu'ils se ressemblaient trop, aussi entêtés l'un que l'autre et incapables de communiquer l'un avec l'autre. Tous les pères veulent voir en leur fils quelque chose d'eux-mêmes, mais Ronan n'avait jamais voulu que les enfants de son entourage voient en lui quelque chose qui rappelle son père, surtout quand il était devenu un adolescent révolté au sein d'un vivier aussi ostentatoire que Blackrock. Quand son père était rentré de Londres pour s'atteler au développement immobilier de Dublin, ils s'étaient continuellement disputés. S'ils avaient travaillé ensemble, ils auraient probablement fini par se sauter à la gorge. Malheureusement ils n'eurent jamais l'occasion de faire converger leurs contradictions et peut-être d'accomplir ainsi quelque chose d'exceptionnel, grâce à quoi Ronan aurait gagné le respect paternel auquel il aspirait.

Ronan et sa sœur avaient chacun hérité du tiers des biens de leur père, l'Opus Dei jouant le troisième larron d'un trio contre nature. Depuis, Ronan avait investi à droite à gauche, des affaires de petite envergure, dont certaines avaient mal tourné et d'autres rapporté des bénéfices spectaculaires. Mais si son père lui avait fait confiance, ou s'il lui avait mis une pelle dans les mains plutôt que de lui payer des études onéreuses, Ronan serait peut-être maintenant autre chose qu'un petit joueur. Il aurait pu atteindre les sommets aux côtés de Paul Hugues, Sean Dunne et Johnny Ronan. Il en avait autant dans le ventre, et dans la tête, que n'importe lequel d'entre eux, mais ils avaient eu la chance de ne devoir se confronter qu'aux banques et consortiums rivaux. Alors qu'il lui aurait fallu rivaliser avec le fantôme de son père, et il avait refusé d'offrir cette satisfaction au vieux spectre grognon.

Avec l'âge, Ronan avait découvert que les traits de caractère qu'il avait le plus détestés chez son père étaient ceux qu'il avait le plus besoin de combattre en lui-même. L'avarice dont son père faisait preuve avait poussé Ronan à dépenser joyeusement son argent pour les êtres qu'il aimait. Miriam avait peut-être souvent eu envie de l'étrangler, mais elle n'avait jamais été obligée de courir d'une pièce à l'autre pour éteindre les radiateurs, comme sa mère avant le retour de son époux chaque jour dans la maison de Frascati Park. Ronan était un individu plus équilibré et plus épanoui que son père, pourquoi alors l'opinion de ce vieux rapiat avait-elle encore tant d'importance pour lui ?

Le père de Ronan n'avait pas été un homme que les gens aimaient, mais un patron en qui tous les ouvriers avaient instinctivement confiance. Ronan savait de façon implicite qu'il pouvait compter sur Jiri, il ressentait donc comme une nouvelle gifle venue d'outre-tombe le fait que Jiri semble se méfier de lui. S'il n'avait pas encore payé ce qu'il lui devait, c'était, entre autres, parce que Jiri avait travaillé plus rapidement que prévu. Ronan ne s'était pas attendu à devoir trouver autant d'argent aussi vite, ni qu'un nouvel investissement entamerait sérieusement ses disponibilités. Ce n'était en tout cas pas le moment d'entrer en conflit avec lui. Il fallait que les échafaudages soient démontés avant mardi matin. Ronan trouverait le moyen de respecter ses engagements. L'important était de ne pas laisser Jiri, ni son fidèle acolyte Ezal, savoir qu'il avait du mal à trouver de l'argent.

Ronan regarda les ouvriers qui découpaient des gouttières, mettaient en place des cadres de fenêtres et creusaient les fondations du mur qu'ils élèveraient ensuite au milieu du jardin. Dans la cuisine, Chris haussa la voix, pas assez fort pour qu'on entende ce qu'il disait, mais suffisamment pour que Ronan se rende compte de son énervement. Ni Jiri ni Ezal ne levèrent les yeux, pourtant il était évident qu'ils avaient entendu.

« Votre voisin a l'air gentil, dit Jiri. Qu'est-ce qu'il fait dans la vie ?

— Rien, mais il le note toujours en trois exemplaires, plaisanta Ronan. Il est fonctionnaire au ministère du Travail, de l'Entreprise et de l'Innovation. »

L'air pensif, Jiri et Ezal lancèrent à Ronan un regard inquisiteur si appuyé qu'il eut l'impression d'avoir perdu la face. La désinvolture ne faisait pas partie de la culture du pays, quel qu'il soit, d'où venait Ezal, et de toute façon Ronan avait renoncé à lui poser des questions personnelles. Personne sur ce chantier ne travaillait plus dur qu'Ezal. Il était perpétuellement sur le qui-vive, attentif à toutes les allées et venues, et pourtant Ronan n'arrivait pas à se sortir de la tête qu'il pensait continuellement à autre chose, comme si l'activité qui se déployait autour de lui passait au second plan des pensées qui le préoccupaient vraiment. Jiri semblait au contraire absorbé par les décisions à prendre quant au bon déroulement du chantier, totalement impliqué dans le présent, comme si son passé n'avait pas plus d'intérêt pour lui que les maisons irlandaises qu'il aidait à construire et oubliait dès qu'il était payé. Jiri et Ezal formaient un duo improbable, pourtant jamais Ronan n'avait vu deux hommes si bien travailler ensemble. Le regard qu'ils fixaient encore sur lui le désarçonnait, et il tenta d'alléger l'atmosphère.

« Il ne faut dépendre de personne, si on veut réussir, dit-il. Comme toi, Jiri. Combien d'ouvriers as-tu sous tes ordres ?

— Aucun, répondit Jiri calmement. Je suis maçon. Et il se trouve que j'ai des amis pour m'aider en ce qui concerne le reste.

— Tu me fais penser à mon père. » Ronan aurait fichtrement aimé que Chris se dépêche. « Il cachait bien son jeu. Dans quelques années tu posséderas la moitié de l'Irlande.

— Je serai parti.

— Parti ? » Ronan se mit à rire. « Dublin est une mine d'or pour un type comme toi.

— Il n'y aura plus de logements à construire.

— Pourquoi ? Il reste encore assez d'espace pour ça. »

Jiri garda le silence, la porte de derrière venait de s'ouvrir et Chris était sorti. Ezal prit la parole pour la première fois : « Mais il n'y aura plus personne qui pourra les acheter. »

Ronan entraîna Chris à l'écart. Quand ils passèrent devant le parterre de fleurs dévasté d'Alice, il demanda : « Comment va ta femme ?

— Elle en a assez de ces hommes qui regardent par sa fenêtre.

— Dis-lui que susciter le désir est une chose formidable.

— Dis-lui toi-même. »

Ronan éclata de rire. « J'ai subi suffisamment de blessures de guerres matrimoniales comme ça. Je devrais avoir droit à une pension d'ancien combattant. » Quand ils furent assez loin pour que Jiri ne puisse pas les entendre et Alice les voir, il s'arrêta. « Tu as ce dont on a parlé ? »

Chris lança un regard inquiet vers la fenêtre de la cuisine. « C'est resté dans la poche de mon costume tout le week-end. Je déteste faire des cachotteries à Alice.

— Tu lui as dit ? » demanda Ronan d'une voix où il ne put empêcher l'angoisse de pointer.

Chris le dévisagea. « Parce que tu crois qu'Alice me laisserait te confier nos économies ? »

Ronan haussa les épaules. « Personne ne garde plus son capital en banque. L'argent doit circuler dans le monde et faire de l'argent.

— Je n'ai jamais pris de risques avec ce qui devait être notre apport pour une maison, tout au moins pas avant que tu me harcèles jusqu'à ce que je vide notre compte. Nous étions d'accord pour que ce soit toi qui finances les travaux. »

Notant de la colère dans la voix de Chris, Ronan se dit qu'il avait intérêt à y aller doucement. « Et c'est ce qui se passe, assura-t-il. Je paye ces ouvriers.

— Mais tu n'avais jamais dit que ce serait avec mon argent.

— Ton argent ne sert pas à les payer, il sert à acheter des matériaux à prix bradés, répondit Ronan, ayant recours à ce que les théologiens catholiques appelaient la restriction mentale. Nous sommes en avance sur le planning et en dessous de notre budget. »

Chris n'avait pas l'air convaincu, pourtant il ne demandait qu'à l'être, Ronan le savait. Et rien de tout cela n'aurait été nécessaire si Paul Hugues avait comme prévu versé les premiers acomptes sur la maison. Mais jouer au plus malin était autant dans la nature de Hugues que se montrer conciliant l'était dans celle Chris. Jusque-là, non seulement Hugues avait repoussé chaque paiement promis, mais il avait subtilement renversé les rôles en lui proposant de nouvelles possibilités d'investissement, et en lui ouvrant ainsi les portes d'un monde surexcitant dont Ronan ne pouvait normalement que rêver. Trois fois, Ronan avait poussé la porte du Playwright Inn en espérant arracher un chèque à Paul Hugues et en était ressorti après lui en avoir signé un. Cette entrée dans le groupe de promotion immobilière qui s'occupait du projet de transformation de la demeure familiale de Hugues rapporterait à moyen terme d'énormes dividendes mais elle lui posait pour l'instant des problèmes de trésorerie qui allaient en s'aggravant. Hugues était connu pour continuellement tirer sur la corde quand il s'agissait de payer, pourtant ce jour-là, il devrait s'exécuter car sa mère avait maintenant approuvé les plans de la nouvelle maison. Mrs Hugues avait même aidé – quoique à contrecœur – à choisir l'ameublement et les éléments de la cuisine high-tech fournis à bas prix par une compagnie qui avait travaillé sur le dernier projet immobilier de Hugues. Ronan avait maintenant l'intention de déjouer les faux-fuyants de Hugues et de repartir avec son dû. Mais la gestion de projet exigeait que l'on avance pas à pas. Empocher l'argent de Chris, voilà par quoi il devait commencer.

« Tu avais promis qu'Alice et moi nous n'aurions rien à payer, dit Chris. Si les dépenses du chantier sont moins élevées que prévu, pourquoi es-tu fauché ?

— Je ne le suis pas. » L'idée fit rire Ronan. « Je suis confronté à des problèmes de trésorerie inattendus mais qui se révéleront profitables. Le chantier avance si rapidement que je dois payer Jiri plus vite que je ne le pensais. Ses hommes sont peut-être des accros au boulot, mais ils forment aussi une bande de salopards méfiants qui aiment être réglés comptant. J'avais l'intention d'acheter les matériaux à crédit chez des fournisseurs que je connais, seulement Jiri a une combine avec un chantier en faillite. Il peut nous avoir des tuiles, des lattes de plancher, de bonnes fenêtres et, pour le mur du jardin, des briques ornementales qu'Alice va adorer. Le promoteur a désespérément besoin de liquide. Avec ce que tu m'apportes, nous allons acheter tout ça pour une bouchée de pain, avant que le fisc les saisisse. Je te rembourserai ce que tu m'as prêté jusqu'au dernier centime, avec un intérêt de trente pour cent, et j'y gagnerai encore.

— Où est-ce que Jiri se fournit ? »

Ronan secoua la tête. Cette fois, sans restriction mentale : Jiri refusait de le dire.

« Personne ne le sait, déclara-t-il. Même le service de répression des fraudes serait incapable de retrouver l'origine du moindre parpaing. » Il posa la main sur l'épaule de Chris et le regarda droit dans les yeux. « On n'est pas dans l'administration, ici. On est dans le monde réel, celui où les gens économisent sur tout pour que le boulot soit fait. Plus vite nous finirons, plus vite Paul Hugues signera le contrat. »

Chris se retourna, comme s'il cherchait encore une excuse pour hésiter, puis il sortit furtivement l'enveloppe de sa poche, la tendit à Ronan. Ronan jeta un coup d'œil afin de vérifier que Jiri ne les regardait pas. Jiri était allé superviser une tâche en cours à l'intérieur de la maison, mais Ezal se roulait une cigarette dehors. L'ouvrier serbe, ou croate ou n'importe quoi d'autre, resta imperturbable, comme s'il n'avait rien vu, pourtant Ronan savait qu'il les avait observés.

« Si Alice s'en aperçoit, je suis foutu, dit Chris doucement.

— Tu seras son héros, quand nous aurons vendu. Pourquoi ne passez-vous pas tous les deux prendre un verre à la maison ce soir ?

— Alice sort.

— Bien. Avec qui ? »

Ronan avait parlé d'un ton neutre, mais il avait conscience du poids de sa question. Une expression perdue et accablée passa sur le visage de Chris. Elle trahissait une solitude que Ronan connaissait bien. Entre le moment où Miriam était partie et celui où il avait rencontré Kim, Ronan s'était soûlé à mort chez lui tous les soirs sans autre compagnie que son ordinateur et le dégoût de lui-même. Miriam avait tenu le coup, forte, dure comme un silex. En vérité Ronan supportait mal qu'elle survive si bien. Alice et Chris étaient plus vulnérables. Ils s'appartenaient l'un à l'autre et ne résisteraient jamais à une séparation.

« Des amis de son nouveau club de tennis, répondit Chris d'une voix qu'il voulait ferme.

— Eh bien viens sans elle, dit Ronan gentiment. J'ai une bouteille de Hennessy X.O. Ce serait un péché mortel de l'ouvrir seul. »

Chris se mit à rire afin de relâcher la tension. « On verra. »

Ronan regarda Chris rentrer chez lui. À la culpabilité sincère qu'il ressentait en pensant à la façon dont il manipulait son voisin succéda la familière montée d'adrénaline provoquée par un dernier saut d'obstacle réussi. Il passa en revue la liste de ce qui lui restait à faire. Il lui fallait en premier lieu s'assurer qu'un plâtrier viendrait le jour même. Jiri sortit de la maison en construction, comme si Ezal l'avait appelé par télépathie.

« Tu es sûr que tu peux te procurer tout ce dont nous avons besoin ? demanda Ronan à Jiri, divisant mentalement la somme remise par Chris en ce qu'il serait obligé de payer maintenant et ce qu'il aurait encore à distribuer pendant la semaine.

— Je tiens mes promesses, dit le Roumain, pas comme d'autres.

— Tu ne parles pas de moi, j'espère ?

— Vous êtes un homme juste. »

Ronan commença à compter les billets. « Est-ce que je connais ce promoteur qui a des problèmes ? »

Jiri secoua la tête. « Ça m'étonnerait.

— À quelle heure est-ce qu'Andrzej vient faire l'enduit ?

— Andrzej est malade. »

Tout en parlant, Jiri mit l'argent dans sa poche. Une nouvelle gifle d'outre-tombe pour Ronan. Son père n'aurait jamais versé un centime avant de s'être assuré que le plâtrier arriverait à l'heure dite. Ronan jeta un regard sévère à Jiri et à Ezal, histoire de leur montrer qu'il ne fallait pas le prendre pour un idiot.

« Andrzej est votre meilleur plâtrier. Même sur le point de mourir, il installerait un lit sur cet échafaudage plutôt que de se passer d'une demi-journée de salaire. Tu le fais travailler sur un autre chantier, hein ? »

Jiri refusa la confrontation. « Il va être remplacé.

— Il faut que l'échafaudage soit démonté demain.

— Pas de problème. Le nouveau plâtrier travaille bien.

— Appelle-le, ce sera plus sûr.

— Je n'ai pas son numéro. Ezal a dit à un maçon de son chantier de lui dire qu'il devait être ici cet après-midi. Il est déjà venu, quand on a abattu la vieille cabane de jardin. Ezal répond de lui. Si on peut compter sur Ezal, on peut compter sur lui. »

Ezal hocha la tête.

« Il a un nom ? »

Ezal haussa les épaules, et ce fut Jiri qui répondit. « Quelqu'un m'a dit que c'était Pavle, mais maintenant, il se fait appeler Joe.

— Tu sais d'où il vient ? » demanda Ronan.

Jiri regarda Ezal, qui haussa de nouveau les épaules, indifférent. « Peut-être de Serbie, ou du Kosovo, dit-il. À ceux qui ne le disent pas, je ne le demande pas. Il y a des hommes à qui on ne pose pas de questions sur leur passé.

— C'est un type discret, ajouta Jiri. Ceux qui habitent dans le même hôtel que lui disent qu'il n'envoie jamais d'argent chez lui ni n'appelle personne. Il va d'un chantier à l'autre, disparaît dès qu'il a gagné de quoi vivre un moment et réapparaît ailleurs quand il est fauché. C'est un bon plâtrier, voilà ce qui m'importe.

— Et moi ce qui m'importe, c'est qu'il vienne. Ça devient urgent.

— Je vous ai déjà laissé tomber ?

— Non. »

Ce fut Ezal qui parla, s'imposant presque. « Alors vous savez que Jiri ne travaille pas avec des hommes qui le laissent tomber. »

Jiri se retourna et ressortit de sa poche la liasse de billets. Les autres ouvriers relevèrent la tête, s'essuyèrent les mains sur leur pantalon, se regroupèrent autour de lui.

Chapitre treize

Ronan

Dimanche 5, quinze heures

Kim était en bas. Du moins Ronan le pensait. Elle se déplaçait avec une discrétion que Ronan trouvait étrangement déconcertante. Miriam avait toujours occupé les pièces de façon à ce qu'on sache qu'elle était là. Même si elle ne faisait pas marcher sa radio à plein volume sur une de ses stations de musique de fond préférées, pour, entre autres raisons, couvrir les clips tonitruants que les filles regardaient dans leur chambre, sa présence dans la maison était absolue. Même ses silences frémissaient bruyamment – ou peut-être qu'à l'époque, avec trois femmes querelleuses rassemblées sous le même toit, tout était bruyant, disputes, réconciliations, fous rires bruyants. Même les silences qui s'installaient soudain dans les chambres des filles semblaient bruyamment équivoques.

À l'extérieur, Kim elle aussi pouvait être bruyante. Ronan avait assisté à cette transformation au début de leur relation, quand il l'avait accompagnée dans un restaurant karaoké de Capel Street et l'avait vue devenir quelqu'un d'autre dès qu'elle avait salué ses amies philippines. Elle ressemblait à une gamine, laissant libre cours à sa spontanéité tandis que son visage irradiait un plaisir sans retenue, exactement comme ses filles autrefois quand elles retrouvaient leurs camarades de classe pour sortir le soir, et Ronan en souffrait.

Peut-être était-ce parce qu'ils lui rappelaient sa famille disloquée que ces rassemblements incroyablement bruyants le mettaient mal à l'aise. Il avait essayé de participer, pour Kim, content de la voir non seulement heureuse, mais fière de le présenter à ses amies surexcitées aux noms trop compliqués pour qu'il s'en souvienne ou trop simples pour être vrais. Malheureusement, dans ce monde inconnu, au milieu de ces étrangères qui répétaient sans inhibition les mots mièvres de la soupe à l'eau de rose transatlantique en mauvais anglais recouvert de ce qui se voulait être un accent américain, il n'arrivait pas à se détendre. C'était un monde où il ne savait jamais quoi dire ni comment s'habiller, un monde où, ne maîtrisant pas la situation, il se retrouvait immanquablement sur la défensive. Il se demandait si cela ne venait pas chez lui d'un snobisme intrinsèque ou d'une tendance à la retenue, une incapacité à se laisser aller au cas où quelqu'un, même dans un restaurant où il n'y avait que des étrangers, le regarde avec mépris se rendre ridicule. Au bout d'un moment, Kim ne lui avait plus proposé de l'accompagner, reconnaissant tacitement que la gêne qu'il ressentait l'empêchait d'être vraiment elle-même. Et bien que Ronan ne lui ait jamais demandé d'y renoncer, après leur mariage, elle y alla moins souvent, puis plus du tout, bien qu'il l'y ait encouragée, comme si elle n'appartenait plus vraiment à ce monde-là, ni à aucun autre.

Ronan enleva sa veste et compta ce qu'il restait dans l'enveloppe de Chris. L'idée que Kim puisse entrer dans la pièce le mettait mal à l'aise. Et ce n'était pas parce qu'il craignait qu'elle en parle à Alice. Bien au contraire, s'il avait accepté d'organiser ce projet de construction dans le jardin de Chris, c'était aussi dans l'espoir qu'une fois Alice partie, Kim se sente moins seule et se lie d'amitié avec une nouvelle voisine qui ne se croirait pas obligée de rester loyale envers Miriam. Après avoir ouvert l'armoire à glace faite sur mesure qui occupait un mur entier de la chambre, il examina sa garde-robe. Il se sentait indécis quant à ce qu'il devait mettre ce jour-là pour retrouver Paul Hugues. Les rendez-vous d'affaires ne posaient pas de problème : il possédait une demi-douzaine de costumes entre lesquels choisir selon qu'il voulait impressionner, intimider ou se faire oublier. Il savait instinctivement comment s'habiller pour recevoir un client en consultation ou emmener sa femme dîner au Forty One sur Stephen Green, mais pour une fois, il se posait des questions sur la nature de la rencontre, banale entrevue ou bien sommet d'affaires ? Rapport succinct d'avancement ou bien confrontation ? Bobby Fischer serait encore plus vite devenu fou s'il avait affronté Paul Hugues : Boris Spassky reconnaissait au moins que Fisher et lui jouaient aux échecs. Avec Hugues, Ronan n'arrivait pas à déterminer s'il se confrontait à un formidable tacticien endossant un rôle de filou ou à un filou tentant maladroitement d'incarner un excellent stratège.

Les oncles de Ronan étaient eux aussi des hommes sournois qui évitaient toute expression directe et qui se complaisaient dans l'ambiguïté. Jeune, il détestait les voir venir à Dublin rendre visite à leur frère, celui de la famille qui avait réussi, puant le whisky qu'ils s'étaient fait offrir et lançant des clins d'œil à Ronan, comme certains qu'il comprenait que le sens de leurs phrases n'avait aucun lien avec les mots qu'ils prononçaient. Son père, au contraire, était un homme franc. Ronan avait pensé que, derrière l'habituelle forfanterie de façade, Hugues le serait lui aussi. Peut-être l'était-il, et peut-être le fait de repousser par trois fois le paiement du premier acompte était-il un test, un rituel d'initiation qui ferait entrer Ronan dans le monde des grands. Ce qui donnait à Ronan l'impression d'être un jouet entre les mains de Hugues. D'un point de vue légal, tant qu'ils n'auraient pas signé le contrat de vente, rien n'obligeait Paul Hugues à investir dans la maison en construction, pourtant en lui exposant son plan, il avait laissé entendre à Ronan qu'une fois le permis obtenu, il financerait le projet par une série d'avances.

Mais le jour où il l'avait introduit dans le cercle d'associés avec qui il buvait au Playwright Inn, Hugues avait répété haut et fort que, si Ronan considérait la réalisation d'un projet aussi peu important comme au-delà de ses moyens, l'argent promis restait à sa disposition. Laisser entendre à ses comparses que Ronan manquait peut-être de trésorerie était une manœuvre habile. Cela obligeait Ronan à répondre qu'il pouvait assumer sans problème les dépenses du chantier. Dans ce jeu de poker déguisé, il ne lui restait qu'une carte, insinuer devant les autres que la femme de Chris lui faisait des histoires et que la vue d'un chèque signé par Hugues la calmerait peut-être. Ronan s'était senti coupable de plaisanter aux dépens de son ami en ajoutant que Chris n'avait plus de cabane de jardin où se réfugier quand cette dominatrice d'Alice le chassait de leur lit.

Quand les rires de commande s'étaient tus, Hugues avait déclaré avec un clin d'œil entendu qu'Alice ne changerait jamais : danser avec elle dans les soirées organisées autrefois après les matchs de rugby était déjà toute une histoire. À l'hilarité générale il avait dit ensuite se demander si c'étaient les religieuses du Sacré-Cœur de Mount Anville qui lui avaient appris à protéger ses seins comme les reliques de sainte Thérèse. Astucieusement entraînée sur cette pente, la conversation avait vite glissé vers les conquêtes qu'ils avaient faites étant jeunes parmi les élèves de Mount Anville et de l'Alexandra College. L'un d'eux avait prétendu avoir entraîné sur la piste celle qui avait inspiré à Bob Geldof la chanson *Mary of the Fourth Form* – objet légendaire de désir pour les garçons de Blackrock de leur génération, qui devait devenir plus tard l'assistante personnelle de leur Premier ministre. Ronan détestait ces souvenirs à la con d'anciens élèves. Il n'avait jamais pu comprendre comment des hommes au front dégarni pouvaient se pointer avec leur flasque de whisky à la finale de la coupe de rugby senior de Leinster pour soutenir l'équipe d'une école qu'ils avaient quittée trente ans plus tôt. L'argent de son père lui avait permis de prendre place parmi eux, mais parce qu'il venait d'un autre milieu, il n'avait jamais appartenu à leur monde. Évoquer au Playwright Inn les réticences d'Alice devant leur projet semblait avoir transformé le financement de cette maison en un défi public, où Hugues était décidé à ne pas se laisser dicter sa conduite par une fille de Mount Anville qu'il n'avait pas réussi à draguer pendant une fête.

Depuis, lors des trois dates de paiement prévues, Hugues ne lui avait jamais proposé d'argent, apparemment très amusé de savoir qui de Ronan ou Alice se montrerait le plus malin. Il lui avait en revanche proposé de prendre une petite part dans le consortium immobilier qu'il montait afin de mettre en valeur la propriété de sa mère, à condition que Ronan lui verse une somme équivalente à chaque avance promise. Au lieu de recevoir les cent mille euros de fonds de roulement budgétisés, Ronan avait petit à petit remis à Hugues cent mille euros qu'il s'était procurés en vidant ses comptes d'épargne, puis en débloquant ses quelques petits placements en fonds d'investissement de retraite, et, plus récemment, en empruntant à Chris. Cela voulait dire que Ronan était présent à hauteur de deux cent mille euros dans le consortium de Hugues. Mais seul le nom de Kim apparaissait sur les contrats, bien qu'elle-même ne sache rien de ce bas de laine dont le montant triplerait dès l'instant où la première motte de gazon du vieux court de tennis de Mrs Hugues serait arrachée et que les gens se bousculeraient pour acheter les futurs appartements sur plans.

Cette occasion inattendue d'investir dans le projet de Hugues lui avait d'abord paru comme une récompense, un vieil ami en introduisant un autre dans l'orbite externe de la crème de la crème des cercles d'affaires qui transformaient l'Irlande, tandis que ces péquenots de ministres se contentaient de s'accrocher à leurs basques et de profiter de leur gloire par ricochet. Mais depuis peu, Ronan se demandait s'il ne s'agissait pas d'un miroir aux alouettes. La maison se construisait plus vite qu'il ne l'avait prévu, pourquoi alors avait-il le pressentiment que le projet était en train de capoter ? Ronan s'était toujours enorgueilli de savoir décrypter les signes avant-coureurs, mais dans le cas présent, rien ne lui semblait faire sens. Tout ce dont il était certain, c'est que s'il ne réussissait pas ce jour-là à obtenir un chèque de Hugues, il n'aurait plus pour s'en sortir que ce qui restait dans l'enveloppe de Chris.

Un mois s'était écoulé depuis qu'il avait envoyé le contrat de vente à Paul Hugues. Ils s'étaient parlé deux fois au téléphone, Hugues avait blâmé d'un ton léger un personnel inefficace et les montagnes de papiers accumulés sur son bureau. Or un contrat signé différait d'un accord tacite en ce sens que les dix pour cent d'acompte non remboursable dus à la signature permettraient à Ronan de rendre à Chris ce qu'il lui avait emprunté jusqu'au dernier centime. Lors de leurs rencontres précédentes, Ronan avait eu peur de perdre la face en exigeant que Hugues lui remette de l'argent. Il avait rempli des chèques en sachant qu'il aurait du mal à les approvisionner, uniquement pour prouver qu'il était capable de jouer dans la cour des grands. Mais peut-être avait-il mal interprété les règles en vigueur à ce niveau, peut-être était-il passé pour un minable qui n'avait pas le cran d'insister pour que, dès le premier jour, Hugues sorte son chéquier. Le capital initial promis par Hugues était maintenant inextricablement lié à la participation de Kim à son consortium, mais il restait encore une somme considérable à verser quand le contrat serait signé. Ce millionnaire arrogant, si sûr de sa fortune qu'il n'avait jusque-là jamais proposé de payer une tournée, devait désormais arrêter de boxer dans le vide.

Ronan regarda dans la glace la cravate qu'il avait soigneusement choisie. Il l'enleva et défit son bouton de col. Il n'irait pas au Playwright Inn trop habillé, et il ne s'y présenterait pas non plus comme un mendiant qui tendait sa sébile. Il avait tenu ses engagements. Il était temps que Paul Hugues s'exécute. Il irait droit au but, il lui tendrait un exemplaire de l'acte que son notaire avait préparé et ne sortirait du pub qu'avec un chèque et le contrat signé. Content de son apparence, Ronan descendit. Kim était dans la cuisine. Elle avait sorti un gigot du congélateur De Dietrich modèle « américain », et s'apprêtait à le préparer sur le plan de granit poli de l'îlot central. Passant par la fenêtre en demi-lune, sous laquelle était construite une longue banquette, la lumière tombait sur le carrelage de pierre naturelle. Le son de l'écran plasma accroché en haut du mur opposé était coupé. Il se demandait souvent si ces images silencieuses d'autres vies que la sienne avaient pour fonction de tenir compagnie à Kim. Elle releva la tête et lui sourit.

« Tu es magnifique. À quelle heure rentres-tu ?

— Je ne devrais pas être long. » Voir Kim lui donna envie de l'emmener. Il faisait trop beau pour rester enfermé dans une cuisine, surtout quand c'était la femme qu'il aimait et qu'elle le faisait pour lui. La présence de Kim lui compliquerait les choses, mais il arriverait bien à se retrouver quelques instants seul avec Hugues. « Viens avec moi. Ensuite nous irons dans un bon restaurant ; et tu n'auras pas besoin de préparer le repas.

— J'aime cuisiner pour toi.

— Et moi j'aime t'inviter.

— Je n'en ai pas besoin, dit-elle, mais il vit qu'elle était touchée. Et manger dehors coûte cher. »

Ronan déposa un léger baiser sur son front. « Tant que je suis là, tu n'as pas à t'inquiéter de ce que nous dépensons », promit-il doucement.

Kim se mit sur la pointe des pieds pour l'embrasser sur la bouche. Elle prit le visage de Ronan dans ses mains et le regarda dans les yeux l'air sérieux. « Je ne veux pas que mon mari se tue au travail. Tu dois vraiment aller voir cet homme un dimanche ? Pour une fois, reste à la maison et repose-toi.

— Tu m'as dit n'avoir jamais vu à Manille ton père se reposer.

— Mon père ne pouvait pas se le permettre. Et ça l'a rendu vieux avant l'âge. »

Ronan recula pour qu'elle puisse le voir plus nettement. Sur le ton de la plaisanterie, quoique totalement sincère, il lui demanda : « Tu ne me trouves pas trop vieux, Kim ?

— Est-ce que ça compte ? Je t'ai épousé parce que je t'aime comme tu es.

— Pour moi c'est important. Je n'apprécie pas l'idée que tu te sois retrouvée coincée aux côtés d'un vieux schnock. »

Sentant qu'il était tendu, elle plaisanta. « Tu n'es pas un vieux schnock. Il t'arrive de le prouver plusieurs fois dans la nuit. Et tu sais quoi, ce pub qui s'appelle le "Grand méchant loup", eh bien je suis sûre que c'est en ton honneur. »

Il sourit. « Et toi, qui es-tu, le Petit Chaperon rouge ?

— Je suis ensuite une femme épuisée : satisfaite, comblée. »

Ronan la serra contre lui. Le mariage était une volée de marches descendantes : vous trouviez une femme désireuse de s'allonger près de vous, puis, avec le temps, désireuse de vous servir de pieux mensonges. Il y avait eu, au début, des moments où il l'avait si totalement assouvie qu'il s'était senti au bord de la crise cardiaque. La présence de Kim avait d'abord éloigné le nuage noir qui planait au-dessus de lui. Ce n'était pas l'âge, ni le manque de confiance en lui, ni les addictions qui lui avaient volé sa virilité ces derniers mois, c'était le stress lié à la maison en construction, les mensonges à inventer, la pression ressentie par celui qui doit toujours montrer aux autres un visage assuré. Sa libido se réveillerait lorsqu'il aurait obtenu la signature de Hugues en bas de ce contrat. Quand il reprendrait les commandes de cette affaire, il irait se coucher la conscience tranquille, sachant qu'il aurait assuré l'avenir de Kim. Chaque fois qu'il la prenait dans ses bras et sentait le cœur de la jeune femme s'accélérer, la douleur de son divorce et de la séparation d'avec ses filles cessait. En de tels instants, il voyait son passé comme une succession d'événements qui étaient arrivés à quelqu'un d'autre : une voiture fonçant le long de la jetée et heurtant l'eau avec une telle force qu'il s'était pensé fichu, pourtant il s'était libéré de l'épave, nageant de toutes ses forces les poumons prêts à éclater, pour émerger à la crête d'une vague et, parmi les embruns salés, inspirer l'air. Kim ne le savait peut-être pas, mais elle l'avait sauvé, elle était l'étrangère qui avait plongé pour le maintenir à la surface de l'eau tandis qu'il reprenait son souffle dans le miracle de la survie. Il baissa les yeux. Kim l'observait attentivement.

« Je me demande où tu étais.

— À Acapulco. »

Elle rit et lui caressa la main. « Ça, c'est quelque chose que tu maîtrises parfaitement.

— Quoi donc ?

— Éviter le sujet.

— Range ce gigot. Je veux t'emmener dans un bon restaurant.

— Pour m'exhiber.

— Là tu es injuste, protesta-t-il. J'aime t'avoir auprès de moi.

— Tu aimes la façon dont les hommes me regardent. Mais moi je n'apprécie pas tellement la façon dont leurs femmes m'ignorent. »

Ronan lui caressa les cheveux. « Ne fais pas attention à ces vieux tas pleins de rides et d'amertume.

— C'est ce que tu pensais qu'était Miriam ? »

Ronan enleva doucement sa main afin d'indiquer qu'elle allait un peu loin.

« Miriam était à part : je l'aimais. »

Dans le silence qui précéda la réponse de Kim, Ronan eut l'impression d'entrevoir un monde dont il était exclu. « Il m'arrive de penser que peut-être tu l'aimes encore.

— Tu es la seule personne avec qui je puisse être vraiment moi-même. Je ne peux pas me permettre de laisser qui que ce soit d'autre savoir ce que je pense. Bon, il faut que j'y aille ; j'ai une merveilleuse jeune épouse à entretenir.

— Je ne me suis pas mariée avec toi pour l'argent. »

Ronan lui caressa les cheveux une dernière fois, leur douceur le remplit de plaisir. Il se sentit une furieuse envie de faire attendre Paul Hugues, d'emmener Kim au lit, de passer l'après-midi à faire ce qu'il n'était pas certain que son corps lui permettrait de faire.

« Je ne peux pas ne pas m'inquiéter de l'état de nos finances, dit-il. J'ai cinquante et un ans ; tu en as trente-deux. Si je meurs, mon assurance-vie subviendra à tes besoins. Mais je suis à mon compte, et si je tombe malade, il te faudra avoir un capital qui rapporte.

— Je peux recommencer à travailler.

— Comme aide-soignante ? Non, pas question que tu te fasses de nouveau exploiter. Ce que nous allons gagner avec la maison en construction ira sur un compte à ton nom.

— Je ne te demande rien.

— Tu ne demandes jamais rien. C'est pour ça que j'ai eu cette idée.

— Alors laisse-moi à mon tour faire quelque chose pour toi. » Elle lui prit la main. « Ne reste pas debout à boire seul ce soir. Viens au lit et allonge-toi sans bouger. Tu veux toujours me donner du plaisir, mais tu ne sais pas celui que je prends à t'en donner. »

Ronan lui caressa la main. « J'ai toujours du plaisir avec toi. J'en aurais encore plus si tu m'accompagnais maintenant. »

Elle secoua la tête. « Va à ton rendez-vous. »

Il sortit ses clés de voiture. « Rends-moi service : regarde si le plâtrier vient. L'échafaudage doit être démonté demain.

— Pourquoi ?

— Crois-moi sur parole, il le faut. »

Kim eut l'air blessée. « Ce n'est pas une façon de répondre.

— Je ne voulais pas dire que ça ne te regarde pas, s'excusa-t-il, mais seulement que tu ne te fasses pas de souci pour ça. Tu es sûre que tu ne veux pas venir ?

— Je garderai le dîner au chaud.

— Je ne serai pas long. Je déteste te faire attendre.

— Attendre mon mari ne me dérange pas. Si tu me connaissais, tu le saurais.

— Je te connais par cœur.

— Je voudrais pouvoir en dire autant de toi. »

Elle semblait si sérieuse qu'il se mit à rire. « Tu sais tout de moi, Kim.

— Non, je n'ai aucune idée de ce qui te rendrait heureux. »

Ronan fit tinter les clés. « Rien de plus facile. Il suffit pour ça que le plâtrier arrive. »

Chapitre quatorze

Alice

Dimanche 5, dix-neuf heures

Chris n'eut pas besoin de parler pour qu'Alice ressente le poids de sa présence sur le seuil de la chambre. Cette intrusion l'exaspéra. Elle n'avait pas envie qu'il la regarde avec son air de chien battu, alors qu'elle n'avait ni fini de s'habiller ni décidé si elle sortait ou non. Elle ne se retourna pas mais, en se penchant sur sa chaise, le regarda dans la glace de sa coiffeuse.

« Je suis déjà en retard, dit-elle. Qu'est-ce que tu veux ?

— Simplement te dire bonsoir. Je sais que tu aimes être tranquille quand tu rentres après minuit.

— Comment veux-tu que je le sois sachant que tu ne dors pas et que tu vérifies l'heure à laquelle j'arrive ? »

Elle savait que Chris mourait d'envie de faire, sur le plancher verni, les quelques pas qui le séparaient d'elle, puis de poser les doigts sur ses épaules nues, l'embrasser dans le cou comme autrefois, prendre doucement dans ses mains ses seins qui n'avaient jamais semblé si pleins qu'avec ce nouveau soutien-gorge. Du regard elle lui intima de rester où il était. Mais il n'avait pas besoin de s'approcher pour qu'elle se sente violée. Elle aurait voulu couvrir ses épaules nues. Qu'il sorte de sa chambre, et – l'idée folle lui vint – peut-être de sa vie. Elle ne savait pas ce qu'elle voulait. Rien n'était plus jamais clair. Cet après-midi-là, elle lui avait donné une dernière chance de dire la vérité à propos de ce qu'il avait fait en septembre dernier, mais, comme d'habitude, il avait nié lui avoir menti. Être prise pour une idiote lui faisait mal, pourtant elle savait au fond d'elle que ce n'était pas une excuse pour agir de façon stupide ou imprudente. Elle ne recherchait pas à se venger de Chris. Quand elle sortait, cela n'avait rien à voir avec lui ; elle ne voulait qu'apprendre certaines choses sur elle-même.

Pendant vingt ans, elle s'était identifiée de façon immuable à une épouse et mère inoffensive, amicale envers tous, inquiète de plaire et de faire ce qu'il fallait. Mais l'accident l'avait pulvérisée à un point dont elle avait à peine eu conscience pendant les années où les séquelles du traumatisme l'avaient laissée si abattue qu'elle pouvait à peine sortir de son lit. Elle commençait seulement maintenant à comprendre que la façon dont la mort de Brygida l'avait affectée avait pris des formes sur lesquelles elle ne pouvait pas mettre de mots, et donc pas reconnaître – elle avait construit un mur mental autour de ces événements dans lesquels une part de son âme s'était éteinte en même temps que son père et Brygida.

Ces derniers temps, ce n'était pas le souvenir du vieil homme désorienté dont elle essayait de s'occuper qui la tourmentait, mais celui de la harpie qu'il avait eue pour sœur. Alice se surprenait constamment à penser au jour où, à dix-huit ans et pour la seule et unique fois de sa vie, elle s'était adressée à Patricia, dans le naïf espoir qu'elle viendrait s'installer chez son frère. Et sa tante s'était moquée d'elle, elle l'avait traitée d'infirme paralysée par le conformisme.

Cette femme bien plus âgée qu'elle s'était vantée de sa vie sexuelle et avait parlé avec mépris de la mère d'Alice, morte sans savoir si elle avait été flouée par la vie car elle n'avait jamais couché qu'avec un seul homme. À l'époque, Alice avait attribué les remarques irrespectueuses de Patricia à l'amertume qu'elle ressentait d'avoir été rejetée par sa famille. Peut-être avait-elle raison, peut-être Alice était-elle une vraie Prendeville. Mais peut-être aussi ses réflexions n'avaient-elles voulu être qu'une bombe à retardement, plaçant dans l'esprit d'Alice une question sans réponse et lourde de conséquences, qui vouerait à l'échec tout futur mariage. Alice regrettait maintenant de ne pas avoir eu le courage d'au moins essayer de parler ouvertement à sa mère avant qu'elle meure. Peut-être saurait-elle alors si elle s'était sentie flouée d'avoir vécu si peu d'expériences.

Est-ce qu'Alice en savait tellement plus ? Sa mère avait paru tellement usée à la fin de sa vie, prématurément vieillie par ses vêtements conventionnels et son mariage avec un homme rigoriste et de quinze ans son aîné. Mais depuis quelque temps – depuis qu'elle avait atteint le même âge – Alice avait compris qu'elle était encore jeune. Qu'est-ce qu'une femme avait besoin de savoir pour pouvoir dire qu'elle avait vraiment vécu ? Alice n'en était pas certaine. Tout ce qu'elle savait, c'est que si elle ne se levait pas, si elle ne s'écartait pas de ce miroir pour sortir le plus vite possible, alors, ce soir-là en tout cas, elle n'aurait plus aucun courage, aucune audace. La vie n'aurait pas dû être si complexe. Jusqu'à ce que Chris se plante sur le pas de sa porte et pose sur ses épaules nues un regard de voyeur, la soirée qui l'attendait ne lui avait pas paru si compliquée que ça.

« Je ne fais pas exprès de rester éveillé quand tu sors, dit-il. Je n'ai pas l'habitude de te voir traîner dehors si tard. J'ai du mal à m'endormir avant de savoir que tu es rentrée et que tout va bien. C'était pareil avec Sophie.

— Sophie était une enfant. » Alice ne put s'empêcher de se retourner vers lui, bien que cela la fasse se sentir encore plus exposée. « Que crois-tu donc qu'il puisse m'arriver ?

— Rien. Mais comme je ne connais pas les noms des gens avec qui tu es, je ne saurais pas à qui téléphoner si tu ne revenais pas, en cas d'accident, par exemple.

— Je n'ai embouti qu'une seule voiture dans ma vie, dit Alice.

— Tu sais bien que je ne parlais pas de ça.

— Alors pourquoi penses-tu toujours que je conduis si mal ? »

Il ne pouvait pas détourner les yeux de son nouveau soutien-gorge. Autrefois, elle en aurait été flattée, mais là, elle se sentait comme une pute en vitrine. Pourquoi ne l'avait-il pas regardée avec autant de désir quand elle était malade ? Certes, elle n'aurait alors pas pu répondre à ses avances, mais pourquoi n'avait-il pas eu envie d'elle quand elle était au creux de la vague, submergée par l'impression que personne ne la trouverait plus jamais attirante ?

« Ce n'est pas toi qui me fais peur, répondit-il. Ce sont les ivrognes qui brûlent les feux. J'essaye de dormir, mais honnêtement, tu ne crois pas que ce serait pire s'il n'y avait personne ici qui s'inquiète de toi ? »

Chris avait raison. Alice détestait voir sa lampe briller quand elle rentrait, mais elle détestait encore plus qu'il oublie de laisser allumée la petite lanterne qui diffusait sous le porche sa lueur accueillante. Lorsque cela arrivait, elle restait dans la voiture, se sentait exclue et frissonnait à la vue de la maison plongée dans l'ombre. Au fond d'elle, Alice savait qu'elle ne pourrait jamais vivre toute seule. Elle serait incapable de se préparer un vrai repas ou d'aller se coucher si personne ne la poussait à le faire. C'est ce qui l'avait le plus troublée quand elle était allée chez sa tante, des années auparavant, la peur de se retrouver un jour célibataire dans un petit appartement comme celui de Mespil Road. Si elle n'était pas certaine de l'aimer encore vraiment, elle savait qu'elle avait besoin de Chris, peut-être même avant tout pour se révolter contre lui, comme elle ne s'était jamais révoltée contre son père.

« Je ne veux pas t'embêter, dit Chris d'un ton conciliant.

— Je sais. » Elle avait, elle aussi, parlé d'une voix douce. L'idée de se retrouver sans lui l'effrayait assez pour que disparaisse tout ressentiment à le voir là, alors qu'elle se sentait piégée devant la glace par sa propre indécision. C'était elle maintenant qui aurait voulu le prendre dans ses bras, mais elle ne le pouvait pas, car une étreinte risquait d'en entraîner une autre. Il aurait été cruel de lui faire croire quoi que ce soit alors qu'au mois de septembre elle s'était promis de mettre fin au lien physique qu'entraînait leur mariage. Elle se rappelait encore la panique qui l'avait saisie quand elle avait vérifié sur l'étiquette du pharmacien la date d'achat de la boîte de Viagra cachée dans la poche de Chris et compris que, quelle que soit celle avec qui il avait utilisé les trois comprimés manquants, ce n'était pas elle. Aucune occasion de faire l'amour ne s'était présentée à cette période. Pourtant, même les craintes que suscitait la trahison ne purent empêcher les souvenirs des années où elle lui faisait entièrement confiance de déferler. Et elle s'était sentie d'autant plus piégée, à moitié nue, à moitié maquillée. Ce que Chris dit ensuite le renvoya au rôle du mari jaloux.

« Je trouve tes nouvelles amies étranges, c'est tout. Tu avais l'habitude de parler pendant des heures de tous les gens que tu rencontrais, de te faire l'écho de tout ce qui avait été dit lors d'une soirée. Et il suffit maintenant que je te demande qui tu vas voir pour que tu t'énerves.

— Je te l'ai déjà dit, des filles avec qui je joue au tennis à Cabinteely. Quel intérêt y aurait-il à te raconter ceci ou cela à propos de gens que tu ne connais pas ? Elles n'ont rien de très intéressant. Nous bavardons comme on bavarde entre filles, il n'y a pas grand-chose à ajouter.

— Si tu t'ennuies avec elle, pourquoi, depuis un mois et demi, dois-tu aller les retrouver tous les dimanches soir ? »

Le temps passait. La confiance en elle-même que ses nouveaux vêtements avaient apportée à Alice s'évaporait.

« Je veux avoir une vie, Chris. Et il est temps que toi aussi tu en aies une.

— J'en avais une, avec toi. Nous faisions tout ensemble. Quand tu étais malade, je restais allongé sur ton lit et nous regardions des films. Quand tu t'es sentie capable de te lever, nous allions nous promener ensemble. Depuis quand n'est-ce plus arrivé, Alice ?

— Je ne peux aller nulle part dans Blackrock sans passer devant une maison qui m'a fait rêver et qui nous a ensuite échappé aux enchères. J'apprécie tout ce que tu as fait pendant les années difficiles, Chris, mais nos rôles ont changé. Je ne suis plus une invalide qui a besoin qu'on s'occupe d'elle.

— De quoi as-tu besoin ?

— D'espace pour respirer.

— Ça me donne l'impression que tu m'exclus de ta vie.

— Et toi tu me fais me sentir prisonnière. Comme si tu m'espionnais continuellement.

— Je ne t'espionne pas. Promets-moi que nous irons nous promener un de ces soirs.

— Je te l'ai dit, il y a dans chacune de ces rues un panneau annonçant notre échec.

— Et chacune de ces maisons a été vendue pour une somme folle, au-delà de nos moyens.

— Tu crois que ceux qui les ont achetées étaient tous millionnaires ? demanda-t-elle. Explique-moi comment des gens pas plus riches que nous possèdent maintenant plusieurs propriétés. Je ne veux pas d'une maison luxueuse, je veux juste quelque chose de normal, loin du regard fouineur de Ronan et de la peur constante que de nouveaux locataires s'installent à côté et fassent la nouba au moins un jour sur deux, jusqu'à ce qu'une décision de justice les oblige à partir, comme c'est arrivé il y a deux ans. Je veux pouvoir m'endormir sans avoir à me demander si de l'autre côté du mur quelqu'un ne va pas tout à coup organiser une fête. »

Alice se retourna face au miroir. Elle respira profondément, essayant de se rappeler où elle en était de ses préparatifs quand Chris avait brisé tout son élan. Comment en étaient-ils arrivés là ? En lui mentant de nouveau cet après-midi-là, il l'avait poussée dehors, vers un autre monde. Elle pouvait à peine reconnaître l'homme qu'elle voyait dans la glace, pas plus qu'elle ne reconnaissait la femme à demi vêtue que lui renvoyait son regard.

« Partir d'ici n'est pas vraiment le problème, dit-elle, en essayant de trouver une façon de lui faire comprendre ce qui la tourmentait.

— C'est quoi, alors ?

— Si tu ne t'en doutes pas, ce n'est pas à moi de te le dire. »

Elle n'était pas cruelle, mais inhibée et réduite au silence, craignant d'être encore blessée par les mensonges qu'il lui servirait peut-être une fois de plus. Ce qu'elle envisageait de faire avec un étranger semblait plus facile que d'affronter son mari ouvertement. Alice se pencha jusqu'à ce que le reflet de Chris ne soit plus dans son champ de vision. Elle se couvrit les épaules afin qu'il arrête de fixer le soutien-gorge qu'elle avait mis une heure à choisir, déchirée entre les divers modèles de la boutique de lingerie Honey Trap, à Dun Laoghaire. Si Chris avait été sexuellement satisfait avec elle, il ne serait certainement pas allé chercher ailleurs en septembre dernier. Elle s'était mise à sortir le dimanche soir, d'abord poussée par un désir enfantin de représailles, l'envie de jeter un coup d'œil au danger sans finir par s'y impliquer. Elle n'avait jamais pensé que sa curiosité déborderait sur quelque chose de plus tangible. Mais la trahison de Chris avait dévoilé de profondes cicatrices d'autodévalorisation, le besoin de découvrir si un autre homme pouvait la trouver suffisamment attirante pour prendre avec elle le même risque. Alice devait maintenant arrêter de se demander pourquoi, après avoir hésité pendant des heures, elle avait décidé de sortir ce soir-là. Elle avait besoin de retrouver cette autre femme, sûre d'elle et rayonnante, qu'elle avait prétendu être avant que Chris envahisse sa chambre.

« Tu n'as qu'à parler avec tes amies de ce problème dont tu ne veux pas me parler. » Chris recula sur le palier. « Apparemment c'est elles qui comptent pour toi maintenant, et non plus moi.

— Je ne sais même pas si je les aime ou non. » Alice se demanda si elle s'était adressée à Chris ou à son propre reflet. « En ce moment, je ne sais même plus si je m'aime moi-même.

— Parle-moi, Alice. » Chris revint dans la chambre, sa voix hésitante était à peine plus qu'un murmure.

« Tu détruis tout. J'étais si contente à l'idée de sortir.

— Je ne t'en empêche pas.

— Je n'en ai plus envie.

— Je veux que tu sortes. Je veux que tu sois heureuse.

— Alors arrête de me bombarder de questions. Si je suis en retard, elles penseront que je ne viens pas et ne m'attendront pas.

— Comment ça ? » On aurait dit un avocat exposant au grand jour la faille d'une preuve. « Que tu arrives à l'heure ou en retard, elles seront toujours là. »

Pourquoi avait-elle baissé la garde, cédé au besoin de se confier à Chris ?

« Elles changent parfois de pub au cours de la soirée, dit-elle.

— Pourquoi ne leur envoies-tu pas un texto en leur demandant où elles sont ?

— Pourquoi ne peux-tu pas rester en dehors de tout ça ? Et arrête de regarder mon corps comme un morceau de viande.

— Pour l'amour de Dieu, Alice, tu es ma femme.

— Ça ne te donne pas le droit de me reluquer.

— Je me disais seulement que c'était merveilleux de te voir si belle. » Il s'arrêta, furieux, puis ajouta : « Je laisse le droit de te reluquer à celui, quel qu'il soit, pour qui tu as acheté ce soutien-gorge.

— Je l'ai acheté pour moi.

— Et les jarretelles et le porte-jarretelles planqués dans ton tiroir ? »

Elle ne put s'empêcher de se lever, irritée. « Je n'ai donc aucune intimité ?

— La femme que j'ai épousée n'a jamais eu envie de s'habiller comme ça.

— Peut-être que tu ne sais rien de mes envies. J'achète de la lingerie pour moi, pour me sentir bien. J'ai parfois l'impression d'être mariée à un paranoïaque.

— Et moi à une étrangère. »

Alice se rassit devant la coiffeuse, soudain très lasse. « Je suis en retard, il faut que j'y aille.

— Parce qu'un homme t'attend ? » Elle vit que Chris souffrait. « J'ai le droit de savoir.

— Je te l'ai dit. Mes amies du club de tennis m'attendent. Tu as besoin de voir les lettres d'autorisation de sortie signées par leurs maris ? »

Elle se retourna vers le miroir et reprit son maquillage. Elle n'entendit plus rien pendant si longtemps qu'elle espéra que Chris était redescendu, mais il parla encore, d'un ton perdu.

« Est-ce la fin de notre mariage ?

— Non, répondit-elle calmement.

— Où en sommes-nous, alors ?

— Je ne sais pas. J'essaye seulement de vivre l'instant présent. Tu cherches à m'entraîner dans une conversation que je ne suis pas capable d'avoir.

— Il faut qu'on parle.

— Pourquoi ? Tu répètes toujours les mêmes choses. Même pendant l'enquête, tu étais du côté du coroner.

— Un coroner ne prend pas parti, dit Chris. Il établit des faits. Ce n'était pas de ta faute, si tu as perdu le contrôle de la voiture : ton père a attrapé le volant. Le coroner a seulement déclaré qu'il était imprudent de le faire sortir aussi tard de l'hôpital. Il n'était plus lui-même.

— Je devenais folle, assise à côté de lui.

— Je sais. Moi aussi, j'ai attendu là-bas.

— Et tu attendrais toujours, sans rien oser dire, espérant poliment attirer l'attention d'une infirmière. Moi, au moins, j'ai pris une décision.

— La ceinture de ton père n'était pas attachée.

— Voilà, tu recommences, tu te mets de nouveau du côté du coroner. À tes yeux, je fais toujours ce qu'il ne faut pas.

— Ce n'est pas vrai. Je vais redescendre. »

Alice sentit une nouvelle bouffée de chaleur l'envahir. Elle aurait voulu mettre fin à cette conversation, mais ses sautes d'humeur étaient si extrêmes qu'elles l'effrayaient.

« J'ai perdu des années à me sentir coupable d'une chose qui n'était pas de ma faute. Ce que je vois dans la glace me rappelle que je vieillis et que je manque de temps.

— Pour quoi faire ? »

Parce que Alice fut incapable de lui répondre, Chris dit alors : « Au moins toi tu deviens vieille.

— Dis ce que tu as derrière la tête », répondit-elle tout aussi doucement.

Chris chercha ses mots. « Simplement qu'il y a des destins plus tragiques que celui d'une femme assise devant la glace en train de guetter l'apparition d'une ride », dit-il lentement.

Alice alla jusqu'à la fenêtre. Elle détestait la vue de cette maison en construction. Pourtant elle était préférable à ce qu'Alice avait quelquefois aperçu pendant les longues années de maladie où elle s'était retrouvée isolée dans cette chambre – et dont elle n'avait jamais parlé à Chris, parce qu'il aurait probablement pensé qu'elle perdait la tête. Elle resta si longtemps le regard perdu vers l'extérieur que Chris eut l'impression qu'elle l'ignorait.

« Qu'est-ce qui te fait croire que Brygida ne vieillit pas ? demanda-t-elle enfin. Je la vois moins souvent, mais elle est devenue une fille ravissante. »

Chris s'approcha, comme trop effrayé pour la toucher. Il suivit son regard.

« Il n'y a personne dehors, dit-il.

— Je ne la vois plus dans le jardin. C'était seulement au début, lorsqu'elle avait besoin de venir me chercher.

— Je suis allé à son enterrement, dit doucement Chris. Tu sais bien qu'elle est morte.

— Tout ce que je sais, c'est que j'ai continué à la voir pendant des années.

— Tu ne m'en as jamais parlé.

— Tu m'aurais crue ?

— J'aurais trouvé quelqu'un qui t'aide.

— Il y a aussi eu mon père, deux fois, il était debout au fond du jardin et il lui tenait la main. Un homme plein de gentillesse accordant à une enfant morte l'affection qu'il n'a jamais donnée à sa propre fille. C'était injuste.

— Ce n'était pas réel. Un premier médecin a soigné tes blessures avec tout un cocktail de médicaments, puis un second a traité ton traumatisme psychologique avec un autre de ces cocktails.

— Je n'étais pas folle.

— Je n'ai jamais dit ça.

— Tu l'as insinué si souvent que je pensais être en train de le devenir.

— Les innombrables comprimés que tu avalais alors auraient donné à n'importe qui des hallucinations. »

Alice se retourna. C'était une tiède soirée d'août, pourtant elle frissonna, elle se sentait trop exposée. Elle aurait voulu que Chris s'en aille. Et en même temps, elle aurait voulu qu'ils se blottissent l'un contre l'autre comme autrefois lorsqu'ils s'avouaient leurs craintes dans le noir. Le fantôme de cette enfant avait été le premier secret à se glisser entre eux. Alice aurait eu honte d'en parler, son effondrement physique et psychologique pesait déjà suffisamment comme ça sur les épaules de Chris. Peut-être était-ce là que le cancer des cachotteries s'était déclaré : angoisses inexprimables tournant en disputes minables, fissures s'élargissant sous l'effet des silences glacés qui s'ensuivaient.

« Je croyais qu'elle était en colère contre moi parce que j'avais mis fin à sa vie, dit Alice. Maintenant je pense qu'elle se sentait simplement intimidée et seule dans l'au-delà, et qu'elle avait compris que je l'étais aussi. La première fois j'ai eu peur ; puis, la voir par la fenêtre est devenu étrangement réconfortant. Il n'y avait personne dans la maison, j'attendais que tu rentres, ou que Miriam passe me raconter les ragots du quartier.

— Tu as parlé à Miriam de tes visions ?

— Ne sois pas idiot. Miriam est aussi superficielle que ses bécasses de filles. » Alice traça distraitement un cœur sur la vitre. « Je crois que Brygida aimait trop sa mère pour hanter cette pauvre femme. Mais elle et moi, nous sommes comme des jumelles. Les jumeaux se fichent de se faire du mal, car ils savent qu'ils ne s'en font qu'à eux-mêmes.

— Dis-moi que tu ne la vois plus.

— Je l'ai aperçue l'année dernière sur un escalier roulant du centre commercial de Dundrum, avec des écolières qui bavardaient autour d'elle. Je ne sais pas si elles, elles la voyaient. Elle ne s'est pas retournée, mais si elle l'avait fait, je lui aurais souri : je crois que c'est tout ce qu'elle a jamais voulu. Elle me souriait du fond du jardin, un sourire à vous briser le cœur. Je n'ai commencé à me remettre que lorsque j'ai trouvé le courage de lui sourire à mon tour, alors nous sommes devenues complices. »

Alice comprit que Chris choisissait soigneusement ses mots :

« Est-ce qu'il t'est arrivé de penser que cela pouvait être un signe de culpabilité ? »

Alice retourna s'asseoir devant la coiffeuse. Elle boutonna lentement le chemisier qu'elle avait longuement hésité à choisir.

« Je me suis sentie tellement coupable pendant des années, que si j'étais incapable de sortir de la maison, c'était, entre autres raisons, parce que je ne pouvais simplement pas affronter le jugement que j'aurais lu dans les yeux de nos voisins en marchant dans la rue. Les thérapeutes, lors de leurs onéreuses consultations, me rassuraient, mais le soir, allongée dans cette chambre, je me sentais réellement seule, et je revivais l'accident. J'ai commencé à guérir le jour où j'ai compris que cette enfant ne me condamnait pas. C'est elle qui a couru tout droit devant la voiture, inconsciente de ce que cela provoquerait.

— Ce n'était pas réel, mais une apparition provoquée par les médicaments.

— Pour moi, son fantôme était réel. J'ai vu ce que j'ai vu. Mais je ne la vois plus : je vois quelqu'un d'autre.

— Que veux-tu dire ? »

Alice releva les yeux, la panique l'envahit.

« Un jour où elle était derrière la fenêtre, j'ai posé les deux mains à plat sur la vitre et j'ai dit à haute voix : “Oublions-nous, nous devons maintenant avancer chacune de notre côté.” Brygida a levé les mains elle aussi et elle a souri, et son fantôme a disparu, ou du moins n'est-il plus jamais venu me hanter. Je me suis alors juré d'arrêter de me flageller à propos de tout et de rien. Je suis revenue de l'enfer. Voilà pourquoi j'ai besoin de sortir et de m'occuper. Tu ne comprends pas ? J'ai trop peur, si je ne bouge pas, de repartir en arrière.

— Sophie et moi avons nous aussi vécu l'enfer pendant ces années-là, dit Chris. J'aurais marché sur des charbons ardents pour t'aider à aller mieux.

— Et pourtant, certains jours, tu étais comme un gardien de

prison qui serait entré dans ma cellule avec un plateau-repas. Ça me dévastait de t'entendre trimer dans la cuisine, brûlant les plats les uns après les autres, quand j'aurais tellement voulu être en bas et vous préparer à manger, à Sophie et à toi. Tu me nourrissais, mais par moments je sentais bien que tu refusais de me pardonner la mort de cette enfant. C'est pour ça que tu es là maintenant, à essayer de me gâcher la soirée. »

Alice savait qu'elle se montrait délibérément injuste, mais elle avait besoin d'énerver Chris. S'il se mettait en colère, elle se sentirait moins proche de lui et cela lui donnerait la force de sortir. Au lieu de cela, il la regarda comme une âme en peine.

« J'étais seulement venu te dire bonsoir, dit-il.

— Je n'avais même pas décidé de ce que j'allais faire ce soir.

— Ce qui ne t'a pas empêchée de te préparer longuement.

— Quelle idiote je fais de croire que pour une fois tu me laisseras m'échapper librement, dit-elle, s'en voulant plus à elle-même qu'à lui.

— Tout ce que je veux c'est que tu sois heureuse. » Chris s'agenouilla près d'elle. « Ça me démolit, que tu m'aies un jour comparé à un gardien de prison. Je t'en prie, sors, va voir tous les amis que tu veux.

— Trop tard, dit-elle, les yeux pleins de larmes. Je ne peux plus.

— Pourquoi ?

— Tu as gâché la joie que je m'en faisais.

— Je ne quitterai pas cette chambre tant que tu ne m'auras pas promis d'y aller. »

Elle détourna les yeux, fâchée de le voir fâché. Si elle restait, Chris en souffrirait, et si elle sortait, ils en souffriraient tous les deux, mais comment avait-elle laissé sa vie atteindre une telle complexité ?

« La seule chose qui compte, c'est que tu te sentes de nouveau en forme », insista-t-il.

Alice lui prit la main, la serra fort dans la sienne, décidée à rester et à combler l'abîme en lui parlant ouvertement. Mais à ce moment-là il lui caressa les doigts et s'aperçut que quelque chose manquait.

« Où est ta bague de fiançailles ? demanda-t-il d'un ton soupçonneux. Et ton alliance ?

— Je ne peux pas porter de bijoux en ce moment, répondit-elle, sur la défensive. Ça m'irrite la peau. J'ai essayé la crème à la cortisone, et ça ne marche pas. Dermatose… nouveau symptôme de la ménopause. » Elle le regarda tendrement, essayant de trouver une issue à la situation impossible dans lequel elle s'était mise.

« Peut-être que je vais rester, Chris, dit-elle. Ces gens que je devais aller voir… ce n'est pas vraiment notre genre.

— Tu dois y aller, insista-t-il encore. Sinon je m'en voudrai. Je suis ravi que tu te sois fait de nouveaux amis. » Il se leva, hésitant, inquiet de la réaction qu'elle aurait s'il l'embrassait, puis pressa doucement les lèvres sur son front. « J'essayerai de m'endormir avant que tu rentres, et si je n'y arrive pas, de toute façon je ne monterai pas te déranger. Et maintenant je vais aller chez Ronan pour te laisser respirer. Dis-moi seulement que tu ne vois plus le fantôme de cette enfant.

— C'est du passé.

— N'importe qui ferait des rêves bizarres, isolée comme tu l'étais. Sors et amuse-toi bien. »

Alice le regarda s'éloigner dans le miroir. Elle le vit descendre l'escalier, la laissant totalement seule, face à elle-même. Elle resta plusieurs minutes immobile, assise à la place du juge. Elle ne voulait ni approuver ni condamner. Elle voulait seulement faire ce qu'elle s'était promis de faire : vivre dans l'instant. Voici ce qu'elle était : une femme vieillissante qui avait besoin de découvrir certaines choses sur elle-même. Elle arriverait en retard, pourtant elle ne pouvait se dépêcher. Quand elle allait vite, elle devenait nerveuse, et tout alors prenait encore plus de temps. Fixant son visage dans la glace, Alice appliqua lentement une dernière couche de fond de teint afin que la cicatrice de sa joue droite devienne, pour qui n'en connaissait pas l'existence, presque invisible.

Chapitre quinze

Ronan

Dimanche 5, dix-neuf heures trente

Ronan laissa Kim répondre au coup de sonnette. Cela lui donnait le temps d'écouter sans se montrer la voix de celui ou celle qui venait d'arriver et d'endosser le personnage approprié. Il était encore sous le choc de sa conversation de l'après-midi avec Paul Hugues et se sentit soulagé en entendant la voix de Chris. Avec lui, il s'en sortirait toujours. Kim offrit de faire du café et de le leur apporter. Quand Chris lui demanda pourquoi elle ne se joignait pas à eux, elle écarta son offre.

« J'ai promis à ma sœur de skyper avec elle, dit-elle, puis elle sourit, soudain gênée. Deux adultes vivant chacune à l'autre bout du monde, mais qui se regardent sur l'écran en riant pour des bêtises, comme deux enfants assises sur un mur. »

Ronan apparut, il avait choisi le ton de la plaisanterie.

« Tu as fini de draguer ma femme ?

— Kim me promet le meilleur café de Blackrock.

— Et moi, le meilleur cognac. Il faut absolument que nous vidions cette bouteille de Hennessy.

— Pourquoi ?

— Pour que je puisse la briser sur le crâne de Jiri. Il est en train de devenir plus irlandais qu'un Irlandais. Il fait des promesses d'Irlandais… son plâtrier n'est jamais venu. Et de toute façon, ce n'était même pas son plâtrier mais un type qu'Ezal lui avait recommandé, peut-être parce qu'il touchait une commission. On ne sait jamais, on ne peut jamais faire confiance à personne. »

Kim et Chris échangèrent un bref regard, mais ce fut suffisant pour que Ronan comprenne qu'il s'était trahi. Il y avait eu un temps où il aurait pu facilement boire quatre cognacs sans que personne ne s'en aperçoive.

« Je prendrai un cognac avec le café, dit Chris, mais c'est tout, ensuite tu te débrouilles seul.

— Quel formidable associé tu fais, à m'abandonner comme ça devant l'épreuve. » Ronan repartit en riant dans le bureau, assez lentement pour saisir ce que Kim murmurait, inquiète.

« Je crois que son rendez-vous s'est mal passé. Essaye de ne pas le laisser trop boire. »

Ronan ne releva pas. Il ne voulait pas donner à Chris l'occasion de l'interroger à propos de Paul Hugues. Il se sentait maintenant moins affolé que quatre heures plus tôt. Quatre heures suffisaient à se remettre d'une déception. Son père avait toujours dit que celui qui ne trouvait pas de nouvelle issue en un tel laps de temps était une mauviette succombant à l'autoapitoiement. Il se tourna vers Chris. « Assieds-toi. La nuit ne fait que commencer et le café de Kim est vraiment exceptionnel.

— Tu as de la chance. »

Ronan servit le cognac. « On a la chance qu'on mérite. »

Chris fixait les verres. « Hé là, doucement !

— Tu ne pourrais jamais faire d'affaires en Russie : chaque marché se conclut à coups de vodka.

— Grâce à Dieu nous sommes de simples oligarques de Blackrock. Comment s'est passé le rendez-vous ? »

Ronan haussa les épaules, indifférent. « Hugues a toujours été un petit con, même à l'école.

— Ce qui veut dire ?

— Il est temps que toi et moi nous commencions à réfléchir à la façon des commissaires-priseurs. À chercher à ce que plus d'un poisson morde à l'hameçon. Ça ne commence à être amusant que lorsque plusieurs proies sont prises dans le filet.

— Nous ne faisons appel à aucun commissaire-priseur. Nous avons déjà un acheteur. » Chris semblait inquiet.

Ronan savait que la situation exigeait du tact et de l'alcool. « Je dis seulement que si Hugues cherche à jouer serré, il y a des tas de gens qui se damneraient pour acheter la maison que nous sommes en train de construire.

— Nous avons passé un accord avec Hugues. On dit que les prix pourraient baisser.

— C'est ce que racontent les chroniqueurs qui essayent de stimuler les ventes de leurs journaux et les reporters du service public de radio-télévision dont la calvitie progresse en même temps que leur carte du Parti travailliste irlandais se périme. Notre économie finira forcément par connaître un atterrissage en douceur, mais cela n'arrivera pas avant encore dix ans. »

Il s'arrêta, Kim venait d'entrer et installait devant eux le plateau avec le café et une assiette de sablés qu'elle avait faits elle-même. Que Chris soit incapable de cacher le plaisir qu'il prenait à la regarder enchantait Ronan. Kim sourit à son mari.

« Ne monte pas trop tard.

— Je ne le retiendrai pas longtemps, promit Chris. Bonsoir, Kim.

— Mes amitiés à Alice. »

Les deux hommes la regardèrent sortir sans plus rien dire. Miriam serait restée à bavarder avec eux pendant un bon quart d'heure, sans pour autant faire perdre à Chris le fil de ses idées. Ronan savait que son voisin avait momentanément oublié la maison en construction, car à la mention d'Alice, une expression de solitude était passée sur son visage.

« C'est drôle, remarqua Chris, j'habite juste à côté et je

n'ai pas l'impression de connaître Kim. J'ai d'abord pensé qu'elle était timide, puis j'ai compris que c'était autre chose. Mais quoi ?

— C'est à moi que tu le demandes ? » Ronan appuya sur le piston de la cafetière. Le café sentait délicieusement bon, une odeur qui lui rappela, sans qu'il le veuille, la première fois où il avait pu se permettre de descendre dans un bon hôtel avec Miriam, leur joie, leur étonnement devant toutes ces choses alors nouvelles pour eux.

« Tu l'as épousée, dit Chris. Si quelqu'un la connaît, c'est toi.

— Je pensais connaître Miriam.

— Kim émane la sérénité. Sans penser à mal, je ne dirais pas qu'on pouvait associer ce mot à Miriam. Vivre dans la maison voisine, c'était comme être obligé d'écouter le commentaire détaillé de votre vie de couple. Maintenant, on aurait plutôt l'impression d'habiter à côté d'un monastère trappiste.

— Notre relation semblait si tendue que ça ?

— Un vrai match de sélection de championnat du monde des poids lourds. Même Don King serait allé se cacher dans le séchoir au milieu des serviettes. »

Ronan lui tendit une des tasses John Rocha Black Pico, les préférées de Miriam.

« C'était dur pour Emer et Lauryn de grandir au milieu de tout ça. Je ne sais pas pourquoi nous nous sentions obligés de crier ; nous savions déjà ce que l'autre allait dire. La moitié du temps, il ne s'agissait pas de disputes, mais de préliminaires.

— Vous deviez avoir une sacrée vie amoureuse, voilà tout ce que je peux dire. »

Ronan rit. « On a eu de bons moments. Les contrôleurs aériens étaient obligés de dérouter les avions volant à basse altitude chaque fois que Miriam voulait bien enfin atteindre l'orgasme.

— Et avec Kim ? »

Ronan le jaugea comme un faucon sa proie. « C'est une question très personnelle.

— Et déplacée. Excuse-moi. »

Ronan profita de la gêne de Chris pour remplir à ras bord le verre de son voisin sans que ce dernier proteste. Ainsi, Chris oublia Hugues, mais Ronan, lui, ne le pouvait pas. Il devait ce soir jongler avec une dizaine de problèmes et se méfiait des solutions hâtives. Seule la patience d'un maître stratège permettrait aux bons scénarios de se développer.

« Les gens pensent que Kim est timide, dit Ronan, en fait elle est indépendante, elle ne veut rien. C'est ce qu'il y a de plus difficile entre nous. Je n'ai pas la moindre idée de ce que je peux lui donner. Je te le dis à toi, parce que nous nous connaissons depuis longtemps. »

Chris rit. « Je me souviens de l'époque où tu roulais des clopes à base de plantes pour les vendre aux élèves de seconde, persuadés qu'il s'agissait de joints.

— Au lieu de me renvoyer temporairement, ils auraient mieux fait de me demander de donner des cours sur l'esprit d'entreprise. C'est ce que mon père, quand il a été convoqué dans son bureau, a dit au proviseur. De toute ma vie, il n'a en dehors de ce jour-là jamais pris mon parti. Il rugissait comme un lion défendant son petit. Le père Flaherty avait l'habitude de voir des parents le menacer de porter plainte, mais il ne s'était jamais trouvé en face d'un homme qui semblait prêt à le balancer par la fenêtre.

— J'espère pour lui que Flaherty a évité de résumer la situation en latin, comme il en avait l'habitude.

— Il a essayé, et Papa a grogné et lui a lancé un regard implacable. Je m'étais mis en mauvaise posture, pourtant c'était la première fois que je sentais mon père fier de moi. Pour être honnête, j'avais jusque-là toujours eu un peu honte de lui, j'évitais qu'on nous voie ensemble dans cette école où tous les autres pères étaient sur le point de devenir avocats de la Couronne ou avaient été approchés pour un poste de ministre. Ce jour-là, quand nous sommes sortis du bureau de Flaherty ensemble, nous marchions la tête haute. Flaherty avait un physique d'elfe au sang bleu qui aurait fait passer Louis le Brocquy pour un haltérophile bulgare sous stéroïdes. Il ne pensait pas que l'esprit d'entreprise soit nécessaire à ses élèves : leurs pères avaient suffisamment d'influence pour assurer leur avenir.

— Paul Hugues a quand même dû y apprendre comment faire des affaires, lança Chris. Il possède la moitié de Dublin. »

Ronan ne put s'empêcher de déverser sa rancœur. « Hugues n'a jamais construit que des consortiums d'investisseurs, avec de vieux potes qui comptent sur lui pour mettre à profit des sommes empruntées. Tout ce qu'il possède a été réhypothéqué, à l'exception de son ridicule catogan.

— Il veut toujours acheter notre maison ?

— Voulons-nous vraiment la lui vendre, à lui ?

— C'est l'unique raison pour laquelle nous l'avons fait construire.

— Nous l'avons fait construire pour qu'Alice et toi partiez d'ici et qu'Alice ne regarde plus jamais Kim de haut.

— Alice ne regarde jamais personne de haut.

— Vraiment ? » Ronan le fixa d'un air ironique, comme il avait vu son père le faire dès qu'il voulait déconcerter ses interlocuteurs.

« Alice regrette Miriam, c'est tout », dit Chris d'un ton las.

Ronan hocha la tête, reprit une expression qui se voulait empathique. « À moi aussi elle me manque, dit-il doucement. Bien que je ne laisse pas Kim le savoir. Quand tu perds quelque chose, c'est pour toujours. Souviens-toi de ça.

— Tu éludes toutes mes questions, dit Chris en vidant son verre. Pourtant avant que je parte, dis-moi seulement une chose. Est-ce que je dois m'inquiéter à propos de Hugues ?

— Je répondrai à tout ce que tu me demanderas, mais qu'est-ce qui te presse ? Alice est sortie. Où m'as-tu dit qu'elle allait ?

— À Cabinteely, retrouver des gens de son club de tennis.

— Double mixte dans le noir, hein ?

— Ce n'est pas drôle. » Chris était sur la défensive, tendu, il ne pouvait le cacher. « Alice a le droit de vivre sa vie.

— Et toi aussi. Je plaisantais. Tu n'as rien à craindre. Alice est une femme bien.

— Je le sais.

— Alors portons un toast à Alice et à Kim. Lève ton verre. »

Chris secoua la tête. « Non, je t'assure, ça me va comme ça.

— N'aie pas peur, je ne rapporterai pas.

— Je n'ai pas peur. »

Ronan tendit la bouteille.

« Lève ton verre et prouve-le. »

Chapitre seize

Chris

Dimanche 5, vingt-trois heures

Il était onze heures du soir. Chris ne se rappelait pas quand il avait arrêté de protester que les verres étaient trop pleins et qu'il voulait rentrer. Il était dans la maison de Ronan, Ronan donnait le rythme. Pour une fois, Chris était décidé à le suivre. Rien ni personne ne l'attendait chez lui que la solitude, des heures à se demander où pouvait être Alice. Le lendemain était un jour férié : il pourrait rester couché et soigner sa migraine.

Il avait renoncé à essayer de parler affaires : ce soir, il n'obtiendrait aucune réponse. Il ne supportait qu'à petites doses la compagnie de Ronan et ses fanfaronnades, mais il était secrètement soulagé de pouvoir s'échapper un moment. Être avec Ronan impliquait de passer des tests de virilité tacites, que Chris semblait destiné à rater. Dès que Ronan posait les yeux sur quelque chose, il fonçait, soutenant que, dans la vie, seules deux qualités s'avéraient nécessaires, le culot et les couilles. Il obtenait toujours ce qu'il voulait parce qu'il n'analysait pas le pourquoi et le comment. Il se donnait des objectifs. Quand il tombait, il se relevait et il recommençait. À l'école, le mot « non » ne faisait pas partie de son vocabulaire. Chris le revoyait dans les boîtes, draguant inlassablement, sans se laisser décourager par les rebuffades. Mais à la fin de la soirée, Ronan disparaissait toujours en entraînant une fille consentante vers une cabane de jardin ou un salon. Et le lendemain il ne se vantait pas de ses soi-disant exploits. Une fois que Ronan avait obtenu ce qu'il voulait, c'était déjà oublié, noyé dans son désir de tirer le maximum de la vie.

Il semblait à Chris que si Ronan n'avait jamais échoué en rien depuis qu'ils avaient quitté le lycée, c'était parce que le concept d'échec lui-même lui était étranger. Les affaires dans lesquelles il se lançait avaient parfois capoté, mais Ronan semblait alors les considérer comme de simples tremplins, et de précieux apprentissages. Même la faillite de son mariage avait été transformée en un nouveau départ. Miriam avait fourni à Ronan une certaine stabilité ; Kim lui redonnait une aura d'inconséquence juvénile. Elle était très souriante, mais en présence de Chris ne disait pas grand-chose. Elle donnait l'impression de considérer la vie comme une série de compromis négociés, d'acomptes sur le bonheur. Chris se demandait ce que cela faisait d'être traitée d'épouse sur catalogue par toutes celles qui, à Blackrock, étaient persuadées que Ronan était trop immature pour affronter une vraie femme. Chris trouvait pourtant Kim bien réelle, et très attirante, ce qu'il n'aurait jamais avoué à Alice.

Est-ce que Kim aimait Ronan ? C'était un mystère qu'il ne pouvait résoudre. Est-ce qu'Alice l'aimait encore ? C'était une question à laquelle il avait trop peur de répondre. Ces derniers temps, quand Alice se retirait dans la rétrospection anxieuse, elle disait souvent qu'il devait avoir une vie à lui. C'est ce qu'il faisait en buvant avec Ronan, car il n'avait nulle part d'autre où aller. À leur âge, il était plus facile pour les femmes de nouer de nouvelles amitiés. Les femmes se déplaçaient en groupe, au théâtre, aux clubs de lecture. Les hommes ne s'invitaient pas au restaurant. Ils jouaient au golf, ils buvaient dans les pubs, et finissaient invariablement par écouter des inconnus raconter des conneries.

Chris et Ronan avaient vidé la bouteille de Hennessy. Ronan sortit de son bar lambrissé de chêne un cognac encore plus cher.

Chris posa la main sur son verre, mais Ronan lui versa une triple dose entre les doigts. Acceptant sa défaite, Chris se mit à rire. Ronan semblait avoir pour projet immédiat de les soûler autant qu'il le pourrait. Alice aurait détesté voir Chris dans cet état, sachant que le lendemain, il se sentirait malade à en crever. Mais peut-être était-il temps de commencer à faire des choses qu'Alice désapprouvait.

Où était-elle ce soir ? C'était de la folie que de l'imaginer avec un autre homme, pourtant Chris n'avait encore jamais entendu parler de ses nouvelles amies. *Sans toi, je ne voudrais pas vivre en ce monde*, disait Alice pendant les années difficiles qui avaient suivi l'accident de voiture. *Tu es mon point d'équilibre*. Le besoin qu'elle avait de lui était si intense que Chris s'en sentait parfois étouffé, pourtant il cachait son épuisement, rentrait le plus vite possible pour essayer de lui remonter le moral. Il était heureux qu'elle se soit remise, mais comprenait seulement maintenant la profondeur de son amour d'alors. Seule la conscience aiguë qu'il avait de son absence avait pu le lui faire comprendre.

Il pensait que Kim dormait, mais elle revint dans le bureau dire à Ronan qu'elle allait se coucher et regarder la télévision. Avec l'antenne parabolique qu'ils avaient installée à l'arrière de la maison, elle avait accès à des centaines de chaînes. Chris se demanda si certaines émissions lui rappelaient les Philippines : des épisodes de *Friends* suivis dans une cuisine pleine de monde où elle riait avec ses sœurs au sein d'un univers qui ne ressemblait en rien à celui du lit à deux places et de l'écran plasma géant sur lequel la série était rediffusée. Kim avait dix-neuf ans de moins que Ronan et faisait dix ans de moins que son âge, mais elle n'était pas une jeune épouse docile. Ronan avait parfois laissé entendre qu'elle était capable de se mettre dans des fureurs à côté desquelles les scènes de Miriam paraissaient anodines. Chris avait du mal à imaginer Kim en colère.

Et dans son ivresse, il avait tout autant de mal, alors qu'elle se déshabillait au-dessus d'eux, à ne pas imaginer son corps. Mais il ne voulait pas s'attarder sur ce qu'on devait ressentir quand on savait qu'une partenaire consentante vous attendait dans votre chambre, et que toute récrimination disparaîtrait sous des baisers fiévreux.

Chris avait souvent entendu Miriam et Alice discuter des frasques de Ronan : le week-end où il avait disparu, le préservatif utilisé que Miriam avait découvert dans son sac de golf, et la goutte d'eau qui avait fait déborder le vase : le jour où Miriam avait trouvé en rentrant chez elle sa brosse à dents encore mouillée car une autre femme venait de l'utiliser. Miriam disait toujours en riant qu'Alice avait de la chance d'avoir épousé un saint. Peut-être était-ce là le problème, les femmes ne voulaient pas d'un saint. Elles pouvaient ne pas vouloir d'un salaud fini, mais elles voulaient un homme d'action. Chris avala une gorgée de cognac, se laissa transporter dans un état bienheureux. Ronan racontait des conneries, mais Chris ne l'écoutait qu'à moitié, il examinait les plans de la maison en construction posés sur le bureau. Il aimait l'impression d'ordre qu'ils donnaient, les tracés nets des lignes de niveau, la localisation des évacuations, des canalisations, les mesures intérieures des pièces.

« Ça semble simple, une maison sur plan, dit-il. Un monde réglé comme une horloge, sans êtres humains qui se disputent derrière les murs.

— Celle-ci n'existe pas que sur le papier, répondit Ronan. Elle est presque finie. Nous avons même battu le petit fonctionnaire prétentieux de vendredi.

— Quel fonctionnaire ?

— Un inspecteur du travail qui était allé voir un immeuble en construction à Monsktown. En général, ces types ne remarquent pas les petits chantiers comme le nôtre, mais cette espèce de nazi a repéré notre échafaudage par hasard. Il a déclaré qu'il ne correspondait pas aux normes de sécurité et nous a interdit de continuer.

— Tu ne me l'as jamais dit.

— Si les entrepreneurs suivaient les normes, la moitié des travaux de construction de ce pays seraient interrompus. Le toit était fini, et en quelques heures les murs seraient enduits. Les fonctionnaires ne travaillent jamais les week-ends fériés. C'est pour ça que j'ai mis la pression à Jiri à propos du plâtrier. Je ferai venir Andrzej demain. À quoi bon démonter l'échafaudage alors qu'il faudra le remonter pour les trois heures restantes ? Tout sera fini demain, et mardi l'échafaudage aura disparu. Quand l'inspecteur reviendra, il n'aura plus rien à interdire.

— Et si Andrzej ne vient pas demain ?

— Si ça t'inquiète, je peux aller enduire moi-même immédiatement. Tu resteras à côté, une lampe torche dans une main, la bouteille de cognac dans l'autre.

— J'ai le vertige, surtout sur les échafaudages branlants.

— Il n'y a aucun risque. L'inspecteur du travail ne faisait que justifier son existence trop bien payée. » Ronan se leva. « Allez, viens.

— Arrête, protesta Chris. On ne va pas aller passer de l'enduit à cette heure-ci. »

Ronan choisit en riant deux cigares dans une boîte de bois ancienne. « Tu as raison, on va juste se passer la bouteille. » Il entra dans la serre et se dirigea vers les portes-fenêtres qui donnaient sur le jardin. « Je sors fumer en cachette. Suis-moi, et apporte le cognac.

— J'ai assez bu comme ça.

— Erreur, tu as trop bu, ce qui veut dire qu'une dernière goutte et un havane ne changeront plus grand-chose. » Ronan alluma son cigare dans le patio, exhala la fumée. Il posa sur la marche une boîte d'allumettes et un second cigare.

« Attends d'être dehors pour le fumer, ne mécontentons pas la maîtresse de maison.

— Il faut d'abord que j'aille aux toilettes.

— Viens avec moi baptiser le mur de la nouvelle maison. Ou pisse dans les buissons. Pourquoi Dieu aurait-il inventé les buissons si ce n'était pas pour les grands hommes qui ont des petits besoins ? Mais pas un œil en direction de la fenêtre de ma chambre. J'ai déconseillé à Kim de se promener en sous-vêtements, seulement voilà, nos femmes ne nous écoutent pas.

— Je ne ferais jamais ça, dit Chris, furieux. Pour qui tu me prends ? »

Ronan tira une autre bouffée et regarda en direction de la serre avec ce rire moqueur qu'il avait déjà quand ils étaient à l'école.

« Pour quelqu'un qui se crucifie parce qu'il ressent les mêmes désirs que n'importe quel homme normal. »

Ronan disparut dans le clair de lune. S'il allumait le deuxième cigare que Ronan lui offrait, Chris allait avoir le lendemain aussi mal à la gorge qu'à la tête. Et malgré tout, il le ramassa, non sans avoir au préalable pris la bouteille sur la table, puis il empocha les allumettes et il sortit derrière Ronan. Il s'étonna de se sentir si chancelant. Les étoiles avaient disparu du ciel d'été. Sa vessie était pleine, mais il lui manquait trop d'énergie pour rejoindre Ronan devant le mur de la maison. Il posa le cognac par terre, ouvrit sa braguette à l'abri d'un cerisier du Japon. Tandis qu'il déversait un flot d'urine sur le sol, il remarqua que le store de la chambre de Ronan n'était effectivement pas complètement baissé. Kim – ou du moins la moitié inférieure de son corps – était de l'autre côté de la fenêtre, en petite culotte blanche. Elle se pencha au-dessus du lit, probablement afin de plier un vêtement. Il ne put réfréner le désir qui l'envahit. La lumière s'éteignit soudain, et Chris se sentit déçu, puis déconcerté par l'impression que Kim ne s'était pas couchée mais qu'elle les observait de derrière le store, qu'il n'était plus le voyeur mais celui que l'on épiait. Un bruissement, le son de quelque chose que l'on traîne par terre, provint du fond du jardin. Alors Ronan poussa un cri inquiet, et le malaise de Chris s'aggrava. Il remonta sa braguette en espérant que Ronan ne l'avait pas surpris en train de mater sa femme. La voix s'éleva à nouveau dans le noir, mais cette fois à peine plus qu'un murmure.

« Seigneur Jésus. Chris, viens vite. »

Chris trouva l'ouverture qui avait été faite dans l'ancien mur et pénétra dans le chaos de son jardin. Seul le bout incandescent du cigare que Ronan venait de jeter permit à Chris de le repérer. Il était recroquevillé sous l'échafaudage dans l'allée qui longeait la nouvelle maison. Il se balançait d'avant en arrière, en proie à une détresse qui ne lui ressemblait pas.

« Qu'est-ce qui se passe, Ronan ? Dis-moi que ce n'est pas une crise cardiaque.

— Je suis mort de trouille. Qu'est-ce qu'on va faire ?

— À propos de quoi ? »

Ronan releva la tête. « Éclaire-nous avec ton téléphone. »

Ronan s'appuya contre le mur. Dans la pâle lueur qui émanait de son écran, Chris aperçut les gravats et les sacs de ciment vides jonchant l'étroit passage. Une botte d'ouvrier traînait au milieu des débris, lacets attachés, couverte de poussière grise. La lumière de son téléphone s'éteignit. Il le ralluma, s'agenouilla à côté de Ronan et prit seulement alors conscience de ce que la botte contenait un pied. Il vit la forme d'une jambe, puis un torse. Il passa devant Ronan, écarta les sacs, toussa, les yeux irrités par le nuage de ciment qui s'éleva alors. Un homme était allongé sur le dos, visage intact, yeux grands ouverts, pleins de stupeur.

« Il n'a pas l'air blessé, murmura Chris.

— Je ne pense pas qu'il soit de cet avis, mais il ne peut plus nous le dire, répondit Ronan d'un ton grave. Il a dû tomber en arrière de là-haut. Son crâne a heurté cette pierre, regarde, elle est couverte de sang. Nous avions l'intention de dégager tous ces débris lorsque l'échafaudage serait démonté. »

Chris craqua une des allumettes qu'il avait gardées dans sa poche et vit que la tête de l'homme avait cogné contre un caillou pointu. Ronan tremblait.

« Quand Jiri promet un plâtrier, le plâtrier arrive.

— C'est lui ?

— Qui veux-tu que ce soit d'autre ?

— Tu veux dire qu'il est là depuis le début de la soirée ?

— Comment le saurais-je ? J'étais en train de pisser quand j'ai baissé les yeux et que je l'ai vu. Je l'ai recouvert du mieux que j'ai pu et je t'ai appelé.

— Pourquoi lui avoir caché le visage ?

— Je ne pouvais pas supporter son regard.

— Et tu n'as rien trouvé de mieux qu'un sac de ciment ? »

Ronan releva les yeux, l'incrédulité qui pointait dans la question de Chris le vexa, ce qui lui permit de se reprendre. « On n'est pas dans un hôpital de campagne, mais sur un chantier non assuré.

— Il faut appeler une ambulance.

— Oui, j'imagine qu'il le faut. » Il y eut un silence à peine perceptible, une intonation indéchiffrable dans la voix de Ronan. « Enfin, si tu en es sûr.

— Qu'est-ce que tu racontes ? Ce type est mort.

— Justement, à quoi une ambulance lui servirait-elle ?

— Je vais vomir. Pourquoi est-ce que tu nous as fait boire comme ça ?

— Dessoûle et réfléchis de façon rationnelle avant de faire le numéro des secours. Tu devras vivre avec ce qu'il résultera de ce geste jusqu'à la fin de tes jours. »

Chris craqua une autre allumette et observa le visage de l'ouvrier. Il semblait approcher la quarantaine, peut-être l'avoir dépassée. De toute évidence, ses cheveux noirs de jais étaient teints.

« Tu es certain qu'il est mort ? »

Ronan poussa Chris en avant. « Vérifie toi-même. »

Chris s'agenouilla, d'abord trop effrayé pour le toucher. S'il était dans le coma, chaque minute comptait. Mais Chris savait qu'il n'y avait plus rien à faire. Était-il mort sur le coup, ou avait-il passé des heures à souffrir seul dans cet étroit passage ? Son visage de cire était recouvert d'un véritable film de poussière, dans laquelle le doigt de Chris laissa un trait. Quand il s'écarta, nauséeux, désorienté, le sol tangua. Il s'appuya contre le mur pour reprendre l'équilibre avant de vomir silencieusement, puis regarda Ronan.

« Comment s'appelle-t-il ?

— Je ne sais pas vraiment. La moitié de ces types prennent un nom qui n'est pas le leur. Ce sont des immigrés sans papiers assez malins pour se débrouiller, on les paye en liquide sans leur poser de questions. Jiri dit que c'est un solitaire qui va d'un chantier à l'autre. Ezal lui a fait parvenir un message par le bouche-à-oreille, demandant à quelqu'un de lui demander de venir finir ce mur. Mais je ne suis pas convaincu que Jiri ait été sûr qu'il vienne.

— On n'a qu'à téléphoner à Jiri. »

Ronan le regarda attentivement. « Je croyais que tu voulais appeler une ambulance. Tu es chez toi, c'est toi qui décides.

— De quoi tu parles ?

— Il faudra que tu assumes les conséquences de ton choix.

— Pour une fois, Ronan, dis ce que tu penses.

— Si tu tiens absolument à l'ambulance, fais-la venir.

— Tu veux dire que je ne devrais pas ?

— C'est dans ton caractère de toujours faire ce qu'il faut. Je me demande simplement quel intérêt il y a ce soir à faire ce qu'il faut. Si tu appelles les secours, l'inspection du travail nous tombera sur le dos. Et nous serons tous foutus, surtout toi et Alice.

— La seule chose qui compte, c'est qu'il y a un homme étendu mort devant nous.

— Et en quoi cela l'aidera-t-il qu'Alice et toi perdiez tout ce que vous possédez après avoir été traînés en justice ? Je donnerais tout ce que j'ai pour ramener ce pauvre bougre à la vie. »

Chris laissa sa tête retomber, tremblant, appuyé de tout son poids contre le mur.

« Ça m'étonnerait.

— Tu as raison. Je donnerais beaucoup, mais pas tout, et toi non plus, honnêtement ? Est-ce que gâcher la vie d'Alice ne compte pas ? Nous faisions l'objet d'un arrêt de chantier, souviens-toi. Tu as contrevenu à la loi.

— Tu disais que l'échafaudage était sûr, alors pourquoi est-il tombé ?

— Il a pu trébucher, avoir une crise cardiaque. Tout ce dont nous sommes certains c'est qu'Alice et toi en serez tenus pour responsables.

— Je n'ai rien à voir avec la bonne marche du chantier, protesta Chris.

— Je sais, mais légalement, c'est à toi que tout incombe. L'accident s'est déroulé sur ta propriété, la demande de permis de construire est à ton nom. Les promoteurs immobiliers font appel à des équipes entières d'avocats pour ne pas avoir d'ennuis. Mais les tabloïdes adorent les boucs émissaires, et les grands titres hurleront que ta cupidité a tué un innocent. Alice a été malade pendant des années parce que, à la suite de l'accident où elle a tué cette petite Polonaise, son nom s'est étalé en première page des journaux. Si tu fais en sorte que ça recommence, tu crois que cet homme reviendra à la vie ?

— Tu n'es pas blanc comme neige toi non plus, dit Chris, que la panique empêchait de réfléchir.

— Je ne nierai pas avoir joué le rôle de commanditaire, répondit Ronan. Moralement, j'accepterai ma part de blâme, mais je n'apparais dans aucun document officiel. Le fond de mon jardin a même été mis à ton nom. Rien ne pourra changer le fait qu'il est tombé d'un dangereux échafaudage monté sur ton terrain, et ton assurance ne couvrira pas le dommage. Tu n'achèteras pas de nouvelle maison à Alice, tu braderas même la tienne afin de payer les frais de justice. »

Chris essaya de se redresser et de se dégager du nuage d'alcool qui embrumait son cerveau.

« J'ai la tête qui tourne.

— Décide-toi, Chris. Appelle les flics, ou appelle Alice. Mais sache qu'ensuite ta vie ne sera plus jamais la même. »

Entendre Ronan mentionner le nom de sa femme glaça Chris jusqu'au sang. S'il pouvait affronter un procès, il était incapable de mettre Alice au courant de ce qui se passait. Ce que Ronan envisageait était forcément condamnable, mais Chris ne savait pas ce que son voisin avait en tête.

« Recouvre son visage », dit-il. Il s'assit, immobile, puis, lentement, il regarda Ronan dans le clair-obscur. « Qu'est-ce que tu proposes ?

— Si ce type avait une famille, il avait coupé les ponts avec elle. Mais cela n'empêchera pas tout un tas de parents d'affluer, ils se matérialiseront miraculeusement pour te faire un procès. Tu ne sauras même pas s'ils ont de véritables liens avec lui ou s'il ne s'agit que d'une bande d'escrocs. Jiri croit que notre homme n'est pas venu. Je l'ai appelé tout à l'heure pour me plaindre de son absence.

— Tu as appelé Jiri sans venir vérifier ?

— Je voyais par la fenêtre qu'il n'y avait personne sur l'échafaudage.

— Quand l'as-tu vraiment trouvé ? demanda Chris, soudain pris de soupçons. Tu m'as volontairement soûlé, c'est ça, hein ? Alice m'avait bien dit que si je m'associais avec toi, ça finirait par mal tourner. »

Ronan attrapa Chris par les épaules. « Pour une fois, juste une fois, pense par toi-même. Personne ne peut prendre cette décision à ta place, à moins que tu ne veuilles impliquer Alice, en faire une complice. Je viens de le voir, quand je suis descendu pisser ici. Mais qui y aura-t-il pour dire qu'il est venu ? Qui remarquera qu'il a disparu, comme il le fait souvent, d'après ce que dit Jiri ?

— Tu es fou.

— Un type en randonnée pendant un long week-end tombe et se fracasse le crâne, c'est plausible, non ? Je connais dans les monts Wicklow un endroit où il faudra des jours avant que quelqu'un le retrouve.

— Tu veux qu'on l'abandonne dans la nature ?

— Si des parents endeuillés se montrent, nous pourrons, par l'intermédiaire d'un prêtre, faire un don anonyme. Avec ça, sa famille rentrera millionnaire dans le pays d'où elle vient. Les bénéfices que nous ferons en vendant cette maison seront à eux. »

Chris tenait à peine sur ses jambes. Il regarda Ronan.

« Je ne t'ai jamais aimé, tu le sais ? Depuis toujours je t'ai laissé me tyranniser.

— Je ne m'aime pas non plus, Chris. Mais je fais ce qu'il faut pour protéger ma famille. Je ne te tyrannise pas. J'essaye d'empêcher qu'Alice perde sa maison.

— Alice te déteste.

— Mais moi, au moins, elle ne me traite pas de dégonflé.

— Fais attention à ce que tu dis.

— Et toi, apprends à penser comme un immigré est obligé de le faire, apprends à affronter les choix. Tu n'as jamais entendu les hommes de Jiri parler entre eux dans leur mauvais anglais ? Il n'est question que de petite ou de grosse benne ou du prix du camion. Toutes leurs conversations restent au ras des pâquerettes. Ça ne fait pas d'eux des gangsters, ça veut simplement dire qu'ils vivent dans le monde réel, où la vie est une succession de problèmes qu'ils doivent résoudre pour pouvoir envoyer de l'argent chez eux. Ils marcheraient à travers le feu pour protéger leurs familles. Tu as toujours pu emprunter le chemin le plus sûr, mais nous devons tous parfois faire des choses dont nous ne sommes pas fiers. Alors, exceptionnellement, réfléchis en émigré. »

Chris s'agenouilla près du cadavre. Il voulait fermer les yeux de l'homme, pourtant cette fois, il avait peur de le toucher.

« Je suis ce que je suis, déclara-t-il. J'appelle une ambulance.

— Un homme intègre, que je respecte. Mais avant… appelle Alice et dis-le-lui.

— Je le ferai.

— Qu'est-ce qui t'arrête ? »

Chris ouvrit son portable, mais sa main tremblait tellement qu'il le laissa tomber. Il le ramassa et quand il voulut composer le numéro de sa femme, ses doigts se figèrent, paralysés. Ronan prit l'appareil.

« Laisse-moi faire. Tiens, ça va sonner. »

Chris lui arracha le téléphone avant que la sonnerie se déclenche. Il s'aperçut qu'il pleurait, sur le mort ou sur lui-même, il ne savait pas trop. Il couvrit le visage de l'homme avec un sac et regarda Ronan.

« Alice ne doit jamais savoir. Bon, et maintenant, qu'est-ce que je fais ? »

Chapitre dix-sept

Chris

Lundi 6, une heure du matin

Chris n'avait jamais conduit ivre. Pourtant il se sentait plus sobre que vingt minutes plus tôt lorsqu'ils avaient déposé le corps dans son coffre. Plus que l'alcool, c'était une terreur affolante qui courait dans ses veines à l'idée de l'énormité de ce qu'ils étaient en train de faire. Ses doigts sentaient le caoutchouc des gants de cuisine qu'ils avaient mis pour transporter le cadavre. Ses paumes restaient si moites qu'il devait constamment les essuyer sur sa chemise pour réussir à tenir le volant. Non qu'il ait su où il allait. Chaque fois qu'il arrivait à un croisement il prenait automatiquement à gauche, aussi la voiture parcourait-elle une boucle continue sur Carysfort Avenue, Annaville Terrace, Newton Park et Temple Road. Quand ils eurent fait trois fois le même tour, le moteur cala en plein milieu de Carysfort Avenue. Paralysé par son incompétence, Chris n'arriva pas à se dire qu'il devait redémarrer. À côté de lui, Ronan gardait résolument le silence, refusant de prendre la situation en main.

« Tu as l'intention de le déposer ici ? demanda-t-il finalement, les yeux tournés vers la chaussée déserte.

— Et toi, où proposes-tu que nous le cachions ?

— Nous ne sommes pas des tueurs à gages qui planquent le cadavre… nous sommes d'honnêtes citoyens qui tentent de régler une situation malheureuse qu'ils n'ont pas provoquée. Il y a des tas d'endroits tranquilles où nous pouvons l'emmener. »

Ronan pianota contre la vitre. Même quand ils se seraient débarrassés du corps et qu'il arriverait chez lui, Chris ne s'y sentirait plus chez lui. Tout ce qui lui restait d'intimité partagée avec Alice aurait disparu. C'était un secret trop grave à confier, et trop écrasant à garder.

« Je vais encore être malade », annonça-t-il calmement.

Il n'y avait personne dans Carysfort Avenue. Il s'agenouilla sur la plate-bande au bord de la chaussée et il vomit. L'herbe avait été coupée. Avec autant de soin que la pelouse parfaitement entretenue de la maison devant laquelle ils étaient arrêtés. Chris contempla la fenêtre du salon où les lampes étaient encore allumées, éclairant un tableau vide de bonheur domestique. Ronan sortit de la voiture.

« Il n'y a plus rien dans mon estomac, dit Chris. Mais j'ai encore envie de vomir.

— Le quartier est sous surveillance de voisinage, c'est évident. Il y a sûrement un type habillé d'un de ces tee-shirts bleus de milice privée qui nous surveille avec ses jumelles.

— Je ne peux pas retourner dans la voiture. »

Ronan haussa les épaules. « D'accord. Tape à cette porte et demande si nous pouvons enterrer un mort de nationalité et de nom inconnus dans leur massif de fleurs.

— Arrête de faire le malin.

— Alors arrête de faire comme si rien ne se passait. Conduis-nous où tu voudras. Alice a toujours dit que tu te laissais trop facilement commander. Pour une fois que tu as l'occasion d'être le patron, profites-en. Quoi que tu décides, je m'y plierai. »

Ils étaient restés un quart d'heure garés en face du poste de police de Blackrock. De temps à autre, une voiture de patrouille arrivait ou partait. Un homme qui promenait tardivement son chien passa devant eux sans les regarder. Ronan fumait, il attendait que Chris ait fini d'examiner les différentes éventualités s'offrant à lui. La mort était accidentelle, mais ils avaient négligé les consignes de sécurité, embauché des ouvriers sans assurance et contrevenu à un ordre d'arrêt de chantier. Les promoteurs construisaient sans problèmes des résidences sur des terres inondables, et ils utilisaient des sociétés écrans pour ouvrir des comptes à l'étranger. Chris n'avait ni soutien juridique ni aucune expertise en la matière. Il serait crucifié.

Le plus raisonnable, et le plus moral, aurait été de pousser la porte du poste avant de s'enferrer dans une situation encore plus grave. Mais peut-être était-il déjà trop tard. Comment expliquer qu'il avait paniqué au point de déplacer le corps et de le transporter, avec dans le sang dix fois le taux d'alcool autorisé ? Comment justifier la présence de la pelle que Ronan avait posée dans le coffre, sans donner à Chris le moindre indice quant à l'utilisation qu'il comptait en faire ? Une voix lancinante quelque part dans sa tête exigeait de savoir comment il avait pu faire une chose aussi stupide. Ce n'était pas celle d'un avocat, mais celle d'Alice dans ses moments de fureur. Avec elle, tout fonctionnait selon un mouvement de pendule. Sortir de sa chrysalide avait constitué un processus au cours duquel elle l'avait fait passer de la position d'oracle à celle d'idiot. En aidant Ronan à déposer ce corps sans vie dans son coffre, il avait avalisé cette opinion et il allait perdre le peu de respect qu'elle conservait pour lui. Ronan se taisait, abandonnant Chris dans son jardin de Gethsémani. De l'autre côté de la rue, une cellule de commissariat attendait, avec dépositions, prises de sang et vérification du taux d'alcool, ruban adhésif jaune autour de la maison en construction et prélèvements effectués par la police scientifique sur une scène de crime potentielle. Tout cela, Chris était capable de l'affronter. Mais Alice non, il ne le pouvait pas.

« Où à Wicklow ? » demanda-t-il doucement.

Ronan écrasa sa cigarette. « Il y a des sentiers qui descendent à pic vers la cascade, dans les bois de la vallée du Diable. Un endroit où n'importe qui peut trébucher, et tomber.

— C'est à quarante-cinq kilomètres.

— Exactement. Suffisamment près, et suffisamment loin. »

Chris voulut redémarrer, mais ses doigts tremblaient trop. Ronan tendit la main, l'aida à tourner la clé.

« Tu as pris ta décision, dit-il, maintenant il faut agir. »

Cette route avait été autrefois celle d'escapades enfantines, lorsqu'ils allaient à bicyclette aux bains de Dun Laoghaire avec leurs serviettes et leurs maillots, ou qu'ils prenaient le bus jusqu'à Bray en compagnie de jeunes adolescentes. Elle avait maintenant un caractère cauchemardesque. Chris regardait devant lui la chaussée vide. Deux fois son téléphone sonna. Il savait qu'Alice était rentrée et s'étonnait de son absence. Peut-être n'était-ce pas plus mal qu'elle ait ainsi un avant-goût de ce que ce serait s'il n'était pas tout le temps là. Le silence continua de régner tandis que la nationale 11 pénétrait dans l'épaisse forêt de Glen of the Downs. Un silence qui cachait un murmure de plus en plus intense. Chris tendait constamment l'oreille, au cas où un bruit viendrait du coffre. Il jeta un coup d'œil à Ronan. Même s'ils s'en sortaient indemnes, ils seraient liés à jamais par ce secret.

« Pourquoi est-ce qu'on a pris ma voiture ? demanda-t-il enfin.

— Mon coffre est plein, une vraie poubelle.

— Je n'ai presque plus d'essence, mais si on s'arrête dans un garage, nous serons sur les vidéos de surveillance. » Il s'interrompit. « Je n'aurais jamais cru prononcer ce genre de phrase un jour.

— Ce qui reste suffira. Prends à gauche. »

C'était une bretelle d'accès à un pont routier. Ronan indiqua une voie étroite qui partait d'un rond-point, à peine assez large pour que deux voitures puissent s'y croiser.

« Où allons-nous ?

— Il faut me faire confiance, Chris. Désormais nous en saurons assez tous les deux pour nous incriminer l'un l'autre.

— Quand nous aurons vendu la maison d'en bas et que je déménagerai, je ne veux plus jamais te voir.

— Pas mal, comme enterrement d'une longue amitié », fit remarquer Ronan.

Chris lui lança un coup d'œil. « Nous n'enterrons rien du tout, et je me demande pourquoi tu as mis une pelle dans le coffre. »

Ronan haussa les épaules. « Juste au cas où.

— Au cas où quoi ?

— Ralentis. Il y a un petit chemin, là à gauche. » Ronan attendit que Chris ait tourné. « Notre homme est tombé au cours d'une randonnée. C'est simple. Pas de crime, pas de châtiment.

— Il n'était pas vraiment du genre à faire du trekking, dit Chris sombrement.

— Ne sois pas raciste. Tu ne sais rien de lui. Le prochain sentier que tu dois prendre est si étroit que tu risques de le rater. »

Chris s'arrêta et contempla la chaussée envahie d'herbe où il n'était pas certain que sa voiture pourrait passer. Elle avait été goudronnée autrefois, mais les nids-de-poule étaient si gros qu'il ne restait pratiquement plus aucune surface bitumée.

« Suis l'arrête centrale, conseilla Ronan. Va lentement, il ne faut pas que les branches rayent la peinture de ta carrosserie.

— Je croyais qu'on allait dans la vallée du Diable.

— Dans la vallée du Diable, d'éventuels randonneurs pourraient témoigner que le corps n'était pas là à la tombée de la nuit. Je connais un endroit où on ne le trouvera pas avant plusieurs jours. »

Chris descendait la pente prudemment. Son problème n'était pas de conduire, mais de rester éveillé. L'adrénaline due à la peur était retombée. Il ne ressentait que les séquelles de l'alcool qui coulait encore dans ses veines. Il avait beau avoir l'estomac vide, il devait lutter contre l'envie de vomir. Rien ne semblait réel, pourtant ses sensations étaient exacerbées, comme intensifiées artificiellement. Il avait besoin d'air frais, mais il craignait de baisser sa vitre, au cas où une branche lui entrerait dans l'œil.

« J'ai l'impression de me faire manipuler, dit-il.

— Je ne t'oblige qu'à te salir les mains comme nous le faisons tous, répondit Ronan. Si tu n'étais pas un tel cul béni, Alice n'aurait pas besoin d'aller chercher ailleurs quelques émotions fortes.

— Ça suffit, ferme-la, dit Chris.

— Je dis tout haut ce que tu penses tout bas. Un type qui, à l'école, suit un cursus de lettres classiques plutôt qu'une formation de comptable pense forcément que tout lui est dû. »

Chris était perdu. Sans Ronan, il ne serait jamais capable de retrouver cet endroit. Il ne se sentait pas à égalité, pourtant Ronan avait raison : il ne demandait qu'à se soumettre, afin d'échapper à toute responsabilité. Un bourdonnement perpétuel résonnait dans sa tête. Il avait envie de dormir. Il devait continuer de conduire et prier pour que ce cauchemar prenne fin. Mais cela n'arriverait pas. La peur des représailles le poursuivrait toute sa vie.

« Éteins tes phares », dit Ronan. Chris vit devant eux un cottage, et la lumière d'une fenêtre éclaira un panneau qui indiquait *Chemin privé, faites demi-tour*.

« Comment connais-tu cet endroit ? demanda-t-il.

— Je le connais, c'est tout. »

Le sentier descendait en pente raide, Chris coupa le moteur, la voiture se glissa tous feux éteints dans l'ombre. Quand elle s'arrêta, quelque deux cents mètres plus bas, il redémarra, soudain conscient du froid qui régnait à l'intérieur. Allumer le chauffage avec un cadavre dans le coffre semblait impossible. Il frissonna.

La petite maison d'où Alice lui envoyait des textos qui restaient sans réponse lui apparaissait comme un monde où jamais plus il ne pourrait retourner. Les doutes l'assaillaient. Et si cet homme avait été poussé ? Et s'il y avait une dispute dont Chris ne savait rien, un deal de drogue qui avait mal tourné ? Ce type n'était peut-être même pas le plâtrier qu'ils attendaient. Sans enquête policière, il ne saurait jamais s'il ne s'agissait pas d'un étranger qui avait été tué ailleurs et déposé mort sur sa propriété. Le clair de lune éclairait à peine suffisamment pour conduire sans phares. Ils roulaient maintenant sur des ornières. À leur droite, une rangée de pins avait été abattue, laissant une balafre dans la forêt obscure. Le sentier s'arrêtait devant un vieux mur, où des ajoncs poussaient entre les pierres descellées. Chris coupa une fois de plus le moteur. Ronan prit la bouteille de cognac, en avala une gorgée, la lui tendit.

« Le coup de l'étrier, dit-il.

— J'ai assez bu.

— Si moi j'en ai besoin, je pense qu'il t'en faut le double. »

Chris laissa une longue goulée d'alcool lui descendre dans la gorge, brûlante. Il rendit la bouteille à Ronan.

« On va vraiment faire ça ? demanda-t-il.

— Qu'est-ce que tu crois ? » Ronan regardait fixement le pare-brise. Chris comprit qu'il avait peur, tout autant que lui.

« Ronan… quand on sera de retour…

— Rien de tout cela n'est jamais arrivé. »

Ronan avait répondu d'une voix forte, mais même un battement d'ailes d'oiseau aurait semblé bruyant dans cette obscurité. Les deux hommes sortirent de la voiture.

« Ce mur a été élevé pour éviter aux promeneurs de tomber sur les rochers de la rivière qui coule tout en bas, dit Ronan. Jette un coup d'œil. »

Chris s'avança prudemment. La barrière de pierre s'était effondrée en tant d'endroits différents qu'on ne pouvait pas s'y fier.

Il choisit une ouverture et, tout en se retenant à un buisson, il regarda les rochers déchiquetés qui bordaient le cours d'eau. Une vue impressionnante. Quand il voulut reculer, il sentit les bras de Ronan se refermer sur lui et le pousser au-dessus du vide.

« Qu'est-ce que tu fais ? »

À quelques centimètres de son oreille, Ronan murmura : « J'explore les limites de la confiance. Si tu tombes, tu te brises le cou. Il me suffit d'un geste.

— Putain Ronan, lâche-moi.

— Si je te lâche tu tombes. Est-ce que tu as assez confiance en moi pour être sûr que je vais t'écarter de ce précipice ? Ton avenir en dépend… Alors ? »

Son ton était celui de la plaisanterie, des mots chuchotés comme dans un échange sexuel où se jouait une question de pouvoir. Était-ce pour cela que Miriam l'avait quitté ? Y avait-il eu une face cachée de leur vie privée que Chris et Alice n'avaient jamais perçue ?

« Je suis venu jusqu'ici, non ?

— Mais que se passera-t-il quand tu auras dessoûlé et que ta conscience te rongera ? Jusqu'à quel point est-ce que moi, je peux te faire confiance ? Pour l'instant, je contrôle la situation, mais une fois que je t'aurai laissé t'en aller, tu pourras détruire ma vie en décidant de parler. Alors réponds à ça : as-tu jamais trompé Alice ?

— Occupe-toi de ce qui te regarde, bordel. »

L'étreinte de Ronan se resserra. « Tout ce qui te concerne me regarde, car soudain, nous partageons un secret. Alors dis-moi : as-tu jamais, en vingt ans, baisé une autre femme ?

— Non.

— Tu en as sûrement eu envie.

— En avoir envie et le faire sont deux choses différentes.

— Ce qui te laisse particulièrement inexpérimenté dans l'art occulte du mensonge quotidien que la plupart des gens pratiquent. Comment puis-je être certain que tu ne vas pas tout déballer à Alice ?

— Tu n'as pas le choix.

— Si. Je peux te balancer par-dessus ce mur. »

Ronan se pencha en avant et ils faillirent tomber. Le sol boueux glissait. Chris essaya de reprendre pied mais les pierres s'éboulèrent sous lui. Il cria quand les mains de Ronan s'ouvrirent. Puis, une seconde plus tard – ou peut-être une effrayante fraction de seconde –, Ronan le rattrapa et le tint si serré que si Chris tombait, il tomberait avec lui. Peu à peu, Ronan trouva la force de les faire reculer tous les deux. Il ne lâcha Chris que lorsqu'ils se furent écroulés ensemble devant la voiture.

« Tu aurais pu nous tuer », dit Chris d'une voix haletante. Il se mit tant bien que mal à genoux près de Ronan et lui donna un coup de poing en pleine figure. Ronan fit la grimace puis il lui immobilisa le bras d'une main de fer.

« Je préfère ça, dit-il. Tes couilles sont enfin descendues.

— Ne m'approche plus », siffla Chris. Il dégagea sa main et se dirigea vers la voiture. Ouvrit le coffre, contempla le corps recouvert de sacs en plastique. Il fallait qu'il réfléchisse, mais Ronan, qui se relevait, continuait de le provoquer.

« Alice sait garder des secrets. Elle embrassait délicieusement ; et cet été-là, après les examens de fin d'études, elle en voulait vraiment. Des tétons parfaits, qui avaient d'abord du mal à pointer, mais ensuite durs comme du bois. Je parie qu'elle ne t'a jamais dit que nous avions été ensemble. Je n'ai jamais compris comment elle a pu devenir amie avec Miriam : c'est pour Miriam que je l'ai laissée tomber. Miriam m'a fait vivre l'enfer avant que je puisse dégrafer son soutien-gorge, mais j'aime les défis, Alice était trop facile. Elle n'a voulu partir au Canada que parce qu'elle ne pouvait pas supporter de voir Miriam embrasser un garçon pour qui elle mouillait encore.

— Ta gueule. J'ai toujours détesté ta putain d'arrogance.

— Eh bien je te donne une chance de prendre ta revanche. » Ronan recula jusqu'à l'endroit où étaient écroulées des pierres recouvertes de boue. « Je suis à ta merci, tu me pousses et je tombe. Si Alice veut déménager, c'est parce qu'elle n'en peut plus de vivre dans la maison voisine de celle d'un homme qu'elle déteste avoir encore dans la peau. Un mec sait toujours ce genre de choses à propos des femmes qu'il a sautées.

— Je t'ai dit de la fermer.

— Si tu as l'intention de foutre ma vie en l'air, ne le fais pas en allant jacter avec les flics à propos d'un ouvrier dont ni toi ni moi nous n'avons rien à foutre. Tue-moi maintenant, pour Alice.

— Ne me provoque pas, je pourrais vraiment te pousser.

— Peut-être que je veux en finir. J'ai merdé. Je rapporterai plus à Kim mort que vivant.

— Tu as une maison magnifique.

— Mais simultanément hypothéquée jusqu'à la garde auprès de trois banques différentes. Leurs directeurs ne se préoccupent même plus de demander les actes de propriété. Ils sont trop occupés à calculer leur commission. »

Les deux hommes sursautèrent en entendant sonner le téléphone de Chris.

« Alice s'inquiète, dit Chris. Je ne reste jamais si tard dehors.

— Elle s'inquiétera encore plus quand elle découvrira que toutes ses économies sont parties en fumée. Paul Hugues nous a baisés tous les deux. Après l'avoir vu, cet après-midi, j'ai eu envie de foncer sur la jetée de Bullock Harbour et de plonger dans la mer avec ma voiture. Au lieu d'être le type qui s'occupe tout le temps de tout le monde, pour une fois me montrer égoïste, et me suicider.

— Tu veux dire que j'ai tout perdu ?

— Tu n'es pas rapide, mais pas complètement sourd non plus.

— Putain, je vais te tuer.

— Regarde les choses en face, Chris, tu n'arrives même pas à nouer tes lacets. »

Chris se pencha vers le coffre, la pelle tinta contre la porte métallique. Près du mur, Ronan tressaillit, soudain nerveux.

« Qu'est-ce que tu as l'intention de faire ?

— Tu dis que tu veux mourir. Pourquoi est-ce que je laisserais à ces rochers le privilège de te briser le crâne ? »

Ronan se retourna vers le vide. « C'est tentant, hein ? Si on me retrouvait mort ici, au moins n'aurais-je pas à retourner vers Kim les mains vides. Mais je n'ai pas le courage de sauter, et toi tu n'as pas celui de me pousser.

— Je n'aurais jamais pensé être capable de transporter un cadavre jusqu'ici.

— Allez, un bon coup de pelle, et on n'en parle plus. » La voix de Ronan semblait maintenant exempte d'émotion, rêveuse, enivrée. « Et ensuite balance ce pauvre bougre sur moi. On croira qu'en nous battant nous sommes tombés tous les deux. Kim touchera le jackpot avec mon assurance-vie, et toi tu pourras vendre cette fichue maison tout seul, avec un max de profit. Tu vas y arriver, ou tu préfères rester un minable indécis comme ton père l'était ?

— Parce que tu crois que le tien était si balèze que ça ? dit Chris, furieux. Je me souviens d'un cul serré, d'un misérable connard crachant ses glaires dans le hall d'Avoca House comme s'il avait été au coin de Kilburn Street.

— Mon père avait de sacrées couilles, répondit tranquillement Ronan. Demande à Alice la taille des miennes. Les femmes n'oublient jamais la première bite qu'elles se sont enfilée.

— Alice était vierge quand nous sommes sortis ensemble. »

Ronan se mit à rire, les yeux de nouveau tournés vers le vide. « D'un certain côté de son anatomie, peut-être, malgré mon charme persuasif. »

Chris s'avança. La tentation de lever la pelle était trop forte, les vieux ressentiments accumulés se coagulaient en une haine farouche.

« Je vais te briser le crâne, connard. »

L'ivresse fit vaciller Ronan, il ouvrit les bras pour reprendre l'équilibre. « Tu en es incapable. Un homme, un vrai, aurait ouvert la tête d'un certain faux cul qui se vante sans arrêt devant Paul Hugues de ce qu'Alice lui court après, complètement amourachée, faisant de toi la risée générale du dimanche soir. »

Ils crièrent tous les deux quand Chris bondit en avant et abattit la pelle – la détournant au dernier moment – à quelques centimètres de Ronan. Des étincelles illuminèrent la nuit au passage des pierres dévalant la falaise. Si Chris ne l'avait pas instinctivement rattrapé, au risque d'être entraîné lui aussi dans le vide, Ronan serait tombé. Ils atterrirent l'un sur l'autre dans l'herbe humide. Chris s'attendait à une engueulade ou un coup de poing. Mais Ronan se contenta de reprendre son souffle. Chris comprit que ce halètement était aussi une tactique destinée à leur laisser le temps de s'ajuster mentalement au subtil glissement de pouvoir qui avait lieu entre eux.

« J'ai vraiment cru que tu allais me tuer, dit Ronan, impressionné.

— Qui est ce connard dont Hugues prétend qu'il court après Alice ? »

Le portable de Chris sonna encore.

« Oublie Paul Hugues et ses ragots, et demande-toi plutôt si une femme qui ne t'aime pas t'appellerait aussi souvent ? dit Ronan. Alice est malade d'inquiétude. »

Les deux hommes attendirent que le téléphone se taise. Le silence de la nuit se réinstalla.

« Qu'a dit Paul Hugues ? »

Ronan haussa les épaules. « Tu crois qu'une fripouille comme lui connaît mieux ta femme que toi ? Il a juste balancé quelques vannes. Probablement après l'avoir vue boire un verre dans un pub avec des amis. Hugues adore remuer la merde. Alice t'aime, et si tu ne l'aimais pas, tu ne serais pas ici à essayer de nous sortir du pétrin.

— Pourquoi me dis-tu seulement maintenant, au bout de tant d'années, que vous êtes sortis ensemble, Alice et toi ?

— J'essayais peut-être de te provoquer pour que tu me fasses tomber en bas de cette falaise. Il m'arrive à moi aussi d'avoir des instants de faiblesse… je me sens par moments enterré vivant sous toutes ces conneries de responsabilités et de dettes. J'avais peut-être besoin de jouer à la roulette russe pour m'éclaircir les idées. J'ai mis le canon du flingue contre ma tempe et tu devais appuyer sur la détente, mais j'ai survécu, parce que tu es à peu près mon seul véritable ami. Maintenant je me sens prêt pour un nouveau départ. Le suicide est la solution des lâches. » Ronan le regarda en face. « Je n'en ai rien à foutre de Hugues, ni de rien d'autre. Quelque catastrophique que soit la situation, toi et moi, nous ne sommes pas des lâches, hein ? »

Chris repoussa Ronan, qui pesait encore de tout son poids sur lui. Pantelant, il se leva.

« Puisque nous devons vider ce coffre, autant le faire tout de suite.

— Tu as vraiment des couilles, mec, dit Ronan en se redressant précautionneusement. Alice a eu de la chance, quand elle t'a rencontré. Miriam le disait toujours.

— Ta gueule, Ronan. »

Ronan ouvrit la portière et sortit le cognac.

« Non merci, dit Chris.

— C'était pour moi. » Ronan but longuement, puis il écarta la bouteille de sa bouche et respira profondément. Les mains tremblantes, il sortit deux paires de gants de caoutchouc, en tendit une à Chris. « Tu prends les jambes. »

Le cadavre semblait plus raide et plus lourd que lorsqu'ils l'avaient soulevé la première fois. Sous le poids du torse, Ronan s'arc-bouta. Ils s'approchèrent d'une des ouvertures du mur. Chris ne baissa pas les yeux vers le visage de l'homme. Ils ne comptèrent pas jusqu'à trois, ils ne se donnèrent aucun signal préalablement établi. Ils le lâchèrent simplement et regardèrent le corps rebondir lourdement dans la pente, puis s'immobiliser sur les rochers près de la rivière. Chris ramassa la pelle et retourna à la voiture.

« Monte, ordonna-t-il. Et cette fois je ne veux pas entendre un seul putain de mot. »

Chapitre dix-huit

Chris

Lundi 6, deux heures trente du matin

Ils gardèrent le silence pendant quasiment tout le trajet du retour – conspirateurs complices, gardiens du destin l'un de l'autre. Chris ne se libérerait jamais de Ronan tant qu'ils partageraient ce secret. L'alcool le rendait encore nauséeux, et en même temps il ne s'était jamais senti si sobre. Il jeta un coup d'œil à son passager. Comment avait-il pu être assez fou pour confier les économies de toute leur vie à un tel homme ? Ronan lui avait volé bien autre chose que l'argent mis de côté pour assurer leur avenir. Chris n'était plus celui qu'il avait été jusqu'alors, immergé dans les petites querelles d'une vie ordinaire qui était maintenant celle d'un étranger. Il avait voulu protéger son ancien mode de vie en commettant un acte criminel, mais il comprenait maintenant que jamais il ne pourrait s'y réadapter. Ronan regardait droit devant lui, impassible. Il attend que je craque, se dit Chris. Il sait que je ne serai jamais ce qu'il appelle un vrai mec. Combien de secrets fallait-il détenir pour devenir un vrai mec ? Quels autres tests de virilité fallait-il passer ? Savoir contourner les règles, tricher sur les impôts et ruser avec les représentants de la loi, gérer des affaires et – le plus important – atteindre un niveau d'amnésie où vous vous absolviez de tous vos péchés antérieurs ?

Quand ils quittèrent la nationale 11 pour prendre Clonkeen Road, il finit par briser le silence.

« Qu'est-il vraiment arrivé à mes économies ? »

Ronan répondit d'un ton prudent. « Je ne te mentirai pas : les premiers trente mille euros sont allés droit dans la poche de Paul Hugues il y a quelques semaines.

— Tu es fou, ou quoi ?

— Non, cupide. Certaines opportunités semblent si profitables que tu joues tout ce que tu as. Hugues m'a proposé d'entrer dans le consortium qui finance la mise en valeur de la propriété de sa mère. Le terrain lui-même vaut des millions. Il disait vouloir que d'autres investisseurs en prennent la tête, afin de pouvoir rester dans l'ombre et ne pas être accusé d'arnaquer sa vieille mère. »

Chris le regarda.

« Je t'ai confié mon argent en toute bonne foi.

— Et je l'ai investi en toute bonne foi, sachant que même les plus petites parts de ce consortium allaient quadrupler de valeur. On allait enfin jouer dans la cour des grands. J'ai fait de toi mon investisseur secret car je ne pouvais pas réunir une telle somme par moi-même, mais j'étais convaincu qu'un énorme profit nous était garanti à tous les deux.

— Je ne voulais pas d'un énorme profit ; je voulais construire sans prendre de risques une petite maison de ville. Et les trente mille euros que je t'ai remis hier ?

— J'en ai donné dix mille à Jiri pour les salaires de ses hommes, qui commençaient à s'énerver et n'auraient autrement peut-être pas démonté l'échafaudage avant le retour de l'inspecteur du travail. Le reste a servi à payer les matériaux que Jiri nous a procurés à un prix dérisoire. J'ai découvert seulement ensuite où il achetait tout ça. Depuis des semaines, Hugues ordonne à ses chefs de chantier de brader tout ce qui n'est pas définitivement installé. Il met de l'argent de côté avant que les banques nomment un administrateur judiciaire. Hugues est fauché comme les blés. Il m'a lancé ça à la gueule quand nous nous sommes retrouvés hier, puis il a plaisanté à propos de l'amour qui s'est réveillé en lui pour son ancienne femme, la journaliste du courrier du cœur, depuis qu'il a mis à son nom tous ses actifs performants. J'avais envie de tuer cet enfoiré. Il y a des années que je veux descendre ce nabot.

— Et tu l'as fait ? »

Ronan haussa les épaules, plus découragé que Chris ne l'avait jamais vu. « Personne ne joue du poing au Playwright Inn. Mon père, lui, l'aurait fait. Il l'aurait étranglé. Mais je ne suis pas mon père. Je suis resté assis là et j'ai accepté ce qu'il m'apprenait, comme une fille qui se fait larguer et sait qu'elle ne peut s'en prendre qu'à elle-même parce qu'elle a cru aux flatteries trompeuses d'un beau parleur. Au lieu de me mettre en colère, je me suis senti minable et stupide de l'avoir laissé se servir de moi. Quand il a hoché la tête devant son verre vide et dit qu'il ne me refuserait pas l'occasion de pouvoir me vanter auprès de mes petits-enfants d'avoir offert à Hugues son dernier verre au Playwright Inn, je me suis levé humblement pour aller lui commander une double vodka-tonic. Ensuite j'ai marché vers la porte le plus dignement possible et je me suis écroulé près de ma voiture, où personne ne pouvait me voir, et j'ai vomi tripes et boyaux. » Il se tourna vers Chris. « J'ai merdé, mec. On est dans le trou, mais je nous sortirai de là.

— Qu'est-ce qui va se passer pour Paul Hugues ?

— Les administrateurs judiciaires vont s'emparer de ses chantiers la semaine prochaine. Je pensais qu'il était un trop gros gibier pour se faire avoir, mais en réalité, avec le projet d'aménagement de la propriété de sa mère, il jouait son dernier coup de dés. Ce projet lui a permis d'emprunter de l'argent à toute la ville, en offrant une part dans son consortium à des petits investisseurs comme moi, car les banques et les gens sérieux le laissaient tomber les uns après les autres. Il a dépensé tout ce qu'il arrivait à faire rentrer pour payer Pierre pour qu'il soudoie

Paul pour que Paul continue de faire marcher les chantiers en attendant que commence l'aménagement du domaine familial. C'était un pari risqué, mais qui aurait pu rapporter gros, si sa mère n'avait pas découvert la véritable raison pour laquelle il voulait la parquer dans une petite maison au fond de ton jardin. Le problème de Paul est qu'il n'a jamais été légalement propriétaire de ce terrain ; il pensait seulement que sa vieille maman signerait tous les papiers qu'il lui mettrait sous le nez. Mais même à son âge, Mrs Hugues s'avère être une coriace. N'oublie pas que c'est une protestante qui a dû se convertir pour être autorisée à se marier lors d'une cérémonie sinistre qui s'est déroulée sans témoins dans une sacristie. De tels affronts vous forgent le caractère. En mars, Paul lui a envoyé une carte de fête des mères. Elle y a répondu le mois dernier par une lettre de son avocat. Elle sait à peine en quelle année on est, mais ces fragiles vieilles dames au sang protestant sont différentes de nous. Même à moitié gagas, elles connaissent encore la vraie valeur de la terre.

— Elle ne s'installera pas dans la maison que nous avons construite ? demanda Chris, bien qu'il connaisse déjà la réponse à sa question.

— Non. Elle a fait des démarches pour être mise sous protection judiciaire et changé son testament afin de déshériter le petit salaud. » Ronan regarda Chris. « Nous trouverons un acheteur ; il faut simplement qu'on finisse les travaux. Tu as déjà déblayé des gravats ?

— Dis-moi que tu plaisantes.

— Il n'y a pas de honte à faire un peu de sale boulot. La faillite de Hugues nous aidera peut-être, car dans l'équipe de Jiri, beaucoup vont perdre leur emploi. Je ne peux plus les payer cash, mais si nous leur faisons miroiter un sérieux bonus en fin de course, ils continueront à travailler pour nous. Nous pourrons vendre cette maison pour une fortune dès que nous aurons trouvé deux idiots qui ont envie de se lancer dans la bataille.

— Et si nous ne les trouvons pas ?

— Nous les trouverons. Les commissaires-priseurs ne veulent pas effrayer les acheteurs en admettant que le marché ralentit, mais Blackrock reste Blackrock. Tu récupéreras tout, jusqu'au dernier centime.

— J'ai perdu bien autre chose que de l'argent », dit Chris.

Ronan hocha la tête. « J'en suis désolé, mais ton innocence, comme ta virginité, finit par devenir un fardeau si tu la gardes trop longtemps. Nous la perdons tous et ce faisant nous découvrons comment le monde fonctionne.

— Ça, je l'ai toujours su. Ce que je ne sais pas, c'est de quoi je suis capable.

— Les types bien font des trucs moches pour protéger leur famille, dit Ronan. Nous devons laisser tout ça loin derrière nous. »

Chris regarda la route. Vingt-quatre heures plus tôt, apprendre que ses économies avaient été dilapidées l'aurait anéanti, alors que maintenant, c'était à peine si son cerveau avait enregistré la nouvelle. L'image qui le tourmentait n'était même pas celle d'un cadavre regardant vers le ciel du fond du ravin de Wicklow : c'était Ronan adolescent en train d'embrasser Alice tandis que ses doigts déboutonnaient son chemisier, puis caressaient son téton dur. Trente ans avaient passé depuis. Comment pouvait-il être en proie à cette jalousie irrationnelle dans un moment pareil ? Pourtant il s'agrippait des deux mains au volant pour s'empêcher de donner un autre coup de poing à Ronan. Quand ce dernier lui indiqua de tourner à droite sur Kill Lane, alors que cela les éloignait de Blackrock, il resta silencieux. Puis il suivit les rues vides comme son passager le lui indiquait jusqu'à ce qu'ils arrivent sur le front de mer, à Monkstown. Après lui avoir demandé de se garer à cent mètres de Dart Station, Ronan contempla la gare et ses issues fermées.

« J'ai monumentalement merdé, dit-il ensuite, si doucement qu'il semblait se parler à lui-même.

— Oui. Alice et moi avons lésiné sur tout, mis de côté sou après sou pendant des années. »

Ronan se tourna vers lui, décontenancé. « Tu récupéreras ton argent. Là où j'ai merdé, c'est en laissant Miriam s'éloigner de moi.

— Tu n'aimes pas Kim ?

— Je lui dis que si, mais c'est différent.

— Tu crois que l'homme que nous avons balancé du haut de cette falaise a jamais aimé quelqu'un ?

— Personne ne démarre dans la vie en pensant qu'il finira dans un foyer pour travailleurs immigrés. » Ronan s'arrêta, gêné. « Chris… à propos de ce que j'ai dit là-haut dans la montagne…

— Tu as peur que j'aille chez les flics ?

— Oublie le plâtrier. » Ronan semblait mal à l'aise. « Raconte tout à la police, si tu dois le faire, je te demande seulement de ne jamais dire à Alice ou à Kim que je me suis tenu au bord du vide comme un lâche, débitant des inepties à propos de suicide. Quelquefois, quand la pression est trop forte, je me sens craquer. Je dis et je fais des choses idiotes. Mais j'ai repris mes esprits. Quand Sophie rentrera en Irlande après son année d'Erasmus, ce sera comme si tout ça n'avait pas existé.

— Un vaste mensonge, répondit Chris doucement.

— Je sais, mais un mensonge grâce auquel nous allons vivre. Il y a encore une chose qu'il faut que tu saches : Paul Hugues ne m'a jamais rien raconté à propos d'Alice et de ce type après qui elle aurait couru.

— Pourquoi me l'avoir dit ?

— Pour te provoquer. Quand je suis stressé, je peux me montrer très con. »

Ronan avait l'air si sincère, si désireux de le convaincre que Chris ne pouvait pas se laisser convaincre. Chris voulait juste être seul. Alors pourrait-il peut-être trouver un sens à ce qui s'était passé.

« Pourquoi sommes-nous venus ici ? demanda-t-il.

— Ouvre le coffre, dit Ronan en se préparant à descendre de voiture. Nous devons nous débarrasser de tout ce qui pourrait nous compromettre. »

Il y avait des poubelles de tri à côté de la gare. Ronan alla jeter les sacs en plastique dans un des containers réservés aux déchets non recyclables. Puis il glissa les gants en caoutchouc dans la fente de la borne réservée aux vêtements d'occasion et revint vers la voiture. Arrivé à la hauteur de la portière passager, il sembla avoir retrouvé son assurance. Il ne remonta pas à l'intérieur, mais se pencha vers Chris.

« N'oublie pas de mettre tes vêtements dans la machine à laver demain matin en te levant. Mais pas maintenant, et ne fais pas de bruit en te garant, il ne faut réveiller ni Alice ni Kim. Je vais rentrer à pied. J'ai besoin de m'éclaircir les idées. Je ne dis pas que ce que nous avons fait est bien, mais ce qui est fait est fait. Il reste un peu de cognac. Prends-en une gorgée, si cela doit t'aider. Essaye de ne pas croiser Alice, mais si tu la vois maintenant, il vaut mieux que tu ne trembles pas comme une feuille. »

Chris le regarda s'éloigner. Quand il se retrouva seul, son corps fut secoué de spasmes si violents qu'il lui fallut plusieurs minutes pour démarrer. Il conduisit lentement, concentrant toute son attention sur la route. Quand il se gara devant chez eux, il vit de la lumière dans la chambre d'Alice. Est-ce qu'elle l'attendait, inquiète, ou bien furieuse ? Il monta, la trouva endormie, le haut du corps relevé contre les oreillers, les doigts refermés sur le livre qu'elle devait finir pour la prochaine séance de son club de lecture. Il s'agenouilla près du lit qu'ils avaient partagé pendant des années et où il n'était plus le bienvenu. Il prit doucement le livre, le posa sur la coiffeuse. Embrassa sa femme sur le front, remonta sa couverture et éteignit la lampe. Puis il referma derrière lui la porte de la chambre qui était maintenant celle d'Alice. Il s'arrêta sur le seuil de celle de Sophie, à la fois regrettant son absence et soulagé qu'elle ne soit pas là pour le juger. Il avait manqué à tous ses devoirs envers Sophie et Alice, et, ce qui était tout aussi important, il s'était trahi lui-même. Quand il entra dans la salle de bains, il se regarda dans le miroir à la lumière de la lune, jusqu'à ce qu'il soit obligé de détourner les yeux, de regarder ailleurs. Comment un homme pouvait-il faire face à sa femme quand il ne supportait pas sa propre vue ? Chris descendit l'escalier dans le noir, et arrivé en bas, il ne s'arrêta pas. Il n'appartenait plus à cette maison. Il referma doucement la porte, remonta en voiture. Redémarra et prit la route de Wicklow.

Chapitre dix-neuf

Alice

Lundi 6, neuf heures trente

Chris était venu dans sa chambre pendant la nuit. Alice le comprit en voyant le livre rangé sur la coiffeuse. C'était toujours là qu'il le mettait s'il la trouvait endormie et avait peur de la réveiller en faisant de la place sur la table de nuit. Cette dernière était encombrée de tubes de granules homéopathiques devant l'aider à mieux affronter les transformations de la vie, de crèmes contre les bouffées de chaleur, les crampes abdominales et la sécheresse, de coupures de journaux concernant ces questions et de bibelots qui semblaient enfantins mais lui remontaient le moral les matins où elle se réveillait victime du trouble affectif saisonnier – le blues de l'hiver ou toute autre nuance de tristesse que l'on pouvait ressentir à être confiné sous les nuages gris de ce pays abandonné des dieux.

Les journées ensoleillées lui faisaient plus de bien que l'arsenal de remèdes dénichés dans les magasins de diététique. Pourtant, alors que le soleil brillait, Alice se sentit en proie à un mauvais pressentiment. Si elle était toujours capable de décrypter l'état d'esprit de son mari, elle savait surtout à quel point il était prévisible. Pas un jour ne s'écoulait sans quelques petites démonstrations de gentillesse. Il ne pouvait pas s'empêcher de doucement lui caresser les cheveux chaque fois qu'il passait près d'elle, même s'il craignait qu'elle s'agace de ce geste répétitif.

Elle était plus choquée que lui par la dureté des mots qu'elle prononçait parfois, et qu'elle ne pensait pas, mais elle avait souvent l'impression de se perdre au sein d'un nœud si serré de frustrations qu'elle avait besoin de se libérer des incertitudes qui l'accablaient, des changements d'humeur qui l'effrayaient autant qu'ils surprenaient cet époux auquel elle tenait avec une rage contradictoire et passionnée.

Sophie leur avait toujours servi de bouclier. Alice s'inquiétait des dommages psychologiques qu'avait pu provoquer le perpétuel rôle de médiatrice joué par leur fille depuis qu'entre eux les liens s'étaient distendus. Sophie avait entendu des paroles qu'elle n'aurait jamais dû entendre, quoique, se consolait Alice, d'autres enfants en entendent de bien pires quand leurs parents se disputaient. C'était une de ces choses de la vie qu'Alice avait apprises durant les derniers mois : personne ne pouvait, de l'extérieur, savoir ce qui se passait dans un couple.

Certains jours, Chris paraissait même avoir peur de simplement l'embrasser. Ce n'était pas la faute d'Alice. Il semblait toujours devenir tendre ou avoir besoin d'être rassuré au mauvais moment, quand elle se changeait pour sortir, ou qu'elle venait de le décider. Il envahissait son espace, il la faisait se sentir coupable alors qu'elle était particulièrement vulnérable et sur la défensive. Jusqu'en septembre dernier, elle n'aurait jamais imaginé s'écarter de Chris quand il la prenait dans ses bras. Ensuite elle se détestait, et pourtant elle avait, à certains moments, absolument besoin de le tenir loin d'elle. Ce n'était pas tout le temps. Certains matins, sa présence dans le lit lui manquait. Mais elle l'avait paralysé, au point qu'il n'osait même plus essayer de l'embrasser. Des gestes autrefois spontanés étaient devenus une source de tension, Chris hésitait sur le seuil, paraissait chercher le courage de venir auprès d'elle.

Ils avaient toujours été tous les deux beaucoup trop sensibles, facilement blessés, capables de ressasser sans fin, cependant ce matin-là, Alice aurait désespérément voulu qu'il soit à ses côtés. Elle l'aurait secoué, elle aurait exigé de savoir pourquoi il n'avait pas répondu à ses appels téléphoniques. Mais surtout, elle aurait aimé pouvoir se serrer contre lui. Depuis l'instant où elle était rentrée, au petit matin, elle avait peur. Cette nuit-là avait été différente de toutes celles où elle lui en avait voulu de venir dans sa chambre. Cette nuit-là, elle avait eu envie de se glisser dans le lit d'appoint de Chris, pas pour faire l'amour, simplement pour lui demander de la tenir en silence dans ses bras.

Mais à son retour, la voiture de Chris n'était pas là. C'était tellement inhabituel qu'elle avait commencé à avoir peur avant même d'ouvrir la porte. Elle savait qu'il était allé chez Ronan, et la nuit était trop avancée pour qu'ils soient encore à traîner dans un pub. Elle était restée seule à la fenêtre de sa chambre, les yeux baissés vers les velux du bureau de Ronan. La maison de leur voisin était plongée dans le noir, pourtant Alice était certaine que, où que soit Chris, Ronan était en train de le manipuler. À quatre heures du matin, alors que Chris ne répondait toujours pas à ses appels, elle avait failli appeler la police et les hôpitaux de la ville. Puis elle avait décidé de ne le faire que plus tard dans la matinée, s'il n'était pas là à son réveil, mais la vue du livre soigneusement posé sur la coiffeuse et sa lampe de chevet éteinte avaient tout changé.

Chris s'était probablement agenouillé près de son lit pendant qu'elle dormait. Elle le soupçonnait de l'avoir embrassée, profitant de ce qu'elle ne pouvait pas s'y opposer. Puis, pour une raison ou pour une autre, il était retourné à sa voiture et il était reparti, sans même laisser un mot disant où il allait. Peut-être avait-il eu une course à faire chez un fournisseur de matériaux, contraint de jouer la mule pour Ronan, mais Alice ne le croyait pas. Chris était un maniaque des petits mots, il expliquait toujours ses absences, même quand il sortait chercher du lait. Quelque chose de grave s'était passé. Lorsque cela arrivait à quelqu'un qu'on aimait, on le savait toujours, et la crainte irrationnelle qu'elle ressentait lui fit comprendre combien elle aimait Chris.

L'attitude qu'elle avait eue la veille avait-elle provoqué cette fuite ? Elle refusait de se fustiger. Elle avait passé trop d'années à se rendre malade d'angoisse pour des riens. Mais elle ne pouvait s'empêcher d'imaginer la voiture vide de Chris garée au bout d'une jetée. Si quelqu'un avait poussé son mari par-dessus bord, ce ne pouvait être que Ronan. Elle fouilla la maison à la recherche d'indices pouvant lui révéler où Chris pouvait bien être, puis elle se précipita chez leurs voisins, si affolée qu'elle ne s'aperçut avoir gardé le doigt appuyé sur la sonnette que lorsqu'elle entendit dans l'entrée les pas rapides de Kim. Elle recula, prête à s'excuser. Mais lorsque la porte s'ouvrit, le ressentiment l'envahit, non à l'égard de Kim, mais parce que Miriam, une des rares personnes à pouvoir la calmer quand elle était si effrayée, n'était pas là. La jeune Philippine au corps élancé recula, prenant ses distances devant l'évidente détresse d'Alice.

« Est-ce que Chris est là ? »

Kim sembla troublée. « Pourquoi le serait-il ?

— Si je le savais je n'aurais pas besoin de vous le demander. »

Alice éleva la voix. Elle savait que Kim parlait parfaitement bien anglais. Mais ce n'était pas ce qu'elle disait qu'Alice cherchait à lui faire comprendre, c'était sa terreur palpable, la certitude inébranlable d'une catastrophe en cours que l'on ne pouvait pressentir que lorsqu'on vivait depuis vingt-cinq ans avec quelqu'un.

« Pourquoi êtes-vous en colère contre moi ? » Le ton étonné de Kim était sous-tendu d'inquiétude, pourtant Alice perçut soudain le calme de Kim comme une arme plus redoutable que tous les accès de rage de Miriam. Sous le regard pénétrant de la Philippine, Alice eut l'impression de se conduire comme une enfant déraisonnable.

« Je suis désolée, Kim, je ne suis pas en colère contre vous, seulement bouleversée, s'excusa-t-elle. Vous pouvez aller me chercher Ronan ?

— Ce sont les bonniches qu'on envoie chercher ce dont on a besoin. Je suis sa femme. »

Kim avait parlé d'un ton impeccablement courtois, et aussi impénétrable que l'acier. Ronan sortit de son bureau. Alice reconnut son air perplexe d'innocence blessée. Une expression qu'il prenait déjà chaque fois qu'il avait voulu lui cacher quelque chose lors de la brève relation amoureuse qu'ils avaient eue ensemble.

« Où est Chris ? » demanda-t-elle sèchement.

Ronan tendit les mains comme un magicien cherchant à convaincre le public qu'il n'a rien dans ses manches. « Probablement parti se promener ? Tu as essayé de l'appeler ?

— Oui, toute la nuit, jusqu'à ce que je finisse par m'endormir. Il ne répondait pas.

— Il est resté dehors toute la nuit ?

— Tu devrais le savoir.

— Tu connais Chris. Il va revenir.

— Je le connais par cœur. Tu étais avec lui. Qu'est-ce que vous faisiez tous les deux ?

— Pas grand-chose, à notre âge, gloussa Ronan, avant de prendre l'air plus sérieux. On a descendu quelques verres. À minuit, Chris a voulu aller se balader. Impossible de l'en dissuader, alors je l'ai accompagné, histoire de garder un œil sur lui. On a taillé une petite bavette, on a évoqué le bon vieux temps. Tu vois ce que je veux dire, Alice ?

— Chris ne conduirait jamais après avoir bu. J'ai toujours pu lire sur ton visage si tu mentais, Ronan.

— Et toi, où étais-tu, Alice ?

— Ça ne te regarde pas, répondit Alice sur la défensive, et incapable de le cacher.

— Chris avait besoin que l'alcool lui délie la langue. Il est fou d'inquiétude à ton sujet. Même quand c'est sa femme qui porte la culotte, un mari a le droit de se soûler de temps en temps, ou lui refuses-tu aussi ce droit ?

— Ne te mêle pas de notre vie, lança Alice.

— Si je n'étais pas monté en voiture avec lui, Dieu sait ce qu'il aurait fait, dit Ronan. J'ai réussi à le persuader de s'arrêter à Seaford Parade ; on s'est assis tous les deux devant la tour Martello, face à la baie comme deux ados. Il avait besoin de vider son sac. Je lui ai dit de te répondre, mais il ne savait pas comment énoncer les questions qu'il voulait te poser. À trois heures du matin, j'ai essayé de lui prendre ses clés, mais quand Chris se fâche, il peut se montrer têtu. La nuit dernière, il était bougrement tenace.

— Je ne crois pas un mot de ce que tu racontes, dit Alice.

— Pourquoi est-ce que je mentirais ?

— Tu as passé ta vie à le faire, et de façon si instinctive, que tu t'en rends à peine compte. Tu ne m'auras pas aussi facilement que Chris. »

Kim s'avança, désireuse de détendre l'atmosphère.

« Je vais faire du café, Alice, et nous irons nous asseoir tranquillement.

— Tout cela n'a rien à voir avec vous, Kim. »

Alice n'avait pas voulu paraître méprisante : elle tentait seulement d'extirper à Ronan un semblant de vérité. Kim n'éleva pas la voix, mais sa réponse tomba comme un couperet.

« Vous êtes chez moi, en train de traiter mon mari de menteur.

— Je voyais déjà Ronan mentir avant que vous soyez née.

— Si mon mari dit qu'il ne sait pas où est Chris, il ne le sait pas. Appelez donc la police, puisque vous êtes inquiète.

— Ne fais pas ça », intervint précipitamment Ronan.

Les deux femmes le regardèrent.

« Pourquoi ? demanda Alice.

— Si tu dis qu'il conduisait en état d'ivresse, il perdra son permis, expliqua Ronan. Nous nous sommes disputés, quand j'ai essayé de prendre ses clés. Toi, tu te mets en colère, et c'est fini une minute plus tard. Il en faut beaucoup pour énerver Chris, mais quand il s'emporte, il a besoin de plus de temps pour se calmer. Il se sent gêné et il s'en veut. Il a dû aller marcher pour brûler ce qu'il a bu. Je vais faire un tour en voiture et essayer de le trouver. »

Alice se tourna vers Kim, cherchant en elle une alliée. « J'ai peur, Kim, comprenez-moi », dit-elle doucement.

Ronan s'avança entre elles deux et caressa l'épaule d'Alice d'un geste rassurant. « Laisse-lui le temps de rentrer, et il rentrera. Il t'aime ; il ne parle que de toi. C'est la vérité, l'absolue vérité. »

Alice baissa les yeux vers la main que Ronan avait posée sur elle. « Quand, pour la dernière fois, as-tu dit la vérité, Ronan ? Tu arrives peut-être à tromper quelqu'un d'innocent comme Kim, mais avec moi, ça ne marche pas. »

Kim prit alors la parole, et d'un ton qui ne laissait aucune place au refus d'obtempérer. « Je veux que vous sortiez de chez moi, Alice. Ce n'est pas en insultant mon mari que vous retrouverez le vôtre. »

Ronan voulut accompagner Alice à la porte, mais d'un regard péremptoire, Kim lui intima de rester où il était. Elle resta sur le seuil jusqu'à ce qu'Alice soit hors de vue, puis elle ferma la porte, s'y appuya. Ronan haussa les épaules, navré. « Quand Alice s'affole, elle perd les pédales. Qu'aurais-je pu lui répondre ? »

Kim leva les yeux vers lui avec le regard le plus perçant que Ronan ait jamais eu à affronter. « Tu aurais pu essayer de lui dire la vérité. »

Chapitre vingt

Chris

Lundi 6, onze heures trente

Au bruit des coups répétés qu'on frappait à sa vitre, Chris se réveilla. Il faisait dans l'habitacle une chaleur étouffante indiquant qu'il devait être au moins midi. Il n'avait jamais eu une telle gueule de bois, battements sourds dans la tête, langue à vif et déshydratation intense, il ne désirait qu'une chose, plonger son visage dans un ruisseau de montagne. Il se rappelait à peine avoir redémarré et être reparti de chez lui en direction de Wicklow, bien qu'il se souvînt d'avoir croisé des travailleurs de centres d'appel et de centres commerciaux ouverts les jours fériés qui faisaient leur long trajet quotidien de Gorey ou Arklow jusqu'à Dublin. Les avoir vus aurait dû lui rappeler que, lui aussi, il avait des factures à payer et des responsabilités à assumer mais, bien que difficilement capable de ne pas s'endormir au volant, il avait été poussé par le besoin primaire et irrésistible de racheter sa faute. Peut-être ne comptait-il déjà pas pour grand-chose dans cette Irlande où tout se mesurait à l'aune des biens que l'on possédait, mais dès l'instant où il avait laissé le corps d'un ouvrier dégringoler le long d'une pente sous la lumière de la lune, il était devenu à ses propres yeux une non-entité, étranger à lui-même. Quand il était retourné à l'aube dans les montagnes, si épuisé qu'il avait du mal à empêcher la voiture de sortir de la chaussée, il ne savait pas vraiment où aller pour retrouver le cadavre. Il n'avait qu'une étrange certitude, quelque part dans ces bois, le fantôme de l'homme qu'il avait été plus jeune l'attendait, sentinelle veillant la dépouille comme un ange gardien à l'aile brisée.

Les coups reprirent, incisifs, obligeant Chris à ouvrir les yeux dans la lumière éblouissante du soleil. La voiture était une vraie serre, le volant trop brûlant pour qu'il puisse le toucher. Quand il regarda autour de lui, Chris s'aperçut qu'il avait roulé sur le bas-côté d'une route perdue. Il se souvenait vaguement de la voiture en train de dévier dans un mouvement lent, puis continuer en roue libre avant de s'arrêter, le réservoir à sec. Il s'était à peine rendu compte que deux de ses roues étaient dans le fossé avant de perdre conscience.

Chris baissa la vitre, plus par peur d'étouffer dans la chaleur torride qui régnait à l'intérieur du véhicule que par envie de parler à la vieille dame en veste cavalière de tweed qui le dévisageait. L'haleine de Chris, chargée de cognac, atténua l'inquiétude initiale de la femme, pourtant il était suffisamment bien habillé pour qu'elle reste troublée.

« Ça va ? demanda-t-elle. Vous avez eu un accident ?

— Je suis tombé en panne d'essence. » Il avait la bouche tellement sèche que ses paroles étaient difficilement compréhensibles. « Vous avez quelque chose à boire ? » Elle recula, et Chris comprit qu'elle avait mal interprété sa demande. « Je veux dire de l'eau. Il faut que je prenne un comprimé. »

C'était un mensonge, mais en évoquant un traitement médical quelconque, il espérait rendre son attitude plus excusable.

« J'ai une bouteille dans la Land Rover », répondit-elle.

Elle s'était garée devant Chris. Il se demanda combien d'autres voitures étaient passées à côté de lui pendant son sommeil. Où était-il ? Il avait su, dès l'instant où il s'était agenouillé près du lit d'Alice pour enlever le livre de ses mains endormies, qu'il devait entreprendre ce voyage. Le problème, c'est qu'il s'était perdu. Ces chemins se ressemblaient tous. Il gardait un vague souvenir de la série d'embranchements qu'il avait suivis sur les indications de Ronan après être sorti de l'autoroute, mais n'avait pas la moindre idée de la distance qu'il avait parcourue avant de tomber en panne sèche. Même s'il avait réussi à ne pas s'endormir, le chemin que Ronan lui avait fait prendre était si compliqué que Chris ne l'aurait peut-être pas retrouvé. Ronan l'avait fait exprès. Ils avaient probablement sillonné dans tous les sens un véritable labyrinthe afin que Chris soit totalement désorienté. Ronan considérait le savoir comme un pouvoir. Il devait garder le contrôle. Il n'aurait jamais amené Chris jusqu'à cette falaise s'il n'avait pas été certain que Chris serait incapable de la retrouver.

La vieille dame revint avec de l'eau minérale. Chris porta à sa bouche son poing fermé, comme pour avaler un comprimé ; puis il but avec une soif sauvage, tout en sachant que même s'il vidait dix petites bouteilles comme celle-là, il se sentirait toujours aussi déshydraté. La femme l'examinait attentivement. Elle avait l'accent de ces gens qui ouvrent leurs jardins ancestraux au public pendant la semaine du patrimoine national afin de faire baisser leurs impôts.

« Voulez-vous que je vous conduise à un garage ? demanda-t-elle. J'ai toujours un bidon de cinq litres d'essence dans ma voiture.

— Ça va aller, répondit Chris en lui tendant la bouteille encore à demi pleine.

Elle refusa d'un geste. « Vous avez bu, mais vous n'en avez pas l'habitude : vous n'avez pas un nez d'ivrogne. Vous semblez en état de choc. Vous êtes certain de ne pas avoir eu d'accident ? Cette route ne mène nulle part, si ce n'est dans les montagnes, où on ne peut pas dire qu'elle en soit encore une.

— Je cherche un sentier qui mène à un mur de pierre élevé le long d'une falaise au bas de laquelle coule une rivière, dit

Chris. Il y a un cottage, pas loin, avec un panneau sur lequel il est écrit *Chemin privé*. »

La femme secoua la tête. « Il n'y a rien qui ressemble à ça dans les environs.

— Peut-être ne vivez-vous pas ici depuis assez longtemps ?

— Les gens du coin nous ont appelés les nouveaux arrivants jusqu'à il y a relativement peu de temps… vers les années vingt, je crois. Mais je connais ces collines, et quand quelqu'un va mal, je m'en aperçois. Montez dans la Land Rover, je vais vous conduire dans un garage ou chez le médecin. »

Chris regarda autour de lui, ne retrouva aucun repère qui corresponde à ceux dont il se souvenait.

« Merci pour la bouteille d'eau, dit-il, mais je préfère marcher. »

La femme poussa un soupir exaspéré. « Ne soyez pas têtu.

— Ce n'est pas de l'entêtement, répondit Chris doucement. C'est une façon de faire pénitence. »

Il la suivit des yeux tandis qu'elle se dirigeait vers sa voiture. Sur sa banquette arrière, il vit des couvertures en tweed, qui sentaient probablement le chien. Il fut tenté de la laisser l'emmener quelque part où il pourrait prendre un bus ou un taxi. Mais pour retourner où ? Auprès d'Alice ? Et contempler par la fenêtre de sa chambre l'endroit où l'ouvrier était mort ? Chris savait ce qu'il aurait voulu retrouver : un lieu et un temps qui n'existaient plus. Il aurait aimé se tenir à l'ombre de leur ancienne cabane de jardin, sentir le lierre dans son dos la nuit où Alice l'avait passionnément embrassé tandis que la silhouette de la baby-sitter se découpait dans la lueur de la télévision. Il se rappelait le chemisier d'Alice déboutonné, son halètement quand il avait caressé son téton du bout du doigt, ce téton que Ronan avait colonisé bien avant lui. Cette dernière idée s'imposa d'elle-même, accompagnée d'une flambée de jalousie qui gâcha son souvenir le plus intime. Ronan semblait lui avoir volé jusqu'à la vérité de son passé. La seule chose qu'il ne pouvait pas lui enlever était le sens de ce qu'il avait été autrefois. L'homme dont Alice était tombée amoureuse n'aurait jamais participé aux événements de la nuit précédente.

Chris ouvrit sa portière, sortit dans l'air de la montagne. Il ne s'était jamais senti plus seul. La Land Rover avait disparu. Il aurait dû demander de l'aspirine à la vieille dame ; les femmes comme elle avaient toujours dans leur boîte à gants une trousse de secours assez importante pour approvisionner un petit hôpital de campagne. Le soleil impitoyable allait vite le brûler. Il ne prit rien d'autre avec lui que la petite bouteille d'eau, espérant trouver un ruisseau pour la remplir. Il avait eu l'intention, en revenant ici, de remonter le corps et de le remettre dans son coffre, puis de l'emmener dans un hôpital et de prévenir la police. Il n'en était plus question, maintenant que sa voiture était en panne, mais s'il réussissait à localiser le cadavre, il pourrait appeler une ambulance et plus ou moins indiquer où il se trouvait. Quand il était petit, il s'imaginait souvent en héros qui émergeait du brouillard avec dans ses bras l'enfant qu'il venait de sauver. Ces innocents fantasmes avaient disparu. Le mieux qu'il pouvait souhaiter était d'expier ses péchés en descendant jusqu'en bas de cette falaise pour essayer de fermer les yeux de l'ouvrier mort.

Chapitre vingt et un

Alice

Lundi 6, treize heures

La maison ne lui avait jamais paru si vide. Alice avait l'habitude d'y rester seule. Pendant les années difficiles, elle avait passé d'innombrables matinées solitaires, plongée dans l'ombre. Pourtant, à l'époque, elle savait que Sophie allait bientôt rentrer de l'école ou Chris du travail. Aujourd'hui, le soleil brillait et, ayant retrouvé toute son énergie, elle aurait pu aller se promener où elle voulait. Mais parce qu'elle n'avait pas la moindre idée de l'heure à laquelle Chris reviendrait, elle avait l'impression d'attendre dans les limbes.

Où était-il ? Alice sentait la colère monter, et en même temps elle rêvait de prendre Chris dans ses bras. Malgré les émotions contradictoires dont elle était la proie et les quelques occasions où elle n'avait plus supporté de vivre dans la même maison que lui, il restait son mari, l'homme de sa vie. Le mot même de mari était investi d'une certaine pérennité. Dans la maladie et dans la santé, et ils avaient connu les deux. Ils avaient beau s'être éloignés l'un de l'autre, personne sur cette terre ne la comprenait mieux que Chris. Ne plus pouvoir se confier à lui quand elle se sentait particulièrement vulnérable, perdue dans un monde faux, un monde artificiel auquel elle comprenait maintenant qu'elle ne pourrait jamais appartenir, était ce qu'il y avait de plus triste dans ce qui leur était arrivé ces derniers mois.

Elle était rentrée, cette nuit-là, certaine que Chris serait couché et encore éveillé, et elle s'était construit un bouclier verbal afin de détourner toutes ses questions. La seule chose à laquelle elle ne s'était pas préparée était son absence. Comment pouvait-il ne pas être là, quand il représentait l'ancre dont elle dépendait, quand elle n'était capable de vitupérer contre l'encombrant amour de Chris que parce qu'elle savait cet amour si fort qu'il la soutiendrait toujours ? Chris n'était parti que depuis quelques heures, pourquoi alors était-elle si inquiète ? La façon dont Ronan s'était débarrassé d'elle avait renforcé ses soupçons. Mais quelle qu'ait été la dispute que les deux hommes avaient eue, la maison en construction n'était pas la cause fondamentale de sa disparition. Alice se sentait paralysée par la crainte d'avoir poussé son mari au-delà d'un point de non-retour.

Midi succéda à onze heures, puis une heure à midi, dans le calme d'un morne jour férié. Des ouvriers arrivèrent, comme d'habitude. Dans le jardin, Ronan éleva la voix, se plaignit à propos d'un plâtrier, mais elle n'entendit pas la réponse de Jiri. Que Jiri puisse perdre son calme lui semblait inimaginable. Son impassibilité faisait paraître Ronan complètement infantile. De la fenêtre, elle vit Ezal qui observait discrètement leur échange, dans le silence narquois qu'il gardait en toutes circonstances. Quand elle s'assit à la table de sa cuisine, Alice sentit qu'Ezal était le seul qui fût conscient de sa présence. Il ne regardait jamais dans sa direction, pourtant elle avait l'impression qu'il sentait sa détresse. Elle aurait pu appeler des voisins pour qu'ils la soutiennent, mais comment parler de l'absence de Chris avec qui que ce soit, alors qu'elle ne savait pas ce qui se passait vraiment ?

Un nouveau plâtrier arriva. Quand il eut fini d'enduire le mur, il échangea quelques mots avec Jiri puis s'en alla, ainsi que Jiri et la plupart des ouvriers. Ezal resta avec un autre homme et ensemble ils démontèrent l'échafaudage. Elle était contente qu'il soit là, cela l'empêchait de se sentir totalement seule.

Alice ne savait pas pendant combien de temps elle avait contemplé la vapeur s'échapper de la bouilloire sans avoir le courage de verser l'eau dans la théière à côté d'elle. Elle attendait, paralysée de peur. Enfin cela arriva : le téléphone sonna. Elle laissa passer quelques instants, si ce n'était pas ce qu'elle espérait, elle préférait laisser à celui ou celle qui appelait le temps de raccrocher. Cela n'arriva pas, ce ne pouvait donc être que Chris, ou les services des urgences qui lui annonceraient avoir trouvé son corps. Elle souleva le combiné rapidement, craignant maintenant que la sonnerie cesse.

« Allô ? dit Alice, hésitante.

— Est-ce que ça va ? »

Tout serait allé bien si Alice avait entendu la voix de Chris à l'autre bout du fil. Cette jeune femme semblait inquiète, mais peut-être le personnel des urgences était-il formé à prendre ce ton afin que leur voix ne les trahisse pas. Comment annonçaient-ils la mauvaise nouvelle ? Le fait que ce soit eux qui appellent était certainement bon signe : si Chris avait été retrouvé mort, la police serait venue frapper à leur porte.

« Il est vivant ? demanda Alice. Que lui est-il arrivé, dites-le-moi.

— Maman, qu'est-ce qui se passe ? Où est Papa ?

— Sophie. C'est toi ? » Alice était-elle à ce point angoissée qu'elle n'avait pas reconnu la voix de sa fille ? Sophie semblait affolée. Alice respira profondément, il fallait qu'elle se reprenne, pour le bien de son enfant. « Excuse-moi, j'étais à des kilomètres d'ici quand le téléphone a sonné, en train de finir un livre pour le club de lecture.

— Papa est avec toi ? Tu mets le haut-parleur ? »

Alice reprit sa respiration. La voix de Sophie la calmait, elle l'investissait de son rôle de mère rassurante. « Il vient de sortir, mentit Alice. Ronan le fait courir dans tous les sens, d'un fournisseur de matériaux de construction à l'autre. On dirait deux petits garçons en train de bâtir une forteresse en Lego. Je ne sais pas exactement à quelle heure il va rentrer. Et toi, comment ça va ? Comment ça se passe à Urbino ? »

Alice s'inquiéta de nouveau. Ce n'était pas le genre de Sophie de les appeler comme ça. Deux fois par semaine, elle skypait avec eux, bien qu'Alice déteste se montrer sur un écran. Elle préférait le téléphone, avec lequel, quand vous étiez dans le creux de la vague, personne ne pouvait le voir. Est-ce que Chris avait envoyé un texto à Sophie ? Peut-être sa fille en savait-elle plus qu'elle. Il y eut un silence. Puis Alice s'aperçut que ce n'en était pas un. Sophie parlait à quelqu'un d'une voix douce.

« J'espérais que Papa et toi seriez là tous les deux, dit finalement Sophie. Urbino est une ville formidable. C'est génial, vraiment... *ça déchire.* »

Sophie utilisait ces mots de façon humoristique, mais Alice sentit que la plaisanterie ne lui était pas adressée. Soulagée d'entendre sa fille si joyeuse, elle perçut le rire à peine retenu d'une autre fille près d'elle. Le coup de téléphone de Sophie n'avait rien à voir avec la disparition de Chris. Elle semblait être si euphorique qu'elle en avait oublié momentanément le ton éperdu sur lequel sa mère lui avait répondu.

« Tu adorerais Urbino, Maman, continua Sophie. C'est un endroit magique. Nous nous sommes installées hier. Nous avons trouvé un minuscule appartement complètement délabré, avec des volets en bois et des planchers anciens. On se croirait dans un film des années cinquante. J'ai posté des photos sur ma page Facebook, demande à Papa de te les montrer.

— Je croyais que tu vivais avec quatre autres étudiantes, dit Alice. Vous avez toutes déménagé ?

— Pense en termes de chiffres, Maman. Cinq filles et un seul appartement, ça ne marche pas. »

Cette fois, le rire qu'on entendait derrière elle résonna librement.

« Qui est avec toi, Sophie ?

— Je voulais vous présenter quelqu'un, à Papa et à toi. Nous nous sommes installées à deux, Jessie et moi. Jessie est ma… » Sophie s'arrêta. Alice connaissait assez bien sa fille pour savoir que ce silence voulait signifier quelque chose. « … colocataire. Nous sommes ensemble… dans cet appartement. Tu adorerais Jessie, Maman. Elle vient du Canada, d'un coin paumé, genre comté de Westmeath mais avec de la neige. Elle aimerait te dire bonjour… tu veux lui parler ? »

Alice regarda par la fenêtre de la cuisine. Ezal et son acolyte travaillaient avec une telle efficacité que l'échafaudage démonté était déjà dans le jardin de Ronan d'où ils le faisaient passer dans la ruelle par-dessus le mur. Ils allaient bientôt partir. Sophie avait dû sentir l'inattention momentanée d'Alice car elle répéta sa question, d'un ton légèrement blessé. Alice devait se reprendre. Ce que Sophie lui demandait avait l'air d'être important pour elle.

« Je serai ravie de parler à Jessie. »

Alice s'était efforcée de prendre une voix enjouée.

Il y eut des chuchotements, puis une jeune voix canadienne dit : « Bonjour Mrs Macken, je suis très heureuse de vous entendre.

— Je vous en prie, appelez-moi Alice.

— Sophie m'a dit que vous aviez vécu au Canada. »

Alice eut un rire gêné. « Certains ont passé à Toronto de plus longues vacances que je n'y suis restée. Il faisait un froid terrible, pourtant j'adorais cette vie. Je ne voulais pas rentrer.

— Ma tante habite là-bas, mais je viens d'une petite ville, pas d'une grande capitale comme notre Sophie. Sophie parle mieux italien que je ne parle anglais. »

La Canadienne se mit à rire, de toute évidence elle taquinait Sophie. L'adjectif possessif qu'elle avait utilisé pour parler d'elle mit Alice vaguement mal à l'aise, mais peut-être était-ce une façon de parler de leur génération. Alice apprécia la franchise de la jeune fille, et elle rit aussi, bien que cet accent canadien réveillât en elle une douleur fantôme. Cela lui rappelait tant de choses : les étrangers croisés dans les rues de Toronto, les espoirs qu'elle nourrissait quand elle avait leur âge. Elle était heureuse que Sophie se soit fait une nouvelle amie.

« Alors, cet appartement, il vous plaît ? »

— Mieux que ça. Il est vraiment génial. Mais Sophie veut vous dire quelque chose. Au revoir, Mrs Macken.

— Au revoir, Jessie. »

Sophie était de nouveau en ligne, partagée entre son sens pratique et son instinct protecteur, elle repensa, tout en calculant le coût de la communication, à l'affolement qu'elle avait entendu dans la voix d'Alice lorsque cette dernière lui avait répondu.

« Est-ce que tout va bien, à la maison, Maman ? demanda-t-elle.

— Oui, oui, ma chérie, tout va très bien.

— Papa est vraiment parti chercher des matériaux pour le chantier ?

— Ronan l'a transformé en garçon de courses. Mais bon, la maison est presque finie, maintenant, et elle est magnifique.

— Et toi, Maman, tu te sens comment ?

— Tu me connais, Sophie. Je déteste ces jours fériés où rien ne se passe. Ton amie semble adorable.

— Elle l'est. » Sophie s'arrêta. « Il faut que j'y aille. J'ai besoin de vous parler à tous les deux. Mais pas au téléphone, en vrai. Dès que je reviens, d'accord ?

— Bien sûr, mon poussin, nous trouverons toujours le temps de bavarder avec toi.

— Je t'aime Maman.

— Je t'aime ma chérie. »

Puis tout se tut, la maison fut plongée dans un silence de mort et Alice se sentit plus seule que jamais. Le second ouvrier avait disparu. Torse nu, Ezal balançait les derniers éléments de l'échafaudage contre le mur. Il allait faire glisser les montants de l'autre côté puis passer dans la ruelle, les ranger en attendant qu'ils soient emportés vers un autre chantier. Ensuite il disparaîtrait. Maintenant que l'échafaudage était enlevé, Alice pouvait vraiment voir la maison. Il restait des travaux intérieurs à terminer, et le jardin ne ressemblait plus à rien. Mais Chris l'avait construite pour elle. Alice avait refusé de collaborer à cette aventure parce qu'elle devait se protéger, elle avait vu trop souvent ses espoirs s'effondrer. Les déceptions successives l'avaient empêchée de croire que pour une fois cela se passerait bien. Pourtant ce que son mari avait accompli était là devant elle.

Elle pensait toujours que la mère de Paul Hugues trouverait cette maison trop petite. Mrs Hugues avait de la classe, et Alice la respectait. Elle avait porté le deuil prématuré de son mari avec dignité. Son comportement était resté d'une élégance irréprochable alors qu'elle voyait les frasques de son fils s'étaler dans les rubriques mondaines. Pendant que Paul Hugues séduisait des filles qui avaient la moitié de son âge en les emmenant dîner en tête à tête à Tanger dans des avions privés – tenant d'une main la leur et envoyant de l'autre par SMS à la presse ce que cela lui coûtait –, Mrs Hugues attendait son tour à la poste comme n'importe quelle retraitée, puis allait, lentement, faire ses courses en fauteuil roulant dans le centre commercial de Blackrock. Il avait fallu que son arthrite s'aggrave, ces dernières années, au point qu'elle arrivait à peine à tenir ses sacs à provisions en toile d'autrefois, pour qu'elle succombe au luxe de se faire ramener chez elle par un taxi.

Le mois dernier, Alice, à son grand étonnement, avait reçu un coup de téléphone de Mrs Hugues qui l'invitait à lui rendre visite. La vieille dame avait insisté pour qu'elle n'en dise rien à Chris, et elle avait passé une bonne partie de leur entrevue à évoquer l'époque où, enfant, Alice venait voir timidement si ses amies et elles pouvaient échanger quelques balles sur son court de tennis et repartait avec les pommes du verger qu'elle lui donnait. Alice s'attendait à ce qu'elle l'interroge à propos de la maison en construction, mais au lieu de cela, Mrs Hugues lui avait demandé de la conduire dans Dublin, à Molesworth Street. Son fils lui avait ouvert un compte auprès d'une compagnie de taxis, mais il s'agissait d'une affaire personnelle, et elle avait confiance en Alice. Alice l'avait emmenée là-bas, puis elle l'avait attendue dans l'antichambre d'un des cabinets d'avocats les plus anciens de la ville, buvant sur un sofa ancien le café que la réceptionniste avait posé devant elle. Quand Mrs Hugues lui avait proposé ensuite d'aller en prendre un autre, Alice avait pensé qu'elle voudrait aller à l'Hôtel Westbury ou au Four Seasons. Au lieu de cela Mrs Hugues avait choisi une minuscule pâtisserie-salon de thé de Donnybrook, dont elle connaissait assez bien la serveuse pour l'appeler par son prénom, et où elle avait encore une fois demandé à Alice de tenir secrète ce qu'elle appelait leur « petite escapade ».

Alice s'était promis de descendre la saluer tous les matins de la courte période où Chris et elle vivraient encore là, afin que Mrs Hugues se sente la bienvenue. Maintenant qu'elle voyait la petite maison débarrassée de son échafaudage, Alice ne doutait plus qu'ils déménageraient. Si Chris avait eu assez de courage pour aller jusqu'au bout de cette entreprise, envers et contre les objections de leurs voisins, il serait certainement celui qui emporterait les prochaines enchères. Pourquoi, alors, avait-il disparu ? Et s'il avait fait quelque chose de fou ? Il fallait qu'elle réfléchisse de façon rationnelle, mais rester rationnelle sans personne à qui se confier lui était difficile. Une peur panique la rongeait. Ezal fit passer le dernier montant métallique par-dessus le mur. Elle ne pouvait pas supporter de se retrouver totalement seule. Elle ouvrit la porte de la cuisine. La voir courir comme une folle dut étonner Ezal, pourtant il n'en montra rien.

Il monta sur le mur, comme pour vérifier ce qu'elle voulait. Puis il se laissa tomber du côté du jardin en tendant la main pour reprendre sa chemise qu'il avait posée là.

« Excusez-moi, dit-il. Je ne pensais pas avoir de la visite. »

Elle tenta vainement de les en détourner, mais ses yeux ne pouvaient pas se détacher de son torse dénudé. Non pas de ses muscles, tachetés de perles de sueur, mais d'une vieille cicatrice sur la cage thoracique. Telle une enfant fascinée, elle avait envie de la toucher.

« C'est une blessure par balle ? Je n'en avais encore jamais vu. »

Il suivit son regard. « Et vous n'en avez toujours pas vu. » Il semblait gentiment amusé. « Ce n'est qu'un coup de couteau, mal recousu.

— Comment avez-vous pris un coup de couteau ?

— J'étais au mauvais endroit. On n'a parfois pas le choix.

— Vous venez d'où ?

— De Carrickmines, je partage un appartement avec Jiri, au-dessus de la M50.

— Je voulais dire avant d'être ici. »

Ezal enfila tranquillement sa chemise. « De nulle part.

— On vient toujours de quelque part, même quand on ne veut pas y retourner.

— Comment pourrait-on retourner dans un endroit qui n'existe plus sur la carte parce qu'il n'a plus le nom que vous lui donniez, et qu'il ne fait plus partie du pays où vous êtes né ? Je suis désolé de vous avoir dérangée un jour férié. Les hommes qui récupèrent l'échafaudage tout à l'heure resteront dans la ruelle.

— Vous avez faim ?

— Merci, mais non.

— Soif ? »

Il marqua un silence. « Je boirais bien un verre d'eau, si ça ne vous dérange pas.

— Vous ne préférez pas un thé ? »

Il jeta un coup d'œil autour d'eux, vérifiant que personne ne les voyait. Alice se demanda ce qu'il croyait exactement qu'elle lui proposait. Il était peut-être plus raisonnable de lui apporter une tasse dehors.

« Un thé me fera du bien, dit-il. Mais pas empoisonné avec du lait. »

Alice se mit à parler avant d'avoir vraiment décidé de ce qu'elle allait dire. « Vous feriez quelque chose pour moi ? C'est difficile… Je n'ai jamais… vous comprenez, je n'ai personne. »

Elle s'interrompit. Ezal ne disait rien. Alice ne put s'empêcher de l'imaginer nu. Il ferait l'amour dans un silence absolu, d'abord concentré sur sa propre volupté, puis il lui donnerait plus de plaisir qu'elle n'en avait jamais connu. Il n'y aurait ni mensonges de séduction ni mâle fanfaronnade. Ce serait une affaire sérieuse. Ezal semblait prendre au sérieux tout ce que la vie mettait en face de lui. Il jouirait, économisant son souffle, mais pas avant d'être certain qu'elle avait eu plus d'un orgasme. Si elle l'entraînait dans sa maison vide, cela resterait un secret qu'il ne révélerait jamais à âme qui vive.

« De quoi avez-vous besoin ? » demanda-t-il d'un ton prévenant et solennel.

Elle repoussa ces pensées insensées, sans savoir ce qui, dans son agitation affolée, les provoquait. « Mon mari a disparu. Je ne sais pas où chercher. J'ai besoin de votre aide pour le retrouver. »

Ezal hocha la tête lentement. « Si c'est ce que vous voulez. »

Chapitre vingt-deux

Chris

Lundi 6, dix-sept heures

Ce ne pouvait être que cette route-là. Combien de fausses pistes avait-il suivies avant de tomber dessus, après avoir passé toute la journée à vagabonder le long de sentiers défoncés où des panneaux indiquaient *Chemin privé* ? Dans la moitié de Wicklow, on semblait considérer les chemins comme des voies privées, probablement, pensa Chris, dans la moitié de Wicklow où vivait la moitié de Dublin. Il s'était senti épuisé, quand il était descendu de voiture, mais il était maintenant au-delà de la fatigue, mû par l'exaltation plus que par le peu d'énergie qui lui restait, ses pieds se posant l'un devant l'autre mus par leur propre volonté. S'il n'avait croisé aucun marcheur, de temps en temps des voitures le dépassaient, et des visages d'enfants l'épiaient par la lunette arrière. Il avait pour seuls compagnons quelques moutons au pelage marqué d'un tampon de couleur, errant en groupe dans les collines. Plusieurs fois il s'agenouilla pour plonger la tête dans des ruisseaux brunâtres dont l'eau avait un goût de tourbe, espérant que le choc ressenti dans leur froid glacial apaiserait son mal de crâne. Chaque fois, il secoua ses cheveux comme un chien secoue son poil mouillé, se reposa un instant, et repartit.

Mais là, son instinct lui disait qu'il avait enfin trouvé ce qu'il cherchait. Il vit d'abord la rangée de pins sur sa droite, puis, plus loin devant lui, le mur de pierres sèches à moitié écroulé. L'herbe n'était étrangement pas marquée là où ils s'étaient garés pendant la nuit. Il restait peu de traces de leur présence. S'il faisait demi-tour et se taisait, il pourrait peut-être encore échapper aux conséquences de ses actes. Alice avait arrêté d'essayer de le joindre, et même le numéro de Ronan ne s'affichait plus sur son écran, alors que Chris avait ignoré tous leurs appels. Il était temps qu'il arrive, son téléphone émettait les bips d'une batterie presque vide.

Il regarda autour de lui. Il y avait peu de repères qu'il pouvait utiliser pour aider les ambulanciers à se diriger, mais une bonne équipe de sauveteurs montagnards devrait être capable d'arriver jusque-là avec un minimum d'informations. Il aurait pu aller frapper à la porte du cottage pour demander où il se trouvait, seulement aucune voiture n'était garée devant, et les rideaux étaient tirés. Cela l'arrangeait, car il ne souhaitait pas que des inconnus assistent à son arrestation. Chris chercha à reprendre son calme avant d'affronter le spectacle du cadavre qui, la nuit précédente, s'était immobilisé avec le visage tourné vers le ciel en bas de la falaise. Le souvenir du regard accusateur de l'homme l'avait hanté toute la journée. S'accrochant au pan le plus solide du mur, il s'avança prudemment sur le rebord boueux, baissa les yeux. La pente était aussi raide qu'il se le rappelait, mais le corps n'était plus là, et Chris resta saisi. Le choc de cette disparition lui fit presque perdre pied. Il eut la nauséeuse impression d'avoir été dupé : ce cadavre ne pouvait avoir disparu que si quelqu'un l'avait déplacé, à moins qu'il ne se soit relevé d'entre les morts. Une pensée absurde. En même temps, si des randonneurs l'avaient trouvé, Chris aurait eu sous les yeux une scène de crime entourée de ruban adhésif, avec une tente blanche recouvrant la dépouille, et des policiers en train d'attendre que le légiste arrive.

Était-il possible que l'homme n'ait pas été mort ? Il était froid quand il l'avait touché et de toute façon, personne ne pouvait survivre à une telle chute. Chris regarda derrière lui, s'attendant presque à surprendre l'ouvrier derrière lui, les yeux glacés de haine, une pierre à la main. Mais Chris était seul, et convaincu que Ronan était déjà revenu s'occuper du cadavre. Ronan savait qu'il ne pouvait pas lui faire confiance. Avec cet escamotage, il reprenait le contrôle. Comment Chris pouvait-il avouer un crime sans le moindre élément de preuve ? Pendant que Chris errait à travers Wicklow, Ronan avait peut-être remis le corps sous l'échafaudage peu fiable, dans le jardin de Chris, à moins qu'il ne l'ait abandonné ailleurs. Chris se sentit dépouillé de quelque chose qu'il ne pouvait pas définir. Il ne s'agissait pas de la culpabilité, car la culpabilité subsistait, mais du châtiment qu'il méritait. Dans l'état d'épuisement où il était, il comprit que, quelque part, il désirait être reconnu coupable d'un crime précis, puis confronté à l'irrévocabilité d'un claquement de porte de cellule.

Peut-être serait-il quand même puni. Ronan pouvait très bien lui avoir tendu un piège. Ronan aurait fait n'importe quoi pour survivre, il était d'une froideur sans merci quand il s'agissait de défendre son territoire. Chris n'était plus sûr de rien. Il examina le bas de la falaise, chercha un indice dans les rochers. Ronan avait-il rempli les poches de l'ouvrier avant de le traîner ailleurs pour le plonger au plus profond de la rivière ? Chris ne le saurait jamais s'il n'allait pas en bas. Il commença à descendre mais se rendit compte que l'à-pic était trop important et dut faire demi-tour. Alors son pied glissa sur les cailloux. Il n'eut pas le temps d'appeler. Son dernier souvenir fut celui d'un ciel bleu de fin d'après-midi en train de basculer.

Chapitre vingt-trois

Alice

Lundi 6, dix-sept heures

Alice se demandait si la cinq portes appartenait à Ezal ou à Jiri. Le siège arrière était jonché d'outils et de tuyaux de cuivre. Alice tremblait, pourtant moins que lorsque, assise en bas, elle avait écouté le bruit de la douche à hydromassage de leur salle de bains sans pouvoir s'empêcher d'imaginer Ezal nu sous les jets. Elle ne savait pas comment de telles idées pouvaient lui venir à l'esprit, mais avec l'angoisse qui l'assaillait, les écarter était trop difficile. Peut-être avait-elle eu besoin de visualiser ce corps d'homme bien vivant afin de repousser les images de celui de Chris noyé sous l'eau rougie par le sang dans la baignoire d'une chambre d'hôtel. L'avait-elle poussé à bout en lui conférant inconsciemment le rôle de celui qui résolvait tous ses problèmes ? N'avait-il pas compris que la plupart du temps, alors qu'elle lui cherchait querelle, c'était contre elle qu'elle se retournait ? Ce n'était pas leur inaptitude à changer de maison qui l'avait déçue, mais sa propre incapacité à transformer l'image qu'elle avait d'elle. Tous ces subterfuges des sorties du dimanche soir faisaient partie d'un rêve dans lequel elle s'imaginait échapper, pendant un bref laps de temps, à la femme qu'avaient façonnée les incessantes critiques de ses parents. Chris était simplement trop proche d'elle, trop enchevêtré à son être proprement dit, pour ne pas être pris dans des tirs croisés où critiquer les faiblesses de son mari n'était qu'une façon détournée de se condamner elle-même. Pourquoi avait-elle puni celui qu'elle aimait de ne pas avoir réalisé des attentes impossibles ?

Si jamais elle apercevait maintenant Chris en train de se balader dans Bullock Harbour, elle lui sauterait à la gorge, furieuse qu'il l'ait obligée à le chercher ainsi, mais Alice était certaine qu'elle ne l'y trouverait pas. Elle jeta un coup d'œil à Ezal, qui tentait de repérer la voiture de Chris parmi les véhicules garés le long de la route. Ezal conduisait depuis deux heures sans s'en plaindre, s'arrêtant sur les bandes réservées aux piétons quand ils vérifiaient les parkings publics des fronts de mer ou ceux des hôtels. Il ne demanda pas à Alice pourquoi elle n'appelait pas la police, et ne tenta pas d'obtenir plus de détails qu'elle ne lui en avait donné. Quoi qu'il ait pensé, il le gardait pour lui. L'angoisse n'empêchait pas Alice de regretter son apparence négligée. Elle avait à peine pris le temps de se donner un coup de peigne. Le stress la vieillissait.

Elle n'aurait pas su dire quel âge Ezal avait. Avec le travail physique qu'il accomplissait jour après jour, il n'avait pas une once de graisse. Personne ne les avait vus partir ensemble, et Alice prit conscience qu'elle ne savait rien de lui. Il aurait pu l'emmener n'importe où, lui faire n'importe quoi, et il n'y aurait pas de témoins, pourtant elle se sentait en sécurité. Au début parce qu'elle avait décelé en lui quelque chose de profondément moral, mais ensuite, comprit-elle soudain mal à l'aise, parce qu'à un certain niveau, Ezal n'était pas là. Il répondait patiemment aux questions inquiètes qu'elle semblait incapable d'arrêter de répéter. Il était attentif aux voitures qui passaient et aux silhouettes masculines qui se dessinaient dans le lointain, mais, fondamentalement, ses pensées étaient ailleurs. Peut-être cette distanciation provenait-elle du traumatisme qui l'entraînait à affirmer venir de nulle part. Si Chris ne réapparaissait pas, d'un point de vue émotionnel, Alice, comme Ezal, n'aurait plus de chez elle. Son téléphone sonna, afficha le numéro de Ronan. Chris était le seul à qui elle aurait répondu. Elle ne voulait plus de mensonges ni de manipulations. Comme elle ne bougeait pas, Ezal lui lança un coup d'œil.

« Qui est-ce ?

— Ronan.

— Ronan est... » Ezal chercha ses mots. Alice se demanda s'il s'agissait d'insultes. Quand la sonnerie s'arrêta, et seulement alors, Ezal reprit : « Pas un homme mauvais... mais petit. »

Alice regarda par la vitre. Après avoir cherché Chris dans tous les lieux qui leur étaient familiers, elle avait demandé à Ezal de les conduire là où il pensait qu'un homme pouvait aller. Elle croyait qu'il s'aventurerait plus loin le long de la côte, vers Bray, mais au lieu de cela, il avait sillonné des quartiers de Dublin dont elle connaissait à peine l'existence, un labyrinthe d'immeubles derrière la M50 qui ne semblaient être habités que par des étrangers. Était-ce là qu'il vivait, partageant un appartement fonctionnel avec Jiri, achetant à manger dans des boutiques aux enseignes remplies de mots qu'elle ne savait pas lire, faisant des provisions de bières dans un *Booze-to-go* ? Une falaise infranchissable de toits se dressait devant elle. Était-elle vraiment encore dans sa ville natale en ce lieu aux noms et aux accents qui lui étaient inconnus ? Elle ne s'était jamais sentie aussi perdue depuis Toronto, quand elle était jeune fille. La fatigue l'envahit. Elle regarda Ezal. Toute image fantasmatique de son corps nu, toute pensée coupable de passion imaginaire avait maintenant disparu. Seuls certains bras pouvaient la faire se sentir en sécurité. Si toucher Chris était impossible, alors elle voulait palper ses vêtements dans la penderie, y retrouver son odeur. Mais il devait maintenant être rentré. Il l'avait suffisamment punie. Ce nouveau Dublin dans lequel Ezal la conduisait semblait vaste et incompréhensible. Ezal perçut son malaise et se tourna vers elle.

« Dites-moi qu'il n'est pas mort, murmura Alice. Dites-moi qu'il n'a rien fait d'insensé, que vous croyez qu'il reviendra. »

Ezal posa les doigts sur son bras pendant à peine une fraction de seconde. « Faites-moi confiance, dit-il, tout le monde réapparaît un jour. »

Alice fixa le lointain. « Pourriez-vous, s'il vous plaît, me ramener chez moi ? »

Chapitre vingt-quatre

Chris

Lundi 6, vingt-trois heures

Le ciel était illuminé d'étoiles géantes lorsqu'il se réveilla. Il avait mal en bas du crâne, des courbatures et la gorge à vif. Il ne tendit pas le bras vers Alice. Chris avait conscience de ne pas être dans son lit, et même dans le cas contraire, Alice ne se serait pas trouvée à ses côtés. Il savait précisément où il était. Mais il n'avait pas idée du temps qu'il avait passé là, allongé, inconscient. Sa montre s'était arrêtée, le verre brisé. Il pensait ne s'être heureusement rien cassé, tout en ayant l'impression d'être passé sous un rouleau compresseur ; et pas seulement physiquement, mais mentalement, tant il avait du mal à trouver l'énergie de se relever.

La batterie de son téléphone était morte. Chris ne pouvait que deviner l'heure. Quelque chose entre onze heures du soir et quatre heures du matin. Tout ce dont il était certain, c'était qu'il devait appeler Alice pour la rassurer, mais même si son téléphone avait marché, il n'aurait su que lui dire. Sa voiture avait probablement été localisée, pourtant personne ne semblait être venu le chercher. Ronan n'aurait en tout cas pas pris le risque de conduire qui que ce soit ici. La falaise d'où il était tombé semblait infranchissable : il n'y avait pas moyen de l'escalader. Il ne lui restait qu'une possibilité, partir dans la direction opposée et essayer de traverser la rivière en se hissant sur les rochers dispersés dans le courant rapide.

Chris s'avança, chancelant. L'eau était glacée, cependant lorsqu'il y plongea les mains pour boire sans se demander s'il était prudent de le faire, le froid le ranima. Peut-être était-il fou de vouloir traverser dans le noir, pourtant il était content de devoir se concentrer sur une tâche qui ne laissait aucune place à ses autres pensées. Au début, les rochers étaient suffisamment proches pour qu'il puisse facilement passer de l'un à l'autre. Mais au milieu de la rivière, un moment arriva où il lui parut impossible de continuer, et en même temps il n'était pas certain de retrouver son chemin vers la falaise. Il avait mal partout, à cause de sa chute, puis des écorchures récoltées lors de ses escalades successives. Le torrent bouillonnait si bruyamment qu'il semblait non seulement l'enclaver mais battre sous sa boîte crânienne. Les embruns lui emplissaient les narines et trempaient ses vêtements, il était gelé jusqu'à la moelle des os. Il fallait qu'il se détourne de ce flot hypnotique auquel même le nageur le plus aguerri n'aurait pas résisté.

Il avait l'impression de vivre le pire de ses cauchemars, Dieu ridiculisant une existence entière marquée d'indécision. Il semblait devoir choisir entre avancer et se noyer, ou rester accroché à cette paroi et mourir d'hypothermie. Il n'avait pas idée du temps qu'il avait passé recroquevillé, glacé de terreur, mais s'il ne surmontait pas cette paralysie, il finirait par lâcher prise et serait emporté par la rivière tourbillonnante. Le rocher suivant paraissait absolument inatteignable, pourtant, mû par son instinct de survie, il sauta dans la lumière de la lune. Paumes éraflées, pantalon déchiré, il s'agrippa tant bien que mal à la roche moussue et ruisselante. Dans l'exaltation de la victoire contre l'épreuve mortelle, il mit quelques instants à prendre conscience de la douleur, puis il sentit l'entaille qui balafrait sa cuisse. Il lutta pour reprendre son souffle et combattit une dangereuse envie de marteler triomphalement le territoire conquis.

D'autres sauts hasardeux l'attendaient, et Chris s'élançait maintenant avec une audace téméraire. Arrêter de penser et chevaucher la vague d'adrénaline qui montait, tel était le secret. Chaque envolée était suivie de nouvelles écorchures lorsqu'il atterrissait, mais enfin ses pieds s'enfoncèrent entre les joncs sur la rive opposée. Puis ce fut la tourbière marécageuse qui aspirait ses chaussures tandis qu'il cherchait à atteindre les touffes d'herbe grasse formant un sol plus ferme. Il était gelé, il avait mal partout, mais il avait réussi, il avait traversé.

Devant lui s'élevait une sombre colline couverte de bois de sapinettes. Si l'ouvrier était revenu à la vie, c'était le seul chemin qu'il ait pu prendre. Une idée absurde, mais il semblait tout aussi impossible que Ronan ait traîné son cadavre vers le haut de la falaise. Chris ne s'était jamais senti aussi perdu, et en même temps étrangement survolté. Les anciennes règles ne s'appliquaient plus. Cette dangereuse traversée l'avait libéré de sa prudence handicapante. Peut-être avait-il simplement besoin d'être seul et de n'avoir à répondre que de lui-même, sans que s'y ajoute le poids des angoisses d'Alice.

Les étoiles semblaient briller avec un éclat surnaturel, carte de constellations qu'il était incapable de lire. Même s'il avait pu se diriger grâce à elles, il n'aurait pas su quelle direction prendre. Il atteignit la forêt et se pencha pour y entrer, les mains tendues tel un aveugle afin d'empêcher les branches basses de lui fouetter le visage. Le sol était irrégulier, les broussailles si denses qu'il lui fallait parfois ramper. Au début, il pensa errer au hasard, puis il fut convaincu de suivre un chemin défini, la vie qu'il avait eue ces dernières années conduisait à une sorte de rendez-vous, ici, et dans le noir. Il ne se sentait plus seul, car il avait la sensation irrationnelle que les fantômes convoqués se rapprochaient de lui. Faible et affamé, il se demanda s'il n'était pas encore en état de choc. À moins que l'épuisement ne le fasse halluciner. Pas seulement celui de ces dernières vingt-quatre heures, mais l'accumulation du stress provoqué par la prise de conscience inévitable de la crise qu'il vivait dans son couple.

Perdu en pleine nature, il était maintenant certain d'être entouré de morts, ses parents et ses grands-parents étaient avec lui dans la forêt, ainsi que les ancêtres dont il avait hérité les traits. Il n'était plus une âme errante, il appartenait à une chaîne d'existences. Tout ce qu'il avait vécu l'avait déjà été par eux. Il était peut-être égaré dans ces bois, mais il n'était pas seul. La véritable solitude, c'était de se retrouver bloqué dans les embouteillages sur Rock Road en écoutant de stupides DJ avec le sentiment d'être éternellement entravé, banlieusard comme les autres aiguillé vers un bureau en verre. La véritable solitude, c'était partager une maison avec quelqu'un dont un invisible mur de glace vous sépare, une litanie d'affronts vous empêchant de traverser les quelques mètres qui vous éloignent de l'être que vous aimiez.

Perdu en pleine nature, rien ne l'entravait, tant qu'il écartait les branches basses devant lui. Il sut que les fantômes convoqués qui marchaient à sa suite étaient devenus visibles, pourtant il savait ne pas devoir se retourner, ils auraient pu alors s'éparpiller comme des daims surpris. Il ne s'inquiétait plus de la douleur lancinante toujours présente à l'arrière de son crâne : il ne s'occupait que de mener à bien cette expédition vers un rendez-vous non identifié. Il se demanda pourtant encore s'il n'était pas en état de choc, car il avait quitté la forêt et ne se souvenait absolument pas en être sorti. Il avançait dans une clairière si escarpée qu'il commença bientôt à chercher où poser les pieds pour escalader une pente que normalement il n'aurait jamais essayé de remonter.

Peut-être faisait-il une dépression nerveuse. Il sentait maintenant les écorchures de ses avant-bras probablement égratignés par les branches. Ou était-ce par ses ongles ? S'était-il gratté les poignets tout en marchant afin d'expier la faute qu'il avait commise en se laissant manipuler par Ronan ? Peut-être son rendez-vous impliquait-il une confrontation avec le fantôme de l'ouvrier errant lui aussi dans cette obscurité à la recherche de sa vengeance. Chris ne pouvait pas tenir Ronan responsable de ce qui était arrivé ; il devait assumer ses actes.

Un brouillard blanc rampant recouvrait la colline. Chris n'avait jamais eu aussi froid. Le terrain s'aplanit, Chris atteignait un plateau au sol accidenté. Un immense rocher se dressait en son centre. Il comprit instinctivement qu'il s'agissait d'un autel où, au temps des lois pénales, le corps interdit du Christ était élevé à l'abri du regard inquisiteur de l'autorité anglaise. Des gens à moitié morts de faim étaient montés à l'aube jusqu'ici, suivant en silence les sentiers des bouquetins après avoir jeûné toute la nuit pour s'agenouiller pieds nus devant un prêtre clandestin. Chris avait depuis longtemps cessé de croire, mais il accepta que ses ancêtres l'aient conduit en ce lieu. Lentement, il alla placer ses mains sur l'autel. Il respira profondément, se sentant ridicule, tout en sachant que seules les âmes des morts le regardaient.

Il baissa les paupières et se retourna lentement. Quand il était petit, il craignait, la nuit, que des fantômes lui apparaissent au premier coup d'œil lancé au-dessus de son drap. Ce qu'il redoutait maintenant était bien pire. Quand il rouvrit les yeux, ses peurs furent confirmées. Déployé en rangs silencieux autour de lui, il n'y avait que le vide. Ni ancêtres, ni fantômes, ni fidèles se rendant à la messe n'avaient répondu à sa détresse. Le brouillard blanc reculait. Devant Chris les vallées se succédaient jusqu'à la ville, où sa femme devait l'attendre, folle d'inquiétude. Chris grelottait, il avait faim et se sentait absolument seul. Chacun des actes qu'il avait accomplis depuis qu'il était sorti de Blackrock était insensé. En disparaissant, il avait attiré l'attention sur lui, alors que Ronan devait s'être tenu tranquille. Chris, dans ces montagnes, ne faisait que fuir les problèmes. À Dublin, il y avait une maison en travaux à finir et un mariage qu'il devait sauver. Il était temps d'affronter la réalité plutôt que de conjurer des fantômes dans le noir.

Il ne savait pas s'il aurait la force de descendre cette pente abrupte et pierreuse, les jambes rompues, il pouvait à peine envisager de faire un pas de plus. Mais rester là n'était pas une solution. Il se retourna pour regarder l'autel une dernière fois. Alors il vit une silhouette qui s'avançait vers lui dans les dernières traces de brouillard. Chris le reconnut immédiatement. Il le laissa s'approcher en se demandant si lui, il avait ne serait-ce que remarqué sa présence. S'il savait de qui il s'agissait, c'était à cause de ce qu'Alice lui avait dit un jour où, allongés éveillés l'un à côté de l'autre, ils se confiaient leurs pensées les plus intimes. « Tu vas me prendre pour une folle, avait-elle commencé, mais je suis convaincue qu'une seconde version de moi existe. C'est la fille que la culpabilité n'a pas éloignée du Canada pour l'attirer ici. Un après-midi d'hiver, elle a pris à côté de moi le ferry de Toronto, mais elle est passée sans s'arrêter devant la cabine téléphonique où je suis entrée pour appeler mes parents comme le devoir me le dictait. Ce n'était pas qu'elle n'aimait pas ses parents, mais il lui fallait vivre sa vie… la vie que j'aurais pu vivre. Ce jour-là, mon âme s'est déchirée en deux : cette fille s'est éloignée avec mes rêves, et je suis revenue ici, affronter mes responsabilités. Je suis certaine qu'elle vit dans un endroit qu'on appelle le bois de l'Entrelacs. La nuit, quand je n'arrive pas à dormir, je ferme les yeux et j'imagine mon autre vie. Je me promène dans sa maison, je palpe ses vêtements. Je pose la tête sur son oreiller et enfin je m'endors. »

Chris comprit qu'il contemplait la version libre de lui-même ; le Chris qui vivait une existence parallèle où il avait fait tous les choix courageux, celui qui avait pris le risque de quitter la fonction publique pour un secteur privé où il touchait d'énormes profits. Chris le reconnut parce que dans sa jeunesse il avait projeté de devenir cet homme sans peurs. Voici celui que j'aurais pu être, pensa Chris ; un type qui aurait brillamment réussi, posséderait des titres boursiers et envisagerait une retraite anticipée après avoir investi dans un appartement au Portugal où il passerait l'hiver. Cette silhouette semblait trop réelle pour qu'il hallucine, pourtant il savait qu'elle ne pouvait pas l'être. L'amical fantôme élégamment vêtu s'approcha. Chris avait des questions à lui poser : Alice était-elle heureuse dans ce monde parallèle ? Y avaient-ils conservé leur inaltérable intimité ? Mais il ne dit rien car le mirage ne pouvait pas le voir : cet homme était trop occupé à regarder devant lui le prochain défi à relever avec des yeux qui rappelèrent à Chris ceux de Ronan.

Chris recula devant la silhouette et se retrouva en train de contempler une voûte étoilée. Il comprit qu'il était tombé, épuisé, affamé. Était-il toujours en état de choc ou son cerveau avait-il été endommagé lors de sa chute ? Il regarda autour de lui afin de voir si le mirage avait disparu. Dans la lumière trompeuse de la lune il lui sembla qu'il y avait maintenant une dizaine de silhouettes autour de lui, chacune se divisant encore en deux à chaque embranchement de chemin. Peut-être ces taches en mouvement sur la colline n'étaient-elles que de fines volutes de brouillard, peut-être son cerveau s'était-il désintégré à force de vouloir tout maintenir en place pendant de si longues années. Tout ce dont il était certain, c'est qu'il allait rentrer et obliger Ronan à révéler où il avait enterré le corps de l'ouvrier. Il préviendrait la police, quelles qu'en soient les conséquences. Chris ne se sentirait plus coupé en deux. Il affronterait ses responsabilités et reprendrait possession de l'homme qu'il avait été.

Chapitre vingt-cinq

Ronan

Mardi 7, une heure trente du matin

Toute la journée, il s'était senti angoissé, et épuisé, pourtant, alors que minuit était passé depuis longtemps, Ronan semblait physiquement incapable de monter se coucher. Il était resté une heure dans la serre, toutes lumières éteintes, à regarder cette maudite maison où les travaux se finissaient, et à espérer le retour de Chris. Il y avait eu ces derniers temps d'autres nombreuses nuits où il avait eu peur de se glisser dans la chaleur qui émanait du corps de Kim endormie sous les draps, craignant de devoir attendre que le sommeil lui fasse faux bond. Il n'avait laissé quelqu'un lui poser un lapin qu'une seule fois dans sa vie. Il se rappela le supplice vécu pendant les deux heures qu'il avait passées à attendre une fille du lycée Loreto Dalkey devant la mairie de Dun Laoghaire, en essayant de prendre l'air nonchalant, tandis que son humiliation croissait.

Une leçon qu'il avait retenue. Il avait, depuis, rarement permis qu'on l'humilie – tout au moins jusqu'à ce qu'il découvre que Paul Hugues l'avait dupé. Il se souvint de Hugues, adolescent boutonneux qui l'enviait dans ces fêtes où Ronan enchaînait tranquillement les conquêtes. Il n'avait pour autant jamais fait preuve de dureté envers les filles. À une exception près, il était resté en bons termes avec toutes celles avec qui il avait couché. Il les croisait souvent entourées de leur progéniture adolescente dans le centre commercial de Dundrum, ou traînant leurs maris derrière elles pendant les soldes. Généralement elles lui adressaient un demi-sourire de reconnaissance, comme avouant se rappeler une époque plus innocente.

Mais ce que Hugues lui avait fait, à lui comme à d'autres innombrables investisseurs, était différent. Hugues avait courtisé les naïfs pour mieux les arnaquer, et puis les oublier. Ronan ne s'était jamais considéré comme quelqu'un de crédule, pourtant il se sentait maintenant telle une candide jeune fille séduite par un beau parleur, utilisée puis écartée. C'était déjà assez pénible d'avoir placé son argent dans un consortium bidon, mais il n'avait jamais agi de façon aussi malhonnête qu'en risquant les économies de Chris et Alice, malgré tous les méfaits qu'il avait commis, comme tous les hommes doivent parfois en commettre quand ils veulent protéger leur famille. Cela ne l'avait jamais empêché de dormir – trop profondément pour Miriam qui, alors que le temps corrodait leur relation, se plaignait de ses ronflements. S'il ronflait, il en avait mérité le droit, car il avait apporté à Miriam la sécurité financière en faisant le sale boulot que la vie exigeait qu'il fasse, et en se montrant aussi peu scrupuleux que doit l'être un métreur s'il veut, dans une économie en plein essor, continuer de travailler.

Les ronflements d'un autre homme empêchaient-ils ce soir Miriam de dormir ? Bien sûr, les gigolos ne ronflaient pas, ne se plaignaient pas, ne se sentaient pas fatigués : leurs narines étaient aussi ciselées et impeccablement soignées que leur bite. Ronan savait qu'il était injuste. Miriam ne fréquentait pas les gigolos, elle était encore assez séduisante pour avoir de vrais admirateurs. Il se demanda si elle couchait souvent avec d'autres hommes et si elle comparait leur façon de faire l'amour à la sienne. Mais il se demanda surtout si, bien qu'elle ait si souvent répété qu'il était impossible de vivre avec lui, il lui manquait quand même. C'était elle qui avait été impossible à vivre pendant les dernières années qu'ils avaient passées ensemble, c'était elle qui, à cette époque, le rendait fou. Pourtant, dans des moments de faiblesse tels que celui qu'il traversait ce soir, elle lui manquait terriblement. Elle avait commencé à lui manquer à l'instant même où, soulagé, il l'avait vue partir. Miriam en aurait ri, retrouvant là une de ces contradictions qui l'agaçaient toujours. Ronan regrettait le rire exaspéré de Miriam.

Mais c'était là une autre leçon, tirée du divorce : seule la séparation physique vous permettait de dégager les strates complexes de la relation nouée avec quelqu'un qui avait partagé votre vie. Ce n'étaient pas les disputes sans fin des dernières années qui lui manquaient, leur retranchement derrière des positions absolutistes, le champ de mines inexploré qui passait pour la vie quotidienne dans une maison où aucune remarque irritée ne pouvait être désamorcée. Il avait été en colère contre Miriam lors de ces orages, mais surtout contre lui-même, enfermé dans la bataille qu'il menait face à ses propres défaillances. Miriam constituait une part si importante de son être qu'elle portait le poids de sa fureur sans comprendre qu'elle n'était pas dirigée contre elle. Miriam était prise dans le tir croisé de l'implacable guerre civile qui bouillonnait en lui. Lors de ces éruptions, il ne pouvait pas s'empêcher de déverser des insultes, car Miriam était sa conscience profonde, la seule partie de lui qui soit bonne. L'incapacité de sa femme à reconnaître la douleur qu'il ressentait lui paraissait, lors de ces crises, comme un affront. Certains hommes écrivent à leurs épouses des poèmes exprimant leurs liens indivisibles. Quand il ne bombardait pas Miriam de gages d'amour, Ronan n'avait été capable d'exprimer le besoin qu'il avait d'elle qu'à travers ce genre de scène violente.

Il n'avait jamais élevé la voix sur Kim. Il arrivait qu'ils tombent dans un silence prolongé après quelque banale dispute, mais ils ne ferraillaient pas avec cette fureur qui était pour lui de l'ordre des préliminaires amoureux. Ses nombreuses connaissances – en dehors de Chris, il ne possédait aucun véritable ami – disaient que Kim était parfaite pour lui, qu'il n'avait jamais paru aussi heureux, mais au fond de son âme, il savait ne pas aimer Kim avec la même intensité. Il n'avait jamais envie de la secouer, inassouvi, dans l'espoir qu'elle lirait dans sa colère le seul moyen qu'il avait de lui tendre la main. Il avait souvent eu envie, pendant leurs disputes, que Miriam lui fasse follement l'amour, pourtant ces querelles avaient moins à voir avec le sexe qu'avec son besoin que quelqu'un le prenne dans ses bras et le rassure pour qu'ils puissent ensuite rire ensemble de son extrême vulnérabilité. Miriam avait eu conscience du sentiment d'insécurité de Ronan au début de leur mariage, quand ils se pardonnaient encore mutuellement leurs éclats déraisonnables. Cette compréhension intuitive l'un de l'autre ne s'était étiolée que lorsqu'ils avaient été pris dans les rôles antagonistes d'une procédure de divorce.

Ronan s'était vite remarié : s'il n'avait eu à s'occuper de personne, il se serait soûlé à mort. Un second mariage était un sommet inexploré, comme une pâle version de Tenzing et Hillary, Ronan ne pouvait ignorer aucun Everest. Mais il lui avait fallu attendre que la pression de son divorce et de ce qui l'avait provoqué se relâche pour qu'il se sente à nouveau celui dont Miriam était tombée amoureuse. Miriam n'était plus obligée de vivre avec son aréopage de personnalités contradictoires, mais le garçon qu'elle avait rencontré autrefois ne pouvait pas ne pas lui manquer : jeune homme cachant sa fragilité derrière son impudence, révélant timidement des rêves qu'il pensait réalisables parce qu'elle croyait en lui. À la fin, leur amour avait été obscurci par les ressentiments. Leurs silences s'étaient glacés comme du papier, et sur ce papier étaient apparus les discrets filigranes et en-têtes en relief de cabinets d'avocats spécialisés dans les divorces. Leur passé avait cessé de constituer un trésor de souvenirs partagés pour devenir un inventaire, sujet de dispute dont chaque bien était disséqué par un conseiller juridique et évalué d'un point de vue purement financier.

Comment calculer le prix d'un vieux lit à deux places, alors qu'il n'avait de valeur que parce qu'il leur rappelait l'audace qu'ils avaient eue de l'acheter quand ils étaient fauchés ? Cette acquisition extravagante était une déclaration d'intention. Les tables et les chaises pouvaient attendre : ce lit constituait le centre de leur monde. Ils auraient, au cours des années, facilement pu le remplacer par un modèle plus luxueux. C'est ce qu'ils avaient fait pour tous leurs autres meubles. Il avait changé deux fois les fenêtres, recarrelé la cuisine d'ardoises qu'il avait dû ensuite enlever pour installer le chauffage au sol. Pourtant, ils avaient toujours gardé leur vieux lit, sachant que les souvenirs qui y étaient attachés ne pouvaient pas être dupliqués.

Tenter de lui attribuer un prix aurait été comme essayer de calculer celui du tableau devant lequel Miriam était un jour tombée en admiration, une huile exposée dans une galerie d'un village perdu au cœur de la Toscane. L'expression de surprise qu'elle avait eue en le découvrant dans les toilettes du rez-de-chaussée, alors qu'il avait secrètement demandé qu'on le leur envoie, en faisait toute la valeur. Les choses ne pouvaient être appréciées qu'à l'aune du passé qu'elles évoquaient. Chacune de ces possessions froidement énumérées leur rappelait un amour qui s'était assombri, comme les cercles d'écorce piégés à l'intérieur d'un tronc. Le divorce était une hache s'abattant sur un arbre. Il avait fallu que les coups répétés tout au long du procès mettent le tronc en morceaux pour que Ronan puisse voir les cercles lumineux de leur premier amour dégagés de leur gangue. Il lui suffisait de fermer les yeux, et ils apparaissaient, Miriam et lui, adolescents en jean qui marchaient sur les chemins défoncés entre Greystones et Bray, jeunes amants sans le sou éblouis devant leur premier plat de bœuf aux haricots noirs, qu'on leur avait servi encore tout grésillant au restaurant chinois, jeune couple qui, pendant les premières semaines où ils avaient vécu ensemble dans le péché, se tenait éveillé toute la nuit en échangeant de précieux souvenirs d'enfance qu'ils n'avaient jamais partagés avec âme qui vive. Ce socle de secrets s'était pétrifié, formant un code intime qu'eux seuls déchiffraient, jusqu'à ce que les âpres termes juridiques utilisés dans les échanges entre avocats finissent par le détruire.

« Je devine toujours ce que tu veux, disait Miriam. C'est à chaque fois quelque chose que tu ne peux pas avoir. Dès que tu le possèdes tu as envie de le fuir. » Ronan aurait dû, il le savait, aller se coucher, se blottir contre sa nouvelle épouse, qui détenait le don extraordinaire d'être contente de ce qu'elle avait. Mais la réflexion de Miriam était parfaitement juste. Kim ne lui suffisait pas ce soir parce qu'elle était toujours disponible sexuellement. C'était Miriam qu'il voulait, là, maintenant, simplement afin qu'il puisse lui dire que, même quand ils avaient atteint le stade où ils ne supportaient plus la vue l'un de l'autre, ils avaient toujours représenté bien plus l'un pour l'autre que ce simple inventaire de biens matériels. Mais pour être honnête, la dernière chose qu'il aurait évidemment voulue était de se retrouver en face de Miriam : il pouvait affronter son mépris, pas sa pitié.

Quoique personne n'ait eu de raison de le plaindre. Ronan s'en était toujours bien sorti, jusqu'à ce que Paul Hugues l'escroque. Cette maison en construction était devenue un cauchemar. Pour couronner le tout, alors que, lors de leur dernière mésaventure, il avait manœuvré Chris comme il le voulait, cet imbécile disparaissait. Où était-il ? Pas pendu à un arbre : un nœud coulant exigeait une compétence manuelle que Chris n'avait pas. Ronan pensait qu'il était coincé sur une saillie métaphorique, paralysé par l'indécision, incapable de rassembler le courage d'aller tout avouer à la police. La faim, l'hyperthermie ou le besoin d'une chemise propre le ramèneraient chez lui. Ronan apaiserait sa conscience ou lui ferait suffisamment peur pour qu'il se taise, car Ronan savait analyser les faiblesses des autres. Il comprenait aussi les siennes. Ce qui le tenait éveillé était en réalité une insatisfaction insondable, et qui confinait au dégoût de lui-même.

Il associait la naissance de ce sentiment à l'époque où il avait enfin acquis les signes extérieurs du succès, quand sa capacité à ne pas s'embarrasser de scrupules lui avait permis de devenir un second couteau du boom immobilier. Mais plus il lui était permis d'observer ce monde – et les énormes fortunes gagnées par des investisseurs qui avaient le courage d'acheter des sites délabrés et de les revendre le double –, plus il prenait conscience d'être exclu du cercle où se passait ce qui comptait vraiment. Il était incapable de décider à quel clan il désirait appartenir. S'il était ami avec Chris, c'était, entre autres, parce que la prudence paralysante de Chris autorisait Ronan à être content de lui-même. Comparé à Chris, Ronan avait brillamment réussi. De même, il faisait figure d'homme important aux yeux d'immigrés tels que Jiri et Ezal, car il pouvait produire la seule devise qui comptait pour eux comme pour son père : un rouleau de billets si épais qu'aucun élastique ne pouvait l'entourer.

Aux échelons d'opulence auxquels Ronan n'avait qu'un accès restreint, cependant, l'argent liquide était vulgaire, et préhistorique. Les transactions se déroulaient grâce à l'électronique, les actifs changeaient de propriétaire à travers un dédale impénétrable de sociétés écrans dans de lointains paradis fiscaux. Les promoteurs réunissaient des capitaux avec l'avidité brutale de conquistadors accumulant de l'or. Ronan était tenu à l'écart de ce monde, en dehors d'informations distillées au compte-gouttes par Hugues qui s'était servi de lui comme Ronan se servait parfois de Chris : en le considérant comme une non-entité de petite envergure face à qui mesurer sa réussite. Hugues était maintenant un homme mort. Mais malgré sa passion pour les feux de la rampe, et la passion qu'avaient pour lui les chroniqueurs mondains, il n'avait jamais été que du menu fretin comparé aux véritables exécuteurs, qui possédaient déjà presque tout Londres et New York, et achetaient l'Europe de l'Est. Ces grands maîtres avaient saisi le vrai secret de l'argent : il n'avait pas de réalité. Au-delà d'un certain chiffre, il n'était plus qu'une abstraction – la plus importante abstraction de la planète. Personne n'avait besoin de posséder les sommes colossales qui circulaient. Personne ne pouvait même appréhender leur magnitude. Il fallait simplement avoir le courage d'apposer une signature sur un contrat de crédit. Les commissions étaient si exorbitantes qu'aucun cadre de banque ne pouvait se permettre de s'inquiéter des capacités de paiement de ces gens. Leur travail consistait à autoriser les prêts puis à les faire disparaître de leurs comptes et à pousser leurs subordonnés à atteindre des objectifs, avec autant de véhémence que leurs supérieurs en usaient vis-à-vis d'eux.

Si jamais le coup de bluff de Ronan était découvert, et qu'il lui était demandé de rembourser ce qu'il avait emprunté, il n'aurait pas d'autre solution que s'enfermer dans son bureau et se tirer une balle. Il pensait qu'Ezal pourrait lui fournir l'arme. Ezal semblait être un homme capable de se procurer n'importe quoi au juste prix. Mais comment les banques pouvaient-elles exiger ce qu'il ne pouvait pas payer quand elles savaient que, dans cette course frénétique où les promoteurs s'achetaient l'Irlande les uns aux autres, ils étaient tous grevés de dettes ? Les gens possédaient de telles fortunes qu'en réalité personne ne possédait plus rien.

S'il mourait demain, que vaudrait-il vraiment ? Comment répondre à cette question quand il ne savait plus rien quantifier ? Peut-être son père avait-il eu raison : la seule mesure valable était un paquet de billets retenus ensemble par un élastique. Quand il avait trouvé le cadavre de l'ouvrier, c'étaient les moqueries de son père qui avaient résonné dans sa tête. Si Ronan s'était conduit en requin, cela avait été pour faire taire la voix de son fantôme. Mais il comprenait seulement maintenant, alors que le plus dur était passé, que cette mort l'avait affecté plus profondément qu'il ne l'avait tout d'abord cru. Il se sentait complètement à plat, comme il s'était senti autrefois pendant des jours, après une mêlée particulièrement violente pendant un match de rugby, vidé de toute énergie, comme si ses forces vitales lui avaient été enlevées. Dans la montée d'adrénaline provoquée par l'événement, son cerveau avait décomposé le problème en un ensemble de difficultés logistiques, et il était adepte de l'effacement des problèmes. On s'aperçoit seulement ensuite que les ennuis ne disparaissent pas simplement parce que, tel un magicien, on le laisse croire. Le dimanche soir, il avait fait ce qu'il y avait de plus intelligent à faire. Les âmes sensibles pouvaient qualifier cela d'immoral, mais ses actes constituaient une solution pratique à la menace pesant sur la sécurité des siens. Pourtant, chaque fois qu'il était ainsi obligé de combattre un jugement moral, une part de lui mourait – celle que représentait le garçon qui avait autrefois partagé ses rêves avec une fille en jean sur le chemin des falaises entre Greystones et Bray, le jeune homme dont la sentence était celle que Ronan craignait par-dessus tout.

Ronan ouvrit les portes de la serre et sortit dans le patio, à la lumière de la lune. Il aurait aimé être transporté comme par magie dans la quiétude de son lit, à côté de Kim. Une amante en chair et en os était certainement ce que tout homme raisonnable aurait voulu. Mais la réalité avait ses exigences et vous exposait à la possibilité de l'humiliation sexuelle. Ronan luttait contre la compulsion, il repoussait l'instant où il rentrerait dans la maison pour aller se coucher. Il se savait incapable de passer devant son bureau sans aller allumer son ordinateur, sous prétexte de vérifier ses e-mails. Cela arrivait tous les soirs ; la seule chose qui changeait, c'était le temps pendant lequel il résistait. Après, il se souvenait à peine des vidéos qu'il avait regardées : elles se fondaient dans un récit cauchemardesque sans commencement ni fin. Cela ne lui servait plus à oublier ses problèmes, mais à effacer son identité. Dès qu'il cliquait sur la souris, elle prenait possession de lui. Il perdait le sens des responsabilités, et il était libéré du besoin de penser. Il devenait une coquille vide dénuée de libre arbitre. Ronan savait qu'il n'allait plus tenir longtemps face à la tentation cybernétique. Poussé par la compulsion, il allait retourner devant son écran et devenir un numéro – ou peut-être ce qu'il était vraiment, le portrait ravagé de Dorian Gray dans le grenier. La pornographie était le moyen le plus solitaire de tenir la solitude à l'écart, le crack des classes respectables, un cauchemar où personne ne pouvait l'atteindre ni rien lui demander. À cet instant, elle lui semblait le seul endroit où il pouvait vraiment se sentir chez lui.

Chapitre vingt-six

Chris

Mardi 7, une heure trente du matin

Depuis quand était-il parti de devant l'autel ? Chris avait perdu toute notion du temps. Il avançait de nouveau péniblement à travers bois. Quand avait-il passé pour la dernière fois la nuit dans ces collines ? Pas depuis l'époque où il faisait partie des scouts catholiques. Il se rappelait avoir été fier de porter leur uniforme, avoir eu un sentiment d'appartenance, et de se former, ce qui était encore plus important. Camper sur ces hauteurs avait semblé marquer une nouvelle étape vers l'inaccessible âge d'homme, une initiation, un rite de passage le rapprochant du moment où il serait capable de faire face à n'importe quelle situation. Mais rien ne vous préparait à devenir adulte. Enfant, il avait été poussé par la perspective d'exploits à accomplir. Même pendant la maladie d'Alice, il avait cru qu'ils rattraperaient à l'avenir ces années difficiles. Mais maintenant, alors qu'il marchait épuisé dans cette forêt, il reconnut que cela aussi avait été une illusion puérile.

Il avait tellement froid qu'il craignit d'être en proie à la fièvre. Et, ce qui était absurde, il se sentait observé, comme si quelqu'un l'avait suivi, un chasseur habile à pister les daims et les humains. Que savait-il de ceux qui construisaient la maison en bas de son jardin, ces êtres taciturnes au corps musclé, comme Ezal, qui parlait rarement pour ne rien dire ? On racontait que sur les chantiers irlandais, d'anciens combattants des forces spéciales travaillaient côte à côte avec les charpentiers et les maçons. Quelles compétences ces miliciens avaient-ils développées ? Pouvaient-ils feindre la mort ? Non, cet ouvrier avait arrêté de vivre bien avant qu'ils le mettent dans le coffre de la voiture, mais qui d'autre pouvait le traquer, à moins qu'un groupe mystérieux, impliqué dans ce soi-disant accident, ne se soit servi de Chris comme d'un pion dans un jeu qui le dépassait ?

Incapable de réfléchir, l'esprit infesté de désillusions et de paranoïa, il n'était sûr de rien. Mais comment attribuer à la paranoïa ce qui était réel ? Quand il sortit du bois, Chris vit à une centaine de mètres devant lui la surface brillante d'un petit lac qui reflétait la lumière de la lune. L'ouvrier étranger ne s'était pas fatigué à le suivre, il avait patiemment attendu que Chris le trouve. Reconnaissant qu'il serait futile de vouloir éviter le châtiment, Chris s'avança vers l'homme dont il avait jeté le cadavre du haut de la falaise. Il était torse nu, éclairé par un feu de camp qui permettait aussi de voir la portière arrière ouverte d'un van garé sur le chemin côtier. Il regarda Chris tranquillement, haussa les épaules et se baissa pour ramasser une arme. Il la lança, mais loin de Chris, en direction du lac. Chris comprit que c'était une canne à pêche.

L'homme lui tournait le dos, impassible, incurieux, indifférent, et quand Chris le regarda plus attentivement, il comprit qu'il s'était trompé. Il venait lui aussi d'Europe de l'Est, il avait la même carrure solide, la même tête rasée et agissait avec le même sérieux que les ouvriers de Jiri, mais Chris ne l'avait jamais vu et ses traits n'étaient certainement pas ceux du plâtrier. Il avait toujours essayé de faire en sorte que ces étrangers se sentent bien accueillis lorsqu'ils travaillaient dans son jardin. Et maintenant, il se sentait comme un intrus, étranger, perdu, surtout quand le silence fut brisé par le rire d'une jeune femme allongée près du feu sur une couverture. Des canettes de bière étaient posées à ses pieds, mais il n'y avait aucune trace d'ivresse dans sa voix amusée. Chris crut d'abord qu'elle se moquait de son allure débraillée, de ses vêtements déchirés, mais elle avait les yeux tournés vers son compagnon, qui ajustait solennellement la résistance de la ligne en tournant la poignée de son moulinet capoté. Elle ne leva le regard vers Chris que lorsqu'il s'approcha, frissonnant de froid, soudain absolument exténué, craignant que ses jambes ne le portent plus.

« Lajos travaille si souvent de nuit qu'à son avis même les poissons de ce lac pointent à cette heure-ci. Les seuls qui mordent encore sont dans la mer. »

L'homme n'accorda pas plus d'attention à ces commentaires qu'à la présence de Chris. Il semblait totalement absorbé dans le rembobinage de sa ligne, comme s'il s'était entraîné à régler les problèmes un par un. Chris n'arrivait pas à savoir s'il était hostile ou accueillant. Il se dit qu'une heure plus tôt ils se seraient montrés moins hospitaliers. Le ton enjoué de la jeune femme et la façon dont elle s'étirait languissante sur la couverture laissaient deviner qu'ils venaient de faire l'amour. Chris pensa que Lajos avait l'intention d'ignorer sa remarque, lorsque l'homme répondit sans se retourner :

« On a pris assez de truites avant que la nuit tombe. Et on serait parti d'ici depuis des heures si tu ne m'avais pas déconcentré. Je veux simplement m'assurer que cette canne fonctionne avant d'aller à Kilcoole Beach.

— Est-ce qu'il t'arrive de faire autre chose pendant la nuit que pêcher, Lajos ? » demanda la jeune femme, avec son accent d'Europe de l'Est.

L'homme posa sa canne et se retourna vers eux. « Je ne sers pas qu'à ça. »

Elle lui fit une grimace. Ces taquineries aguicheuses semblaient faire partie d'un rituel postcoïtal, rendu plus intime par la présence d'un étranger.

« Je t'ai dit de ranger, ajouta l'homme. Une fois à Kilcoole, tu pourras aller te balader entre les lampes-tempête et les radiateurs à gaz et embêter les gens avec tes bla-bla-bla.

— Je parlerai si fort que les poissons auront peur. Comme ça, je pourrai peut-être me coucher avant l'aube. »

Lajos haussa les épaules et se mit à démonter sa canne. « Tu es déjà allongée là depuis que la nuit est tombée. »

La femme semblait avoir quinze ans de moins que Lajos. Leurs taquineries provoquèrent en Chris une douleur cinglante, elles lui rappelaient comment, après avoir fait l'amour aux moments les plus inattendus, Alice et lui trouvaient continuellement des excuses pour s'effleurer, emplis d'un sentiment de satisfaction imprégnant le moindre commentaire apparemment banal. Il avait si atrocement faim qu'il ne pouvait pas détourner les yeux des restes du dîner qui traînaient près du feu : un pâté à la viande garni d'œufs durs et un pain sans levain comme il n'en avait jamais vu. La femme suivit son regard.

« Il y a longtemps que vous avez mangé ? » Dans sa voix, la gaieté avait fait place à la sollicitude.

« Je ne sais pas exactement. Quel jour sommes-nous ? »

Elle rit, puis elle comprit qu'il ne plaisantait pas.

« Vous ne savez pas quel jour on est ?

— Ma voiture est tombée en panne, puis j'ai dévalé une falaise sur le dos. Je marche depuis si longtemps que je n'ai même pas idée de l'heure. »

Lajos dit quelque chose et elle répondit en anglais, comme insultée. « Tu crois que je vais le laisser mourir de faim ? » Chris s'accroupit devant les flammes, claquant des dents. Elle lava une assiette dans le lac, l'essuya avec sa jupe et le servit. « Chez nous, ça s'appelle *stefánia szelet*. Et le pain, *lángos*... une sorte de pizza hongroise. J'en ai fait beaucoup pour en donner aux autres, plus tard. Il est deux heures et demie du matin. Vous voulez une bière ? »

Chris hocha la tête. Quand elle lui tendit la canette, il avait les doigts tellement gelés qu'il ne réussit pas à l'ouvrir. Le pêcheur s'en chargea, s'accroupit à côté de Chris, et jeta un coup d'œil vers la forêt d'où il venait de sortir. Le goût de l'alcool écœura Chris, mais le revigora. Il s'efforça de ne pas manger trop vite devant ces étrangers.

« Elle est forte, votre bière, dit-il. Je ne connaissais pas cette marque. »

La fille rit, et commença de ramasser ses affaires. « C'est parce que vous n'achetez pas les vôtres derrière la grille d'un *Booze-to-go*.

— Vous êtes plutôt du genre à boire du vin, dit Lajos. Porto, cognac…

— Je sens le cognac ?

— Vous sentez la peur. » Les yeux de Chris se dirigèrent vers le couteau ensanglanté posé dans l'herbe, celui dont le pêcheur s'était servi pour vider ses poissons. « Est-ce que vous êtes suivi ?

— Qu'est-ce qui vous fait dire ça ? »

La femme, qui chargeait maintenant le van, s'interrompit. « Vous n'arrêtez pas de regarder vers le bois.

— Je suis angoissé.

— Je comprends que vous le soyez, tout seul ici. Vous semblez avoir besoin d'une autre bière. »

Chris avait vidé la première. Se soûler avec ces inconnus était peut-être imprudent, mais il avait la gorge si sèche que lorsque la jeune femme s'agenouilla pour lui tendre une seconde canette, il ne refusa pas. Immédiatement, l'alcool lui monta à la tête, et il s'aperçut qu'il ne savait pas quoi dire à ces gens. Les questions habituelles, telles que « depuis quand êtes-vous en Irlande ? », lui semblaient trop banales, et condescendantes. La jeune femme lui sourit. Sa jupe était courte. À la lumière du feu, il vit que son chemisier était boutonné de travers, comme si elle avait été trop alanguie après l'amour pour le fermer correctement.

Pourquoi ne le remarquait-il qu'à cet instant ? L'aurait-elle fait délibérément pendant qu'elle chargeait le van, afin d'attirer son attention ? Il prit soin de ne pas laisser ses yeux traîner à hauteur de ses seins, afin de ne pas éveiller la jalousie du pêcheur. Était-ce une espèce de jeu postcoïtal, dans lequel il serait roué de coups pour avoir regardé où il ne fallait pas ? Quel genre de couple restait aussi tard dans ces montagnes ? Au cours de ces dernières années, plusieurs filles avaient disparu dans ce coin. Chris n'avait aucune idée de l'endroit où il se trouvait, il savait seulement que cette femme était très attirante et que Lajos l'observait d'un air sardonique.

« Vous dites que vous êtes tombé en panne ? »

Chris lui répondit d'un simple hochement de tête.

« La seule route qui existe à des kilomètres à la ronde est ce chemin de terre. Nous n'avons vu aucune voiture. Vous avez le visage écorché, vous devriez aller chez le docteur.

— Je me suis perdu dans la forêt. Les branches m'ont griffé.

— Comme les ongles d'une femme auraient pu le faire », dit la fille. Chris ne put décoder ce que cette plaisanterie cachait. « Vous êtes un homme à femmes ? reprit-elle. Comment dit-on… crime passionnel ?

— Ce n'était rien de tel. »

Il contempla le lac, évitant délibérément leurs regards.

« Pas de femme jalouse ? continua-t-elle. Dommage, ça nous aurait changé. Vous devez avoir fait quelque chose. Dévalisé une banque, peut-être ? » Chris se rendit compte qu'il était plus soûl qu'il ne l'avait pensé. La voix de la fille avait quelque chose d'acerbe qui ne s'adressait pas à lui.

« Les hommes comme celui-ci ne dévalisent pas les banques, dit Lajos. Ils y travaillent… crime de col blanc. En Irlande tu ne te fais arrêter que si tu voles une miche de pain.

— Je n'ai rien volé, dit Chris doucement. J'essaye de rentrer chez moi… ma femme va s'inquiéter.

— Vous avez des enfants ?

— Une fille de dix-neuf ans.

— La mienne en a dix-sept. Elle vit avec sa mère. Je lui envoie des cadeaux.

— Et elle, ce qu'elle m'envoie, ce ne sont pas des cadeaux. » La jeune femme se leva, énervée. « Des insultes comme aucune femme ne devrait en adresser à une autre. » Elle revint avec la couverture, qu'elle posa sur les épaules de Chris. « Il fait froid, maintenant ; je vais mettre ma veste. » Elle s'éloigna dans l'obscurité, ramassa ce qui restait encore par terre. Elle n'avait pas élevé la voix, pourtant Chris prit conscience de sa profonde irritation. Lajos la suivit des yeux, puis il regarda Chris et lui parla sur le ton de la confidence, de père à père.

« Piroska est plus proche en âge de ma fille que de ma femme. C'est difficile pour elles deux, bien qu'elles ne se soient jamais rencontrées, mais avec Facebook, tout le monde voit tout. Piroska est un esprit libre. Elle poste des photos de nous deux, sans imaginer que parfois mieux vaut se montrer prudent. Ces photos ne dérangent pas ma femme. Nos routes se sont séparées bien avant que je m'en aille travailler en Irlande. Je lui envoie plus d'argent que je ne pourrais en gagner chez nous. Notre séparation n'a rien à voir avec Piroska : je ne l'ai rencontrée que deux ans après mon arrivée ici. Mais ma fille et Piroska sont comme une blessure dans le flanc l'une de l'autre. Les filles désirent que la vie de leur père soit simple. Si la vie était simple, nous ne nous serions pas retrouvés près de ce lac dans le noir. » Il regarda Chris droit dans les yeux. « Vous avez des ennuis ? »

Chris hocha la tête.

« Une histoire de femme ?

— Toutes sortes d'histoires.

— Est-ce que votre fille vous attend à la maison avec sa mère ? »

Chris hocha encore la tête. Il semblait plus simple de mentir. Le fait d'être pères tous les deux avait créé un lien qui effaçait leurs différences. « Je voulais les protéger. Je n'ai réussi qu'à tout foirer. »

La femme avait fini de charger le van, elle était assise devant la portière ouverte, fumait une cigarette, dans la lumière pâle qui venait de l'intérieur. Elle semblait perdue dans ses pensées.

« Les pères foirent toujours. Nous en faisons trop, nous passons nos vies à regarder au-delà de l'horizon. Je ne veux pas savoir dans quel pétrin vous vous êtes fourré mais je vous envie d'avoir une femme et une fille qui vous attendent à la maison, prêtes à vous arracher les yeux. Je croyais que personne ne pouvait crier plus fort que ma femme, jusqu'à ce que j'entende quatre murs nus hurler à mes oreilles. »

Chris jeta un coup d'œil vers le van. « Vous ne vivez pas ensemble, avec Piroska ?

— Non. Mais c'est ce qu'elle aimerait.

— Et vous ?

— Piroska me veut tout à elle. Seulement j'ai trop de fantômes. Vous allez pouvoir arranger ce que vous avez foiré ?

— Je ne sais pas.

— Ma fille est presque une adulte. Mais je donnerais tout pour recoller les morceaux de son enfance et que ce soit bien. » Il se leva, s'adressa à Piroska : « Cet homme refuse la truite arc-en-ciel que je lui ai offerte. Il faudra que tu les fasses toutes cuire. »

Elle écrasa sa cigarette et monta dans le van. « Lundi poisson, mardi poisson, mercredi poisson, quelle chance j'ai ! » Elle claqua la porte.

« Vous n'avez pas vraiment la cote », fit remarquer Chris.

L'homme sourit. « Parfois j'aime ne pas avoir la cote, pour le plaisir de renouer ensuite. C'est une fille bien. Elle mérite mieux que moi. J'ai de la chance. Nous allons rejoindre des amis à Kilcoole. Il y aura des pêcheurs de nuit qui rentreront à Dublin. Je vous trouverai une voiture. Montez et réchauffez-vous, que je puisse récupérer ma couverture. Trop de bons souvenirs l'imprègnent. »

Chapitre vingt-sept

Ronan

Mardi 7, deux heures trente du matin

Ronan ne savait pas depuis combien de temps il était debout dans ce patio, perdu dans ses pensées, quand il entendit un bruit derrière lui, presque imperceptible, mais suffisant pour qu'il se sente observé. Cela avait beau être totalement irrationnel, il s'attendait plus ou moins à se retrouver en face du cadavre de l'ouvrier, ou du fantôme de Chris, un nœud coulant autour du cou. Il aurait préféré la vue de n'importe quel fantôme plutôt que celle de Kim en peignoir blanc. Venir le rejoindre au milieu de la nuit ne lui ressemblait pas.

« Qu'est-ce que tu fais dehors ? demanda-t-elle doucement.

— Est-ce que j'ai l'air de faire quelque chose ? Ronan s'était immédiatement mis sur la défensive.

— Tu attends quelqu'un ? Tu as l'air surpris.

— C'est juste que tu ne descends jamais. Tu vas attraper froid, habillée comme ça.

— Je ne suis pas aussi fragile que tu le crois.

— Quoi qu'il en soit, tu devrais être au lit.

— Et tu devrais y être avec moi. »

Ronan se retourna pour examiner son jardin tronqué. Le grand mur qu'il avait l'intention de faire construire empêcherait la lumière naturelle de pénétrer dans la nouvelle maison, mais avec un peu de chance, ils trouveraient un primo-acquéreur qui ne pourrait pas se permettre de s'en inquiéter, quelqu'un ayant désespérément besoin d'une bonne adresse afin de s'en servir de tremplin pour s'élever dans la hiérarchie des propriétaires. « Je suis trop fatigué, ce soir.

— Tu sais que ce n'est pas ce que je voulais dire.

— Comment saurais-je ce que tu veux dire ? Je me sens vieux, jusqu'à la moelle des os, incapable de faire des choses qui me paraissaient autrefois si faciles.

— La vie n'est pas une compétition, Ronan ; tu n'as pas toujours besoin de te battre.

— La vie n'est peut-être pas une compétition à Manille, les gens y sont peut-être heureux comme des porcs qui se roulent dans la boue, mais crois-moi, ici, l'homme est un loup pour l'homme. »

Il n'avait pas eu l'intention de se montrer cruel, mais lancer des piques était un mécanisme de défense qui lui permettait de tenir les autres à distance quand il se sentait trop vulnérable. Alors que Miriam aurait réagi avec des paroles tout aussi rudes, il n'y avait aucune colère dans la réponse de Kim ; elle parla d'une voix si basse qu'il sut l'avoir profondément blessée.

« Les Philippins ne sont pas des porcs qui se roulent dans la boue.

— Je sais, Kim. Excuse-moi. Quand je suis épuisé, je dis des choses que je ne pense pas.

— Tu ne sais rien de Manille.

— C'est vrai. » Il se tourna vers elle, l'air désolé. « Ne le prends pas mal, s'il te plaît.

— Plus je vis avec toi, plus je pense que tu ne sais rien de la vie.

— J'en sais bien trop. » Il eut un sourire qui, normalement, aurait dû la faire sourire elle aussi. « Mes vieux os me serinent que nous avons presque vingt ans de différence.

— Alors pourquoi agis-tu encore comme un collégien qui

cherche toujours à prouver qu'il a le plus gros joujou ? Tu n'as pas encore compris ce que voulait dire être riche et être pauvre ?

— Je sais ce que signifie la pauvreté, affirma-t-il. Mon père a dû recommencer à zéro après avoir tout perdu quand j'étais petit.

— Il n'a pas tout perdu. Personne ici ne perd tout, il y a toujours des filets de protection, des aides sociales, des allocations… Je veux parler des vrais pauvres, ceux de Manille, les pauvres des bidonvilles, des sols en terre battue et des toits de tôle. Je veux parler de mon père qui ne passe pas une heure sans faire quelque chose en échange de trois sous ; qui vend des bouteilles d'eau remplies au robinet, qui prépare des repas pour les ouvriers de passage, qui fouille les décharges à la recherche de bouts de cuivre dans les objets que les riches mettent au rebut. Et qui le fera jusqu'à ce qu'il tombe malade ou qu'il meure, parce que lui, il est pauvre. Être pauvre signifie ne pas avoir ce dont ta famille a besoin pour survivre. Mes sœurs croient que j'ai épousé un homme riche, mais je comprends enfin que cela n'est pas vrai.

— Comment peux-tu dire ça ? demanda-t-il, blessé. Nomme-moi une seule chose qui te manque.

— Un mari content de ce qu'il a, répondit-elle. J'ai toujours pensé qu'être riche, c'était avoir ce dont on a besoin, mais un homme comme toi n'en possède jamais assez. Tu ne me sembleras jamais riche, car quoi que tu aies accumulé, tu en voudras toujours plus. Tu es plus pauvre que mon père, parce que, éternellement insatisfait, tu regardes continuellement par-dessus ton épaule vers autre chose, vers une autre femme.

— Ça, c'est injuste, dit Ronan, plus ulcéré par le ton posé de Kim que par aucun des accès de colère de Miriam. Je n'ai jamais regardé une autre femme depuis le jour où nous nous sommes rencontrés.

— Tu es trop occupé à regarder les autres hommes me reluquer comme un bout de viande. Je sais que tu tiens à moi, mais tu ne peux pas t'empêcher de les regarder. C'est comme ça que tu me préfères, reflétée dans leurs yeux. Tu prends plaisir à l'envie qu'ils ressentent devant le papillon exotique pris dans ton filet. Ça te fait te sentir fier de toi.

— Je ne t'ai pas épousée pour parader devant les autres. » Maintenant, Ronan était furieux. « Je voulais une compagne qui partage ma vie et pour qui je travaillerais de toutes mes forces. Comment peux-tu dire ça, alors que je t'ai sortie de la misère ? »

Kim se redressa, haussa légèrement la voix. « Je me suis sortie de la misère en travaillant dur pour payer mes études, et en faisant des sacrifices pendant des années, bien avant que tu me connaisses. Je me suis élevée socialement en réunissant assez d'argent pour venir en Irlande puis en envoyer à mes sœurs afin de les sortir elles aussi de la misère.

— Tu vivais dans un meublé sordide quand je t'ai rencontrée, escroquée par un propriétaire à qui il a fallu que je fasse peur pour que cela cesse.

— Je ne vous ai jamais demandé de le menacer, toi et ton ami avocat qui cache sa calvitie sous un postiche. Tu as fait ça derrière mon dos. Je suis assez grande pour me débrouiller seule.

— Vraiment ? » Ronan n'avait pu s'empêcher de prendre un ton sarcastique, autre mécanisme de défense automatique. Une colère glacée s'empara de Kim.

« Ne sois pas condescendant. Je ne suis pas une enfant. Tu ne sais pas ce que j'ai vu, tu ne sais pas ce que j'ai vécu. Tu ne sais rien de moi.

— Je sais que tu es ma femme.

— J'ai été assez aveugle pour le croire, mais j'ai plutôt l'impression de n'être que la dernière de tes acquisitions. Tu as voulu m'avoir comme certains désirent acheter une maison au Portugal, pour rendre les autres jaloux.

— Tu es injuste.

— La vie est injuste. Il est injuste que ma famille possède

si peu à Manille quand tu en possèdes tant, et pourtant tu en désires encore plus. Quand seras-tu heureux ? »

Ronan s'avança vers Kim, tendit les bras vers elle. « Viens là, murmura-t-il. Il est tard ; tu es simplement bouleversée.

— Va te faire foutre. Je ne suis pas simplement bouleversée. »

Elle le repoussa. Ses mots faisaient mal. Il ne l'avait jamais entendue parler ainsi.

« Ne sois pas grossière, s'il te plaît, je n'aime pas t'entendre parler comme ça.

— Comme si toi, tu ne l'étais jamais.

— C'est différent.

— Pourquoi ?

— Ne le sois pas, c'est tout.

— Va te faire foutre. » Elle avait haussé la voix, comme si elle avait voulu que tous leurs voisins l'entendent. « Va te faire foutre, parce que tu as fait de moi un colifichet, une femme qui se sent seule. »

Elle semblait différente, dans la lumière de la lune, une étonnante étrangère qu'il voulait absolument connaître.

« Je me suis efforcé de te donner tout ce que je pouvais te donner, dit-il.

— Je n'ai jamais voulu ces choses que tu peux acheter, répondit-elle, moins en colère, si bas qu'elle semblait perdue. Je voulais seulement ne plus être seule.

— Je ne savais pas que tu te sentais seule. Je pensais que tu avais tout ce que tu voulais.

— Moi aussi, parce que je jouais le rôle que tu m'avais attribué dans tes fantasmes et envoyais par e-mail à mes sœurs des photos de notre cuisine et de tous tes cadeaux. J'étais aussi émerveillée qu'elles, pleine de reconnaissance devant ton désir de me faire plaisir, de m'offrir tout ce que je voulais. Et tel était vraiment ton désir, Ronan, parce que tu es un homme bon.

— Mon seul but était de te rendre heureuse.

— Tu voulais m'acheter le bonheur, et je t'ai laissé faire. Je me suis vendue, comme les filles que je voyais devant les bars lorsque j'étais enfant.

— Ne dis pas ça. Ne compare pas ce que nous avons vécu à…

— Je ne savais pas que je me vendais, pas plus que tu n'avais conscience de m'acheter. J'étais telle une petite fille qui se retrouve comme par magie dans un magasin de bonbons.

— Et moi le vendeur lubrique ?

— Non. » Kim lui caressa doucement la joue. Ronan avait exploré chaque partie de son corps, pourtant cela était différent. Il y avait de la sympathie dans son geste. « Tu étais le petit garçon qui regarde la vitrine les yeux écarquillés, désirant désespérément m'acheter tous ces bonbons. Est-ce ta seule façon de pouvoir être heureux, en achetant des choses aux autres ? Et si tu cherchais, toi, à être heureux ?

— Est-ce que tu m'aimes, Kim ? demanda-t-il. Oublie cette maison, ma vanité et mes conneries. Regarde-moi tel que je suis – un homme vieillissant – et dis-moi si oui ou non tu m'aimes.

— Comment répondre, quand je ne te connais pas ? Que fais-tu là, debout dans le noir ?

— Je regarde cette foutue maison que je voudrais détruire, brique par brique.

— Alors pourquoi avoir fait construire un truc si moche ?

— Parce que j'y ai vu l'occasion d'une affaire qui me semblait possible. J'ai sincèrement cru avoir un acheteur. On m'a menti.

— Avais-tu seulement besoin de cet argent ? »

Ronan la regarda. « Quand ton père n'est pas en train de trimer comme un esclave ailleurs, a-t-il vraiment besoin de fouiller les décharges, et de s'empoisonner pour y trouver quelques kilos de cuivre ?

— Mon père est pauvre.

— Quand crois-tu qu'il aura gagné assez d'argent pour ne plus l'être ? De quelle quantité de cuivre aura-t-il besoin avant d'être certain que sa famille soit enfin à l'abri du besoin ? Et se sentira-t-il vraiment jamais à l'abri du besoin ? Est-il si différent de moi ? Continuer à travailler est dans ses gènes. Il n'y a rien de plus dangereux que le moment où tu te relâches ; c'est là que tout s'écroule. Je croyais mon avenir assuré jusqu'à ce que le règlement de mon divorce divise tout par deux. J'ai laissé les avocats de Miriam me tondre la laine sur le dos. Je ne me suis opposé à eux que lorsque j'ai compris qu'ils demandaient à Miriam des sommes ridiculement élevées pour leurs services. J'ai mis de l'argent au nom de mes filles, bien qu'elles refusent de me parler. J'ai fait tout cela parce que c'est ce qu'un homme fait. Cela lui donne un but. J'ai assumé mes responsabilités, comme ton père pense assumer les siennes quand il escalade une montagne de déchets avec ses lunettes de protection. C'est ce que nous sommes en tant qu'hommes. C'est pour ça que j'ai construit cette maison, afin d'assurer ton avenir, pour que tu sois financièrement indépendante, comme Miriam et mes filles.

— Tu aimes toujours Miriam, hein ?

— Je ne pourrais pas vivre avec Miriam.

— Mon père rentre à la maison épuisé, mais alors il peut se détendre. Tandis que tu es toujours sur la brèche. Peut-être est-ce avec toi-même que tu ne peux pas vivre. »

Ces mots, qui faisaient écho aux remarques de Miriam lui conseillant tel ou tel thérapeute comme s'il était quelqu'un qui avait besoin d'aide, l'exaspérèrent. « Depuis quand es-tu devenue psy ? lui demanda-t-il. Tu n'étais pas aide-soignante, et toute contente que quelqu'un accorde ne serait-ce qu'un peu d'attention à ton existence solitaire, quand tu as passé cette annonce sur un site de rencontres ?

— Nous nous étions promis de ne jamais parler de la façon dont nous nous sommes connus, dit Kim, blessée.

— J'étais assez bien pour toi quand tu vivais dans ce meublé. Tu ne me reprochais pas d'être trop vieux, à cette époque.

— Ton âge n'est pas ce qui me fait me sentir seule. Je ne peux pas baser mon mariage sur la reconnaissance, Ronan. J'en ai fini avec la reconnaissance.

— C'est une question d'argent ? demanda-t-il d'un ton agressif. Miriam disait bien que rien d'autre ne t'intéressait. Qu'est-ce que tu veux, la moitié de ma putain de maison ? Prends-la toute. Je ferai construire par Jiri un mur encore plus haut et je m'installerai moi-même dans cette foutue petite baraque.

— Ça n'a rien à voir avec l'argent, dit-elle. Pourquoi penses-tu toujours que l'argent est au centre de tout ?

— Au bout du compte, il l'est… avec, en ce qui te concerne, un passeport irlandais.

— Pourquoi dis-tu toujours des choses blessantes quand je m'efforce de me rapprocher de toi et de comprendre ce qui ne va pas ?

— Je vais très bien, merci. Et pourquoi les femmes pensent-elles toujours qu'il y a quelque chose en moi qu'il faudrait arranger ? Ce soir je suis fatigué, c'est tout. Je vais monter et je vais te prouver que tout va bien, si seulement tu donnes le temps au Viagra de faire son effet. C'est ce qu'il te faut pour me laisser tranquille ? Tu crois que si je te baise comme un dingue, ça montrera que tout est normal chez moi ?

— Ce qui n'est pas normal, c'est que tu ressembles à un poing si serré que ses jointures sont blanches. Au début, je t'ai cru fort. Tu m'as fait me sentir en sécurité, ici. Or tu ne l'es pas. Mon père est peut-être pauvre, mais il assume en adulte la responsabilité de ses actes.

— Qu'est-ce que ça veut dire ?

— Pourquoi Chris a-t-il disparu ?

— Je ne sais pas.

— Tu pourrais être honnête… me montrer quel genre d'homme j'ai vraiment épousé… »

Ronan s'assit, las, dans un fauteuil du patio.

« Un homme qui aime trop sa femme pour l'impliquer dans certaines choses.

— Mari et femme n'ont pas de secrets l'un pour l'autre. »

Ronan hocha la tête. « Dans un monde parfait, oui, mais le monde réel est chaotique et sordide. Je fais de mon mieux pour les autres. Je croyais avoir tout prévu, seulement la vie ne se déroule jamais comme on s'y attendait. J'ai peur, Kim. Depuis que je t'ai épousée, je crains constamment de te perdre. Tu es la seule chose au monde qui me fasse être content de moi. Si tu veux partir, pars. Je demanderai à mon avocat de te représenter. C'est un vrai pitbull, mais il n'aura pas besoin de mordre ; je ne contesterai rien. Nous sommes des grandes personnes. Nous pouvons nous séparer sans discorde. Si c'est ce que tu es venue me dire ce soir, sache que je ne t'arrêterai pas. Si tu es malheureuse, je ne t'obligerai pas à rester avec moi.

— Je suis descendue pour essayer de comprendre quel genre d'homme j'ai épousé, dit Kim. Des briques et du mortier ne me feront pas rester. L'argent ne me fera pas rester, pas plus que les cris que tu pousses quand tu as peur ne m'éloigneront de toi. Seule la solitude pourrait me faire fuir. Si je dois me sentir seule, autant que ce soit de façon autonome. Avant de te rencontrer, je devais travailler dur pour obtenir ce que je voulais obtenir. Le confort que tu m'as apporté m'a séduite, tu m'as emmitouflée dans un monde de douceur. Mais le luxe n'est pas ce que j'attends de toi. Retrouve Chris et ramène-le sain et sauf, quelles qu'en soient les conséquences. Si tu veux me faire un cadeau, offre-moi un mari que je puisse autant respecter que je respecte mon père. »

Chapitre vingt-huit

Chris

Mardi 7, trois heures du matin

Chris tenta de repérer sa voiture sur les petites routes que prit Lajos, mais ils roulaient dans l'obscurité à une telle vitesse qu'il douta d'y arriver. Piroska était assise entre eux. Elle resta un moment silencieuse, perdue dans ses pensées, puis se pencha pour allumer la radio et chercha une station jusqu'à ce qu'elle en trouve une passant les grands succès des années quatre-vingt. Elle se mit à chanter en même temps et Chris eut l'impression de les entendre comme il ne les avait jamais entendus, tant l'accent étranger de Piroska donnait un son nouveau à toutes ces chansons.

En y réfléchissant, il avait aussi l'impression de voir sa vie comme il ne l'avait jamais vue. Il était plus épuisé qu'il ne croyait possible de l'être, mais aussi plus vivant. Il tâta sa barbe naissante et prit conscience qu'il ne s'était pas rasé depuis quarante-huit heures. Il avait extrait de son existence une journée entière, et il ne savait maintenant plus si cette existence-là lui convenait toujours. Peut-être que ce type installé à l'avant du van, avec ses joues qui piquaient, son visage écorché, ses vêtements déchirés, était celui qu'il avait secrètement été pendant toutes ces années où il avait dû s'inventer un déguisement afin de supporter le fardeau qu'être responsable des autres faisait peser sur ses épaules. Un poème que son professeur d'anglais leur avait lu l'année de son certificat de fin d'études lui revint en mémoire. Quelques vers incomplets, une phrase inachevée :

Au tréfonds de la pluie parmi les silhouettes des arbres…

Deux troncs ayant poussé dans une danse infinitésimale
Ont tourné l'un autour de l'autre, se rejoignant
En une cicatrice longuement entortillée…

Dans les décennies qui s'étaient écoulées depuis, il n'y avait pas souvent repensé. Pourtant, chaque fois qu'Alice déclarait que, lorsqu'ils auraient trouvé la maison de leurs rêves, elle ferait faire une plaque en bois pour y graver le nom qu'elle lui donnerait, *Le bois de l'Entrelacs*, les images cauchemardesques du poème lui traversaient l'esprit sans qu'il le veuille. Deux arbres poussant si proches l'un de l'autre au fond du bois qu'ils s'appuyaient l'un contre l'autre, enchevêtrant petit à petit leurs branches en une étreinte intime, mais s'étranglant en même temps, chacun supportant le poids de l'autre tout en se disputant leur part d'espace et d'oxygène jusqu'à ce que, rendus inséparables, lentement ils s'étouffent l'un l'autre.

Tandis que le van de Lajos fonçait vers Kilcoole, Chris avait l'impression de revenir d'un voyage qui avait duré bien plus longtemps qu'un jour. Il allait rentrer et retrouver Alice, même s'il ne savait plus vraiment qui elle était. Il se sentait tel un étranger en pays inconnu, exactement comme l'était Piroska, qui chantait avec la radio, ou que Lajos, qui la taquina gentiment jusqu'à ce qu'ils rient, à nouveau détendus. Ils laissèrent Chris contempler son propre reflet qui le fixait à son tour depuis la vitre de sa portière.

Lajos rejoignit brièvement l'autoroute, puis négocia une série complexe de ronds-points, dont le dernier était flanqué d'un immeuble qui se dressait, incongru à ses côtés. La grand-rue du village endormi de Kilcoole ressemblait à ce que Chris se rappelait en avoir vu il y avait des années. Lajos tourna ensuite à gauche dans l'allée sans lumière qui menait à la mer. Quelques centaines de mètres plus loin, ils passèrent devant un nouveau lotissement entouré de champs vides, et Lajos se rangea au bout de la chaussée, près d'une toute petite gare installée au milieu de nulle part, où, se dit Chris, les trains ne devaient s'arrêter que deux fois par jour.

Sept voitures étaient garées le long de la petite route. Lajos descendit et les conduisit de l'autre côté des rails qui suivaient la côte. Afin de prévenir l'érosion au-dessus de la plage de galets, on avait élevé un mur de rochers dont beaucoup étaient tombés lors de tempêtes, et se tracer un chemin n'y était pas facile. De jour, la vue devait être magnifique, mais dans l'obscurité, une impression de désolation régnait. Découvrir ce monde de pêcheurs de nuit, bien qu'à cette heure il n'en restât que quelques-uns sur cette grève étroite, était une expérience. Une atmosphère conviviale émanait de leurs silhouettes isolées, qu'éclairaient l'écume blanche des vagues contre les pierres, quelques lampes et quelques camping-gaz. Chris ne s'aperçut pas tout de suite que Lajos et Piroska s'étaient éclipsés. Il se demandait s'ils ne l'avaient pas oublié, quand dans l'obscurité, il vit Lajos revenir, accompagné d'un homme plus âgé, coiffé d'un bonnet de laine et vêtu de plusieurs vestes enfilées les unes sur les autres. Lajos tendit à Chris une tasse ébréchée.

« Voici Simon, dit-il. Il retourne à Dublin.

— J'aurais dû rentrer depuis des heures, expliqua le vieil homme, mais avec la brise qui souffle de l'est, les vagues nous sont favorables. C'est difficile de partir quand on fait une touche chaque fois qu'on lance sa ligne, bien que ces petits lascars soient sacrément résistants, capables de tourner sur place afin de vous attirer au bord de l'eau. On jurerait avoir attrapé Moby Dick, mais je n'ai pris que des flets et des merlans si petits qu'heureusement je n'ai personne d'autre à nourrir que moi. Vous allez dans quel quartier de Dublin ?

— N'importe où près de Blackrock sera parfait, » répondit Chris. Le café chaud lui fit du bien.

« Je dois traverser Blackrock en direction du pont d'East Link. » Simon se tourna vers Lajos. « Il y a du crabe mou congelé dans un sac, si tu as besoin d'appât.

— J'ai de quoi faire dans le van, et si Piroska me rend trop dingue, je la jette dedans. »

Simon rit. « Tous les types qui sont là te tomberont dessus. Avec ce froid, la moitié d'entre eux ne viennent que pour elle. » Il regarda le visage écorché de Chris, sans faire de commentaire. « On y va ?

— On y va. »

Piroska sortit de l'ombre, embrassa Simon sur la joue.

« Fais attention à toi, lui dit-elle d'un ton bourru. Même avec toutes ces vestes, on dirait que tu as froid.

— Ne t'inquiète pas pour moi, répondit-il sans cacher son plaisir. Je suis l'un de ces indestructibles enfants de pauvres. »

Piroska serra la main de Chris. « J'aurais préféré que ce soit une femme qui vous ait griffé, ça ferait une meilleure histoire.

— Merci à tous les deux, vous m'avez sauvé. » Chris leur rendit la tasse et serra la main de Lajos.

La voiture de Simon était garée sur la petite route. Chris le suivit en silence, et s'assit à la place du passager pendant que le vieil homme chargeait son coffre. Simon enleva deux de ses vestes, les jeta sur la banquette arrière, puis il monta à bord. Il se tourna vers Chris.

« Vous savez ce que je vais vous demander ?

—Non, quoi ?

— Que dalle, parce que ça ne me regarde pas. Quand j'ai perdu ma bonne femme d'un cancer, j'ai eu l'impression d'être un candidat de l'émission *Mastermind* tellement mes voisins et mes enfants, inquiets, me posaient de questions dès que je faisais quelque chose de vaguement bizarre. Sûr que si j'ai survécu, c'est en faisant des trucs bizarres. Prévenez-moi dès qu'on arrive où vous voulez que je vous laisse sur la rocade de Blackrock.

— D'accord. »

Ce furent les derniers mots qu'ils échangèrent sur le chemin de l'autoroute, sinuant dans les virages de la vallée de Glen of Downs, puis vers la ville. Ils voyageaient dans le silence amical de deux hommes fatigués que la curiosité n'encombre pas, aux antipodes du silence tendu dans lequel il avait roulé avec Ronan vingt-quatre heures plus tôt. Traverser Blackrock détournerait le vieil homme de son chemin, mais Chris savait qu'il n'était pas pressé. Simon ne refusait pas la solitude : il avait décidé de vivre avec elle, sans honte et sans peur. Quand ils atteignirent le carrefour de Carysford Avenue, Chris lui tapa sur l'épaule.

« Nous y sommes. »

Le vieil homme le regarda descendre. « Bonne chance.

— Je vais en avoir besoin. »

Le feu passa au vert. Chris traversa et prit la grand-rue déserte qui menait au front de mer. Des panneaux d'affichage entouraient maintenant le bâtiment victorien qui avait brûlé la nuit précédant ces enchères que Chris avait perdues au printemps. Il se souvint d'avoir alors marché dans le quartier, rongé d'angoisse, s'inquiétant de ce qu'il pourrait perdre en perdant ces enchères. Si le promoteur n'avait pas surenchéri sur lui, rien de tout cela ne serait arrivé ; il n'y aurait pas eu de travaux à terminer, pas d'ouvrier mort, pas de secret le liant à Ronan. Ne pas savoir où Ronan avait enterré le corps le tourmentait. Mais c'était une autre question qui l'obsédait, celle qu'il devait poser à la femme endormie dans cette maison où il ne se sentait plus chez lui. Est-ce qu'Alice l'aimait encore, malgré ses défauts, tel qu'il était, seule vraie version de lui-même qu'il pouvait être ?

Chapitre vingt-neuf

Alice

Mardi 7, trois heures trente du matin

Alice ne savait ni combien de temps elle avait dormi, ni combien de temps elle était d'abord restée éveillée, rongée par l'anxiété. Face à l'insomnie, le secret consistait à rester allongée immobile en empêchant son cerveau de sauter d'un sujet d'inquiétude à l'autre. Elle s'était entraînée à penser aux protagonistes des livres qu'elle empruntait à la bibliothèque, à réfléchir à des vies fictives et non pas à la sienne. Les personnages des romans, si insensés que soient les traquenards affectifs dans lesquels ils se retrouvaient, avaient au moins une idée de la direction à prendre. La seule certitude qu'Alice détenait quant à son avenir était que, si elle ne dormait pas assez, elle retomberait malade, et cela la terrifiait. Cette nuit-là, pendant des heures elle s'était efforcée de faire barrage aux angoisses suffocantes, pour enfin glisser dans le sommeil. Elle n'avait aucune conscience du temps qui s'était écoulé depuis. Mais une chose était certaine, elle était soudain totalement réveillée.

Elle avait entendu un grincement, quelqu'un s'était assis sur son lit. L'intrus ne pouvait être que Chris : même si leur maison était en flammes, il serait resté là, silencieux, hésitant à se manifester, car il savait que son sommeil était précieux et qu'elle pouvait se montrer inconsolable si on la réveillait. Elle sentit que ses craintes empêchaient Chris de lui caresser les cheveux. Alice désirait qu'il la touche, qu'ils retrouvent l'intimité innocente qui existait entre eux avant que le cancer des secrets n'en attaque les cellules les unes après les autres.

À l'époque où leur amour était sans complications et absolu, Alice se serait, dans la même situation, emportée contre lui. Maintenant, elle devait garder son calme, profiter de ces quelques secondes où il la croyait encore endormie, pour préparer ce qui allait suivre. Infiniment soulagée à l'idée que Chris était rentré, elle craignait en même temps ce qu'il allait dire. Alice connaissait son mari par cœur. Elle savait qu'il aurait aimé se déshabiller et s'allonger à côté d'elle. Il avait toujours été un homme tendre et réconfortant, heureux de passer des heures blotti contre le dos nu de sa femme, mais leur relation était devenue si problématique qu'il était désormais incapable de le faire. Elle souleva lentement son masque de nuit, et vit Chris dans la lumière de la lune qui passait en fins rayons à travers les volets. Elle s'attendait à des excuses subtilement alambiquées, mais Chris ne dit rien.

« Où étais-tu ? demanda-t-elle doucement en se frottant les yeux pour en chasser le sommeil.

— J'ai pris une journée loin de ma vie.

— Cela ne te ressemble pas. »

Chris répondit à voix basse. « Quand nous venions de nous rencontrer, nous aimions avoir du temps à nous, en dehors de la routine quotidienne. Nous nous mettions au défi l'un l'autre d'appeler le bureau en prétendant être malades pour partir à vélo dans les monts Wicklow. Souviens-toi, on mourait de faim toute la journée, ce qui nous permettait de nous offrir un dîner au restaurant que nous pouvions à peine payer, et plus tard on s'enlaçait dans une lointaine chambre d'hôtes, épuisés après l'amour, mais émerveillés par la magie qu'il y a à s'endormir ensemble. »

Le rappel de ces précieux souvenirs troubla Alice. « Qu'est-ce que tout ça a à voir avec le fait que tu as disparu une journée entière ?

— Tu as disparu de mon horizon depuis des mois.

— Ne dis pas ça, répondit-elle sur la défensive.

— En rentrant un soir, j'ai trouvé la porte de cette chambre fermée à clé. Soudain je me suis senti comme un intrus au sein de mon couple.

— J'avais peut-être besoin d'espace », dit Alice.

Chris avança une main hésitante au-dessus de la couette, effleura son avant-bras. C'était comme le fantôme d'une caresse ayant appartenu à une vie antérieure.

« J'ai oublié ce que c'est que d'être aimé, dit-il. Nous étions si proches autrefois que nos cœurs battaient en rythme. Même quand nous nous disputions, nous étions comme les deux moitiés d'une âme querelleuse.

— Quand une femme a besoin d'espace, c'est peut-être qu'elle est blessée.

— Que veux-tu dire ? »

La perplexité de Chris agaça Alice. Pourquoi avait-il besoin que toute émotion soit définie ?

« J'étais malade d'inquiétude et te voilà qui débarques en disant que si tu es parti, c'est parce que je ne te montre pas assez d'affection. Où étais-tu ?

— Au loin, m'efforçant de retrouver un peu de respect pour moi-même, répondit Chris. Il est trop tard pour regagner le tien. Tu m'as trop souvent vu craquer lors de ventes aux enchères.

— Acheter une nouvelle maison ne recollera pas ce qui est brisé entre nous. »

Il hocha la tête. « Maintenant je le sais. Nous nous sommes servis de la demeure de nos rêves comme d'une panacée. Cela nous permettait de ne jamais affronter nos problèmes. Nous imaginions qu'ils disparaîtraient comme par miracle dès que nous aurions ouvert les cartons de notre déménagement. Je n'ai jamais eu besoin d'une grande maison pour me sentir riche. J'étais comme un nabab quand je t'avais à mes côtés. Je ne suis devenu pauvre que dès lors que tu as cessé de croire en moi. Aujourd'hui j'ai décidé de regagner cet amour-propre que j'ai perdu le jour où je t'ai vue t'habiller pour aller retrouver des gens que je ne connaissais pas.

— J'ai le droit d'avoir une vie privée. » Alice avait surtout envie que cette conversation se transforme en une de leurs disputes habituelles ; elle ressemblait trop pour l'instant à une autopsie de leur couple.

« Sais-tu combien on se sent seul debout en haut de l'escalier, à regarder par la fenêtre la femme qu'on aime disparaître dans un autre monde ?

— J'ai été seule devant la fenêtre de ma chambre pendant des années, dit Alice. Tu ne peux pas débarquer à une heure pareille et ressortir des histoires dont je n'ai pas envie de parler.

— Parce qu'elles mettent le doigt où ça fait mal ?

— As-tu jamais pris le moindre risque, de toute ta vie ?

— J'ai arrêté de le faire quand je t'ai rencontrée, dit Chris. Même avant ton accident, tu avais besoin d'être protégée. J'ai voulu m'occuper de toi, et élever Sophie.

— J'ai fait tout ce que j'ai pu pour elle, répondit Alice. Je l'ai emmenée chez le médecin alors que je pouvais à peine marcher. Quand elle était malade je restais à son chevet des nuits entières. T'entendre batailler en bas avec les casseroles tous les soirs me dévastait. J'en étais arrivée à détester le bruit des couverts et des assiettes qui s'entrechoquaient sur le plateau que tu me montais. J'ai été, dans cette chambre, comme enterrée vivante.

— Je sais. » Chris entrelaça ses doigts à ceux d'Alice, mais ce contact lui parut trop intime. Elle retira sa main et se mit en boule sous la couette.

« Non, tu ne sais pas, murmura-t-elle. Je me rappelle toutes tes bontés, mais aussi toutes les fois où tu jurais dans ta barbe quand le stress était trop fort. Je me rappelle toutes ces humiliations, car les mots étaient pour moi aussi tranchants qu'une lame de couteau. Tu m'aimais, pourtant cela ne t'empêchait pas de trouver des façons de me rabaisser à peine perceptibles.

— Parfois j'étais à bout de nerfs, reconnut Chris, mais je ne t'ai jamais rabaissée, et certainement pas devant Sophie.

— Pas volontairement, non, pourtant Sophie te voyait lever les yeux au ciel quand je n'arrivais pas à supporter quelque chose qui te semblait sans importance. Je savais qu'elle en faisait autant, c'était entre vous comme un code silencieux.

— Sophie t'aime, protesta Chris. Quel type ne sortirait pas de ses gonds de temps en temps sous l'effet d'une telle pression ?

— Un autre homme se serait peut-être dégagé de tout ce que tu avais à assumer, surtout quand sa femme ne pouvait pas répondre à ses caresses. Un autre homme serait peut-être allé se consoler ailleurs. Et peut-être l'as-tu fait. Tu es un être humain comme les autres, Chris. »

Chris prit la main d'Alice sous la couette. Malgré sa résistance, il la retint fermement. « Je ne t'ai jamais été infidèle, je le jure.

— Comment puis-je le savoir ?

— Pourquoi penses-tu une chose pareille ? »

Les doigts d'Alice se resserrèrent un peu. Sa voix était incertaine.

« Il y a des choses qui tournent dans la tête d'une femme.

— Quelles choses ? »

La couette les séparait, pourtant ils étaient à cet instant aussi proches l'un de l'autre que s'il avait été allongé nu contre elle. C'était la conversation qu'elle avait rêvé d'avoir avec lui, mais sans jamais être capable de se libérer de la réserve inculquée par ses parents.

« J'étais si angoissée que je t'ai contaminé, répondit-elle doucement. Tu aurais été heureux de te charger de toutes mes souffrances… bien que je n'aie jamais compris pourquoi, je me sentais trop minable, surtout après l'accident. Tu ne pouvais pas guérir mes blessures physiques, alors tu as porté le poids de mes tourments et tu les as faits tiens. Un jour, quand j'allais mieux, j'ai levé les yeux et je t'ai vu, accablé par ces problèmes auxquels je voulais échapper. Je ne peux pas supporter que tu te recroquevilles en une boule d'angoisse : cela me rappelle trop celle que j'étais avant. J'ai toujours peur de rechuter. » Alice s'arrêta. « Peut-être ai-je besoin de nouveaux amis qui ne se souviennent pas de moi en train de pleurer d'épuisement. Une femme a droit à des secrets, s'ils ne font de mal à personne.

— Si des secrets surgissent entre nous, ils nous feront mal. »

Alice retira sa main. « C'est ça que tu voulais aujourd'hui, me punir de vouloir garder cachée une part de ma vie ?

— Tout ce que j'ai fait depuis des années, c'était pour te rendre heureuse, dit Chris. Mais ce qui s'est passé aujourd'hui ne concerne que moi. Je devais arrêter de me laisser manipuler par Ronan. Je comptais ramener des montagnes le corps d'un ouvrier mort, seulement quand j'ai retrouvé l'endroit, il n'y avait ni cordon de police ni cadavre, comme si rien n'était jamais arrivé et que nous allions nous en sortir indemnes. Pourtant personne ne s'en tire aussi facilement ; tout le monde y perd une part de son âme. Je ne peux pas me fuir moi-même, aussi suis-je revenu affronter la tempête.

— Quel ouvrier ? » Alice était effrayée. « Est-ce que Ronan t'a entraîné dans une sale histoire ?

— Je me suis laissé entraîner. Je dois t'avouer une chose.

— Ne dis rien qui puisse me blesser, parce que je ne veux rien te dire qui puisse te blesser. » Elle se sentit accablée. À peine réveillée, devoir affronter ça. « Peut-être avons-nous tous les deux accompli des actes idiots, mais nous pouvons sauver notre couple, à condition de ne pas nous demander quoi. Tu as l'air éperdu, je suis inquiète.

— Tu es tombée amoureuse de moi parce que je t'aimais éperdument. »

Alice hésita. « Avant toi, un garçon m'a fait souffrir. Je n'en parle jamais, mais après lui, tu étais un merveilleux trésor, je savais que tu ne me quitterais jamais.

— Pour toi, je traverserais les flammes.

— Je sais maintenant que je n'ai besoin ni de marche sur les braises ni de feux d'artifice. Je veux seulement retrouver la vie que nous avions avant.

— Et moi je ne veux plus de mensonges. »

Elle se détourna, releva d'un doigt le store afin de laisser un plus large rayon de lune éclairer le lit. « La plupart des couples tiennent grâce au secret. Quels que soient les ennuis que tu as, je parie que c'est à cause de Ronan.

— Il y a un mort, dans cette histoire. »

Elle le regarda. « C'est toi qui l'as tué ?

— Non.

— Ou qui as provoqué sa mort ?

— Pas consciemment… Mais je pourrais en être tenu en partie responsable… par négligence.

— Je ne sais pas dans quoi Ronan t'a entraîné, mais tu ne ferais jamais consciemment de mal à personne.

— Je t'ai souvent fait du mal en m'énervant quand j'étais trop stressé, dit Chris. Seulement même quand nous nous affrontions de toutes nos forces, après nous faisions toujours l'amour. Quand avons-nous fait l'amour pour la dernière fois, Alice ? »

Alice laissa retomber le store, la lumière disparut.

« J'ai des bouffées de chaleur. Je ne supporte pas de t'avoir à côté de moi dans ce lit, tu es une vraie bouillotte, dit-elle. Je déteste te voir te mettre en quatre pour faire plaisir à tout le monde. Tu places la barre à un tel niveau que personne d'autre ne peut l'atteindre.

— Tu es en train de me dire que tu n'as plus besoin de moi ?

— Depuis que Sophie est partie, j'ai besoin d'espace pour commettre mes propres erreurs et découvrir par moi-même certaines choses sur moi. Ne peux-tu pas me dire que tu m'aimes, et ensuite, nous ferons comme si tout le reste n'était pas arrivé ?

— Je ne peux plus vivre dans le mensonge, dit Chris. »

Alice lui prit la main. « C'est grâce aux mensonges qu'un mariage peut tenir », murmura-t-elle.

Chris retira sa main. « Tes nouveaux amis t'ont transformée.

— Je n'ai pas de vrais amis. » Alice s'arrêta. « J'étais en colère, Chris. Je croyais que tu m'avais trompée. En septembre dernier, tu es sorti un soir, en prétendant que tu allais à l'entraînement de golf avec Ronan, tellement mal à l'aise que j'ai compris que ce n'était pas vrai. Quelque chose m'a poussée à fouiller dans la penderie. Ce que j'y ai trouvé m'a tellement affolée que le lendemain j'ai demandé à Ronan s'il avait passé la soirée avec toi. Il m'a répondu de façon ambiguë, comme il sait si bien le faire, ravi du pouvoir que lui conférait mon angoisse évidente.

— Qu'est-ce qu'il a dit ?

— Quelle importance ?

— C'en a pour moi.

— Il m'a complimentée d'être encore si bien foutue, presque aussi bien qu'à dix-huit ans. Et il a dit que si j'avais un peu vieilli, ma cicatrice rattrapait ça… qu'elle donnait à mon visage un mystérieux attrait.

— Le salaud.

— Puis il est devenu tout sucre tout miel et m'a assuré que vous aviez tous les deux été à l'entraînement, et boire un verre ensuite. Mais il savait qu'il avait réussi son coup et semé le doute dans mon esprit en laissant entendre que tu voyais peut-être une autre femme, plus jeune que moi. Il se vengeait, parce que j'avais pris le parti de Miriam. Il savait que je n'oserais jamais te le répéter. Et aussi que plus il en ferait pour me convaincre que vous aviez passé la soirée ensemble, moins je le croirais. Ce qu'il voulait dire, c'est que si tu voyais quelqu'un d'autre, c'était ma faute, parce que je n'étais plus attirante.

— Je l'aurais tué, si j'avais su, dit Chris.

— Tu n'aurais pas pu ; il devait te servir d'alibi un autre soir où tu es encore sorti, deux semaines plus tard, mystérieux et évasif. Cette fois-là j'ai su de façon certaine que tu n'allais nulle part avec Ronan. Tu es allé chez une femme, hein ? »

Chris baissa lentement la tête dans la pénombre.

« Une femme dont tu ne voulais pas me parler. »

Il fit oui de la tête, vaincu. « Je ne voulais pas te blesser. »

Alice resta un instant silencieuse. « Ce n'était pas seulement que tu m'aies physiquement trompée, dit-elle doucement. Tu as détruit l'intimité que nous partagions. Notre mariage était comme une pièce bien chauffée où je me sentais en sécurité. Soudain tu avais ouvert la porte et laissé un vent glacé entrer. Est-ce que ça en valait la peine, ce que cette femme et toi vous avez fait ensemble ?

— Nous avons pris le thé, répondit Chris. Elle a ouvert une boîte de biscuits que des voisins lui avaient offerte à Noël. »

Alice le regarda ébahie. « Tu me prends pour une idiote ? Tu es allé voir une femme dont tu ne pouvais pas me parler et tu prétends que c'était pour boire le thé ?

— Nous avons discuté, plus de ton père que de toi. J'aurais eu l'impression de te trahir en parlant de toi. Elle non plus ne le voulait pas : votre relation était partie du mauvais pied. J'ai compris que vous vous ressembliez trop, aussi têtue l'une que l'autre pour reprendre contact. Mais le principal objet de cette conversation était Sophie… Elle faisait une véritable fixation sur Sophie.

— Tu as parlé de notre famille avec une étrangère ?

— C'est aussi sa famille… même si elle a passé sa vie à s'en éloigner. Je savais que tu serais furieuse si je t'avais dit que j'allais la voir. La seule fois où elle est jamais venue ici – le jour où elle t'a accusée de mauvais traitements après avoir trouvé son frère assis hébété sur son perron –, tu nous as fait jurer, à Sophie et à moi, de ne plus jamais rien avoir à faire avec elle. Il suffisait ensuite que je mentionne le fait que tu aies une tante pour t'énerver.

— *Tante Patricia ?* Je n'arrive pas à croire qu'elle soit encore vivante. » Alice n'en revenait pas et si elle en voulut à Chris d'avoir agi derrière son dos, elle s'en voulut aussi de s'être laissé submerger par les soupçons. Chris n'aurait pas dû aller chez Patricia, mais la solitude et le désespoir terribles qu'Alice avait ressentis auraient été évités s'il le lui avait dit.

« Elle avait un âge impressionnant, et elle était impressionnante, dit Chris. La plus ancienne locataire des immeubles Mespil. Ses murs, blancs autrefois, avaient maintenant la couleur de la fumée de cigarette. Je pense que rien n'avait changé dans son appartement depuis des dizaines d'années, en dehors de la télévision, qui était neuve, et de la présence d'un ordinateur portable.

— Rien ne t'autorisait à chercher à la voir, tint à dire Alice. Elle n'est même pas venue assister à l'enterrement de son frère.

— Je n'ai rien cherché, répondit Chris. C'est elle qui a voulu retrouver Sophie.

— De quel droit voulait-elle s'immiscer dans la vie de notre fille ?

— Je savais que tu dirais ça, et que tu m'accuserais de me mettre de son côté. Mais je ne prenais pas parti dans une querelle familiale : je ne voulais simplement pas que Sophie ait à décider si elle devait ou non prendre le risque de te contrarier en répondant à une mystérieuse tante qui subitement la contactait. En août dernier, Sophie m'a montré une requête d'ami postée par Patricia sur sa page Facebook.

— Es-tu en train de me dire qu'une femme de quatre-vingt-dix ans sait se servir de Facebook ?

— Oui, si elle est aussi incroyable que Patricia. Sophie m'a demandé conseil. Comme l'idée que les photos mises en ligne par Sophie défilent sous les yeux de cette femme ne me plaisait pas trop, je suis allé lui rendre visite. Tu es sa parente la plus proche. J'ai pensé qu'il valait mieux que je te dise comment elle allait, plutôt que ce soit un travailleur social qui te téléphone un jour pour t'apprendre que tu te retrouvais cette fois encore responsable d'une personne âgée en train de perdre la tête.

— Tu aurais dû me mettre au courant », protesta Alice.

Chris acquiesça. « Je sais. Mais serais-tu venue avec moi ? »

Alice hésita, puis elle fit signe que non.

« Tu vois ? dit Chris. Vous étiez deux dans cette histoire. Patricia n'avait pas non plus envie d'une réconciliation. Plus elle répétait qu'elle n'était pas une Prendeville, plus j'avais l'impression d'entendre ton père. J'avais l'intention de tout te dire après ma première visite. J'avais même espéré qu'elle et toi vous pourriez devenir amies, afin que Sophie ait l'occasion de connaître quelqu'un de ta famille, mais les choses se sont compliquées…

— Tu es toujours en contact avec elle ?

— Non.

— Pourtant tu as continué à sortir en me racontant des mensonges, le regard fuyant. La dernière fois tu es rentré avec l'air de celui qui vient de se faire plaquer.

— Patricia avait une santé fragile, dit Chris. Il fallait qu'un voisin lui apporte l'*Irish Times* tous les matins, elle ne pouvait pas aller l'acheter, mais à midi elle avait terminé mots en croix et mots croisés géants. Elle avait l'esprit vif, et aucun désir de chaleureuse réunion familiale. Elle ne voulait que je revienne que pour lui apporter le numéro du livret d'épargne de Sophie.

— Pourquoi ?

— Elle avait investi ses économies en obligations et en bons qui étaient presque à terme. Elle voulait en mettre une partie au nom de Sophie. Des actions qui n'arriveront pas à échéance avant quelques années, mais Patricia espérait que quand elle aurait fini ses études, Sophie pourrait se servir de cet argent pour voler de ses propres ailes, et voyager si elle le souhaitait.

— Tu lui as permis de donner de l'argent à Sophie sans me demander mon avis ?

— C'était l'argent de Patricia… elle ne te le donnait ni à toi ni à moi.

— Et Sophie est au courant ?

— Lors de ma deuxième visite, Patricia m'a fait jurer de garder le secret. C'était une femme farouchement réservée. Elle tenait à ce que ni toi ni Sophie n'en sachiez rien avant la date d'échéance.

— Et tu t'es mis d'accord avec une étrangère pour laisser ta femme dans l'ignorance ? »

Chris haussa les épaules, avec une gêne coupable. « Elle m'a pris de vitesse. Je ne savais pas comment tu réagirais, et pour être honnête l'appât du gain a joué, pas pour moi, mais pour Sophie. Je ne voulais pas l'empêcher d'avoir cet argent. Les problèmes financiers m'inquiètent trop, trouver de quoi acheter une nouvelle maison, et, après nous être mis sur le dos un énorme crédit, ne rien laisser à Sophie pour qu'elle puisse démarrer dans la vie. Sophie n'est plus une gamine, brusquement c'est une jeune femme, et il y a à Blackrock des enfants à peine plus vieux qu'elle qui sont déjà lancés dans la course à la propriété. L'argent de Patricia lui apportera des opportunités que nous ne pouvons pas lui offrir. Je n'ai vu qu'une chose, Sophie allait avoir un petit capital sans que ça ne lui coûte rien, dans un monde où tout se paye. Le reste m'a paru sans importance, même la nécessité de te mentir.

— Et tu n'as jamais pensé que je pouvais m'affoler de te voir sortir comme ça, alors que tout dans ton attitude disait que tu mentais ?

— Si. Je me sentais si mal à l'idée de devoir garder le secret, que la troisième fois où je suis allé voir Patricia, le jour où elle devait me remettre les bons transférés au nom de Sophie, j'étais décidé à exiger qu'elle m'autorise à te le dire. Je ne voulais plus de cette clandestinité. Si Patricia avait envie de faire un cadeau à Sophie, elle devrait la rencontrer, et te rencontrer toi, même s'il me fallait pour cela affronter la scène terrible que tu allais faire en apprenant que j'avais organisé cette réunion de famille.

— Et au lieu de ça, tu as laissé Patricia décider à ta place. C'est pour ça que tu es revenu dans un tel état ? »

Chris secoua la tête. « Elle ne m'a rien imposé, elle n'était pas là. Elle m'avait dit un jour que si je tapais à sa porte sans succès, je pouvais entrer, la clé était sous le paillasson. Dans l'appartement, rien n'avait changé, sauf qu'elle n'était pas assise dans son fauteuil et qu'il y avait trois enveloppes posées sur le guéridon. La première contenait cent vingt mille euros de bons d'épargne au nom de Sophie, et une photo de Patricia à l'âge de Sophie.

— Comment sais-tu que c'était Patricia ?

— Elle te ressemblait comme deux gouttes d'eau au même âge.

— Et les autres enveloppes ? »

Chris haussa les épaules d'un air désabusé, il s'était fait doubler. « Il y avait dans la seconde tout un tas de factures de la société Dignitas, de Zurich. Ils sont spécialisés dans les suicides assistés. Elle y avait même laissé le reçu prouvant qu'elle avait payé d'avance sa crémation, et l'éparpillement de ses cendres en Suisse. Je me suis senti idiot de ne pas avoir compris que, dès le début, elle avait tout prévu. Elle m'avait dit t'avoir promis un jour de ne jamais devenir un fardeau pour qui que ce soit. C'était une femme résolument indépendante qui avait toujours tout décidé de sa vie. Elle continuait, jusqu'au dernier détail.

— Et que contenait la dernière enveloppe ?

— Une note dans laquelle elle me donnait ses instructions. Elle indiquait en premier le nom d'une boutique caritative à laquelle il fallait faire donation de ses meubles. Deuxièmement, il ne devait y avoir aucun service commémoratif ni annonce de décès publiée dans le journal. Troisièmement, Sophie et toi, vous deviez ne rien savoir de sa mort jusqu'à ce que les bons arrivent à échéance. J'aurais dû ne pas tenir compte de tout ça, mais toi et moi, nous traversions une mauvaise passe, et, ne sachant pas comment tu allais réagir, je craignais de rendre les choses pires. »

Alice se souvenait parfaitement de l'appartement de Patricia. Peu désireuse de s'entendre dire *Je t'avais prévenue que tu gâcherais ta vie à t'occuper d'un père qui ne t'en remercierait jamais*, elle n'y était pas retournée. Elle n'avait jamais pu être certaine qu'en lui proposant de lui offrir un billet d'avion pour le Canada, Patricia ait voulu l'aider à prendre un nouveau départ, ou si elle avait simplement cherché à remporter une victoire sur son frère en le séparant de sa fille alors que le deuil le rendait totalement vulnérable. Et elle se demandait maintenant quels motifs se cachaient derrière la générosité posthume de la vieille dame envers Sophie. Avait-elle eu envie de lui faire l'heureuse surprise d'un héritage inattendu, ou de s'assurer que la jeune fille aurait de quoi s'enfuir si elle s'était sentie aussi différente de ses parents qu'Alice et Patricia quand elles avaient son âge ? Mais en choisissant elle-même son heure pour s'immiscer à nouveau dans la vie d'Alice, Patricia avait creusé un fossé entre une femme et un mari qui autrefois se faisaient implicitement confiance. La paranoïa avait-elle entraîné Alice à commettre la plus grosse erreur de sa vie ?

« Le premier soir où tu es sorti, j'ai trouvé une boîte de Viagra où trois comprimés manquaient, dit-elle. D'après la date d'achat indiquée, tu ne les avais pas utilisés avec moi. Depuis des semaines, c'était comme si nous n'avions jamais trouvé le bon moment pour faire l'amour. Et de toute façon tu m'en aurais parlé. »

Chris se prit la tête dans les mains. « J'avais peut-être trop honte de reconnaître que j'en avais besoin. Une femme peut évoquer les transformations que son corps subit. Le mien change, lui aussi, mais en parler me gêne. J'ai pris du Viagra trois fois, parce que Sophie devant sortir, j'espérais que nous aurions du temps à nous, mais ça n'a jamais été le cas, soit quelqu'un téléphonait, soit Sophie changeait d'avis. Le Viagra met une heure à faire effet et comme nous avons toujours eu besoin que le sexe soit spontané, je ne pouvais pas t'en parler à l'avance. Je désirais être prêt pour le moment propice, et ce moment n'est jamais arrivé. Et finalement j'étais exaspéré de les avoir pris pour rien. Mon corps s'use. Et je ne voulais surtout pas te faire penser que je n'avais plus envie de toi.

— En trouvant quelque chose que son mari a caché, une femme peut prendre peur, complètement s'affoler, dit Alice, surtout quand elle a déjà l'impression qu'il lui ment. C'est pour ça que j'ai fermé à clé la porte de cette chambre ce fameux soir de septembre. Ce n'était pas seulement que je ne te voulais pas à côté de moi : j'avais besoin d'espace pour pleurer en silence sans être obligée de m'enfermer dans la salle de bains. Je me sentais trahie. Je n'étais plus certaine de pouvoir un jour te faire encore confiance. Je me suis demandé si tu avais déjà eu des aventures lorsque j'étais malade, ou si tu étais soudain devenu jaloux de Ronan, qui se retrouvait marié à une femme qui avait la moitié de son âge. Je n'avais personne à qui parler. Je n'allais quand même pas demander conseil à Kim ! Chaque fois que je lui dis bonjour, j'ai l'impression de laisser tomber Miriam.

— Alors qu'est-ce que tu as fait ? »

Alice se tut quelques instants. « Je ne te le dirai jamais, car tu es incapable de laisser quoi que ce soit derrière toi. Tu le ressasseras toute ta vie.

— Je voulais seulement te rendre heureuse, dit Chris.

— Personne ne le peut, en dehors de moi, répondit Alice. C'est ce que j'ai compris. Ni toi, ni certainement pas cette autre personne dont je ne peux pas te parler. »

Chris se leva, essayant à contrecœur de digérer mentalement le sens de ces mots. Il se réfugia sur le fauteuil, où s'empilaient les vêtements qu'elle avait enlevés avant de se coucher.

« C'est ce que tu faisais, pendant que je faisais construire cette monstruosité dans notre jardin afin que nous ayons enfin de quoi acheter la maison de nos rêves ?

— À force de parler de la maison de nos rêves, nous avons cessé de vivre dans le présent. Je te voyais follement t'inquiéter d'un problème que nous n'allions jamais résoudre. À la place de l'homme que j'aimais, il n'y avait plus que cette boule de nerfs. Peut-être avais-je besoin d'autre chose, de quelqu'un qui me fasse me sentir bien dans ma peau. Peut-être, à quarante-huit ans, avais-je besoin de découvrir ce que j'avais déjà découvert quand j'en avais dix-neuf.

— Découvrir quoi ? demanda Chris d'une voix brisée.

— Que tu es comme un merveilleux trésor caché sous une apparence terne, dit Alice. Les trésors qui brillent n'attirent que les petits malins qui s'emparent de ce qu'ils voulaient et s'en vont.

— Tu as couché avec Ronan, hein ?

— Quoi ? demanda Alice d'une voix incrédule.

— Avant de partir au Canada. Tu ne me l'as jamais dit.

— Comment aurais-je pu savoir qu'un jour nous serions ses voisins ?

— Tu as prétendu être vierge, le jour où nous avons fait l'amour pour la première fois. Tu aurais pu avoir eu une dizaine d'amants, je m'en serais fichu, pourquoi avoir menti ?

— Je voulais oublier que cette unique nuit avec Ronan avait eu lieu, mais j'ai toujours su qu'il s'en servirait un jour pour semer la discorde entre nous.

— Avec qui d'autre as-tu couché ?

— Je t'ai été fidèle dès le premier jour.

— Jusqu'à quand ? Je sais qu'il se passe quelque chose. »

Autrefois, une telle question aurait transformé leur dispute en une cacophonie de violentes allégations, pourtant Alice garda un ton dénué d'émotion.

« J'étais en colère. Je me sentais menacée, et la ménopause amplifie le manque de confiance en soi. Mais qui dit que je t'ai été infidèle ? Pourquoi est-ce que tout doit toujours être ou blanc ou noir ?

— Ce n'est pas une réponse.

— Jusqu'à ces derniers temps, je ne savais pas comment les autres vivaient, dit Alice. Tu serais étonné d'entendre ce dont les femmes parlent après avoir bu quelques verres. Moi, ça m'a étonnée. J'étais tellement naïve que je te prenais pour Monsieur Univers. Maintenant, j'ai compris que tu faisais partie de ces innocents qui ne connaissent rien de la vie.

— C'est ça que tu faisais ?

— Je devais avoir besoin d'être avec des gens qui avaient quelque chose de dangereux, se défendit Alice. Quand je sortais, j'aimais que les hommes admirent en moi ce que je suis maintenant, une femme attirante pour son âge. J'aimais qu'ils montrent de l'intérêt pour mes opinions.

— Tes opinions étaient la dernière chose qui les intéressait.

— Eh bien même dans ce cas, j'aimais qu'ils me regardent, malgré ma cicatrice.

— Elle se voit à peine.

— Pour moi elle se voit dans le regard de ceux qui me jugent encore quand je les croise dans le quartier. Est-ce si affreusement mal de ne pas avoir honte de moi ? Bien que je sois obligée de garder l'œil sur ma montre, sachant que tu m'attends comme un père désapprobateur et que tu me feras me sentir coupable dès que j'aurai poussé la porte.

— J'avais quand même le droit de savoir avec qui tu sortais, dit Chris doucement.

— Avec moi-même, répondit Alice, celle avec qui je n'ai pas

le droit d'être quand je sors avec toi. L'absence de Sophie m'a permis d'entrevoir ce que l'avenir nous réservait.

— Alors tu as trouvé un autre homme.

— Tu ne sais pas ce que j'ai fait.

— Dans ce cas, dis-le-moi.

— Nous étions d'accord pour avoir nos secrets.

— Non, dit Chris. Tu l'as décrété, c'est tout. »

Alice se tut un instant. « Il n'y a qu'un homme qui ait jamais compté dans ma vie. Tout le reste ne pourrait être que purement sexuel, et n'aurait aucune conséquence.

— Comment peux-tu dire ça ?

— Peut-être est-ce une vérité pour adultes, ou le mensonge avec lequel je me consolais quand je pensais à toi en train de faire l'amour avec une autre femme. J'aurais tellement préféré ne jamais trouver ce Viagra. Personne ne souffre si personne ne découvre rien.

— C'est ce que tes nouveaux amis t'ont appris à penser ? Tu t'imagines qu'ils s'en tirent aussi facilement, après chaque trahison ?

— Je n'ai pas besoin qu'on m'apprenne à penser.

— Et à quoi pensais-tu quand tu te mettais sur ton trente et un pour aller retrouver cet homme ?

— Ce n'était pas juste un homme. Je retrouvais tout un cercle de gens. »

Alice détourna le regard, nerveuse, le cœur battant. Cette conversation était terriblement douloureuse, elle allait contre ce que ses parents avaient semé en elle, et qui était devenu une seconde nature : ne jamais affronter les problèmes directement. Peut-être la façon dont elle s'était récemment conduite, et qui lui ressemblait si peu, n'avait-elle été qu'un nouveau symptôme d'évitement. Peut-être avait-il été plus facile d'user de subterfuges et de prendre certains risques que d'ouvrir son cœur et de parler de ses sentiments les plus profonds.

« Tu veux dire qu'il n'y a pas eu qu'un seul homme ? » demanda Chris.

Alice le regarda. « Il y en a eu un qui m'a fait me sentir particulièrement bien dans ma peau.

— Celui que tu veux garder secret… celui avec qui tu as couché ?

— Avec qui j'ai failli coucher. L'homme qui m'a entraînée au bord du précipice de l'adultère, qui a pris une chambre à l'Hôtel D4 de Ballsbridge tous les dimanches soir ces six dernières semaines, qui me tenait la main dans le hall, quand je disais ne pas être encore prête à monter, et cachait son impatience en prétendant que rien ne pressait. Il pouvait attendre que je me décide. Il serait patient avec moi quand le moment viendrait, et je connaîtrais un plaisir comme tu as été incapable de m'en donner depuis des années. Il y a trop de passif entre nous, trop de déceptions et de mots hostiles. Tu me traites comme si j'avais encore besoin qu'on me prenne en charge, mais j'ai des désirs que je commence juste à comprendre. Avec cet homme, le sexe aurait été aussi léger qu'une plume, un interlude de plaisir sans futur ni passé. Était-il si mal de vouloir une fois au moins ressentir un plaisir facile ?

— À toi de me le dire. Je sais à peine qui j'ai en face de moi. »

Alice parla à voix basse. « Je ne peux pas te le dire, parce que je ne l'ai jamais vérifié. Dimanche soir, je me suis assise dans le hall de l'hôtel une dernière fois. Je savais que sa patience était à bout. Une part de moi désirait entrer dans l'ascenseur, celle qui ne prend jamais de risques. L'autre, le vrai moi, qui serre ta main de toutes ses forces pendant les enchères, voulait rentrer à la maison avec toi. Je voulais que Sophie m'y attende, en pyjama, qu'elle ait de nouveau sept ans. Je voulais me retrouver à l'époque où je savais absolument à quoi je servais, et qui j'étais, parce que mon enfant avait besoin de moi. Alors, comme j'hésitais encore une fois, j'ai vu les yeux de cet homme se durcir. Il avait le regard d'un chasseur de gros gibier, le regard du vendeur prêt à conclure une affaire, ou à chercher un autre client. Il était aussi peu sincère qu'il était sexy. J'ai compris ce qui m'attirait en lui : il avait le regard de Ronan. Il me voulait de la même façon que Ronan m'avait voulue autrefois, un défi qu'il se lançait à lui-même. Être désirée de cette façon m'a donné l'impression que j'avais de nouveau dix-sept ans. Mais c'était un leurre. Les hommes ne me regarderont plus jamais comme ils regardent Kim ou Sophie. Une fois que cet homme m'aurait eue dans son lit, j'aurais cessé d'exister pour lui ; il aurait été trop occupé à courir après une nouvelle conquête.

— Qu'est-ce que tu as fait ?

— Je lui ai dit que s'il montait je le suivrais et taperais à sa porte. Je l'ai vu me sourire triomphalement en entrant dans l'ascenseur. J'ai attendu que les portes se referment derrière lui et je suis sortie en courant de l'hôtel où tout le monde me regardait, sachant exactement ce que j'étais venue faire là. J'ai brûlé tous les feux rouges jusqu'au port de Dun Laoghaire et je me suis garée n'importe comment sur une double ligne jaune. Je me fichais de me prendre un sabot. Je me fichais presque d'être morte ou vivante. J'ai longé le quai dans l'obscurité et je me suis assise sur la pierre froide, en tremblant parce qu'une part de moi-même aurait voulu être en train de vivre ce fantasme, là-bas dans cette chambre d'hôtel. Cette part de moi qui veut toujours se faire du mal, qui est incapable de voir quoi que ce soit de bien en moi. J'ai pris conscience que je n'avais pas voulu me venger de toi, mais de la vie, qui m'avait fait devenir vieille et m'avait obligée à comprendre que mes rêves ne se réaliseraient jamais. Puis j'ai marché jusqu'au bout de la jetée déserte. Je voulais me jeter à l'eau. Au lieu de ça, j'ai pris mon second téléphone, celui où j'ai les numéros de tous ces gens, et je l'ai lancé aussi loin que j'ai pu dans les vagues. Ensuite je suis rentrée, prête à t'arracher les yeux si tu me demandais d'où je venais. Mais tu n'étais pas là, et je ne me suis jamais sentie aussi seule, assise à t'attendre dans cette maison vide… »

Elle s'arrêta, stupéfaite d'avoir trouvé le courage d'affronter les contradictions qu'elle avait enfermées dans son cœur où elles s'envenimaient.

« Ne reste pas assis là-bas, Chris, supplia-t-elle. C'est ce que je suis, plus nue que tu ne m'as jamais vue. Dis quelque chose. »

Chris secoua la tête. « Je ne sais plus quoi penser. »

Alice tendit la main.

« Écoute, Chris… »

Elle vit ses doigts serrer de toute leur force les vêtements abandonnés sur le fauteuil. Puis il les lâcha, et se dirigea vers la porte.

« Je vais te montrer que je ne suis pas qu'un lâche cocu, dit-il. Je vais réduire en cendres cette maudite maison que nous avons construite. »

Chapitre trente

Ronan

Mardi 7, quatre heures du matin

Ce fut Kim qui s'éveilla la première ; Kim qui dormait toujours profondément, et en même temps surprenait continuellement Ronan par sa capacité à s'éveiller au moindre bruit inhabituel sans se montrer perturbée ni ensommeillée comme Miriam le faisait, mais immédiatement prête, en alerte. Elle secoua Ronan. Il se demanda combien de temps s'était écoulé depuis qu'après un dernier cognac sur glace pilée il s'était écroulé.

« Il y a des gens qui crient dans le jardin, dit Kim doucement. »

Les sens aux aguets, Ronan sortit du lit, releva le store de la fenêtre. Kim le suivit si silencieusement qu'il prit seulement conscience de sa présence à ses côtés lorsqu'elle lui parla.

« Tu devrais descendre. On dirait un damné.

— Un damné mon cul… Il est complètement barge, oui. Il va mettre le feu et s'immoler en même temps. »

Quand il se retrouva en bas après avoir enfilé à toute vitesse un pantalon et un pull puis dévalé l'escalier sans que Kim ne dise plus rien, il pensa que sa grossièreté l'avait contrariée. Elle était restée devant la fenêtre à regarder Chris et Alice hurler dans le jardin. Puis il comprit que Kim n'était pas choquée, mais qu'elle se coupait de lui, qu'elle utilisait son impénétrable impassibilité comme un mur qu'elle élevait entre eux.

Le temps qu'il ouvre les portes de la serre pour courir vers la petite maison, le chantier puait déjà l'essence que Chris déversait frénétiquement d'un bidon laissé par Jiri sur ce qui restait de pelouse. À la vue de Chris soudain si différent, Ronan fut sidéré. Ce n'étaient pas seulement les écorchures de son visage ou ses vêtements déchirés ; il avait le regard d'un fou, d'un homme poussé à bout qui aurait basculé sans espoir de retour. Pieds nus et en chemise de nuit, Alice cherchait à s'approcher de lui, mais craignant qu'il enflamme ses vêtements et s'immole, elle n'osait pas trop s'avancer. Ronan fut soulagé de voir à quel point il semblait agité. Son père avait toujours proclamé qu'il était plus facile de persuader un forcené de descendre d'un toit qu'essayer de raisonner un homme parfaitement calme. Il fallait que quelqu'un prenne la situation en main. Mais son instinct lui disait de rester à bonne distance : il allait l'apaiser comme on apaise un animal qui a peur.

Alice, qui suppliait Chris éperdue, ne remarqua pas l'arrivée de Ronan. Il en profita pour observer en douce son corps nu sous la fine chemise de nuit. Ses frissons involontaires avaient quelque chose qu'il trouvait doucement érotique.

« Chris, regarde-moi, dit Ronan, sans se départir de son ton sardonique. Puis regarde ta femme à moitié gelée et dis-moi ce que tu fous, bon sang ?

— Je vais brûler cette maison.

— À quoi ça te servira ? Allez, arrête de tout asperger d'essence comme un enfant de chœur avec de l'eau bénite. Tu es hors de toi. Respire à fond et écoute-moi…

— Je ne t'écouterai plus jamais, dit Chris. Je ne te laisserai plus jamais te moquer de moi !

— Quand est-ce que je me suis moqué de toi ?

— Tu ne m'as jamais raconté cette bonne blague, tu sais, quand tu as couché avec ma femme. »

Ronan leva les yeux au ciel, d'un air ironiquement exaspéré.

« Les Bay City Rollers étaient dans le *Top of the Pops*, dit-il. Au Dandelion Market les membres de U2 s'efforçaient de tous jouer dans le même ton. C'est de la préhistoire, et même alors, ça n'avait que peu d'importance.

— Merci beaucoup. » Alice rougit devant l'affront. « J'avais dix-sept ans et tu m'as brisé le cœur. »

Ronan se retourna pour la raisonner. « Avoir le cœur brisé va de pair avec le fait d'avoir dix-sept ans. Nous étions des gamins en pattes d'eph. Nous sommes devenus adultes, alors fais en sorte que ton mari se conduise comme tel.

— Chris vaut dix fois mieux que toi, et depuis toujours », le défia Alice.

Ronan l'ignora et s'adressa de nouveau à Chris. « Pose ton essence. Cette maison est le passeport dont tu as besoin pour t'en aller d'ici.

— Peut-être que je ne veux pas d'un passeport plein de sang. » Chris baissa la voix, sa fureur disparut, il s'approcha de Ronan, vaincu. Ses vêtements étaient pleins d'essence, Ronan devait rester prudent, pourtant, il sentit un soulagement euphorique l'envahir à l'idée qu'il avait maîtrisé la situation. Chris baissa la tête, épuisé.

« Tout ira bien, murmura Ronan. Jiri s'est contenté de hausser les épaules quand je lui ai dit que son plâtrier n'était jamais venu. Il a demandé à Andrzej de finir le boulot. Regarde derrière toi, ils ont enlevé l'échafaudage. Ce putain d'inspecteur du travail ne peut rien contre nous. Je t'avais dit de me faire confiance. »

Chris releva lentement la tête, lança sa main droite en avant et referma durement les doigts sur le cou de Ronan, lui coupant la respiration.

« Fais pas le con avec moi. » Le murmure de Chris avait quelque chose de terrifiant. « J'en ai marre de tes petits jeux.

— Lâche-moi ! » Ronan pouvait à peine parler, affolé à l'idée que Chris continue de serrer. Lentement les doigts de Chris se détendirent, mais il garda sa main en place, le visage à quelques centimètres de celui de Ronan, comme s'il craignait que ce dernier disparaisse s'il regardait ailleurs.

« Dis-moi ce que tu as fait de son corps.

— Parle moins fort. »

Ronan jeta un coup d'œil en direction d'Alice.

« Ce qui s'est passé à Wicklow ne doit pas sortir de Wicklow.

— Tu y es retourné à l'aube. Dis-moi où tu as balancé ce putain de cadavre. »

Ronan se dégagea et regarda Chris avec circonspection.

« Ne me dis pas que tu as vraiment pris le risque de retourner là-bas ?

— Tu savais que je le ferais, une fois dessoûlé. Tu as toujours une longueur d'avance sur moi.

— Est-ce que tu te rends compte du mal que j'ai eu à empêcher Alice d'appeler les flics ? chuchota Ronan.

— Qu'est-ce que c'est que ces messes basses ? lança Alice. Chris, rentrons, maintenant.

— Suis son conseil, dit Ronan exaspéré. Va te laver et dessoûler.

— Je suis parfaitement sobre.

— Je ne l'ai pas déplacé, reprit Ronan. En retournant là-bas, tu as trahi ta promesse.

— Quand as-tu jamais tenu une promesse ? Et maintenant arrête de mentir.

— Pourquoi mentirais-je ?

— Parce que tu mens comme tu respires, dit Chris.

— Je suis resté ici toute la journée. » Ronan regarda Chris, sincèrement inquiet. « Si le corps n'est plus là-bas, quelqu'un d'autre l'a déplacé.

— Kim est au courant ?

— Kim n'a rien besoin de savoir. » De nouveau il regarda Chris. « Il faut que nous y retournions.

— Je ne vais nulle part avec toi. »

La porte de la serre s'ouvrit et Kim apparut, une robe de chambre en soie lâchement nouée à la taille sur sa chemise de nuit. Ronan vit Chris regarder ses mollets nus et détourner les yeux. D'une voix à peine plus qu'un murmure, elle demanda pourquoi tout le monde criait. Ronan lui fit signe de rentrer, mais Kim ignora le geste de son mari, le dépassa et se dirigea vers Chris qui souleva le bidon comme s'il s'agissait d'un moyen de chantage qui lui donnerait le temps de réfléchir. Il arrosa d'essence les madriers qui traînaient encore là.

— Vous avez l'air épuisé, Chris, dit-elle calmement. Qu'est-ce que vous faites ?

— Une crise de nerfs, intervint Ronan. Et maintenant rentre, c'est dangereux, ici. » Il éleva la voix. « Va dormir, Chris, et tout cela te semblera un mauvais rêve. Peut-être que tu ne veux pas de l'argent que la vente de cette maison te rapportera, mais ta femme, elle, désire désespérément partir d'ici. Arrête de penser à toi, pense d'abord à Alice. » Ronan se tourna vers Alice. « Oublie ce que tu viens d'entendre, Alice. Un malheureux incident est survenu, sans que nous y soyons pour rien. Nous avions besoin d'arranger les choses, pour le bien de tous. »

Ronan craignait que Kim s'approche trop de Chris, qui semblait presque enivré par les vapeurs d'essence que ses vêtements dégageaient. Kim leur demandait en vain d'écouter ce qu'elle avait à leur dire, mais Alice n'en tint aucunement compte, et supplia encore Chris de lâcher le bidon.

« Déclencher un incendie ne fera qu'attirer l'attention sur nous, dit-elle. Je me fiche de déménager ou non ; je veux juste retrouver notre ancienne vie.

— Notre vie à deux est devenue une coquille vide, répondit Chris.

— Ne dis pas ça, implora Alice. Nous sommes encore là l'un pour l'autre.

— Vraiment ? »

La voix de Chris avait un timbre lointain.

« Écoute-la », intervint Ronan.

Alice se tourna vers lui, furieuse. « Ne te mêle plus de nos vies. »

Kim fit un pas de plus vers Chris. « Écoutez-moi, Chris, je vous en prie.

— Restez en dehors de tout ça, Kim, dit Alice, cela n'a rien à voir avec vous. »

Kim regarda Alice droit dans les yeux. « Votre mari est dans mon jardin, aspergé d'essence, fit-elle remarquer.

— Nous sommes en train de régler de vieilles histoires qui se sont déroulées avant même que vous mettiez les pieds en Irlande, dit Alice d'une voix qu'elle voulait conciliante. Elles ne vous concernent en rien. »

Quand Kim répondit à Alice d'une voix coupante : « Vous me prenez pour une bonniche que l'on renvoie à sa cuisine ? », Ronan n'en revint pas.

Ce n'était pas son changement de ton qui troublait Ronan ; c'était la façon dont, petit à petit, elle s'approchait de Chris. Celui-ci laissa tomber le bidon, puis sortit de sa poche la boîte d'allumettes que Ronan lui avait donnée le dimanche soir pour allumer son cigare. Il se tourna vers Alice. « Je te vois sans arrêt dans ce hall d'hôtel tandis que devant l'ascenseur, un baratineur retors te sourit. Une partie de toi rêvait de le suivre.

— Mais je ne l'ai pas fait, se défendit Alice. C'était un fantasme de gamine complètement idiot. Je me suis écartée du précipice avant qu'il soit trop tard. » Elle le regarda d'un air suppliant. « Dis-moi que ce n'est pas trop tard. »

Kim se rapprocha encore et Chris craqua une allumette qu'il tendit devant lui. Ronan ne pensait pas que Chris aurait le courage de la lâcher, mais sa main tremblait si fort qu'elle pouvait lui échapper.

« Je t'en prie, Kim, ce n'est pas prudent », implora Ronan. Il éleva la voix. « Éteins cette maudite allumette, Chris. Tu m'entends ?

— Non. » Chris mit l'allumette à l'horizontale pour que la flamme se propage lentement. « Je te regarde, j'ai tout mon temps pour bien te regarder. C'est la première fois que je te vois avoir peur. Tu ne peux plus me manipuler. Fais un pas de plus et je lâche ça.

— Mon mari restera là où il est, dit Kim d'un ton ferme. C'est moi qui vais prendre ces allumettes.

— Reculez, Kim, demanda Chris. Alice a raison, rien de cela ne vous concerne.

— Êtes-vous tous assez idiots pour ne pas comprendre comment vous vous immiscez dans ma vie ?

— Chris ! » Alice était terrifiée. « La flamme se rapproche. »

D'un instant à l'autre, l'essence dont ses doigts étaient imbibés allait prendre feu, pourtant Chris resta paralysé, jusqu'à ce que la voix de Kim s'élève.

« Éteignez-la », aboya-t-elle.

Il souffla sur l'allumette, soudain affolé à l'idée que le bout de bois incandescent enflamme en tombant l'essence qu'il avait déversée devant lui.

Kim tendit la main. « Donnez-moi les allumettes. »

Muet, épuisé, Chris obtempéra.

« Ma femme a failli être brûlée vive à cause de toi ! cria Ronan, mais la façon dont Kim se retourna pour leur faire face, à lui et à Alice, le réduisit au silence.

— Je sais ce qu'on raconte dans le quartier à propos de Ronan et moi, Alice, on dit qu'il m'a épousée parce qu'il était incapable d'affronter une vraie femme. Mais j'en suis une. Je ne viens peut-être pas de la bonne société, je n'ai pas été dans une école privée, mais cela ne fait pas de moi une épouse achetée sur Internet. Je ne dois rien à personne. » Kim glissa les allumettes sous sa robe de chambre en soie. « Soir après soir, je vois de la fenêtre de ma cuisine les ouvriers construire cette maison, trimant dans l'obscurité comme mon père et mes frères le font à Manille.

— Moi aussi je les vois, lui dit Alice. J'essaye de me montrer amicale avec ces hommes, de leur faire du thé et des sandwichs car je sais qu'ils doivent avoir faim, mais ils me regardent sans me voir, comme s'ils n'étaient pas dans mon jardin. Ils ne parlent qu'à Ronan.

— Parce que c'est lui qui les paye, donc moi aussi, répondit Kim. Tout ce que Ronan possède m'appartient à moitié, ce qui veut dire que je dois aussi assumer la moitié de ses dettes, bien qu'il s'efforce de me les cacher, comme si j'étais une enfant qu'il devait protéger. Je voulais établir un contrat stipulant qu'en cas de séparation je m'en irais les mains vides et la tête haute, mais Ronan a tenu à partager tous ses biens avec moi. Il l'a fait parce qu'il est un homme bon, quoi que vous en pensiez. Il doute de lui et il a constamment besoin de prouver qu'il est à la hauteur, mais ce n'est pas un homme mauvais. Je le dis en tant qu'épouse. » Kim posa la main sur sa poitrine. « Voilà ce que je suis, moi, pas une épouse de second choix qui remplace Miriam. Peut-être pensiez-vous quand vous vous êtes mariée que Chris était un homme parfait, Alice, alors que moi j'ai toujours su que celui que j'avais choisi était un type plein de défauts mais profondément bon. Je vous regarde, Chris et vous, vous torturer l'un l'autre parce que vous vous rendez compte de vos faiblesses réciproques. J'accepte mon mari avec toutes ses contradictions, parce que j'ai déjà rencontré de véritables sales types. J'ai vu le mal comme aucun de vous ne l'a jamais vu. » Kim regarda Ronan. « Tu me caches tellement de choses que, pour une fois, j'en ai fait autant.

— Quoi ?

— J'ai trouvé le cadavre de l'ouvrier.

— Qu'est-ce que vous dites ? » demanda Chris qui était

tombé à genoux quand Kim lui avait confisqué les allumettes. Les gravats s'incrustaient dans ses rotules, mais il n'avait plus assez d'énergie pour changer de position.

« Il faisait presque nuit dimanche quand j'ai vu cet ouvrier alors qu'il grimpait sur l'échafaudage, dit Kim. Il semblait être du genre solitaire. Sa barbe grise me rappelait mon oncle Rosito, qui venait souvent se reposer chez nous, trop fatigué pour parler. Parce qu'il était seul, j'ai décidé de lui apporter du café et du pain. J'en coupais quelques grosses tranches quand j'ai de nouveau regardé par la fenêtre et que je l'ai vu debout, très droit et immobile, une main pressée contre la poitrine, l'autre agrippée à un montant de fer. Il me tournait le dos, mais j'ai su qu'il regardait droit devant lui, comme un saint devant une apparition. J'ai compris que quelque chose n'allait pas. Il a fait un pas en arrière, seulement il n'avait plus nulle part où poser le pied. Il a lâché prise et il est tombé sans bruit sur l'herbe à côté du bassin au bout de notre jardin.

— C'est faux, dit Chris. Il est tombé sur les gravats près de cet échafaudage défectueux. »

Puis il se tut sous le regard de Kim, qui le fit se sentir comme un enfant naïf.

« L'échafaudage n'y était pour rien, le problème venait de son cœur. J'ai travaillé à l'hôpital. Même de loin je me suis rendu compte qu'il faisait une crise cardiaque, si violente qu'il était mort avant sa chute.

— Et vous n'avez rien fait ? demanda Chris incrédule.

— Si, tout ce que j'ai pu, Chris. J'ai couru, je me suis agenouillée à côté de lui. J'ai pris son pouls, j'ai écouté son cœur. Il n'y avait plus aucun signe de vie, pas de pouls, rien qu'un médecin ait pu faire pour lui. Alors je suis restée là et j'ai récité l'acte de contrition à son oreille. J'ai prié pour lui en anglais et en tagal, puis j'ai récité les quelques prières que je connais en espagnol et en ilocano. J'ai pleuré pour lui et pour mon oncle

Rosito que j'ai trouvé mort un matin où on m'avait envoyée le réveiller. Puis j'ai pleuré sur moi-même, je me suis apitoyée sur mon sort, j'avais le mal du pays, et j'étais effrayée. Ronan était allé à son rendez-vous avec ce pourri de Paul Hugues, et à côté, il n'y avait qu'Alice. » Kim lui lança un coup d'œil. « Si j'avais dû demander de l'aide à quelqu'un, ce n'aurait certainement pas été à vous.

— Qu'est-ce que tu as fait, Kim ? demanda Ronan dans un souffle.

— Je suis rentrée appeler une ambulance. J'ai décroché le téléphone, mais j'étais incapable de composer le numéro. J'attendais un signe. Puis Dieu m'a dit ce que je devais faire.

— Dieu vous a parlé ? demanda Alice, sceptique.

— Oui, répondit Kim. Mon Dieu n'est pas comme le vôtre, doux et faible. Mon Christ n'a pas de temps à perdre avec des cierges parfumés ou la guérison holistique. C'est un charpentier aux mains usées. Il m'a dit que je ne pouvais plus rien pour cet ouvrier, mais que je pouvais faire quelque chose pour moi, et pour mon mari. Je n'avais qu'à laisser le corps où je l'avais trouvé, afin de découvrir la véritable nature de l'homme que j'avais épousé.

— J'aurais pu vous dire ce qu'elle était, commença Alice, mais d'un regard, Kim la fit taire.

— Non, vous ne le saviez pas plus que moi. Mais j'avais alors la possibilité de lui faire passer un test, afin de savoir s'il était capable de prendre ses responsabilités. J'avais vu l'inspecteur du travail fermer le chantier et je savais que quand Ronan trouverait le cadavre, il allait penser que l'accident était dû à un défaut de l'échafaudage. Mais s'il trouvait le courage d'affronter la situation, une autopsie le blanchirait de tout soupçon et prouverait que le chantier n'avait rien à voir avec ça : cet homme aurait aussi bien pu mourir dans son lit. »

Ronan la regarda, profondément blessé. « J'ai toujours assumé toutes les responsabilités, dit-il, pour toi.

— Peut-être était-il temps que tu t'assumes aussi toi-même. Et peut-être ai-je eu tort… Je ne sais pas… Je ne suis pas parfaite… Mais je me suis servi un grand verre de gin – une chose que je ne fais jamais – puis j'ai préparé le dîner et tiré le store de la cuisine. Nous avons mangé, j'ai fait la vaisselle et attendu que tu ailles dehors et que tu trouves le corps. » Elle se tourna vers Alice. « Vous étiez sortie, Alice, et Chris est arrivé. Il semblait contrarié, aussi ai-je servi le café à nos maris. Puis je suis montée dans notre chambre et je les ai écoutés boire et discuter longuement. J'aurais voulu descendre et tout raconter, mais mon Dieu m'a dit de ne pas intervenir, si je voulais découvrir l'âme de celui à qui j'avais dit oui.

— Alors pendant tout ce temps, tu ne dormais pas », murmura Ronan.

Kim se tourna vers lui. « Je suis restée devant la fenêtre en chemise de nuit, regardant, parcourue de frissons, à travers le store, jusqu'à ce que tu ailles fumer en cachette dehors, ainsi que tu en as l'habitude. Comme tu avais l'air vieux quand tu as trébuché sur son corps et que tu t'es effondré à côté de lui.

— Je n'avais pas le temps de réfléchir, se défendit Ronan.

— Tu l'as trouvé. Tu es resté là replié sur toi-même si longtemps que j'ai cru que tu priais. En fait, comme toujours, tu cherchais comment échapper à tes responsabilités.

— Pourquoi est-ce que je n'ai pas vu le corps quand je suis sorti ? demanda Chris, brisant le silence.

— Vous étiez trop occupé à mater comme un écolier honteux ma fenêtre éclairée, tout en urinant contre un arbre. Si avide d'entrevoir un morceau de cuisse nue que vous n'avez pas vu Ronan tirer doucement le cadavre sur la pelouse pour le déposer de votre côté et que ce problème devienne le vôtre.

— J'avais peur. » Ronan avait élevé la voix, cessant momentanément de s'inquiéter des voisins. « Est-ce un crime que d'avoir peur ? Qu'est-ce que tu attendais de moi ?

— Et moi, tu crois que je n'avais pas peur, répondit Kim, pour nous tous ? J'espérais que tu aurais le courage d'appeler une ambulance. Je t'ai vu revenir et j'ai encore cru que tu allais prendre ton téléphone. Au lieu de ça, tu as ramassé la pierre ensanglantée que la tête de ce pauvre homme avait heurtée après la crise cardiaque. Tu l'as posée près de lui à côté de l'échafaudage, tu t'es accroupi et tu as appelé Chris.

— Crise cardiaque ou pas, le chantier aurait dû être fermé, protesta Ronan. J'ai fait ce qu'il fallait pour te protéger.

— En m'incriminant, dit Chris.

— Vous l'avez laissé vous incriminer, dit Kim. De ma fenêtre, je vous ai vu boire le calice de l'agonie dans le jardin. Je savais d'avance tout ce que mon mari allait faire. J'ai regardé Ronan organiser son entreprise de camouflage, se désengager totalement en choisissant de prendre votre voiture et non la sienne. Je vous ai observé, vous vous battiez contre votre conscience, et il était certain qu'elle ne l'emporterait pas.

— J'étais complètement ivre. » Chris se retourna contre Ronan. « Tu ne m'as pas laissé le temps de réfléchir.

— Pour l'amour de Dieu, coupa Ronan, si j'avais attendu que tu prennes une décision, on serait encore agenouillés là-bas ! J'ai dû penser pour deux. » Il baissa la voix, tendit la main vers la serre. « Rentrons ; cette conversation est trop dangereuse pour avoir lieu dehors. Le carrelage de la cuisine est garanti pendant dix ans contre les moines bouddhistes qui s'immolent, mais tu ferais quand même mieux de laisser tes vêtements pleins d'essence à la porte. Nous te trouverons une couverture.

— Nous resterons où nous sommes, déclara Alice sur un ton décidé. Je n'ai jamais aimé ta maison, dans aucune de ses incarnations. »

Ronan eut un petit rire. « Pas mal, de la part de quelqu'un qui vit dans une petite porcherie.

— Ma maison n'est pas très grande, mais elle n'a rien d'une porcherie. Je l'ai décorée à ma façon, sans me contenter de copier des pages arrachées d'un magazine branché, comme toi, qui singes toujours les goûts des autres. Tu as déplacé le corps de cet homme mort sur notre propriété.

— Et qu'est-ce que ça peut bien faire ? Quel que soit l'endroit où son corps a atterri, le fait est qu'il est tombé d'un échafaudage bancal élevé sur ton terrain. » Ronan lança un regard furieux à Kim. « Si tu m'avais dit qu'il s'agissait d'une crise cardiaque, nous aurions pu éviter tout cela… J'aurais pu le tirer plus haut dans le jardin et dire qu'il était en train de désherber nos massifs de fleurs quand la douleur s'était emparée de lui.

— Mon Dieu m'a dit de ne pas interférer.

— Ton Dieu… ton Dieu… » Ronan se retourna, exaspéré. « Ton Dieu est très fort quand il s'agit de donner des instructions, mais j'attends toujours de le voir nous aider à rembourser nos dettes ! Il s'intéresse vraiment très peu à la gestion de nos crédits. Ton Dieu n'approvisionne pas d'un coup de baguette magique la carte Visa que tu brandis dans les boutiques.

— Je ne brandis rien du tout ; je ne me sers de la carte Visa que rarement, pour les dépenses indispensables, répondit Kim. Je n'ai pas besoin d'être riche ; j'ai besoin de vivre avec un homme que je peux respecter. »

Alice interrompit leur dispute, en disant d'une voix basse : « Dans quel pétrin vous nous avez tous mis, Kim. »

Kim se tourna vers elle avec un air de défi tranquille. « Est-ce moi qui ai déposé un cadavre dans le coffre de votre mari, pour qu'il aille s'en débarrasser comme d'un vieux frigidaire ?

— Non, mais vous auriez pu nous épargner tout ça.

— Vous épargner quoi ? De regarder en vous-même ?

— J'étais prêt à sonder mon âme ou à affronter un tribunal, dit Chris doucement. La seule chose que je ne pouvais pas supporter, c'était d'entendre Alice me dire que j'avais déconné en faisant confiance à Ronan.

— Merci beaucoup », dit Ronan.

Chris l'ignora. « J'étais tellement soûl que j'ai agi comme un lâche… mais ce dont j'avais vraiment peur, c'était affronter mon épouse.

— C'est ce que je suis devenue pour toi ? demanda Alice, au bord des larmes. On en est vraiment arrivés là ?

— Après toutes nos tentatives ratées pour acheter une maison…

— Oublie cette maudite idée. Je ne t'en ai jamais voulu pour ça. J'étais en colère parce que je croyais que tu voyais une autre femme. À la pensée que je ne t'attirais plus, j'ai paniqué. Mais je ne t'ai jamais obligé à mettre un ouvrier mort dans le coffre de ta voiture. Je n'étais pour rien dans tout ça, et pourtant c'est encore de ma faute.

— Tu étais impliquée parce que je l'étais, dit Chris. Rappelle-toi le tourment que nous avons vécu en attendant les résultats de l'enquête sur la mort de l'enfant dans l'accident, puis le procès et le battage qu'on en a fait. L'éventualité de nous retrouver une fois de plus devant un tribunal nous aurait pourri la vie et éloignés encore plus l'un de l'autre. »

Ronan sortit son téléphone portable de sa poche et leva la main pour demander le silence, tentant de reprendre le contrôle de la situation.

« Tout cela est allé assez loin, dit-il. À partir de maintenant, nous allons tous accorder nos violons. » Il lança un regard à Kim. « Je vais te montrer que je suis capable d'assumer mes responsabilités pleinement. Je vais dire à la police que j'étais seul quand j'ai trouvé le corps dans le jardin, et que j'ai pris les clés de Chris à son insu. Après tout, Chris ne savait rien de la décision de l'inspecteur du travail, il n'est donc pas en faute à propos de l'échafaudage. Et tu n'as joué aucun rôle important quand nous avons balancé le corps, Chris. Je t'ai trompé et je t'ai poussé à bout. Je dirai aux flics que je l'ai fait seul, et je leur indiquerai où.

— Nous avons agi ensemble, dit Chris. Et le cadavre n'est plus là. J'ai sillonné un par un tous les sentiers autour du lac Lough Dan jusqu'à ce que je trouve l'endroit où nous nous en sommes débarrassés. »

Ronan leva les yeux au ciel. « Nous ne sommes jamais allés près du Lough Dan, Chris. Je ne sais pas où tu t'es retrouvé, mais ce n'est pas là que nous avons laissé le corps. C'est au bout d'un chemin, derrière le hameau d'Annamoe. Reconnais-le, Chris, tu te perdrais dans ton lit. »

Kim les réduisit au silence. « Des randonneurs l'ont trouvé tout à l'heure. C'est passé aux infos de la nuit. Le médecin légiste est sur place. Son rapport d'autopsie n'est pas terminé, mais la police parle d'attaque cardiaque et n'envisage pas un acte criminel. »

Ronan soupira.

« Tu es en train de dire que nous ne risquons plus rien ?

— Oui, en ce qui concerne la police.

— Qu'est-ce que votre divin charpentier vous dit maintenant de faire, Kim ?

— De continuer à vivre une vie pleine d'imperfections avec l'homme que j'aime, plein d'imperfections lui aussi.

— Comme si rien ne s'était passé ?

— Oh non, répondit Kim. Ce qui a été fait ne peut être défait. Mais pour la première fois je me sens l'égale de Ronan. Nous avons été aussi pétrifiés l'un que l'autre quand nous avons trouvé le corps. Mes sœurs imaginent que je vis une vie parfaite, mais la perfection est une illusion trop difficile à préserver. Ronan et moi avons tous les deux des faiblesses. C'est peut-être un bien. Si nous étions infaillibles nous n'aurions pas besoin l'un de l'autre. Nous allons finir ces travaux et vendre la petite maison. Puis, ne le prenez pas mal, mais j'espère que vous déménagerez afin que nous recommencions tous à zéro. Mais maintenant je sais qui est mon mari, et il sait qui je suis. Nous sombrerons ou nous surnagerons ensemble.

— Je n'ai peut-être plus l'intention de partir..., protesta Alice. Et comment pouvons-nous être certains que cet homme est mort d'une crise cardiaque ? Devons-nous vous croire sur parole ?

— Je suis aide-soignante.

— Mais pas cardiologue, rétorqua Alice, agacée.

— Vous savez ce que j'ai fait, et ce que Chris et Ronan ont fait, quand nous avons trouvé le corps, dit Kim. Alors à mon tour de vous le demander, qu'est-ce que votre Dieu vous dit de faire ? »

Alice les regarda les uns après les autres. « Ce n'est pas à moi de prendre une décision.

— Vous êtes la seule personne innocente dans cette histoire, dit Kim. Vous nous jugez tous, mais je ne vous vois jamais vraiment décider de quoi que ce soit. Alors, auriez-vous appelé la police ?

— C'est la première chose que j'aurais faite si je l'avais vu tomber, répondit Alice.

— Eh bien, allez-y. » Kim tendit son téléphone.

Alice regarda Chris. « Que se passera-t-il alors ? lui demanda-t-elle, effrayée. Est-ce qu'ils peuvent te mettre en prison pour avoir déplacé le corps ? Réponds-moi. Je sais que parfois je t'attaque, mais je ne dis jamais du mal de toi aux autres. Comment le pourrais-je, alors que tu es un homme bien ? Ce qui fait que vivre avec toi est parfois difficile, quand je n'ai pas l'impression d'être quelqu'un d'aussi bien que ça, ou quand tu te caches derrière la vertu au point qu'il est impossible d'atteindre l'homme que tu es et que je veux toucher, avec qui je veux baiser et me disputer, comme tous les couples le font. Je suis bien sûr terriblement désolée pour ce pauvre ouvrier, mais, Dieu me pardonne, ces dernières vingt-quatre heures m'ont fait comprendre que tu es le seul qui compte pour moi. Je t'aime, Chris, alors ne reste pas là, à genoux, relève-toi et dis-moi ce que je dois faire.

— Je n'ai jamais voulu autre chose que te rendre heureuse, répondit Chris.

— Et qui te dit que je ne le suis pas ? J'ai fait des choses idiotes ces temps-ci, et ensuite je me détestais, mais c'est moi, je secoue les barreaux de ma cage. Cela ne veut pas dire que je veuille finir seule. Je ne suis pas différente des autres femmes de ce quartier. Je suis heureuse dans mon malheur.

— Mais moi je ne suis pas heureux, dit Chris. Je veux que ma femme me respecte. Donnez-moi votre téléphone, Kim. Je vais appeler la police. »

Les doigts de Chris se refermaient sur l'appareil quand Alice le lui arracha des mains. C'était le dernier modèle en aluminium léger à écran tactile. Alice imagina Ronan le rapporter à Kim en insistant, malgré les protestations de sa femme, pour que le précédent parte à la poubelle. Alice le jeta de l'autre côté du patio, au risque de le casser.

« Appeler la police ne ramènera pas cet ouvrier à la vie, dit-elle à Chris, et je ne veux pas perdre ce qui nous reste.

— Et qu'est-ce qui nous reste ? demanda Chris.

— Tu es le seul homme qui ait jamais compté pour moi. Rentrons, il faut que tu enlèves ces vêtements et que tu prennes une douche.

— Alice, rien de tout cela n'aurait dû arriver. » Ronan lui effleura le bras.

« Vends la maison et n'en parlons plus, Ronan, dit Alice avant de se tourner vers Kim. Je suis désolée d'avoir cassé votre téléphone, Kim. Vous pensez que j'ai quelque chose contre vous parce que vous avez pris la place de Miriam, mais je vais vous dire un secret… Je n'ai jamais aimé Miriam. Nous avons beaucoup ri ensemble, pourtant nous n'avons jamais eu une vraie conversation. Elle débordait de confiance en elle, et quand je n'étais pas en forme, j'étais contente de me laisser entraîner dans son sillage, mais nous n'avons jamais été amies. Je lui enviais son énergie, et parfois les vêtements dans lesquels elle se pavanait, pourtant je ne l'ai jamais enviée d'être ce qu'elle était. J'aurais voulu que vous et moi nous ne nous soyons pas rencontrées comme les voisines que nous avons été. Vous êtes le genre de femme avec qui j'aurais aimé devenir amie, si nous avions fait connaissance par hasard et bavardé ensemble dans un café ou dans le train. J'ai dix fois plus de choses en commun avec vous que je n'en ai jamais eu avec Miriam. Mais j'aurais toujours une impression de trahison si nous devenions proches. Ne me demandez pas pourquoi je me sens obligée d'être loyale envers quelqu'un que je n'ai jamais vraiment apprécié, cependant vous valez dix fois mieux que Miriam, que votre mari le sache ou non. »

Ronan voulut parler, mais en voyant Alice s'éloigner et prendre la main de Chris, dont le corps tremblait d'épuisement, il se sentit étrangement invisible, et diminué. « Viens, mon chéri, rentrons chez nous, dit Alice tendrement. Il y a tellement de choses dont je veux parler avec toi. Ces voisins, notre vie ne les regarde pas. »

Restés seuls, Kim et Ronan s'affrontèrent en silence. Kim se retourna et alla à l'intérieur, sachant que Ronan la suivrait en haut des escaliers et resterait éveillé dans le lit avec elle, la serrant dans ses bras, liés l'un à l'autre et déchirés.

TROISIÈME PARTIE

OCTOBRE 2007

Chapitre trente et un

Ezal

Vendredi 19, dix-huit heures trente

À six heures et demie, la plupart d'entre eux ayant déjà accompli une journée de travail, et certains se préparant à effectuer encore plusieurs heures de labeur pour gagner un peu plus, les ouvriers commencèrent à se rassembler dans la ruelle, devant la maison qu'ils avaient fini de construire. C'était le soir de la paye, Jiri allait distribuer à chacun ce qu'il lui devait. Il n'était pas vraiment nécessaire qu'Ezal et les autres l'accompagnent lors de cette ultime rencontre avec Ronan : Jiri faisait circuler les messages et l'argent selon ses propres méthodes. Mais une fierté silencieuse les poussait à assister à la finalisation officielle d'un ouvrage qu'ils avaient entièrement réalisé. Ils étaient là pour le plaisir de recevoir une enveloppe pleine de billets et passer une dernière fois la main sur les murs enduits avant de repartir vers un autre chantier non réglementé.

Ezal sentit combien ces hommes trouvaient étrange de se retrouver ensemble sans pelle à la main ni brouette à pousser. Leur silence trahissait la gêne de ceux qui se tiennent autour d'une tombe lors d'un enterrement. Ils étaient huit, tous choisis personnellement par Jiri – trois Tchèques, deux Polonais, un Moldave, un Roumain et Ezal. L'anglais basique qu'ils utilisaient en travaillant était leur seule langue commune, mais une langue dans laquelle aucun d'eux ne pensait. Non qu'ils aient partagé leurs réflexions personnelles. Ce qu'Ezal savait des autres se limitait à ce qu'ils voulaient bien lui laisser savoir, ou à ce qu'il avait discrètement observé.

Le plâtrier moldave, Andrzej, avait une fille gravement malade à qui il chantait des berceuses depuis des centres d'appel, sans jamais trahir son chagrin avant d'avoir raccroché le téléphone. Andrzej était terrifié à l'idée que s'il ne retournait pas bientôt en Moldavie, il ne la reverrait peut-être pas vivante, pourtant il devait penser à ses quatre autres enfants qui dépendaient de l'argent gagné en travaillant au noir qu'il envoyait chez lui. S'il repartait dans son pays, même vingt-quatre heures seulement, il risquait, sans permis de travail valide, de ne pas être autorisé à revenir en Irlande.

Luan, le plus jeune de tous, envoyait en Albanie chaque euro qu'il réussissait à économiser. Sa petite amie, dont il gardait la photo dans son portefeuille, avait l'intention d'ouvrir une boutique avec l'argent que Luan gagnait au noir. Contrairement à lui, les deux Polonais envisageaient de s'installer en Irlande. Ils louaient des appartements minables près de Shankill mais déposeraient la somme qu'ils allaient empocher ce soir-là sur un compte destiné à acheter une maison quand le marché serait en baisse. L'un d'eux avait un fils qui était capitaine d'une équipe junior de hurling.

Pendant qu'ils attendaient leur enveloppe, se dit Ezal, tous devaient avoir pensé un moment à Pavle. Non pas aux raisons improbables qu'un tel homme aurait eues de partir en randonnée dans les montagnes plutôt que de gagner une journée de salaire, ce qui était pour eux totalement incompréhensible, mais parce qu'ils se demandaient si Jiri allait garder la part du plâtrier. Cela ne représentait pas grand-chose, car Pavle n'avait travaillé sur ce chantier qu'en de rares occasions. Ezal n'en avait pas parlé avec Jiri – ils n'aimaient pas les discussions inutiles – mais il savait que Jiri diviserait ce petit bonus entre les autres. Non seulement ce serait équitable, mais cela réglerait définitivement l'affaire. D'une certaine façon, ce geste les rendrait tous complices de la disparition du plâtrier car, bien qu'ils ne soient pas du genre à aller chez les flics, la plupart d'entre eux se doutaient bien que Pavle n'était pas mort sur une colline de Wicklow.

Ezal savait que Ronan et Chris ne se débarrasseraient jamais de cette maison, à moins de la vendre pour la moitié du prix prévu. Ces derniers mois, il avait surpris des discussions affolées dans les bureaux des chantiers, entendu des promoteurs hurler dans leur portable comme s'il avait été invisible. La fuite en Amérique de Paul Hugues et de son épouse, partis avec tout l'argent qu'ils avaient réussi à récupérer, avait semé la panique sur le marché. Les chantiers se raréfiaient. Bientôt cette bulle exploserait comme toutes les bulles le font. Les Irlandais se considéraient comme des gens raffinés, mais la foi aveugle qu'ils avaient en leur destin et l'optimisme dont ils faisaient preuve en pensant que leurs dettes seraient définitivement oubliées rappelaient à Ezal les paysans de son village qui confiaient docilement leurs économies à des spécialistes de l'escroquerie pyramidale qui leur promettaient une richesse éternelle.

Ronan sortit de la serre et traversa son jardin tronqué pour les rejoindre dans la ruelle. L'Irlandais semblait trop habillé, il transpirait, comme trop serré dans son costume chic. Mais Ezal savait pourquoi il transpirait, pourquoi, tandis qu'il comptait un supplément de mille cinq cents euros à partager entre les ouvriers, ses mains tremblaient. Il voulait être débarrassé d'eux, ainsi que de tout autre éventuel témoin à charge. Jiri le remercia à voix haute, ses hommes exprimèrent leur satisfaction dans un murmure. Ils étaient tout aussi pressés de le voir partir, afin de recevoir chacun leur dû. Devant la largesse de Ronan, Jiri ne parut ni impressionné ni indifférent. Il accepta ce bonus comme il acceptait toutes les nouvelles, bonnes ou mauvaises. Les ouvriers savaient qu'il le partagerait scrupuleusement entre eux. Jiri survivrait au krach qui arrivait : les entrepreneurs aussi avisés que lui s'en sortaient toujours, immigrants qui construisaient des empires méthodiquement et sans états d'âme, en prévoyant l'avenir. S'il restait dans le coin, Ezal était absolument certain que Jiri lui trouverait du travail, malgré les temps difficiles qui s'annonçaient, car Jiri appréciait ses compétences, et son manque de curiosité.

Jiri était pour lui ce qui ressemblait le plus à un ami, dans la mesure où Ezal se serait autorisé de tels liens, mais Ezal devait toujours avoir une longueur d'avance sur les autres, et ne faire confiance à personne. Une ville telle que Dublin était un bon endroit pour rester invisible quand on avait besoin de lui pour monter des murs dans le froid glacial, démolir de vieilles maisons et construire des immeubles dans lesquels il ne pourrait jamais se permettre d'habiter. Se faire payer n'était pas toujours facile, car on pouvait s'attendre à ce que des hommes d'affaires qui vous employaient pour réduire les coûts dus aux normes de sécurité essayent aussi de rogner sur votre salaire. Quand vous leur résistiez, ils flanchaient, comme si tenter de vous gruger avait participé d'un rituel social élaboré dans lequel chacun avait un rôle symbolique à jouer.

L'Irlande s'était révélée moins propice à d'autres immigrés qu'il rencontrait parfois sur des chantiers plus lointains, des hommes, objets d'un véritable trafic, qui ne parlaient pas anglais et ne voyaient jamais la couleur de leur salaire. Tout échange avec leurs employeurs passait par des sous-traitants, malfrats venus du même pays qu'eux qui les avaient attirés ici avec de fausses promesses. Ezal avait vu leurs visages affamés et il se demandait comment les patrons irlandais pouvaient ne pas avoir conscience de cette exploitation. La réponse était que les Irlandais ne voulaient pas savoir ; ils n'avaient que le temps de s'émerveiller devant les sommes d'argent avec lesquelles ils jonglaient. Ils étaient trop occupés à être riches et trop terrifiés à l'idée d'être laissés sur la touche pour remarquer les appartements à vendre qui engorgeaient le marché des banlieues. Ils avaient une telle habitude de la prospérité qu'ils ne pouvaient pas en imaginer la fin. Cela aussi rappelait à Ezal les habitants de son village natal, tellement habitués à la paix qu'ils n'avaient pas pu en imaginer la fin jusqu'à la semaine de ses seize ans. En croyant que si une chose devenait la norme elle existerait toujours, sa famille et ses amis avaient eu la même naïveté que les Irlandais d'aujourd'hui.

Ronan serra la main de chaque ouvrier. Les hommes rirent de ses plaisanteries afin de le faire se sentir important et de le récompenser du bonus qu'il leur avait versé pour apaiser sa conscience. La culpabilité se lisait si clairement sur le visage de Ronan qu'Ezal se demanda si les autres s'en rendaient compte. Jiri avait certainement remarqué quelque chose, mais sans bien comprendre quoi. Ezal savait que Jiri remarquait presque tout. Mais pas tout. Pendant les trois années où ils avaient travaillé ensemble, Jiri n'avait jamais connu le fond de ses pensées. Il serait surpris de le trouver parti, le lendemain, mais la surprise était un luxe sur lequel Jiri ne pouvait pas s'appesantir. Ezal était certain de retrouver du travail quelque part : il voyageait léger, ouvert à toutes les opportunités. L'argent de ce dernier chantier serait mis de côté avec ce qu'il avait gagné sur tous ceux où Jiri l'avait embauché, et en faisant d'autres boulots dont Jiri ne savait rien. Il était facile d'économiser quand on n'avait personne à qui envoyer de quoi vivre.

Les trois bières qu'il buvait le soir avant de s'endormir étaient la seule prodigalité qu'Ezal s'autorisait, et il achetait toujours des canettes bon marché. Il n'aimait pas les pubs. En fait, il n'aimait pas tellement la compagnie des autres. Mais cette année, il s'était aussi offert une inscription dans un club de sport. Au rez-de-chaussée se trouvaient des tapis de course bondés d'Irlandaises aux cheveux blonds décolorés les faisant ressembler à des portraits-robots les unes des autres, qui toutes écoutaient de la musique dans leurs casques. Ezal préférait la salle d'haltérophilie du premier étage, où il était entouré d'hommes silencieux, venant de Moldavie ou de Biélorussie, qui travaillaient au banc de musculation ou aux poids libres. Il aimait leur sérieux, leur détermination et les grognements angoissés qui leur échappaient quand ils dépassaient les limites de la douleur. Le club était un endroit où l'on pouvait rester seul pendant des heures tout en étant au milieu des autres.

C'est là qu'il avait aperçu Chris, courant sur un tapis, les yeux perdus dans le lointain. Le club proposait un espace de détente. Ezal avait pris l'habitude de s'asseoir en face de Chris dans le sauna, de le regarder suer ses kilos en trop ou sortir du bain de vapeur au bord de l'évanouissement, comme si son endurance avait pu le laver du poids de son péché. Il l'observait franchement, car il avait pris conscience qu'en dehors du contexte du chantier, Chris ne le reconnaissait pas. Ici, Ezal n'était qu'un Européen de l'Est à la tête rasée comme tant d'autres, qui tous se confondaient.

Ezal ne comprenait pas que l'on soit aussi peu physionomiste. Il n'oubliait jamais un visage, bien que voulant en oublier certains, et passant parfois toute la journée à trimer pour que, quand il fermerait les yeux, l'épuisement s'empare de lui, et non les souvenirs. L'Irlande était un endroit où il pouvait échapper au passé et ne plus voir les visages de ses anciens voisins derrière les vitres des bus qui passaient, ces visages qui ne pouvaient pas exister car ils appartenaient à des morts. Si Ezal était encore vivant, ce n'était pas grâce à l'intervention divine, il avait simplement eu de la chance. De la même façon, ce n'était pas le destin mais le pur hasard qui lui avait permis de repérer Pavle six mois plus tôt. Pavle avait vingt-deux ans de plus et ses vêtements de travail étaient différents de l'uniforme qu'il portait le jour où il était arrivé dans le village d'Ezal. En fait, il ne s'agissait pas d'un uniforme, mais simplement d'un costume noir rehaussé de l'insigne improvisé de la milice et complété par des gants noirs et une cagoule, noire elle aussi, que seul Pavle avait commis l'erreur d'enlever quelques secondes.

Pavle était alors trop jeune pour être gradé. En réalité, il ne semblait y avoir d'abord eu aucun organe de commandement quand le groupe de miliciens auquel appartenait Pavle avait pris le contrôle du village d'Ezal et que ses hommes avaient rassemblé d'anciens voisins avec qui ils bavardaient autrefois sur les places ou dans les gradins des stades de foot, à l'époque où les gens étaient tous bizarrement liés les uns aux autres par la glu brutale de la dictature. Il avait fallu plus longtemps au maréchal pour mourir de gangrène qu'au puzzle de sa Yougoslavie pour se désintégrer. Même son pharaonique enterrement national, auquel avaient assisté, afin de s'assurer qu'il était enfin mort, quatre rois, trente et un présidents et vingt-deux premiers ministres, n'avait pas retardé le moment où les différentes factions avaient commencé à s'opposer les unes aux autres. Il y avait trop de nationalismes réduits au silence qui reprenaient de la voix, trop de comptes à régler, trop de furoncles à percer, trop de fissures que le maréchal avait cachées derrière une façade unifiée.

Non qu'Ezal se soit beaucoup soucié d'histoire, en ce temps-là. Si l'avenir avait été différent, il aurait bu dans les mêmes bars que Pavle quand ils seraient partis travailler dans la ville la plus proche, il aurait couru après les mêmes filles dans des boîtes de nuit en sous-sol aux murs qui suintaient la sueur et aux urinoirs qui puaient l'ammoniac. Ils auraient pu devenir amis, ou peut-être ne jamais se rencontrer. En fait ils ne s'étaient jamais réellement rencontrés. Mais Ezal n'avait pas oublié le visage de Pavle entraperçu dans le village qui avait été le sien.

À seize ans, Ezal n'avait pas de temps à consacrer aux considérations philosophiques. Il était trop occupé à bricoler sa vieille moto rafistolée, et à évaluer le poids des seins de sa petite amie

Sanja le soir quand elle le laissait parfois déboutonner sa robe au bord de la forêt. Son esprit, accaparé par les baisers et le souvenir de ses mains tâtonnantes et des doigts de Sanja sur lui, ne s'intéressait pas aux milices locales qui opéraient près de son village. Il riait des mensonges répétés à la télévision nationale et des craintes inutiles de sa mère. Il se sentait invincible face aux nouvelles rumeurs selon lesquelles des villages entiers avaient été déplacés, ou, comme certains le prétendaient, effacés de la carte. Comment le poids de l'Histoire aurait-il rivalisé avec celui des seins de Sanja ? Ses voisins pouvaient toujours parler de s'armer pour se défendre au milieu de ces étranges soulèvements, Ezal était un garçon insouciant, et il n'y a pas de sensation plus rassurante que celle de vivre où on est né.

Il n'imaginait pas que l'Histoire puisse avoir un visage, jusqu'au jour où, alerté par l'arrivée soudaine de camions pendant un match de foot qu'ils disputaient dans un champ, il avait levé les yeux. Il avait alors vu une milice improvisée, marionnettes disparates d'un État séparatiste pas encore reconnu. Au début, il n'avait couru vers les bois que parce que les autres s'étaient mis à courir, mais quand au bruit des coups de feu et des cris la peur s'était manifestée en un filet glacé de sueur dégoulinant le long de sa colonne vertébrale, il avait augmenté sa vitesse. Bien que tenté à chaque instant de virer sur la gauche vers sa maison pour aller s'assurer que sa famille ne risquait rien, il avait continué droit devant lui, poussé par le tout-puissant instinct de survie. Il zigzaguait, s'élançant de côté à chaque tir tel un lapin affolé. Seule l'adrénaline l'entraînait en avant ; son esprit était paralysé. Il s'était enfin arrêté de courir quand il s'était heurté aux branches dans la forêt. Il s'était écroulé haletant dans le sous-bois, plus loin que Sanja ne l'avait jamais laissé l'y emmener. Dans un instant de lucidité éblouissante, Ezal avait alors su qu'il était absolument seul.

Pour retourner au village, il allait devoir enjamber les corps de ses camarades footballeurs dont les yeux étonnés fixaient le soleil sans cligner. Il ne pouvait pas continuer de courir ; son corps le refusait. Il était en proie à des tremblements incontrôlables. Il avait la nausée, pourtant, quand il avait baissé les yeux, il s'était aperçu qu'il avait déjà vomi tout ce qu'il avait en lui et ne s'en souvenait même pas. À l'odeur qui se dégageait de son pantalon, il avait su aussi qu'il s'était fait dessus. Mais il ne pouvait pas éternellement rester là à trembler. Il devait repartir, pourtant il ne put d'abord que ramper en arrière, en s'efforçant de ne pas faire de bruit dans ce silence où même les mourants semblaient assourdir leurs gémissements d'angoisse afin de ne pas attirer l'attention sur eux parmi les cadavres épars. Des bus étaient arrivés. Sans que personne n'ait eu le temps d'emporter quoi que ce soit, les miliciens y avaient entassé les femmes et les enfants, et ils avaient poussé ceux qui restaient dans les camions avec lesquels la milice était venue. Ezal s'était demandé où on les emmenait.

Puis la milice improvisée avait été prise en main par les nouveaux arrivants, qui portaient des uniformes bleus, plus proches de quelque chose d'officiel. Ezal était certain que ces véritables officiers venaient d'une autre région, qu'ils étaient des militaires entraînés dont les supérieurs pouvaient nier avoir eu connaissance de tels événements. Il espérait apercevoir Sanja ou sa mère parmi celles qu'on emmenait, mais aucune de ces femmes ne se ressemblait plus, comme si la terreur avait volé les traits caractéristiques de chaque visage.

Il était tard quand le dernier camion et le dernier bus étaient partis. Le village paraissait vide, pourtant Ezal savait qu'il ne l'était pas. Du vieux cinéma parvenaient des cris d'hommes en colère et de garçons apeurés que de temps à autre un coup de feu faisait taire. Quarante femmes et enfants étaient aussi restés là, par manque de moyens de transport. Ils se serraient sur la place les uns contre les autres, pendant que les officiers discutaient de ce qu'ils allaient en faire. À aucun autre moment les hommes de la milice n'avaient hésité, on aurait dit que l'adrénaline du barbarisme les avait désertés, qu'ils étaient redevenus des ouvriers d'usine et des travailleurs agricoles qui se demandaient comment ils avaient pu infliger une telle atrocité aux habitants d'un village voisin du leur. Un officier avait crié quelque chose, mais il avait fallu qu'il tire en l'air pour qu'ils lui obéissent et poussent les femmes et les enfants en direction du cinéma. Quand ils avaient ouvert, un bref combat les avait opposés aux hommes piégés qui essayaient de s'enfuir.

Très vite les portes avaient été refermées et tenues sous bonne garde, puis, au bout d'une éternité, les premiers camions étaient revenus à vide. Les hommes s'étaient éparpillés en tirant des salves de mitraillette vers le ciel dans un geste de bravade craintive. Ils étaient montés dans les camions. Tous sauf un qui, tête baissée, écoutait dans l'obscurité les ordres qu'on lui donnait. Ezal était trop loin derrière les buissons pour entendre ce qu'on lui disait, ou peut-être tremblait-il trop de froid et de frayeur pour comprendre ces mots. Il faisait si sombre que l'officier avait allumé sa lampe torche quelques secondes, afin de permettre au milicien de voir ce qu'il faisait.

Pendant les deux décennies qui avaient suivi, Ezal s'était souvent demandé ce qui avait poussé Pavle à enlever sa cagoule. Peut-être n'arrivait-il pas à respirer, asphyxié par la violente odeur qui s'était dégagée du lourd bidon d'essence quand il l'avait ouvert. Ou peut-être avait-il pensé qu'ainsi, il serait plus à l'aise pour travailler. Pavle était rapide et efficace. Il ne s'appelait pas Pavle, à l'époque, pas plus qu'Ezal ne s'appelait Ezal. Certains événements vous obligent à vous réinventer, des épisodes de votre passé que, désespérément, vous tentez d'oublier. Mais certains visages ne peuvent pas s'oublier. Lorsque l'officier en uniforme était monté dans le camion, le laissant seul vider calmement un bidon après l'autre sur les portes et les murs du cinéma, Pavle avait continué sa tâche, imperturbable. Les portes étaient en bois, les murs doublés d'aggloméré. Sur les chevrons qui soutenaient le haut plafond, des oiseaux perdus venaient parfois se percher après s'être glissés par un espace laissé entre les tuiles du toit.

Combien y avait-il de gens là-dedans ? Son père y était-il ? Et ses frères aînés, s'ils n'avaient pas été déjà abattus ? Pavle n'avait pas encore craqué d'allumette. Ezal aurait pu courir et lui sauter dessus avant que, de leurs camions, les miliciens le criblent de balles, mais Ezal n'avait rien fait d'autre que regarder de derrière les buissons, car il était un garçon de seize ans qui s'était chié dessus. Il comprenait maintenant pourquoi l'officier avait confié ce travail à Pavle : il avait déjà exactement le caractère qu'il faut pour incendier un bâtiment. Il agissait avec le calme le plus absolu qu'Ezal ait jamais vu. Ses doigts ne tremblaient pas en frottant l'allumette sur le grattoir pour enflammer les vapeurs d'essence et faire d'Ezal un orphelin, et un apatride. En quelques secondes, le cinéma était devenu l'enfer.

Ce feu avait chassé Ezal du village qui était le sien. Il l'avait obligé à échanger une identité dangereuse contre une succession de noms d'emprunt. Il l'avait entraîné dans une vaine recherche de sa mère et de Sanja, de camp de réfugiés en camp de réfugiés gardés par des casques bleus trop faibles et trop respectueux du protocole pour protéger qui que ce soit. Sa vie y était continuellement en danger. Les milices ennemies effectuaient des raids afin d'enlever les jeunes gens. On les incitait à rejoindre les factions séparatistes déterminées à prendre leur revanche et à s'emparer de territoires afin de recomposer les divers États qui émergeaient des affres mortelles de la nation du maréchal, pendue, écartelée, et redessinée. Des nations embryonnaires avaient vu le jour, dans les complications de grossesses extra-utérines, ou de grossesses tumorales dues aux viols de filles qui avaient les traits de Sanja et des yeux de mortes-vivantes.

Ezal s'était échappé de ces camps où l'horizon était bouché

par des sacs d'approvisionnement humanitaire bien gardés, où trouver de l'eau ou de l'espoir s'avérait difficile et où la seule denrée non rationnée était la haine. Il s'était enfui pour se soustraire au danger, après avoir été poignardé. Il s'était surtout enfui pour ne pas devenir fou car il croyait si souvent à tort avoir entrevu sa mère et Sanja qu'il doutait maintenant de sa mémoire. Seul un visage restait vraiment réel, un visage qu'il ne pourrait jamais oublier, bien qu'il l'eût seulement brièvement aperçu quand la cagoule avait été enlevée. Sa fuite l'avait ensuite entraîné dans des campagnes où il volait de quoi manger, à travers des frontières définies, et d'autres constamment fluctuantes. Il se déplaçait déguisé sous diverses identités dans des containers scellés entassés sur les quais pendant des jours, à travers un purgatoire d'air vicié et de déshydratation dont il pensait ne jamais ressortir vivant. Il était passé entre les mains de criminels et d'escrocs dans des villes allemandes, où par deux fois il avait eu la certitude de voir son frère mort le regarder derrière la fenêtre d'un restaurant. Il avait dormi dans des entrées d'immeuble et des foyers où l'on gardait ses chaussures sous l'oreiller avec un couteau glissé à l'intérieur.

Le temps avait passé, il avait négocié une trêve avec lui-même, un pacte pour ne pas se souvenir. Il s'était retiré dans une imperméabilité où la mémoire était verrouillée et l'amour impossible, où il ne craignait vraiment personne ni ne faisait vraiment confiance à personne. Il était entré illégalement en Irlande, pays dont les citoyens, ne pensant qu'à la place qu'ils occupaient au centre du monde, ne se souciaient pas de votre passé. Là, il avait trouvé une langue commune avec des gens de son espèce, un vocabulaire factuel qui formait des phrases permettant d'exprimer la profondeur requise par les inspecteurs de la sécurité pour les fondations d'un bâtiment et celle à laquelle les sous-traitants leur disaient de creuser.

Et en Jiri, il avait trouvé l'homme digne de confiance que son père avait été. Avec Jiri, aucun ouvrier ne se sentait exploité ; ils faisaient partie d'une équipe honnête et rude. Des hommes que votre silence ne dérangeait pas, à condition que vous fassiez votre part de travail. Des hommes qui l'incluaient dans leurs bavardages quotidiens, au point qu'au milieu d'eux, il s'était presque senti accepté. Il avait toujours tenu à l'écart de ses pensées ce qu'il avait vécu autrefois jusqu'à l'après-midi où Jiri avait embauché un plâtrier dont on disait qu'il acceptait de gagner peu et parlait encore moins. Pavle semblait ne pas avoir de passé. Tout ce que Jiri savait c'est que, selon la rumeur, les promoteurs irlandais, certains de pouvoir compter sur sa discrétion, lui confiaient la tâche d'incendier les vieux bâtiments pour lesquels ils n'avaient pas obtenu de permis de rénovation. Le premier soir où ils avaient travaillé ensemble, Ezal n'avait pas été certain que ce fût lui. En plus de vingt ans, tous deux avaient vieilli. Il n'y avait aucune question qu'Ezal puisse poser. Si Pavle s'était aperçu qu'Ezal l'observait discrètement, il ne l'avait pas montré.

Sans importance pour Jiri, le passé inexploré de Pavle préoccupait Ezal. Le visage du plâtrier s'était interposé entre son sommeil et lui. Depuis deux décennies, il apercevait derrière les vitres des cafés des visages de morts, mirages provoqués par la culpabilité et le chagrin. Comment pouvait-il être certain que son esprit ne lui jouait pas un nouveau tour ? Mais dès l'instant où il avait revu Pavle, Ezal avait senti qu'il s'agissait du rendez-vous attendu depuis longtemps, patiemment, inconsciemment.

Quand un homme ne peut pas dormir, il va marcher. Quand il est hanté par un autre homme, il le traque. Sept mois plus tôt, la nuit où Ezal avait suivi Pavle jusqu'à un immeuble à l'abandon sur le front de mer de Blackrock, il avait été fortement tenté d'y entrer derrière lui. Cela aurait été l'endroit parfait, sans témoin, mais Ezal avait voulu s'assurer qu'il ne condamnait pas un innocent. Il avait attendu de l'autre côté de la rue que Pavle ressorte. Il avait vu les flammes s'élever derrière les rideaux d'une fenêtre. Mais ce n'est que lorsque Pavle avait refermé la porte d'entrée avec une calme détermination qu'Ezal avait été absolument convaincu de se retrouver en face du même homme. La nonchalance tranquille de Pavle reflétait tel un miroir les gestes exacts qu'il avait eus après avoir allumé l'incendie dans le village d'Ezal, vingt-deux ans plus tôt.

Même alors, Ezal avait attendu que le moment soit venu. Une exécution ne devait pas être précipitée. Chaque fois que Jiri les avait embauchés ensemble, il s'était montré amical envers Pavle, le traitant avec le respect impeccable que l'on doit toujours montrer envers les morts. Le fait que Pavle ne sache pas qu'en réalité il était déjà mort ne diminuait pas une telle obligation. Ezal avait commencé le compte à rebours des derniers jours de l'existence posthume de Pavle d'une façon qui faisait écho à l'attitude tranquille de ce dernier. Si Jiri était pour Ezal ce qui ressemblait le plus à un ami, il ne se sentait pas vraiment proche de lui. Son corps en ayant besoin, il avait eu quelques amantes, mais sans jamais non plus en être proche, car il devait leur cacher certaines choses. Avec Pavle, ses souvenirs intimes n'avaient pas à être mentionnés : ils les partageaient sans que Pavle en ait conscience. Ezal ne s'était, depuis l'âge de seize ans, jamais senti aussi proche de quelqu'un qu'assis à côté de lui sur un chantier.

Il avait envie de lui confier des détails personnels de sa jeunesse, combien il avait aimé sa moto, ou eu peur que ses doigts maladroits fassent tomber un bouton de la robe de Sanja, tant elle était usée. Il y avait des questions qu'il aurait aimé lui poser, mais à la moindre remarque hasardeuse, Pavle risquait de disparaître. De temps à autre, Ezal surprenait Pavle en train de l'observer d'un air attentif, mais il avait bientôt compris que Pavle regardait de la même manière quiconque s'asseyait trop près de lui. Cela avait donné à Ezal la clé de la discrétion dont

Pavle faisait preuve. C'était le silence d'un homme condamné qui attend patiemment d'être retrouvé, l'attention de celui qui sait que le châtiment arrivera dès qu'il pensera être en sécurité et qu'il se relâchera.

Ezal était avec Jiri quand ce dernier avait décidé d'envoyer son chef plâtrier, Andrzej, travailler dans une maison de Rathmines qu'un riche architecte rénovait afin de montrer de quoi il était capable, plutôt que chez Ronan. Ezal n'avait pas directement proposé que Pavle le remplace, mais dès que Jiri avait prononcé son nom, il lui avait répondu pouvoir facilement faire parvenir à ce taiseux un message lui demandant de venir tard dans l'après-midi du dimanche du week-end férié, à une heure où il aurait le chantier pour lui seul.

Ayant fini de travailler à midi ce dimanche-là, Ezal était allé au club de sport, et il s'était allongé dans un jacuzzi où huit personnes pouvaient tenir. Quand il avait fermé les yeux, l'eau propulsée contre sa peau avait semblé prendre la couleur du sang. Elle tourbillonnait, chaude tout autour de son corps, pourtant elle ne pouvait laver la puanteur de la merde séchée sur les jambes du jeune homme de seize ans terrifié qu'il avait été. Cette odeur l'avait suivi dans la cabine de sauna. La vapeur était si dense qu'il distinguait à peine les silhouettes des gens assis sur le banc d'en face, mais il savait que si elle s'éclaircissait, il verrait les visages des garçons avec qui il avait joué au football ce jour-là, ou ceux des filles embarquées dans les bus. Il n'avait pas bougé du sauna, même quand la chaleur était devenue insupportable. Il y était resté jusqu'à ce qu'on arrête la vapeur ; ce jour-là, le club fermait plus tôt. Il avait été le dernier à sortir des vestiaires. Puis il avait marché dans les rues calmes, attendant le crépuscule, sachant que Pavle était un travailleur méthodique qui continuerait à enduire les murs jusqu'à ce qu'ait disparu toute trace de jour.

Quand il était resté à peine assez de lumière pour y voir, Ezal avait grimpé sur l'échafaudage branlant élevé contre la petite maison. Pavle était en train de préparer l'enduit, dos tourné. La femme de Ronan lavait quelque chose dans l'évier, juste derrière la fenêtre. Ezal avait attendu qu'elle s'écarte, pour ne plus être dans son champ de vision ; puis il s'était avancé, avait doucement appelé Pavle et lui avait dit avoir un message de la part de Jiri. Il avait regardé Pavle se retourner lentement et su qu'à ce moment-là Pavle pensait encore être en sécurité. Ezal avait besoin de ces quelques secondes de répit : elles lui permettraient de s'approcher jusqu'à ce qu'ils se retrouvent face à face. Il avait fixé Pavle droit dans les yeux sans rien dire de plus ; les mots ne sont pas nécessaires quand deux hommes se sentent soudain aussi proches que des frères. Pavle ne l'avait pas reconnu – à l'époque de leur jeunesse, il n'avait jamais vu le visage d'Ezal – mais il avait reconnu le nom qu'Ezal murmurait, celui d'un village effacé de la carte. Ezal avait refermé les doigts sur la lourde pierre glissée dans la poche de sa veste, mais il n'avait pas eu besoin de l'utiliser. À la seule mention de ce village, Pavle avait reculé. Ses yeux n'avaient exprimé aucun affolement, il semblait presque soulagé que prenne fin le supplice qu'avait été pour lui l'attente du châtiment. Toute dette doit être payée un jour, tout emprunt remboursé. Pendant le quart de seconde qui s'était écoulé avant qu'Ezal le pousse, le quart de seconde où Ezal voulait hurler sa rage, Pavle avait hoché la tête. Mais sans qu'aucun son ne sorte de sa bouche, et Ezal n'avait pas pu crier. Il n'en avait pas eu le temps. Pavle était tombé en silence et avait atterri en silence près de la pièce d'eau, sur la pelouse de Ronan. Seul avait résonné le bruit sourd de son crâne heurtant un des rochers qui entouraient cette petite mare.

Ezal avait reculé, il avait vu la femme de Ronan revenir devant l'évier juste avant que Pavle tombe. Elle était restée là, immobile sous le coup de l'émotion, l'air invraisemblablement perdue. Quand elle s'était écartée de la fenêtre, Ezal avait su que très vite elle allait apparaître dans le jardin. Il avait jeté un coup d'œil au-dessus de l'échafaudage et compris qu'il n'avait pas besoin de descendre achever sa victime. Bien qu'il fît assez sombre, il avait aperçu les yeux de Pavle dirigés, sans ciller, droit vers le ciel. D'après l'angle bizarre que faisait son cou, il ne devait plus y voir, mais peut-être qu'à la seconde précédente sa mémoire ravivée avait fait apparaître des flammes autour de lui, tandis qu'il dégringolait dans l'obscurité, précipité vers sa mort et retrouvant alors sa véritable identité.

Les réminiscences d'Ezal furent soudain interrompues par la voix de Jiri, qui s'adressait à lui. Les autres ouvriers avaient été payés, ils s'en allaient. Jiri tendit à Ezal l'argent qui lui revenait. Ezal l'accepta en le remerciant d'un mouvement de tête, et il se demanda depuis combien de temps Jiri l'observait, tout en prenant soin de ne pas se montrer curieux. Ezal passa la main une dernière fois sur le mur enduit et regarda l'autre maison, où il vit Chris debout derrière la fenêtre d'une chambre, les mains tendues, implorantes. Ezal se retourna sans rien dire et s'éloigna avec Jiri, après avoir soigneusement replié dans sa poche la liasse de billets.

QUATRIÈME PARTIE

17 MAI 2009

Chapitre trente-deux

Sophie

Les choses avaient changé quand je suis rentrée de mon année Erasmus. Tout d'abord, une vilaine petite construction basse occupait l'extrémité de notre jardin. Un mur nous en séparait, mais il ne cachait pas son toit, ni le panneau *À vendre* accroché dans la ruelle. Pendant encore dix-huit mois, la pancarte allait être arrachée par les vents orageux et changer de forme chaque fois qu'une nouvelle agence immobilière essayerait de vendre cette maison – pour une énorme fortune, pour une petite fortune, puis pour une somme dérisoire. Elle avait été bâtie au plus mauvais moment, quelques mois avant l'effondrement général. Après l'explosion de la bulle immobilière, les commentateurs endossaient tous le rôle du sage, prétendant qu'ils avaient prévenu leurs compatriotes qu'il s'agissait d'un château de cartes, un vaste système de Ponzi, montage financier frauduleux qui enrichirait les banques et les spéculateurs jusqu'à ce que les premières s'écroulent et que les seconds se déclarent en faillite après avoir transféré les actifs qui leur restaient sur le compte de leur femme, et qu'à son tour l'État risquait la catastrophe, à moins que le FMI n'empêche l'Irlande de plonger.

Je ne savais toujours pas exactement qui était propriétaire de la petite maison – Maman disait que c'était compliqué. Elle avait été mise au nom de mes parents, mais c'était Kim, notre voisine, qui se chargeait de ce qui la concernait. Je l'ai aperçue dans la ruelle dire à l'agent immobilier d'enlever sa pancarte, et le surlendemain, quatre aides-soignantes y ont emménagé. Elles étaient de nationalités différentes, et travaillaient à l'hôpital où Kim était employée avant de se marier avec Ronan, et où elle avait repris son poste. Kim ne s'occupait pas seulement de cette location, mais d'à peu près tout ce qui se passait chez eux. Ronan ne se prenait plus pour Peter Pan. Il semblait plus âgé, et plus calme. Peut-être parce que nous ne nous croisions presque jamais ; Papa et lui s'évitaient. Ronan n'avait pas beaucoup de travail – être métreur en temps de crise immobilière était aussi utile qu'être eunuque là où être eunuque se révèle un mauvais choix de carrière. Quand je me réveillais la nuit, je ne le voyais plus à travers la vitre du vasistas, assis le regard fixé sur son écran, absorbé dans quelque projet grandiose dont il devait évaluer le coût. Désormais, à onze heures et demie, Kim entrait dans son bureau, et de la fenêtre de ma chambre, je le regardais tous les soirs lui tendre docilement son ordinateur portable. Puis il restait seul, les yeux perdus dans le vide, buvant lentement un verre de vin bon marché en promotion à Tesco, et un seul. À minuit, invariablement, il se levait, éteignait sa lumière.

C'est peut-être parce que la petite maison ne s'est pas vendue que la tension a persisté entre ma mère et Kim. Elles prenaient soin de ne jamais se trouver au même moment dans leur jardin. Maman ouvrait rarement la porte d'entrée sans vérifier par la fenêtre que Kim n'était pas en train de monter en voiture dans l'allée. À Noël, aucune carte n'était échangée, mais une fois par mois, après l'installation des aides-infirmières, Kim glissait dans notre boîte à lettres une enveloppe contenant la moitié du loyer qu'elles lui payaient.

Les choses n'avaient pas seulement changé en ce qui concernait nos relations de voisinage, mais aussi entre mes parents. Maman pouvait encore parfois s'éloigner de Papa, perdue dans ses pensées, mais au moment le plus inattendu, elle lui demandait de la prendre dans ses bras. Les voir sur le canapé, enlacés dans ces étreintes silencieuses comme des adolescents, était gênant, mais les bruyantes disputes qui se déroulaient avant mon départ pour l'Italie n'avaient plus lieu et la pression insupportable du rôle de conciliatrice ne pesait plus sur moi. C'était comme si quelque chose avait désormais fait tampon entre eux deux, sans qu'ils en parlent jamais. À les voir s'accrocher l'un à l'autre avec tant d'amour et de désespérance, je me sentais troublée. Dans l'ensemble, pourtant, j'étais heureuse qu'ils aient trouvé un compromis leur permettant de se dépatouiller de ce qui semblait être des vies inutilement compliquées. De temps à autre, grâce à l'historique des recherches que Papa faisait sur Internet, je constatais qu'il se rendait encore sur des sites d'agences immobilières. Elles proposaient maintenant de nombreux exemples du genre de maison qu'il avait toujours rêvé d'offrir à Maman, en vente pour une fraction de ces prix qui l'avaient tellement angoissé quand il participait à des enchères contre des gens plus téméraires qui, tel Icare, s'étaient envolés haut.

Ces gagnants triomphants se retrouvent maintenant dans le rouge, grevés de dettes qu'ils ne rembourseront jamais, dans des demeures trophées dont ils ne pourront pas s'échapper. Papa aurait facilement pu acheter à Maman la propriété de ses rêves s'il ne s'était pas laissé duper par Ronan qui a dilapidé toutes leurs économies dans cette minable petite baraque. Certains soirs, je le vois encore additionner des chiffres, mais ils concernent sa retraite, bien qu'il ait à peine la cinquantaine. Car la troïka internationale qui gouverne notre gouvernement a rendu ses décrets, et si Papa ne quitte pas bientôt son poste, sa pension sera amputée. Les banques irlandaises ne font pas crédit à ceux qui se retrouvent précocement à la retraite. Mon père et ma mère restent coincés dans notre vieille maison et son bizarre angle aigu, celle que j'aimais et que je n'ai jamais souhaité quitter lorsque j'étais plus jeune.

Le problème, c'est que j'ai grandi. Quand je suis rentrée d'Italie, tout avait changé et ici, je ne me sentais plus chez moi. Ce n'est pas tout à fait vrai : je m'y sens autant chez moi que dans n'importe quelle habitation. J'ai continué d'y vivre pendant ma dernière année à l'université de Dublin. Ayant revêtu une robe louée pour l'occasion, j'ai reçu, mardi dernier sous les applaudissements, mon diplôme dans la salle O'Reilly. J'ai embrassé mes amis de la fac, diplômés comme moi dans une Irlande transformée. Quand nous avons posé pour la photo de groupe près du lac artificiel, une des filles a murmuré tristement : « Habillés pour la fête, sans nulle part où aller », un humour noir qui nous a tous fait rire. Nous avions partagé des années de travail, mais nous pensions alors hériter de la terre entière. Or ceux qui resteront en Irlande hériteront d'une île couverte de dettes, et je me demande combien d'entre nous pourront même y rester.

Le pourrais-je ? Financièrement ce serait sans problème. Une semaine après la fin des examens, Papa et Maman m'ont appelée dans la cuisine et m'ont remis une enveloppe avec une telle solennité que j'ai eu peur, en l'ouvrant, d'y trouver de mauvais résultats d'analyses médicales que l'un d'eux aurait eu à faire. Mais il s'agissait de bons d'épargne de la poste mis à mon nom et qui arrivaient à échéance, accompagnés de la photographie d'une jeune femme qui ressemblait plus ou moins à Maman. Mon instinct me disait que ce n'était pas ma grand-mère – les femmes mariées de sa génération n'avaient jamais de revenus personnels. Et il a fallu que Maman mentionne sa tante Patricia deux fois avant que je me rappelle l'avoir rencontrée un jour, quand ce pauvre Grand-Père perdait la tête, et tout ce dont je me souvenais, c'était un combat à qui crierait le plus fort. Puis il y a eu cette demande d'ami d'une certaine Patricia Prendeville sur Facebook, il y a trois ans, mais rien de tout cela n'explique pourquoi cette femme aurait souhaité me léguer une petite fortune.

J'allumerai un cierge pour elle lorsque je voyagerai, bien que Papa m'ait assuré que Patricia ait été une fervente athée. Cela semble être la seule information qu'ils aient pu me fournir, en dehors du fait qu'elle est morte quelque part à l'étranger. Je leur ai proposé de partager cet argent avec eux, afin de compenser ce qu'ils ont perdu sur la petite maison, et ils n'ont rien voulu savoir, cette femme, disaient-ils, avait insisté pour que tout me revienne. Elle tenait à ce que j'aie la possibilité de choisir. Mais je l'ai déjà fait, et ce legs inespéré n'y changera rien. Ma licence en histoire de l'art me permettrait de préparer un master puis une thèse dans n'importe quelle université irlandaise, seulement voilà, cela ne ferait que retarder l'aventure qui m'attend.

Je suis désolée pour Maman et Papa, qui aimeraient beaucoup que je reste. Pourtant je dois vivre ma vie, et mon cœur me dit que j'ai déjà trop longtemps repoussé le moment. Depuis mon séjour en Italie, je sais où je suis véritablement chez moi. Cela n'a rien à voir avec l'Italie elle-même ; ce que je veux dire, c'est qu'il y a maintenant un endroit auquel je me sens véritablement appartenir. Je suis chez moi entre les draps de n'importe quel lit où je peux me coucher auprès de celle que j'aime. Je ne ressens pas seulement ce lien consubstantiel entre nous pendant les instants enivrants où, les cheveux trempés de sueur, nous restons allongées, épuisées après nous être fait jouir l'une l'autre. Je le ressens aussi quand je me réveille et écoute tranquillement Jessie qui respire à mes côtés. Je le ressens encore les matins où la pluie fouette les vitres d'un appartement prêté où nous rions, en pyjama, le dos appuyé contre les oreillers, en essayant de ne pas mettre partout des miettes de brownies qu'elle nous a préparés.

Je suis allée à Urbino pour m'immerger dans tout ce que l'Italie pouvait m'apporter, de l'étrangeté du Caravage et du Tintoret jusqu'aux familles bruyantes assises aux terrasses des cafés. Je pensais ne pouvoir me perdre moi-même nulle part ailleurs plus profondément que dans l'imagination de Dante Alighieri. J'avais tort. À l'étranger, une étudiante se retrouve au milieu de gens qu'elle n'aurait autrement pas rencontrés. J'étais arrivée depuis neuf jours à Urbino quand je suis tombée sur une annonce de colocation. Il y avait déjà dans l'appartement deux sœurs italiennes assez désordonnées et une Danoise si maniaque que, sur son étagère, les boîtes de conserve étaient installées par paire et par ordre de taille. J'ai eu l'avant-dernière chambre qui restait. Le surlendemain, Jessie, une Canadienne, a loué la dernière.

Dans la grande pièce qu'elles partageaient, les deux Italiennes se disputaient continuellement. La Danoise souffrait le martyre en silence chaque fois qu'elle soupçonnait quelqu'un d'avoir déplacé son dentifrice de l'endroit où elle l'avait soigneusement rangé. Jessie et moi avons pris l'habitude de nous barricader chez l'une ou chez l'autre, en nous efforçant de ne pas rire trop fort de leurs bouffonneries. Combien de temps nous a-t-il fallu pour avoir conscience de ce que nous ressentions l'une pour l'autre ? Je crois que nous l'avons su dès le début, et il me plaît que nous n'ayons rien dit ni rien fait à ce sujet. Si l'attirance était puissante, je pouvais attendre – je n'en ai attendu que plus intensément notre premier baiser. Il était trop précieux pour être gâché par deux sœurs qui se chamaillaient à propos d'un garçon qui faisait vrombir sa Vespa dans le quartier, ou la névrose d'une fille qui passait l'aspirateur dans le salon chaque fois que quelqu'un le traversait.

C'est Jessie qui a repéré l'annonce pour un deux-pièces situé au troisième étage d'un immeuble datant du XIXe. Nous avons visité le minuscule appartement aux volets en bois dont deux lattes manquaient, au siège des toilettes qui était le meilleur exemple de l'héritage gothique et roman de toute la ville, et aux éléments de cuisine modernes, bon marché, tape-à-l'œil et colonisés par les cafards. La chambre était si petite que le lit double y tenait à peine. Son matelas semblait ignoblement sale, mais sa structure en cuivre faisait danser la lumière du soir sur l'indéfinissable couleur des murs. Je n'avais jamais vu d'objet ancien aussi beau que ce lit. La propriétaire se tenait derrière nous, sans poser de questions. Je n'ai rien dit à Jessie. Jessie ne m'a rien dit. Nous avons regardé le lit en cuivre, puis nous nous sommes regardées, et Jessie s'est tournée vers la vieille dame et elle a dit : « *Lo prendiamo, signora.* »

Le soir qui a précédé notre départ, la plus jeune des deux Italiennes a ramené le garçon à la Vespa qu'elles se disputaient. L'aînée boudait sur le canapé du salon, en poussant des soupirs plus bruyants que la bande-son d'un film porno. La Danoise a planqué sa brosse à dents pour s'assurer que ce type ne la toucherait pas. Le temps que nous fassions nos bagages, le lendemain, notre aréopage de colocataires était déjà sorti. La porte de la chambre des deux sœurs était grande ouverte, un préservatif utilisé traînait au milieu d'un tas de vêtements à côté du lit. Jessie l'a récupéré avec précaution et l'a posé sur la brosse à dents de la Danoise. Nous en avons ri comme de sales gamines, et nous en riions encore quand nous avons, non sans difficulté, porté dans l'étroite cage d'escalier jusqu'à notre nouvel appartement le nouveau matelas que nous nous étions offert. Nous avons décontaminé la cuisine. Récuré les toilettes. Gracié tous les cafards qui partaient de leur plein gré. Partagé le pain et le jambon que nous venions d'acheter. Puis nous avons fait le lit et fermé les volets. Quand Jessie s'est ensuite retournée, je l'ai embrassée pour la première fois dans la lumière de la lune qui passait par les lattes cassées. L'embrasser était la chose la plus naturelle que j'aie jamais faite. Comme l'a été chaque caresse échangée cette nuit-là et le matin suivant, jusqu'à ce que, à regret mais affamée, je sorte chercher de quoi prendre un petit-déjeuner.

Dante et Le Caravage ont été détrônés. Je m'immergeais, avec cette fille de vingt et un ans venue de l'île du Cap-Breton, dans quelque chose de plus dépaysant. Je lui parlais de Blackrock et de mes parents, que j'aimais et pour qui je m'inquiétais. Jessie m'expliquait que le Cap-Breton fait face au golfe du Saint-Laurent, à l'est du détroit de Northumberland. Elle me décrivait la vue que l'on a sur Smelt Brook et l'immense lac salé au milieu de l'île que les colons français ont baptisé le Bras d'or. Elle me racontait que les gens de là-bas parlaient un dialecte dans lequel on retrouvait des traces de français, mais aussi de gaélique écossais et irlandais, car de nombreux immigrants s'y étaient réfugiés après la Grande Famine et les déplacements forcés des Highland Clearances. Je lui révélais que le vocabulaire des habitants de Blackrock tournait principalement autour des prix de l'immobilier. Elle riait et j'aimais son rire. Mais là encore, il n'y a rien que je n'aime pas en elle. J'aime que ses cheveux mi-longs aient une teinte de blond naturel différente de celle de ses poils pubiens. J'aime la générosité de ses baisers, et son absence absolue de duplicité. J'aime ne pas avoir besoin de chercher un double sens à ce qu'elle dit, contrairement aux Irlandais, dont les phrases doivent être décodées aussi soigneusement que les secrets cryptés de la guerre froide.

Une nuit à Urbino, j'ai regardé son visage dans le clair de lune et je me suis mise à pleurer. Je n'ai pas pu m'arrêter, même quand Jessie m'a demandé ce qui n'allait pas. Je n'arrivais pas à le lui expliquer, pourtant j'ai essayé. Mais à cet instant, j'ai compris que je menais l'autre vie de ma mère, la vie qu'elle aurait pu avoir si le sens du devoir ne l'avait pas fait rentrer de Toronto. En un sens, mes larmes étaient idiotes : il était impossible d'imaginer ma mère au lit avec une autre femme. Mais j'ai su que la première chose qui m'avait attirée chez Jessie était qu'elle venait du Canada. Jessie semblait sortir tout droit du calendrier illustré de villes canadiennes que Maman avait gardé dans la cuisine pendant plusieurs années. J'étais l'esprit libre que Maman n'avait jamais pu être. Elle n'avait pas assez confiance en elle, elle était trop naïve, trop fragile pour survivre à l'émigration. Elle avait besoin de mon père, point d'ancrage auquel s'opposer.

Mais allongée dans notre lit, avec Jessie qui pleurait à son tour parce qu'elle ne comprenait pas, j'ai pris conscience d'être sur le point de réaliser ce que ma mère avait désespérément voulu à mon âge. Je me suis souvenue du jour où elle avait continué de regarder dans le vide alors que le feu changeait, quand nous emmenions Grand-Père à l'hôpital Saint John of God. En la voyant se retirer dans un monde imaginaire où on ne circulait pas pare-chocs contre pare-chocs sur la route à quatre voies de Stillorgan, je m'étais sentie tenue à l'écart. Dans cette autre vie, elle était libre de rouler sur le boulevard du Lake Shore, et d'arriver dans la maison de ses rêves au bois de l'Entrelacs, dans l'Ontario, où l'attendaient un mari et des enfants parfaits, fantômes en face de qui mon père et moi ne serions jamais à la hauteur, quelque profond que soit l'amour qu'elle nous portait.

Si j'avais été à sa place, serais-je revenue et restée comme Maman l'a fait ? Je ne sais pas. Je n'ai jamais été dans une cabine téléphonique, à l'étranger, tandis qu'un de mes parents mourait, je n'ai jamais été confrontée à un tel dilemme. « Tu vis un conte de fées », m'a dit un jour ma mère sur Skype lorsque j'étais à Urbino, ravie de me voir si heureuse. Peut-être est-ce vrai, car je me sens comme une funambule qui avance sur le fil du bonheur, et peut-être qu'un jour je ferai une mauvaise chute. Mais quand je pense à mes parents, et à ce pauvre Grand-Père qui perdait l'esprit, ou à sa sœur, ma bienfaitrice inconnue, qui a fumé pendant un demi-siècle dans un appartement apparemment aussi petit qu'une cellule de nonne, j'ai parfois l'impression que, dans notre famille, nous avons petit à petit rampé hors d'une chrysalide géante.

Je ne sais pas grand-chose du monde de silence et de faux-semblants de mes grands-parents. Je me demande parfois quels rêves ma grand-mère que je n'ai jamais connue avait quand elle était enfant. Peut-être les mêmes que ceux que sa fille a presque réalisés à Toronto, ceux que j'emporterai dans mon unique valise quand je prendrai l'avion demain pour le Canada avec un visa de travail d'un an. J'appelle ça mon année sabbatique. Cela semble plus facile à supporter pour Papa et Maman que si je disais partir définitivement. Si au Cap-Breton je ne trouve pas d'employeur grâce à qui obtenir une carte de séjour, peut-être ce voyage ne durera-t-il effectivement qu'un an. Mais je ne peux pas m'imaginer dormir à nouveau dans cette petite chambre, si ce n'est en tant qu'invitée revenant pour une courte visite dans la maison de son enfance. Blackrock n'éveille en moi aucune nostalgie. La seule chose qui m'attache à cette banlieue est mon amour pour mes parents. Je sais qu'ils m'aiment aussi. Je suis l'épicentre de leur monde, même s'ils cachent leur tristesse de me voir partir. Voilà pourquoi, cette nuit-là à Urbino, quand j'ai arrêté de pleurer, Jessie et moi avons fait l'amour comme un couple qui a besoin de se réconcilier après une dispute, alors que nous ne nous étions même pas querellées. J'ai connu, cette nuit-là, l'orgasme le plus intense de toute ma vie. Je m'en suis sentie purifiée et calmée, malgré les palpitations de mon cœur. Comme si j'avais joui pour le bien de quelqu'un d'autre, pour soigner une blessure qui était au-delà de toute guérison rationnelle. C'était complètement fou, mais quand j'ai tendu la main dans l'obscurité, j'ai eu l'impression que Maman était assise au bord de notre lit aux montants de cuivre dans le minuscule appartement d'Urbino. Elle chuchotait que l'amour n'est pas l'amour s'il étouffe la personne que l'on aime. Elle chuchotait qu'elle m'aimait et que si je l'aimais, je devais ouvrir mes ailes, comme elle ne l'avait jamais pu, et prendre mon véritable envol.

Je n'ai évidemment jamais partagé le souvenir de cette nuit avec mes parents à mon retour d'Urbino. Cependant, pour la première fois, je leur ai dit être lesbienne. Ils l'ont accepté avec une affabilité distraite qui m'a fait me maudire de ne pas m'être confiée à eux quand j'avais quatorze ans, mais j'ai su en même temps que si je le leur avais avoué avant de partir en Italie, cela aurait été beaucoup plus problématique, sans qu'ils me désavouent moralement, uniquement parce que cela pouvait représenter une nouvelle source de stress qui aurait entravé la guérison de Maman. Pendant l'année où je n'étais pas là, quelque chose est arrivé qui a changé tout cela. Même mon père, l'homme le plus ouvert qui soit, n'évoque jamais ce qui s'est passé pendant cette période. Tout ce que je sais, c'est que lorsque je serai partie, cette maison ne sera plus trop petite pour eux. Non, je sais aussi qu'ils sont piégés à côté de voisins avec qui ils ne s'entendent pas, du fait de cette monstruosité invendue qui chevauche leurs jardins.

La semaine dernière, quand elle est allée voir sa tante à Toronto, Jessie est partie à la recherche de cet endroit qu'on appelle bois de l'Entrelacs. « La perfection, a-t-elle écrit dans son e-mail. Arrivées à l'âge de la retraite, nous y achèterons un appartement et nous le remplirons de chats perdus. Une fois passée cette horreur de voie express Gardiner, on y trouve des tas de superbes petites boutiques – des épiceries fines européennes à se damner – et de nombreuses églises. Nous repousserons la vieillesse en mangeant de la kielbasa et du pain de seigle, et en trouvant Jésus. J'ai cherché l'artisan à qui ta mère avait parlé près de Yonge Street, mais son magasin a disparu. Je voulais lui acheter une plaque et en faire faire une pour nous. Sur la nôtre, bien sûr, serait inscrit le mot "Virevoltant", tu sais, ces plantes qui forment des boules roulant au gré du vent, en sorte que nous nous sentions chez nous partout où nous irions. Il y a un million d'endroits où je veux t'emmener. D'abord mon lit – qui t'abritera pendant ta première semaine au Canada. Je t'ai fait une compil de groupes canadiens trop géniaux pour te mettre dans l'ambiance. Promets-moi seulement de ne pas tomber amoureuse d'une de ces chanteuses… »

J'ai écouté la musique de Jessie toute la soirée en faisant mes bagages. Ce n'est que quand elle s'est arrêtée que je me suis aperçue du silence qui régnait dans la maison. Je suis descendue, effleurant au passage chaque montant de la rampe, mes vieux dessins d'enfant accrochés aux murs, et, sur le buffet de l'entrée, les bibelots-souvenirs que Maman rapporte toujours de ses vacances. J'emmagasinais les sensations, sachant que je n'arrêterais jamais d'aimer ces petites pièces où j'ai grandi, où je suis devenue ce que je suis aujourd'hui. Une enveloppe à mon nom était coincée dans l'ouverture de la boîte à lettres, j'ai reconnu l'écriture de Ronan. Je savais que, malgré les difficultés qu'il devait connaître par les temps qui couraient, il y avait glissé des dollars canadiens. Et je savais aussi que si j'allais chez lui pour l'en remercier, vu la désagréable atmosphère qui planait désormais entre nos deux maisons, il serait mal à l'aise. La porte du salon était entrebâillée. J'ai observé mes parents que je voyais de dos, assis sans rien dire, mais se tenant par la main tel un vieux couple qui attend l'autobus. Je me suis sentie comme une intruse et j'ai compris pourquoi ils n'étaient pas montés ; ils auraient eu la même impression de se montrer importuns en entrant dans ma chambre pendant que je préparais mes affaires. Le souvenir des innombrables moments de bonheur qui avaient existé entre eux et la conscience de l'amour profond qu'ils se portaient malgré d'occasionnelles disputes m'ont submergée. Puis il m'est apparu que leurs disputes ne provenaient pas de ce qu'ils s'éloignaient l'un de l'autre mais de ce qu'ils étaient devenus si proches, si empêtrés dans les besoins et les désirs l'un de l'autre que de temps en temps il leur fallait briser cet entrelacs, retourner vers la lumière et l'air. Maman s'est aperçue de ma présence.

« Ça va, Sophie ?

— Jessie m'a dit de ne prendre qu'un seul bagage. Je sais

qu'elle a raison, seulement je n'ai aucune idée de ce que je dois emporter et laisser ici. Tu peux m'aider ? »

Maman n'était pas dupe, mais ce petit mensonge nous donnait une excuse pour monter une dernière fois ensemble dans ma chambre, nous y affairer, ouvrir les tiroirs, étaler jupes et hauts sur le lit, nous rappeler le jour où j'avais acheté telle paire de chaussures ou celui où elle m'avait offert telle robe qu'elle avait vue dans une boutique et dont elle avait immédiatement pensé qu'elle était faite pour moi. Maman a un goût exquis, je pense parfois qu'elle aurait dû appartenir à une autre génération. Nous avancions lentement, hésitant pour tout et pour rien car nous ne voulions ni l'une ni l'autre refermer cette valise. Nous avions encore envie de parler, de femme à femme.

« Est-ce que ta mère t'a aidée à faire tes bagages, quand tu es partie au Canada ? » ai-je demandé.

Elle a ri. « Si cela avait été le cas, à la douane, on m'aurait prise pour une nonne. Je n'avais rien qui puisse se mettre : je ne possédais qu'un jean pattes d'eph et j'avais dû travailler dans un magasin pendant les week-ends pour pouvoir me l'offrir. Ta grand-mère désapprouvait les filles en jean. Je crois qu'elle me désapprouvait tout court, et pourtant elle m'aimait. Elle me faisait me sentir bizarre de vouloir être normale. Il m'a fallu des années pour m'apercevoir que je l'étais. Elle n'a jamais compris que je veuille partir pour le Canada alors que j'aurais pu entrer dans l'administration. J'aurais détesté ça, mais elle n'arrivait pas à croire qu'on recherche le bonheur quand on peut se contenter de la sécurité.

— Et tu es heureuse ? ai-je demandé. Parce que si j'avais droit à un vœu en ce monde, ce serait que toi et Papa, vous soyez heureux.

— Qu'est-ce qui te fait penser que nous ne le sommes pas ?

— Tu as toujours voulu déménager d'ici. Et maintenant, on dirait que ça n'arrivera jamais.

— Peut-être que nous voulions surtout échapper à nous-mêmes.

— L'un à l'autre ? »

Maman a plié un chemisier que nous aimions toutes les deux beaucoup et l'a soigneusement posé dans la valise. « Pas l'un à l'autre, mais chacun à lui-même… à ses propres imperfections. Nous pensions qu'il suffisait de se réveiller sous un autre toit pour devenir différents. Les choses ne se passent pas comme ça. Si tu ne fais pas attention, tu peux gâcher ta vie à attendre qu'elle commence alors que tu devrais déjà être en train d'en vivre chaque instant. »

Je me suis assise sur le lit, j'ai effleuré sa main. « Maman, j'ai besoin de savoir si ça va aller, Papa et toi. Je me sens coupable de partir. »

Elle m'a prise par l'épaule et m'a serrée contre elle. « Va retrouver Jessie, a-t-elle dit. N'espérez simplement pas trop l'une de l'autre. Ne compte pas sur elle pour venir à bout de tes problèmes, et ne crois pas que tu pourras résoudre les siens. Soyez là l'une pour l'autre sans devenir dépendantes. La dépendance n'est pas saine. Je suis heureuse que tu t'en ailles. Je ne te demande qu'une chose… Ne regarde pas en arrière. Ton père et moi, ça va aller. Je ne serai jamais plus heureuse que lorsque je penserai à ton bonheur. Si tu te sens libre, je me sentirai libre. Tu comprends ça ? »

J'ai hoché la tête. « Pas vraiment. Tu aimes Papa ?

— Oui, mais pas de la façon dont tu aimes Jessie.

— Que veux-tu dire ?

— L'amour est comme l'or : il faut prendre le temps de vérifier son authenticité. On doit endurer des moments difficiles avec quelqu'un avant de pouvoir dire qu'on l'aime vraiment. Chris me rend folle, pourtant il n'y a personne au monde avec qui je ne me sente si en sécurité. Je l'aime à ma façon. Il est un bijou précieux que personne d'autre ne voit comme tel.

— Ça paraît compliqué. »

Maman a relâché son étreinte et regardé les vêtements étalés sur le lit. « Il n'y a qu'une seule chose dans la vie qui ne soit pas compliquée : le poids autorisé sur Aer Lingus pour un bagage. La balance près de notre lit, du côté de ton père. Va la chercher, ou nous n'y arriverons jamais. Tu ne peux pas emporter trop de choses.

— J'emporte tout ce qui est important, ai-je dit. Pas dans cette valise, mais là où ça compte, dans mon cœur et dans ma tête. »

Je me suis arrêtée, soudain consciente que, sur le pas de la porte, Papa nous regardait. Je me suis levée et j'ai tendu une main vers lui et l'autre vers Maman. Je les ai vus hésiter avant de se rapprocher de moi, et l'un de l'autre. Puis ils m'ont lentement entourée de leurs bras une dernière fois dans ma chambre d'enfant, sans que personne ne dise rien, car il n'y avait plus rien que nous ayons à dire.

PREMIÈRE PARTIE

MARS 2007

DEUXIÈME PARTIE

AOÛT 2007

Composition : Nord Compo
Achevé d'imprimer
par Normandie Roto Impression s.a.s.
61250 Lonrai, le 23 juin 2016
Dépôt légal : juin 2016
Numéro d'imprimeur : 1602322

ISBN : 978-2-07-266912-5 / Imprimé en France

299273